修文物的男人

于正 著

北京联合出版公司
Beijing United Publishing Co.,Ltd.

一未文化　　非同凡响

北京一未文化传媒有限公司
www.bjyiwei.com
出品

没有人能与你相比,
从我爱你的那一刻开始。

目 录

楔子   001

第一章   曾经有神来过   004
> 故宫，
> 既然是她的梦想之地，那便是周野的梦想之地。

第二章   总有一场风暴等着你   022
> 你的演技
> 不如一只狗！

第三章   我在冷宫被人欺负了   041
> 你打碎的是慈禧用过的盖碗，
> 苏富比拍卖行有过一件同款瓷器，1.5 亿。

第四章   遇到你是最大的错误   062
> 若是慈禧当年种下的西瓜，
> 留到现在，都比你聪明。

第五章   知道是坑也得跳   082
> 这要是个坑，那就是大坑，
> 咱们认命。

Contents

第六章　**请帮我渡劫**　104
　　　　　"只要这次渡了劫，以后我一定认真学习。"
　　　　　"希望你赶快飞升紫府，人间的知识只会拖累你。"

第七章　**女主的品格**　135
　　　　　做好了充足准备，果然云淡风轻，
　　　　　这才是女主的品格。

第八章　**恶魔坟场走一遭**　155
　　　　　我一闹脾气，你就撒手不管，
　　　　　一点也不督促我。

第九章　**脱胎换骨**　181
　　　　　信心和能力
　　　　　不是通过声调表现的。

第十章　**常恨情长春浅**　201
　　　　　我教你谈恋爱吧，三天一个小课时、五天一个
　　　　　大课时，谈不好重来，我也教育教育你……

第十一章　心碎的声音　　　　　　　　　　224
　　　　　你希望我梦醒？
　　　　　你编造了一个更大的梦，让我陷在里面！

第十二章　冤家路窄　　　　　　　　　　　245
　　　　　焦小姐有如此悟性，
　　　　　真的是……一派胡言。

第十三章　每一个碎片都在闪闪发光　　　267
　　　　　这一场相遇、相识，
　　　　　源自一场错误，归结为一场错误。

第十四章　速来护驾　　　　　　　　　　　289
　　　　　她忘掉的美好，周野是见证人。
　　　　　她完整的生命，可以在他这里得到修复。

第十五章　上天给我的恩赐　　　　　　　　312
　　　　　我的霉运已经走完了，接下来都是好命。
　　　　　放心吧，我罩着你。

尾声　　　　　　　　　　　　　　　　　　342

楔子

起风的时候,周大为正跨过地上的一堆碎石,他急忙侧脸,才避开扑面而来的沙尘。

这里是北京东郊的九龙山。两个月前,由于农民挖井而发现的墓葬,如今已经是一片开阔的墓地。古墓坐北朝南,东、西两边各有一条河在山脚下汇合,如此格局,足见墓葬主人身份之高。

四周空旷无人,周大为背着工具袋一直往前走。从考古队的遮阳伞下经过后,他眼前出现了几十块巨大的花岗岩,那是起重设备从陵墓表面搬开的隔离层,下面是夯土层,再往下便是深达 10 米的地宫,这会儿正隐约传来敲打声。

周大为踩着石阶,正打算进入地宫,忽然听到有人喊他。

"老周——大为!"

周大为扭过脸,看到秦越那微胖的身躯跑过来。两人在山东大学考古系求学时是舍友,毕业后一同走上工作岗位,单位分的房子又是对门。两家的儿女如今在同一所小学念书,好得形影不离,就差定娃娃亲了。

周大为忙从地宫入口出来,迎向秦越:"老秦,你不是回城了吗?"

秦越气喘吁吁地跑过来,手上攥着一部飞利浦手机:"刚上了班车,接到小梦的电话,说你家周野在学校打架呀,联系不上你……快快,我让班车等着你。"

"这小子又给我添乱!"周大为忙把工具袋交给秦越,"你先帮我盯着,地宫里还有几位同事。"

"知道知道，你快去。"秦越使劲挥着手。

周大为往路边跑，回头看了一眼秦越伫立在风中的身影，莫名有一种不祥的预感。他不知道这种不好的预感是来自于孩子打架，还是天上突然涌现的乌云。

半个小时后，大雨倾盆而下。

伴随着隆隆雷声，古墓西边的小河涨水，大面积渗透入地宫。有着多年考古经验的秦越，最先发现险情，但他没有独自逃离，而是跑向地宫深处通知其他人。七名同事，无一遗漏，全部逃生。最后离开的秦越，却被轰然坍塌的土层掩埋。

噩耗传来时，周大为刚刚把儿子领回家，正在换湿衣服。放下电话后，他僵立在窗前，望着外面的大雨，异乎寻常地静默着。许久之后，他走过来，一巴掌狠狠地甩到周野脸上，把周野打得翻滚到屋子角落。

看着父亲拼命隐忍痛苦的表情，往常好勇倔强、野性难驯的周野彻底蒙了。

在强烈的耳鸣声中，父亲蜷缩在地板上，不停地用拳头狠狠地捶着脑袋。父亲张着嘴哀号，但他只听见自己耳朵里尖利的风鸣。

周野的耳朵稍稍恢复听觉后，听到了来自对门的哭喊声。

"老秦——你让我和小梦怎么活呀？"

那一夜，风暴席卷这座院落。那一夜，漫长、寒冷。

秦梦的妈妈曲晓鸥，终究无法承受丈夫死亡的噩耗，在黎明前的大雨中，她疯狂地冲向九龙山，去寻找丈夫。可是，途中遭遇车祸，秦家最终只剩下了秦梦。

料理了后事，九岁的秦梦被小姨带离了北京。

走的那天，秦梦拖延了很久。小姨催问她还在等什么，得到的只是女孩悲伤的沉默。

秦梦不时望一眼对门。她想和周野说句话。

自从出事后，周野一直躲在家里。他像完全换了个人，虚弱、苍白。这个十一岁的小小少年，在学校里以打架出名。由于父亲长年在外，周野疏于管教，母亲去世后，他更是叛逆，不仅与父亲关系糟糕，还谁的账都不买，但唯独面对小他两岁的秦梦，那女孩的一个纯真笑容就能融化他钢铁般的心。

然而此刻，周野最不敢面对的，就是那个女孩。

黄昏时分，对门传来落锁的声音。周野躲在窗帘后面，悄悄看着。他的手心攥着一个小小的东西，那是秦梦送给他的生日礼物——模仿宫廷发簪的纽扣结。

院子里，秦梦被小姨拉着手，往大门外走去。

秦梦那纤瘦的身影渐渐模糊。周野使劲咬着嘴唇，咬出了血。这时他才想起，自己竟然没有向秦梦说出一句歉语。

斜阳下，秦梦已经消失了。她离去的地方，只有一丛落叶盘旋着。

第一章

曾经有神来过

故宫,

既然是她的梦想之地,

那便是周野的梦想之地。

1

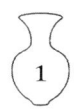

十五年后。仲夏黎明。

一辆银灰色劳斯莱斯骤然停在荒僻的小路边，惊跑了几个露宿者，只剩下个面容俊秀的年轻人，依然躺在树下石板上呼呼大睡。六只萤火虫绕着他的头顶飞舞，在黛青的天色中，浮现出温柔静谧的流光。

劳斯莱斯的车门打开，金公子一脚踩在路边，皮鞋扭了一下，他皱皱眉头，脸上有着富二代的傲慢。

司机跟在金公子身旁，手上提着一口旅行箱。

金公子的脚步忽然放轻，几乎是踮着脚尖，靠近树下的年轻人。

一阵风吹过，年轻人额边的头发微微拂动。他在石板上翻个身，似乎要醒来。金公子连忙做个手势，司机立刻将箱子平放在树旁，双手扳动，一套洗漱用具支了起来，有洗脸的盆子、毛巾、牙刷等物。

石板上的年轻人一睁开眼睛，毛巾便递到了面前。

金公子递上毛巾的同时，脸上挤出花样的笑容："擦把脸，最近天气干燥。"

年轻人接过毛巾，金公子跟着递上漱口杯。他的动作，显然在模仿清装剧里的手法，虽然笨拙好笑，却很真诚。

年轻人没搭理他，准备从石板上站起身。金公子一挥手，一桌早餐摆在眼前，全套的老北京早点，豆汁儿、油饼、包子、炒肝、奶油炸糕。

"您先凑合着垫点儿，回头咱……"

年轻人没搭腔，自顾自起身，走进一旁的草丛，目光扫视着地面。金公子跟在后头，发现草丛中有标记。年轻人忽然蹲下，拂开草叶，从口袋里掏出一把镊子，小心地夹起一串薄薄的、颜色青灰并有细小纹络的东西，放进塑料袋。

金公子一愣："哎，我小时候玩儿过，这是壁虎蜕下的皮啊。"

年轻人扫了金公子一眼，又走到另一个标记前，却没有收获。接着往前走。

金公子说："难怪您歇驾在这里，是为了弄这玩意儿，您早说啊，我派人到山里挖几百只。"

年轻人的嘴角一勾："你懂什么？"

"这有什么讲究？"

"壁虎在别处蜕皮后，会把皮吞掉，只有在这里，它会留下来。"

"啊，为什么？"金公子不解地问。

"这里是壁虎的华北祖庭，整个华北地区的壁虎都是从这里发源、繁衍出去的。"

金公子愕然："这儿……大葆台……壁虎祖庭？真的假的？"

年轻人牵了牵嘴角："你信，它就是真的。你不信，它就是假的。"

"我信，您说什么我都信。"金公子眼巴巴地跟着。

年轻人又发现一张壁虎皮，立刻将镊子伸入草丛，小心地夹起，放进塑料袋。

金公子问："您怎么知道它们昨天晚上蜕皮？"

"我跟了半年……你问那么多干什么？回去吧。"年轻人有些不耐烦。

"周爷，您侍候壁虎半年，我侍候您俩礼拜，我也算是心诚吧。"

"别叫我周爷，我叫周野！"年轻人站起身，大步往路边走去。

"您就是爷，只有您能救我。"金公子连忙跟上，"我真没骗您，我老爸把那瓶子当作命根子，家里祖传的，每年祭祖的时候要用，家族三百多号人，对着那瓶子磕头……周爷，您要是不救我，等我爸下个月从国外回来，那要灭我九族的！"

周野的脚步顿了一下，脸上露出嘲弄的笑意："你爸爸灭你九族，那他排第几号？"

"我是打个比方。周爷……"

"古器是传承千百年的生命，是有尊严的。可你拿着瓶子在一堆明星面前炫耀，还造成破坏，当然要承担后果。"

"周爷……"

这时，一直在旁边等候的司机实在看不下去了。

司机问："公子干吗一天天巴结讨好他？"

周野和金公子同时愣住，看着司机。

司机挺起胸膛，大声说："他虽然在故宫上班，那也不过是个工匠。公子您的祖姓可是爱新觉罗，往上捯四代您就是正黄旗贝勒爷。要论当年的级别，我是马夫，他是匠人，同属于'士农工商'里的'工'，何况匠人挣的钱不一定有马夫多，马夫一年的收入可以买一套新帘子胡同的四间大瓦房！"

小路上寂静无声，一抹晨曦透过树叶洒在车窗玻璃上。

金公子陡然厉喝道："滚蛋！"他指着司机破口大骂，"我侍候周爷俩礼拜，让你两句话全他妈废了！"

周野却是一笑，点点头："有见识。"

"嗯？什么意思？"金公子怔怔地看着周野。

"这老兄两句话，超过无数电视剧呀。很多人都搞不清'金'姓的一部分来源于爱新觉罗，更不知道清朝的马夫月薪多少。难得这位老兄是个勤学上进的聪明人。"周野向司机投去欣赏的目光，然后用平淡的语气对金公子说，"你的忙，我帮了。"

金公子瞪大眼睛，惊讶又迷惑，实在猜不透周野。

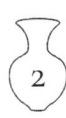

2

今天是星期一。周野回到自己的住处，走进工作间，把黎明前收集的四张壁虎蜕皮放到台案上。

这是一套普通的三居室住房，周野租了快三年，最近正考虑搬家。

房间里家具极简，主要空间用来放书。周野推开的一间屋子里塞满了书，书架挤到墙边，箱盖上也是书。其中一部分是父亲周大为的遗物，包括工作日记和整理的资料。周野还是学生时，就在课余通读了一遍。

最先触发他兴趣的是一本《东汉以来陶瓷器皿的保护和修复》，二百多页书卷，详细介绍了保护和修复陶瓷器皿所需的材料、修复的原则和方法，附页上还强调了运输、储存等安全问题。

还有一本影印加手抄的书卷《修复的流程：技术与诠释》，是周野的师父郑宽仞赠送的。书卷由不同材质的纸张装订而成，有的泛黄，有的布满水痕，书页的颜色杂乱，但上面记载的文字却工整严谨。

此时，周野从书堆里抽出一本《修复术的材料探秘》，书上记载了颜料、釉质、锈色、墨水等五花八门的内容。周野随手翻开的一页上有他标注的记号——一个三角形带着箭头，指向另一页。

周野继续翻阅。

由于屋里堆满了书，显得幽暗静谧。一抹阳光透过窗户，穿过书堆间的缝隙，洒在周野的脚边，才给屋子带来些生气。他赤足站在阳光里，沉思片刻，合上书，转身出来。

回到工作间，他换了件工作服，戴上手套，走到台案前。

打开电磁炉，锅里的水很快沸腾了，周野把一些白芨放进锅里煮起来，这是一种中药材，根茎部位经过干燥处理，切成薄片的白芨随着涌动的水泡翻滚着，飘起淡淡的苦味。

周野见水的颜色加深了，便捞起白芨片，把壁虎皮放进锅里，调整火力，盖上锅盖，开始熬煮。然后他把鸡蛋清、生漆、滑石粉、树脂胶等物按顺序摆放在台案上，返身进卧室，调好闹铃，躺到床上。

三个钟头后，闹铃刚响一声，周野就睁开眼睛，瞳仁间浅浅的倦意很快消散，如风中的一抹细云。

周野来到工作间，打开锅盖，扑鼻就是一股浓郁的苦味。

他用竹筷在锅里搅了搅，水质黏稠，锅底有了薄薄的结层。

他关了电磁炉，静静等待半个钟头，窗前的光线将他的剪影打在昏暗的墙壁上。然后他伸出三根手指，用指背试了试锅的温度，便把鸡蛋清、生漆等物，按比例和次序倒进锅里，用竹筷搅拌起来。

他的动作从快到慢，直到锅里的物质凝结成淡淡的琥珀色，聚集在锅底中间，形成一块团状物。

周野拿起木铲，把那团成形的黏结剂收入玻璃瓶，置于冰箱冷藏室。

彻底冷却的黏结剂，已经变成了无色透明状，它会一直保持这种状态，无论环境温度如何变化。

3

第二天早晨，还不到八点钟，周野骑着自行车进了故宫。他径直来到西三所，从进门的第一个小院可以看到南墙后面慈宁宫的屋顶，琉璃瓦在清晨的阳光下泛着明亮的光泽，更显得这座小院的灰色瓦顶很是单调。这也不足为奇，他上班的这个地方原本是关禁失宠嫔妃的。

周野打开大门，几只野猫从院子里窜出来，跑开了。头顶飞过一群小鸟，伴随着清脆的鸣声，羽翼从蓝天下掠过。院里有四个房间。院墙内一株百年杏树伸展着枝叶，晨光在石砖道上洒满碎影。微风拂过，挂满了金黄杏子的树枝沉甸甸地摇晃着，飘来阵阵果香。

周野把自行车靠在廊檐下，打开自己的办公室。门上的铜牌写着：文保科技部，陶瓷组。

每次推开门时，周野的动作都很轻，似乎不愿惊扰数百年沉寂的尘埃。这些尘埃也是有生命的，它们白天消散，待夜晚无人便从时光背面回到自己生活的地方。此时，那些消散得慢的，仍在浅浅的光线中浮游。

屋子里纵横两张台案。靠窗的台案几乎占了屋内三分之一的面积，上面整齐摆放着毛笔、镊子、钳子、锥子、木尺以及各种奇形怪状的小工具。另外一张桌子更旧，桌面中间是一片斑驳的痕迹，外侧摆着一座木架，上面挂着刷子、牛角刀等物，木架另一侧有几块白色的石膏碎片。

周野走到窗边，坐到自己的台案旁。他把那瓶黏结剂放到抽屉里，然后拿出一串钥匙，弯腰打开下面的柜子，捧出一个硕大的锦盒。盒子还很新，是后配的，上面有流畅的紫色云纹装饰。

周野小心地打开盒盖，接着把包着的蓝色丝绢布解开，一件瓷器映入眼帘。

这是唐代的绞胎瓷瓶，存世量极少，属于稀世珍品，只可惜，经过上千年辗转流落到故宫，交到周野手上的只是残器——仅存上部两层，下层腹部均已遗失。

不过，虽是残器，却仍然透着华贵美丽的光彩。

所谓"绞胎"，是因其独有的烧造工艺，形成特殊色彩变化而得名。

盛唐独创的绞胎工艺，通常是把两种颜色的瓷胎土，分别制成泥条，然后像绞麻花一样，将它们拧绞在一起，制成新的泥胎，并且不再绘以颜色，直接烧制。

绞胎瓷的精髓便是自然形成巧夺天工、亦真亦幻的纹理——菱花纹、团花纹、鸟羽纹、琥珀纹、云纹、水波纹等等。所制成器非常漂亮精美。

周野这件瓷瓶用了三种颜色的瓷胎土，更是绚丽多姿。且因为是残器，可以清晰地看到内外的形貌，真正的表里如一，有着深入骨髓的美丽。可以想见，千年前的某位匠人，把精心挑选的泥料在手中不断翻转，将斑斓的色彩蕴蓄到瓷瓶，使其在泥与火的缠绕中迸发出生命力。

此刻，周野注视着这件绞胎瓷瓶的残器，却莫名生出一丝无能为力的感觉。

这在以往从未有过。

这时，房门轻轻一响，一个阳光大男孩推门而入。他是周野的助手大兴，从中央美术学院毕业一年。

"周老师，早。"大兴从肩上摘掉背包。

"嗯。"周野仍沉浸在思绪中。

大兴坐到自己的椅子上，揉动着手腕，准备干活儿，随口咕哝着："院里的杏子都熟了，改天叫钟表组、木器组、古籍组……噢，不行，古籍组瞧不上咱们。"

周野根本没听他在叨咕什么。

大兴伸长脖子，看了一眼周野手上的瓷瓶残器，不禁问："您又在发愁啊？"

周野苦笑一下，随手拿起桌旁的绘图本，翻到之前描画的页面。他用铅笔在图上瓶底部位仔细勾了几笔，侧脸端详，思索着——复原以后的绞胎瓷瓶，应该就是这个样子。

两个多月前，他从领导手中接过这个任务时，知道很难，却没想到如此艰难。除了不断搜寻唐代绞胎瓷器的信息，他能做的就是这样勾勾画画，思索修复方案，寻找突破口。

大兴叹口气："唉，遇见这种稀世珍品，真是没辙。"他看了周野一眼，"要不你给领导说说，重新挑一件？反正咱们故宫博物院有三十五万件瓷器，要为建院95周年献礼，镇院之宝多得是。"

周野淡淡地瞥了大兴一眼。

大兴一缩脖子，返身从柜子里拿出昨天没干完的活儿，继续忙碌起来。

这是一件等待修复的元青花瓷盘，底部有三道触目惊心的裂纹，形成一个扭曲状的"人"字。大兴小心翼翼地捧着瓷盘，以免造成更大的创伤。瓷盘沾着泥土，还有一些霉斑样的水锈，裂纹里的颜色深浅不一，显然积淀了很多污垢。

大兴昨天用清水粗洗过盘子了,现在用刷子、牛角刀对着断裂碴口做进一步清理,接下来会用到化学去污——把瓷盘上沉积的碳酸钙、镁等物质,用稀释的盐酸清除。

周野把手中的绞胎瓷瓶放回锦盒,用绢布包起来。对他来说,复原这件残器,不仅是为了故宫庆典,更是为了完成他自己的愿望。他相信,任何一件破碎的瓷器都能化腐朽为神奇。

沿着碎裂的痕迹,他能用完美的手法赋予其新的生命。可他必须找来一件完整的唐绞胎瓷瓶,在其上翻模取样,才能设法使这件瓷瓶残缺的部分予以复原。因此,找到完整的绞胎瓷瓶,是确定修复方案的前提。如果没有同时期的样本,这种残器的修复工作只能作罢。

把锦盒放回原位,重新锁好。日常工作还要继续的,他坐直身。

"大兴,拿来吧。"

"噢。"

大兴停下手头的清理工作,返身走到柜子前。按照序列,今天该修复那件乾隆粉彩葫芦尊,大兴已经做完了前期清理。

周野捧着葫芦尊,端详着,神态已经没有了方才的忧思,平静的眼神中隐隐透出一份对于生命的敬意。

瓷器修复,就是接通气韵——形、色、光、彩,还有古旧程度,与原件融为一体。

这件葫芦尊通体有十二道裂纹,虽然没有那种触目惊心的碴口,但越细微的活儿,难度越大。

周野的目光停在葫芦尊的瓶颈位置,这里有一道细纹没有清理干净。他扫了大兴一眼,但没说什么,从桌角拿起竹签,用竹尖轻轻刮擦起来。

大兴在对面看见,马上明白了,有些羞愧地低下头。

贴在裂纹上的水锈特别牢固,加之这件瓷器颜色多、花饰复杂,稍不注意就会遗漏。如果不清除,会在接下来的粘接时产生明显的隔痕。

周野从抽屉里拿出那瓶黏结剂,用毛笔蘸了一下。他不仅要修复裂纹,还要将裂纹经过的花饰、书画、题款等等全部恢复神韵。

方寸之间即是乾坤，入手便知功力深浅。

周野的上釉、填描功夫，是以深厚的书、画、塑形等综合素质为基础的，这正是他年纪轻轻便独当一面的原因。

窗外，院子里鸟鸣阵阵，却似乎来自遥远的天际，来自院子上空云卷云舒的时光之巅。俯瞰故宫的红墙叠院，游人熙熙攘攘，络绎不绝。而此处，仍是百年前的寂静。

时间在此间的流转，犹如湖底沉静的波纹。

不知不觉间，到了中午时分。

大兴伸个懒腰："呀，快12点啦。"

"大兴，你去吃饭吧。"周野放下葫芦尊，从台案前站起身。

"那给你带点什么？饺子？"

"不用了。趁这会儿游客少，我去一趟延禧宫。"

"哦，又看展览？"

"嗯。"周野走到衣帽架前。

延禧宫的《中国古代窑址标本展》，展出的是近六十年来，从全国各地的古窑址采集回来的大量瓷片标本，有的并不见于传世器物，留下的只有瓷片，更为珍贵。中国窑口众多，瓷器的品种纷繁复杂，不同品种瓷器的修复有着不同的要求，周野去参观了多次，仍觉学不够。

大兴还坐在椅子里纠结吃什么，周野已经走到门口，刚迈步出去，差点和迎面进来的人撞个满怀。

来者是个身材高挑的女孩，年龄与周野相仿，梳着两条辫子，刘海垂在额头，白皙秀气的脸上架着一副宽大古板的黑框眼镜。

周野侧身避让，点了一下头，仍然往外走。

大兴忙从椅子上起身，笑着招呼道："兰师姐来了。"

隋兰兰是古籍修复师，与大兴同样来自中央美术学院，不过毕业三年了。在隋兰兰看来，大兴没去修古书，而是修器物，这属于自降身份。古籍是什么？那是传承思想文化的！

隋兰兰没搭理大兴，盯着周野问："周野，做什么去？"

"出去一趟。"周野一只脚迈出了门口。

"是吃饭吗？"隋兰兰一提手中的食盒，"我这里……嗯……"

"哟，兰师姐真及时啊。"

大兴一把抢过食盒，在桌上打开。食盒的外观普通，打开后却让人惊艳无比。

盒子里是九宫格，放了九个蒸饺，个个饱满精致、晶莹剔透。有用面粉做的雪白色，有黄豆粉、绿豆粉、黑豆粉等各具色彩的蒸饺，正中间用红豆粉做的蒸饺最为精致诱人。

大兴的口水"唰"地流下来："谁这么巧手天成，是嫦娥下凡，还是七仙女转世？"

隋兰兰的脸上飘过一丝得意，随即清了清嗓子，严肃地说："子不语怪力乱神，就属你废话多。这些蒸饺是某位……我不知道是谁买来，放在我桌子上的，可我在减肥……"

"你想起周老师最爱吃饺子，于是拿来给他……嗯，合理合理。"大兴忍着笑意。

隋兰兰扶了扶眼镜，认真地说："本应是己所不欲勿施于人，但浪费更可耻。"

话说到这份儿上，周野不吃就是浪费，就是最可耻之人。

大兴配合得很好，隋兰兰的话音刚落，他就把叉着蒸饺的叉子，殷勤地递到周野面前，正是那个诱人的红豆粉蒸饺。

周野只好接过叉子，吃了蒸饺。

"谢谢，我赶时间，再见。"周野转身出门。

"哎，你要吃完呀——靡不有初，鲜克有终……"隋兰兰追到门口。

周野已经跨上自行车，一个潇洒的"S"形轨迹，自行车穿过了院子。

隋兰兰回到房间。大兴的手上正捏着一枚雪白的蒸饺："兰师姐，还是让我把它们浪费了吧。"

"哼，朽木不可雕也。"隋兰兰低语。

"嘿，你说的这个'也'字，是'野渡无人舟自横'的'野'，还是'野火烧不尽，春风吹又生'的'野'？"

隋兰兰瞪了大兴一眼，扬长而去。

4

周野从延禧宫西配殿二楼下来,走到宫门前。午后的游人们纷纷聚拢,跟着导游进殿看展览。周野逆流穿过人群,绕过柱子时,忽然看到一个女游客的侧影,他想也没想,径直走上前,随即苦笑——那人不是秦梦。

十五年前的那个黄昏,秦梦被小姨带走后,周野便与她失去了联系。周野只记得儿时的秦梦很喜欢故宫,尤其是宫廷饰物。她总幻想自己是公主,平时没事就缠着爸爸带她去故宫,回来告诉周野又在那里发现了什么有趣的东西。她还说自己长大后要去故宫上班,要做设计师,把中国传统艺术与现代时尚结合起来,创造出更美的世界。

有这份信念的女孩,故宫在她心目中是朝圣之地,应该会不止一次地来故宫——这便是周野留在此处的执念:秦梦一定会来。

只有找到秦梦,他才能让自己解脱,并且完成父亲周大为的遗愿。

当年,由于老友秦越的死,周大为陷入无限的自责以及对儿子的怨恨中。他再无法工作,整日买醉,后来患了老年痴呆症,偶尔清醒想起昔日好友时,还总是号啕痛哭,这一次次加重了周野的内疚。为了弥补少年时的错误,他下决心找到秦梦。

故宫,既然是秦梦的梦想之地,那便是周野的梦想之地。

他发奋读书,追随父亲的脚步,考入了山东大学历史文化学院。

他身上背负的巨大愧悔,转化为力量,使他付出超乎以往数倍的努力,终以出色的成绩进入故宫博物院。

文物修复行业都是师父带徒弟,他拜在古瓷修复大师郑宽彻门下,很快展现出过人的能力。

被业内尊称为"郑佛"的郑宽彻,将周野收作关门弟子,倾力培养。周野不仅得到了郑师的真传,还在广泛阅读古籍的基础上,开发出独有的技术。

这一切的动力,都来自当初的一个微小、执着的愿望:找到秦梦。

但即便秦梦穿过人海走到面前,他真的可以一眼认出吗?

周野经过广场时,又回头看了看延禧宫。刚才那位女游客,让他恍惚间以为是秦梦，此刻想来，并不能与九岁的秦梦重叠起来。

可无论怎样，周野相信自己一定会遇到秦梦。

至今他还保留着秦梦送给他的生日礼物——模仿宫廷饰物的一个纽扣结。那是秦梦跟她爸爸去故宫游览时见到的，她默默记在心里，回家后自己找来彩绳儿，悄悄地编织出来。

如今，周野已经无数次见过那件饰物的原型，它就陈列于故宫珍宝馆，全名：银镀金嵌珠宝蝴蝶簪。簪柄的蝴蝶是银质的，镀了金，头部嵌一颗红宝石。蝶翅则用金托点翠，嵌着红宝石以及淡粉色碧玺各两块。

与那精美生动的原型相比，秦梦努力用彩绳编织出来的纽扣结显得幼稚。红宝石是用一颗红色纽扣代替的，由于周野时常拿出来摩挲，加之岁月的侵蚀，绳结已经陈旧，纽扣早已失去光泽。周野却更加珍视这件礼物，因为它曾是周野少年时代最大的喜悦。

当年的小女孩，消失在了茫茫人海。

唯有这个纽扣结，搭载着忧伤的记忆，伴随周野十五年。

一定要找到秦梦。

周野有这样的决心。他一边在故宫等候秦梦，一边请全国各地的寻人公司加快寻找的步伐。

5

此时，在故宫西南区的南大库，许多游人被紫檀、黄花梨等琳琅满目的御用家具吸引着。这里曾是紫禁城最大的库房，现成为规格极高的家具馆，实景还原了清代帝王日常家居。

人群中有三名游客，一边走一边轻声交谈，走到前面的男子感慨道："都是优中选优的藏品，其中有些珍贵家具我也是第一次欣赏，大开眼界呀。"

"哦，邵先生谦虚了。"说话的是个年近五十、略微秃顶的男士，微微腆着肚皮，显得文化底蕴深厚。

"是啊是啊，之前卓导说我写的这部《宫女秘闻》，要请邵辉先生做历史顾问，我真高兴。"语速很快的男子三十岁出头，戴着一顶蓝色宽檐帽，"邵辉先生在圈子里很有名呢。先生早年游学海外，走遍各个博物馆……"

导演和编剧说话时，邵辉的双手自然地背在身后，一边缓步前行，一边微笑着倾听。36岁的邵辉，面容比实际年龄年轻，深邃的眼神却融入了丰富的人生阅历，使他举手投足间既有西方式的绅士风度，又有东方古典文雅气质，颀长的身姿站在那里便是一道风景，四周流动的人群似乎与他无关。

卓导忽然指了指右侧前方："噢，这件东西很有意思呀。"

邵辉侧过身看了看，停下脚步。

那是一对罕见的"紫檀嵌珐琅玉石楼阁人物图插屏"，不仅用料珍贵，更有独特的夹层鱼缸设计。

"卓导很有眼光，这个——"邵辉抬手，礼貌地示意讲解员，"可以示范一下吗？"

讲解员把鱼缸取出来，放了些水，又放了两条金鱼，然后把鱼缸嵌回插屏里，鱼儿便在山水之间游动起来，整座插屏顿时充满了生活意趣。

邵辉微笑着说："卓导，你现在站的位置，就是当年太后站着的角度。"

"哦，是吗？"卓导也笑了，"原来太后的生活就是这样。"

"是啊，通过太后日常看什么、用什么，了解太后的生活，那么宫女平时做的，就很简单了——围着太后转圈。"邵辉做了个优雅的手势。

从故宫出来，卓导意犹未尽，请邵辉陪他去见投资人王总。

在王总的别墅，卓导介绍邵辉是从国外归来的文物鉴赏家，在英国时，便在BBC的剧集中参与指导中国文化内容。33岁回国，邵辉出任一部唐代古装剧的历史顾问，由此介入演艺圈，不到三年，就在古装类型的专业圈子成为独树一帜的人物。邵辉对历史上各朝代的风土人情、生活方式都有研究。

王总轻描淡写地说了句："年轻有为呀。"

接下来的一番攀谈，王总的神色逐渐变得庄重了。他也是历史爱好者，发现邵辉对于历史典故和传统文化，能用轻松有趣的方式表达，而且考据准确又浅显易懂，能做到这一点很不容易。

"卓导啊，你们这部剧的历史顾问都这么有分量，看来我的选择没有错。"王总端起面前的红酒杯，"你们能出精品，而且一定要出精品。资金方面不用担心。"

卓导喝了口酒,脸上浮起热气。"我是最注重真实感和细节的,如今各种戏说、假说太多了,很不好。我就是要用这部清装正剧,告诉大家什么是正确的。"

王总乘着酒兴,邀请邵辉和卓导来到别墅的地下一层,邵辉一进门便知道了,这里是王总的私人收藏室。

收藏室虽然位于地下,却并不压抑,灯光映衬着错落有致的玻璃展柜,里面陈列着二三十件古董,使这里更多了几分厚重与神秘感。邵辉一望便知,这里的通风、防火、防盗等措施,达到了世界一流博物馆的水准。

走进这里,人的心绪会变得安宁。

在靠近中心位置的玻璃柜前,邵辉停下了脚步。

卓导虽然不是收藏家,但平时接触传统文化多了,自有几分灵气。他仔细瞧了瞧,脱口而出道:"这是……北宋汝窑玉壶春瓶。"

王总半是夸人、半是自夸地说:"卓大导演的鉴赏力不同凡响,佩服啊。"

卓导摆摆手:"不敢不敢,还是请邵先生讲讲吧。"

邵辉微笑道:"汝瓷,有'玛瑙为釉古相传'的美誉,观其釉色,犹如雨过天晴云破处、千峰碧波翠色来。妙就妙在,亮而不刺目,恰如君子的品质。观物识人,正是二位的写照啊。"

三人相视而笑。

邵辉接着说:"汝瓷距今有一千余年,这件玉壶春瓶上的鱼鳞纹,其纹络是有层次的,色泽青翠,釉汁莹亮,如果轻轻叩击,瓶面可发出如磬的音韵,称为'玉声'。"邵辉的目光,从玻璃柜前转向王总,笑吟吟地说,"所以,修复这件玉瓶,实在太难了。"

现场蓦地一静。

王总惊奇地问:"你能看出这是修复的?"

卓导也惊愕地凑近了玻璃柜。

邵辉诚恳地答:"说实话,这个肉眼是看不出来的,但我在业内的朋友曾经告诉我,有一件汝窑玉壶春瓶因为某些特殊原因破损了,据说辗转落到一位房产商手上。今天一见,就对上了。"

"没错没错。"王总露齿一笑,"我呀,就是因为听过一句话'纵有家财万贯,不如汝瓷一片'，从那以后就迷上了。后来见到这件瓷器……哦，最初看到时，心里着实痛啊，"王总用手比画着，"碎成了六块。"

卓导惊问："是碎开的？"

王总点点头："嗯，东西是齐备的，却摔成了六瓣。"

邵辉敛眉说："原来不是破损那么简单。哪位大师修复的？"

王总摇摇头："朋友辗转介绍的，我呀，只知道是个年轻人，很神秘的。"

邵辉非常惊讶："国内有这样的年轻人！"

卓导催问："这究竟有多难？"

邵辉介绍道，由于是裂成了碎片，修复这件瓷器要用到"金缮技术"。这种技术源自中国，因金缮修复要用生漆粘接碎片，其实更适用于胎体粗糙的器物，而胎体细腻坚实的器物，自古以来匠师多用锔钉修复，《清明上河图》中就有锔瓷匠人。但这位年轻人已经超越金缮技术——取其魂，隐其形，做到"无痕修复"。

要达到这种境界，不仅对器物有着透骨入髓的了解，更有着重塑瓷器生命的能力，而且必然有独门制造的黏着剂，但绝不是"牡蛎粉拌红糖"或者"窑灰拌糯米"的黏着剂。这种技术，即便在金缮盛行的日本文物界也是无解之谜，全世界掌握此技术的不会超过三个人。

听到这里，王总也惊住了："哎呀，没想到我曾经遇到一位神。"

三人不由自主地将目光投向玻璃柜，似乎感受到那玉瓶迸发出古老的生命力。

入夜，丰台区马家堡的一条僻静街道上，行人稀少，偶尔有车辆驶过。

路旁的绿化带后面，一座外观有些破落的小院里，隐约透出灯光。

灯光来自南厢房。房间里隔了两个区域，外间空空荡荡，面积六七十平方米，灯光下有张桌子，桌子正中放着一个蓝色锦盒，约莫一尺见方。锦盒旁边是日常的茶具、果盘。

桌子旁边站着两个人，另有一个瘦子站在靠后的位置，还有两个人守在窗前，监控着院门外的动静。

桌旁的女人正盯着眼前的男人。女人三十岁出头，一脸冷漠。男人年近四十，额头有一条刀疤。

女人说："老鹰，你犯了错，还不认吗？"

老鹰不屑地说："谷姐，我跟了先生五年多，命都交了，拿一个东西算啥？"

"你有忠心，可坏了规矩……"

"别废话了，这东西我又不是私卖。"

"是呀，谷姐。"靠后的瘦男人往前凑了凑，他的态度要恭顺得多，"老鹰当时就说了，回来给先生，大家多发一笔财。"

谷姐苍白得有些锐利的脸上，露出一丝冷笑，低头看了一眼手表，说："那就等着先生评判吧。"

这时，窗前一个人说："先生回来了。"

屋里的人顿时紧张起来。

方才对谷姐出言不逊的老鹰，也变得一脸肃穆。

屋子外面传来脚步声。守护在门前的人轻轻将门拉开，一个身影裹着夜风进来，脸庞浮现在灯光下，是邵辉。

他环视房间，觉察到一丝异样的气氛。

"先生。"谷姐迎上来。

"先生。"老鹰跟着上前。

邵辉点了一下头，目光投向桌子上的锦盒。他的步履依然是从容优雅，走到桌子后面坐下。

"没什么问题吧？"他淡淡地问了一句，便打开了锦盒。

"没……很顺利。"老鹰欠身说，语气有些紧张。

邵辉已经捧起瓷器，眯缝着眼睛，在灯光下赏玩。这是件唐越窑酒壶，胎质细腻、釉质润泽。三四分钟后，邵辉把瓷器放回锦盒，示意谷姐收好。然后他从果盘里拿出个核桃，在手里揉捏着。

"说吧，出了什么事？"邵辉看了老鹰一眼。

老鹰忽然有些迟疑。

谷姐在一旁说:"他顺手牵羊了。"

邵辉揉捏核桃的动作停顿。

谷姐忙说:"不过他一回来就交给我了。"

老鹰说:"先生,这是捎带手的事儿……"

"拿了什么?"邵辉问。

谷姐把那件东西放到桌上。

一枚祖母绿宝石戒指,戒面之大、宝石之翠绿浓艳,世所罕见。

老鹰有些兴奋地说:"这东西就在瓷器旁边的架子上,拿一个是拿,拿两个也是……"

那个瘦子跟着说:"旁边还有六七件玉器、瓷瓶,我们看也没看,只拿了这个戒指。它太漂亮了,太……诱人了……"

"关键是好拿,轻轻松松,还不占地方。"老鹰补充。

邵辉拈起戒指,在灯光下稍微转了转。

屋里的人直直地盯着戒指。

"先生,少说几百万进账,我绝无私心,全是为了大伙。"

"我相信。"邵辉淡淡一笑,把戒指放到桌上。

老鹰松了口气。

邵辉一边继续把玩着核桃,一边拉开抽屉,拿出一把核桃夹子。

先生爱吃核桃,众人习以为常。然而此时,邵辉却从桌上拿起那枚戒指,放到了夹口上。

大家惊呆了。谷姐也感到震惊:"先生……"

晶莹浓艳的祖母绿宝石,夹在明晃晃的不锈钢夹子上,这画面,让人的心,战栗起来。

邵辉非常平淡、非常自然地按下夹子。

那声音……有点像一块玻璃碎掉,有点像一块冰坠落。

碎碴儿掉在桌面上。

老鹰的额头竟然布满了冷汗。

邵辉问:"还记得入行第一天,我对你说了什么?"

老鹰吞了吞口水:"规范。"

"还记得什么叫规范吗?"

"规,就是一把尺子;范,就是模子。"

"你的记性不坏,可你的心,偏了。偏离了尺子,偏离了模子。"

"我就是想……反正……"

"顺手牵羊?哼,你牵十次羊,总有一次牵到狼身上。"邵辉站起身,注视着老鹰的眼睛,"我们做的是刀口舔血的营生,只要错一次,代价就是崩毁。"

"是……"

"最后一次警告你们——"邵辉环视屋子,嗓音陡然提高,"必须严格遵守我的规范。这是我们始终安全的原因,是那些事主不报案的原因,是你们还能分到钱的原因!"

"是!"众人齐声答。

邵辉返身进了里间。

谷姐跟过来,迟疑着,轻声说:"先生,你刚才从外面回来时,好像有心事。"

邵辉点了一下头:"今天终于有机会去了王总的私人收藏室。"

"哦?情况怎么样?"

"防护措施达到了世界一流博物馆的水准。而且他的藏品,我看了一圈,都是正常渠道得来的。动他,风险太大。"

"嗯,那就放弃。"

"不过,今天有一个意外收获。"

"什么?"

"在王总的收藏室,居然见到了'无痕修复'。"

谷姐的眼睛睁大了:"那不是传闻中才有的技术吗?当年你遍访日本文物界,得到的只是无解之谜。"

"是呀,偏偏有这么一个人,一个神秘的年轻人……"

"年轻人?!"

"这个人很有价值。"邵辉凝神望着墙壁,慢吞吞地说,"我要让他为我所用。"

第二章

总有一场风暴等着你

你的演技

不如一只狗!

1

瑞新娱乐公司大楼，在海淀区一条僻静的街道上，站在楼顶可以望见颐和园的宝塔。老板白瑞德懂得低调，他是经纪人起家，拥有的最大明星资源是焦棠。

白瑞德从草根一路打拼上来，人生最低谷时遇到焦棠，是他把焦棠留在了娱乐圈，同时他也因焦棠而崛起。圈内人曾经说：如果焦棠患了百日咳，瑞新娱乐公司集体感冒三个月。

所以，焦棠小姐"身体健康、万事如意"最重要。这是公司文化。

但此刻，焦棠小姐并不如意。

她虎视眈眈地盯着宣传人员，如同一只猫盯着笼子里的画眉鸟。

小朱只觉得后脖颈发凉，脑瓜顶上却是阵阵灼痛。来自偶像的盯视，竟有着如此丰富的感觉。

小朱学的是美术设计，两年前来公司应聘，就是因为崇拜大明星焦棠。与"国民偶像"共处一个空间，是他这个二维小物种最大的梦想。

他努力上进，终于成了焦棠的御用宣传。然而，噩梦从此缠上了他。

他很快发现，公司里的焦棠与公众眼中的不是一回事。据说猫有九条命，而焦棠有九种表情。

"哎哎，那谁，你发什么呆啊？"焦棠不耐烦地说。

"哦……"小朱喘了口气。

"你能不能用点心？！"

焦棠的疑问往往是一种命令。那双宝石般乌黑的眸子里，投射出咄咄逼人的目光。娇俏的鼻子与弧形自然的唇，配以一头波浪长发，构成天生美颜。

可她就是不满意那张照片。

电脑屏幕上是她坐在落地窗前的形象。她右手托腮，凝神望向窗外的枫树，睫毛上恰到好处地映着淡淡光线，极好地衬托出眸子的纯洁与明亮，与桌上咖啡的氤氲雾气交织，使得那份温婉宁静充满了吸引力。

"棠姐，我在用心做。"

小朱耷拉着眉毛，眼圈发青。他一夜未眠，可是忙活半宿的成果被焦棠一口就否了。

焦棠说："我有个好主意，你给我的左手边放一本书，就让左手抚着书页。"

"那要重新调整左侧的角度，还有光线，不然会很假，甚至扭曲。"

"你什么意思啊？"

"不如重新拍一套照片，直接在手边放一本书……"

"可我就喜欢这张照片！懂了吗？"

"……懂了……"

小朱手指哆嗦着，握着鼠标做起来。

焦棠催促道："你的滤镜呢？还有色差、饱和度……这里……对，眼睛。"

"棠姐，我知道您也懂 Photoshop 软件，可是不能工具栏里每个都弄一下。"

"喂，小朱，棠棠让你怎么做，你就怎么做！"一个戴着橙色鸭舌帽的女子走进来，大马金刀地坐到沙发上。

她是焦棠的首席助理，是在焦棠从默默无闻骤然爆红的转折阶段跟上焦棠的，至今她都感谢白瑞德把她分配到焦棠身边，让她这个助理都成了一线的。

"飞姐，少抽点烟，把我的脸都熏黑了。"焦棠把迟飞嘴上的香烟捏下来，扔到烟灰缸里，指着小朱说，"P（修）图这活还得我亲自指导，盯了这一会儿电脑，对我的眼睛损伤有多大，你知道吗你？！"

小朱一脸幽怨地看了一眼焦棠，想说什么，嘴巴扁了扁，没说出来。

迟飞哈哈笑着，起身在小朱的后脑勺抽了一下，对焦棠说："这小子还行，在公司干两年多了，现在修图是最好的。"

"什么？"焦棠瞪着迟飞，宝石般乌黑的眸子里漾满了怀疑，"就这水平也能混上来，看来我真得跳槽了。"

"哈哈，你吓得小朱前列腺炎都犯了。"

"你看他 P 的图！前天微博发的照片，点赞数少了多少，你看到没有？"

"要我说，你就不用 P 图，天生丽质，素颜上镜……"

"绝对不行。我展示的所有形象都要完美！完美，懂吗？"

小朱在电脑前，忍着打呵欠的欲望，咕哝道："我想回自己的工作间，休……修图。"

"不行,就在这儿,我盯着你——咦?嘴角那个黑点是怎么回事?"焦棠凑到电脑前,仔细看着。

"是我昨天晚上吃泡面溅到屏幕上的油星儿。"

"什么意思?埋怨我让你加班了?加班费找老白要去,跟我哭什么?"

"……我……"

"哈哈,你借他三个胆儿,他也不敢在老白跟前提加班。"迟飞打着哈哈,胳膊肘在小朱的后腰捅了一下,对焦棠说,"算了,把这小子当个屁,放了得了。"

小朱急忙拎起笔记本,像一只画眉鸟似的,夹着翅膀往外溜。焦棠正要阻拦,门外的身影一闪,一个女孩低着头进来。她叫阿娅。

"棠姐,鞋买好了。"阿娅是新入职的助理,主要负责跑腿。

迟飞走过来问:"什么鞋?"

焦棠说:"我跟阿娅的脚一样大,让她帮我买的。"

"哦,我知道这家鞋店,就在……"

焦棠不耐烦地说:"在李济宗的金融公司楼下,我不想碰到他。"

迟飞没再多说,帮焦棠打开鞋盒,是一双白色的水晶鞋。

迟飞赞道:"我靠,真他妈漂亮,阿娅很有眼光啊。"

阿娅忙说:"是棠姐先看好了款型,交代我去买的。"

焦棠迫不及待地拿过新鞋,先试左脚。可是,麻烦了,穿不进去!

阿娅半跪在地毯上,想用力又不敢,只能使劲托着焦棠的脚。迟飞蹲下来,一手抓住鞋跟,一手按住焦棠的脚,愣往鞋窠里戳。焦棠"哎呀"一声,痛得眼泪流下来。迟飞赶忙松手,鞋子掉在地毯上。焦棠气得一脚踢上去,鞋子滚落到墙边。

阿娅心痛地拾起来。这双鞋好贵的。

焦棠又气又怨,对阿娅说:"你怎么试的?让你去买,就是因为你和我脚码一样……"

"我在店里试得很舒服的,这怎么……"阿娅都快哭了。

迟飞忽然一挑眉,想起什么,凑到焦棠耳边,轻声问:"是按资料算的?"

焦棠恍然大悟。原来,为保持一切完美,她对外宣传的身高、体重、腰围、胸围等数字,并不准确,脚码就是小一号的。可时间久了,自己都当真了,真以为重塑了自己。往常买鞋什么的，都是她自己试，就没在意，没想到今天闹了这么一出。

迟飞清清嗓子，语重心长地说："棠棠，你坐的时间太久，脚肿了。"

"嗯，我是应该多运动。"焦棠说。

迟飞拿眼角瞄着阿娅，意思是让她附和一下。

阿娅灵感乍现，忙说："对对，我老妈也经常脚肿！"

焦棠气乐了。

迟飞趁势说："这双鞋，干脆送给阿娅吧，鼓励一下职场新人。"

阿娅急忙摆手："不不，我配不上的。"

焦棠打量阿娅。阿娅往后缩了缩。

焦棠说："这是高跟鞋，穿上跑不快，还容易崴脚，对吧？"

"……是，我马上去把鞋退了。"阿娅准备出去。

"欸，等等。"迟飞忽然打个响指，兴奋地说，"干脆拍卖！"

焦棠一愣："拍卖？不好吧……"

"有什么不好的？回头我跟老白请示一下，就用瑞新娱乐官方名义，把你的水晶鞋进行官拍，所得资金用于捐助——失孤老人。"

焦棠笑着听到最后四个字，忽然眼神一暗，浮起一丝不易察觉的忧伤。

迟飞仍在为这个随手捡来的策划案兴奋，这是一举三得的妙计：刺激了粉丝的热情、确认了焦棠的完美脚码、宣示了焦棠的爱心。

迟飞问："棠棠，你觉得怎么样？"

"嗯，那就好好找一家敬老院，全程跟进监督，每一分钱都要公示。"

迟飞愣了一下，听出焦棠语气里的凝重。

迟飞说："放心吧，先让阿娅搜集信息，到时你要直播，网络平台、电视台……"

"这个我就不参与了，你们盯着就行。"

"哎，那是多好的……"

这时，焦棠的手机响了一声，她看了眼朋友圈，闺蜜邬莉莉发的照片：一个漂亮女孩站在葡萄园中，旁边招牌写的是法文。

迟飞还想凑过来劝说，焦棠已经不愿再谈这事了。她坐到窗前的沙发上，拨通手机:"莉莉,很跩嘛,昨天见你发的游艇,今儿又到法国酒庄,这个男的很有钱呀。"

"嗨,一般般啦,做国际贸易的,论财富等级,差着你那位老李……"

焦棠的脸色陡然一沉:"别提他!"

"怎么,又吵架了,我刚出国半个月……"

"李济宗就是人渣,我才看清的。"

"什么什么?出了什么状况?"

"那个王八蛋有老婆的,我上个星期才知道他有,还骗我说老婆死了五六年了,恶心!"

"哎哟,棠棠,你这么聪明一姑娘,让一豌豆荚给耍了?"邬莉莉拿腔作调地说,"你呀还是心软,我要是遇到李济宗这种货色,好啊,我管他妈谁是谁,先赔老娘一千万再说。"

"哎呀不行,一提这事儿,我就想吐,生理反胃。"

"反胃不要紧,别伤到心就好。"

"哼,我要是被那个王八蛋伤了心,那我自己跳浴缸淹死。"

"我告诉你吧,只要抓住男人的钱包就行。什么都是假的,买买买才是真的。男人只有让他付出了,他才会珍惜,付出的越多,他越……"

"好了好了,说点别的吧……哎,法国那边帅哥很多的……"

焦棠打电话时,迟飞坐在屋角的沙发上玩手机。忽然,迟飞的表情变得紧张起来,拨动屏幕的速度也逐渐加快。

"……好羞涩呀,我上次去巴黎拍广告,没见过法国人这样玩……莉莉,你怎么变得这么坏了……哈哈哈……格格格……嘻嘻嘻……"

迟飞在沙发上坐直身,仿佛犯了痔疮似的,开始扭动身子,一向大大咧咧的表情已是荡然无存,额头上竟渗出了细密的汗珠。

焦棠注意到迟飞越来越紧张的模样,有些不耐烦,一边继续和闺蜜聊天,一边用目光询问迟飞:发什么瘟?

迟飞抬手做个劈砍的动作。

焦棠连忙对着手机说:"莉莉,我要开会了,回头聊。"

她一放下手机,迟飞便跳起身,把自己的手机伸到了焦棠面前。

焦棠的目光集中到屏幕上，眉毛瞬间立了起来。她还没来得及说话，阿娅已经跌跌撞撞地跑过来，举着自己的手机惊声大呼："棠姐——棠姐，霸屏了！"

2

一张照片霸屏了。

照片的背景环境是西餐厅，有三个人，主角是焦棠，对面坐着一对中年男女。

照片的角度极为刁钻，恰到好处地把三个人的面容都展现了出来。

焦棠坐在桌子右侧，脸上的表情介于不满和愤怒之间，惹人遐想。

对面的中年女人，由于光线的作用，在她高高的颧骨两侧投下阴影，使她的表情看不出是委屈，还是生气，或者是害怕？

女人身旁的男人只能看到侧脸。那人微微低着头，呈现出一种退缩的姿态，但照片巧妙地展示出男人一只手托着中年女人的胳膊，表示亲密，而另一只手的手势似乎在讨好焦棠。

这绝对是高级狗仔的作品。

这肯定是从几十张，甚至上百张照片里精心挑选出来的。这是一张有故事的照片。而这个故事，正是吃瓜群众最喜欢、最容易受刺激的内容。

照片上呈现的故事是：焦棠作为一名小三，在指责中年女人。

迟飞说："马上以公司名义发消息——这张照片是假的！"

"是真的。"焦棠嘴唇颤抖，"我当时是在骂李济宗，这个照片角度怎么看起来……"

"别管那么多了，删照片！"

阿娅哭丧着脸："删不掉的。已经传播开了……"

瑞新娱乐的官方反黑已经在行动了，可铺天盖地的负面消息层出不穷。那些试图帮着焦棠辩解的粉丝，也立刻被汹涌的口水淹没了。

偶像女星卷入小三丑闻！注意，不是传闻，而是实锤，有图为证。

——我早就看出这个戏精不是个东西，事实证明真是垃圾！

——你一个小三,竟敢当着人家老公的面骂原配,谁给你的狗胆?

——那个男的也是个狗,不然怎么配得上焦棠,一对狗男女!

…… ……

迟飞一把夺下焦棠的手机,厉声说:"别看了!阿娅带棠棠去休息。"

"噢。"

阿娅抓住焦棠的胳膊,却被焦棠甩了个趔趄。焦棠的眼睛泛红,不知是悲痛还是怒火。她夺回自己的手机,吼道:"难道没人相信我吗?我有几千万粉丝啊!"

"公司已经在行动了,你别紧张,别害怕……"迟飞一边摆弄手机,一边安慰焦棠,"噢,老白发来了微信——"

"说什么?"焦棠急迫地问。

"他说,保护好棠棠。"

"那不是废话嘛!"焦棠嗓音凄厉。

手机屏上瀑布般滚动着越来越多的消息。

一大群"粉转黑""路人黑"疯狂聚集起来,似乎每个人都赶过来大骂焦棠。

——焦棠滚出娱乐圈!

——无耻小三还有什么脸苟活人世?

——贱棠请自绝吧!

…… ……

微博、贴吧全部汹涌着层层巨浪。热搜、头条充斥着刺眼的标题。焦棠的微博在关闭评论前,又增加了数千条谩骂。她的微博粉丝数竟也离奇暴增,其中许多只是为了骂她而注册的。

现在,只有焦棠的"全球粉丝后援会"还在抵挡着,不断发出"我糖被陷害""坚信我糖无辜""公道自在人心"等等的反驳,焦棠看到这里,眼泪夺眶而出。

然而,抵挡的声音逐渐被卷入了深不见底的网络空间,其他那些"应援博"也被潮水般的舆论冲垮了。

最后,只有瑞新娱乐的官方后援微博还在勉强支撑。

至此,焦棠的完美人设全面崩塌。

3

走廊里传来匆匆的脚步声。

迟飞说:"老白回来了。"

房门推开,白瑞德站在门口,镇定了一下,手帕擦着额头的汗走进来。

"天气真热啊,你们没感觉?"顿了顿,他对迟飞说,"你和阿娅先出去。"

迟飞看了焦棠一眼,和阿娅离开,把门带上。

白瑞德吁了口气。他是经历过险风恶浪的,对自己的要求是"泰山崩于顶而色不变",但焦棠分明看到他的手指在微微颤抖。

老白并不老,刚刚三十五岁,方脸、浓眉,却长了一双圆溜溜的小眼睛,这使他的面貌在忠厚中有三分狡猾,狡猾中又有七分忠厚。

"棠棠,照片是怎么回事?"

"是真的。"

白瑞德皱了皱眉头:"你绝不会做什么鬼小三!"

就这句话,焦棠的眼泪差点掉下来,嗓子哽了一下,没说出话。

白瑞德接着问:"你去见李济宗之前,怎么没告诉我一声?迟飞知道吗?"

焦棠摇摇头。

白瑞德的眉头锁得更紧。

焦棠说:"我一发现李济宗有老婆,就和他断了。可我很生气,他把我当傻子,我实在忍不下这口气,就约了李济宗的老婆出来见面。我路上很小心的,绝对没有狗仔队跟踪。"

"那不是重点……"

"我就是忍不了,想让他老婆看清李济宗的丑恶嘴脸,可是没想到……"

"没想到李太太更顾及丈夫脸面,反过来嘲笑你。对不对?"

"嗯。"焦棠瞥了白瑞德一眼。

"那女人四十多了,家大业大,你以为她不知道自己老公的品性?你以为她没有盘算利弊?她在家里跟老公怎么撕扯都行,可到了外面,就是荣辱与共。你约她一起收拾她老公?我的天,你怎么想的?"

"是李济宗一直死乞白赖追着我,说他老婆早就火化了。"

"你认为那女人会恨老公而同情你?"

焦棠忽然愣了一下,脱口而出:"啊!这照片……是那女人找人拍的?她来赴约的时候就设好局了?谈话中故意摆姿态?"

"基本是了。"白瑞德叹口气。

"可她就不担心家丑外扬?"

"她肯定是盘算了利大于弊,才这样做的。首先把你搞臭、搞怕,让你以后再不敢接近她老公;同时,又用这件事警告其他女人,离她老公远点;最后,敲打她老公,以后约束一下自己。人家这是一举三得的妙计。"

"这女人够狠的!"

"所以,你和富豪太太玩心眼,玩死自己,还得你自己买骨灰盒。"

"别说了!事情已经出了,怎么办?"焦棠瞪着白瑞德。

"现在最紧要的,就是你拍的那三支广告,还有李导那个戏……"

焦棠马上紧张起来:"不会有问题吧?"

白瑞德苦着脸说:"我刚才回来的路上联络广告商,人家不接我电话。"

"可能不方便吧,"焦棠说,"我打一个试试。"

白瑞德皱着眉头:"可你上次拍广告时,闹得不愉快,说不拍就不拍了。"

"我觉得拍好了呀,何必浪费时间?再说你安排的商演也在那一天,撞车了我有什么办法?"

"话是这样讲……"

"咱俩别在这儿啰唆了,先处理饮水机的广告。"

焦棠拿出手机,拨通对方的电话,摁了免提键。

就在对方接听的一刹那,焦棠脸上的表情自动调换到"温柔娴静"模式。

白瑞德早就知道焦棠有这个才能,现在看来还是赞叹不已。据说焦棠能在一分钟里换出九种表情,这话是有些夸张,但她能从刚才的悲愤恐慌中瞬间调换情绪,完全是天赋加磨炼的成果。

"陈总,是我呀,你怎么听不出来了?"

"呦,大明星啊,恕我耳背啊。"

白瑞德一听这腔调,脑子里就两个字"要完"。

焦棠温柔地笑一笑:"陈哥,我还记得,那天你穿着一身藏青色西装,走进拍摄场地的形象,太帅了,真的!那次有些误会,你来处理事情,我是有些急躁,回来老白还说我摆谱,我也很过意不去,正打算这两天忙完,请陈哥吃顿饭,那今天……"

"焦小姐啊,拍广告的事我还真没往心里去,可现在的情况,你的风评太差劲,我们不敢用你代言。"

"陈哥,是网上有人诬蔑我,泼我脏水,公司这边正在处理……"

"等你们处理好再说吧,我还有个会,再见。"

电话挂断了。

焦棠又拨打另一个人的电话,询问之前拍过的唇膏广告,只得到一个冷淡的回答:接到通知,广告撤掉。

焦棠不甘心,对白瑞德说:"演出没问题吧,李导那个戏已经试镜了。"

白瑞德苦笑着,拿出手机给焦棠看:"刚收的信息——"

制片人发微信告知:焦棠的角色换了。

焦棠最受不了角色上的变动。她气极了,骂道:"都说我势利,他们有什么区别?我闪亮的时候,都想借我的光普照大地。可我头上刚飘来一片乌云,你看一个个爹死娘跑的鬼样子!"

"也不能全怪他们,大家真以为你卷入了小三丑闻,"白瑞德叹口气,说,"你先休息一段时间也好。"

焦棠气愤之余,又生出一丝绝望。她拼命攥着沙发扶手,哑声说:"可我没做坏事啊,为什么这样诬蔑我?"

"这是舆论风暴。去年安岩传媒遭遇的那场网络舆情之恐怖,至今让吴总不寒而栗。"

焦棠猛地仰起脸:"我要解释清楚!"

白瑞德轻轻摇了摇头:"相信你的人,不必解释,不相信你的人,你说的一切都会被认为是洗白。"

"可我……"

"你觉得受不了,是因为自己崩得太快了,对吗?"

焦棠一脸绝望地点点头。

她十九岁进入娱乐圈，体会着大潮涨落，心绪跟着剧烈颠簸，一方面享受着名利光环，牢牢抓住自己拥有的一切，同时又害怕一觉醒来突然身败名裂、房倒屋塌。为了得到更多的关注和赞美，她在公众面前拼命维护偶像女星的形象。

白瑞德说："归根结底呀，是你原来的人设太完美，粉丝对你是纯爱，现在突然爆出个'小三丑闻'，谁受得了？竞争对手的水军一带节奏，舆论风潮瞬间转向。"

"那些黑粉，还有从来不喜欢我的路人，我并不在意。"焦棠委屈地说，"我在意的是那些粉丝，他们昨天还大喊着爱我，今天就恨不得踩死我。"

"也不能怪他们，他们以为你欺骗了他们的真感情。"

"那我就忍着？"

"风向已经偏了，力度太大，只能让风刮一会儿。当然，公司这边要严正声明，要给出态度——你是受害者。"

"那赶紧开会商量一下吧。"

"我来处理善后，你不用管，好好休息。哦，还有，先不要把撤广告、换角那些事告诉别人。"

"嗯，我有分寸。那以后呢？"

"放心，我们会找机会修复你的形象。"白瑞德走到焦棠身边，以大哥的姿态拍了拍焦棠的肩膀，"还是那句话：你在哪里摔倒，就在哪里飞起来。"

焦棠平复一下情绪，默默地往外走。

白瑞德又唤住她："棠棠——"

焦棠一手拉开门，扭脸问："怎么了？"

这时，白瑞德的手机响了，他看了看，是公司股东打来的。他的眼神一暗，但脸上表情丝毫未变，继续朝焦棠做出有力的手势，说："塞翁失马。你是个有福气的孩子，一切都会好的！"

焦棠笑了笑。

她在外面带上门，听到白瑞德在屋里说："林先生别生气，情况是这样的……"

4

焦棠认识白瑞德那天，是她人生中最屈辱的一天。

那年她十九岁，刚刚进入演艺圈。那是一个初冬的傍晚，零下2摄氏度的气温，还下了一场冰雨，潮湿冷冽的气息往人的骨头缝里钻。

焦棠参与了一部年代剧的拍摄，她很幸运，得到了一句对白。

剧情要求她从门外走进来，然后说一句："你怎么还在这儿？"

她很紧张，又实在是冷，说台词时牙齿打战。这场戏演了七八条，到她这儿就卡壳，怎么也过不去。导演很烦躁，便责备副导演。副导演有气没处撒，指着焦棠怒斥："你他妈会不会演戏？你的演技不如一只狗！"

摄影棚内外几十号人，顿时鸦雀无声。

那一刻，焦棠有被冷风切碎的感觉。

副导演不管不顾，接着吼道："你怎么还在这儿，滚！"

这句话与那句台词对应，碰撞出莫名的喜感，周围人忍不住，发出了一阵窃笑声。

焦棠瑟缩着身子，双手抱肩，木然地往外走。四周很快恢复如常，也就没人搭理她了。

她与千千万万来了又走的人一样，他们像小石头滚到大河里，偶有能翻起一点水花的，而大多数小石头一滚就不见了。

焦棠本来想承受住，可她终究无法抑制心底的伤痕。小时候经常听到一句话"养你不如养一只狗"，今天是把她拼命掩埋的伤口又给血淋淋地撕开了。

她想：这地方本就不是我该来的，这世界也不是我该来的。

就在同一时刻、同一地点，白瑞德从摄影棚外面经过，他刚从另一个剧组过来。原先答应和他签约的一个演员跟别人跑了，他来问个究竟，却被人赶了出来。

天很冷，白瑞德如丧家犬，裹着大衣缩在墙角抽烟。

这时他听到有人骂"演技不如一只狗"，他心有戚戚焉，伸长脖子往那边看。

萦绕着白气的灯光里，站着一个瘦瘦的女孩。大庭广众下，她瑟瑟发抖。

白瑞德的眼睛亮了一下，把手上的烟头扔到地上。

焦棠跌跌撞撞地走在街头，凄风苦雨中挪动着麻木的双脚。忽然，眼前伸来一只手。

白瑞德不知从哪儿弄来一个烤红薯："很冷吧，用这个暖暖手。"

焦棠原本痛苦绝望的眼神中，瞬间覆上了警惕、疑惑、害怕……

望着那宝石般的眸子和眸子深处蕴含的多层情绪，白瑞德受到了震撼：这才是天生的好演员，那帮人，整天骂别人是狗，自己全他妈是混眼子狗！

焦棠说："我见过你，在各个剧组跑来跑去，给导演递名片，还帮场工搬东西。"

"观察力很强啊。"

"你究竟是做什么的？"焦棠恢复到木然状。这是眼下最好的保护色，遮掩住她的屈辱和恐慌。

"正式认识一下，我是瑞新娱乐的白瑞德。你别怕，我不是坏人。"

"也不是什么好人。"

"对，这一课你已经学会了。"白瑞德赞赏地点点头，"这里没有坏人，也没有好人，只有对你有用的人。"

"那你——"

白瑞德及时掏出名片，连同烤红薯一起塞到焦棠手上。

焦棠看了看名片：瑞新娱乐总裁，白瑞德。

名片背面印着：主营影视艺人经纪，全球范围内配置优质资源，拥有顶级签约艺人多名……

或许是烤红薯确实很温暖，或许是白瑞德坚定的眼神以及忠厚的表情，加上自己刚刚陷入绝望，正在全面否定人生，焦棠需要一个人帮她找回一点信心。

"可我不会演戏。"焦棠轻声说着，把名片递回去。

"不，我看人很准，你是一块璞玉。"

"什么……什么意思？"

"你非常有潜力。我说的是'非常'。"接着，白瑞德就用他的三寸不烂之舌把焦棠带到了自己的公司楼下。

焦棠是不知不觉跟来的，她鬼迷心窍般觉得白瑞德可能是自己的贵人。直到上楼时，她才觉得有些不对。楼道昏暗，地上还有污渍。进了办公室的门，焦棠彻底傻了，二十多平方米的房间，空荡荡、冷飕飕，摆了三张桌子，其中一张桌子旁坐着一个打字员，好像饿了三天似的，一脸菜色地盯着焦棠。

焦棠回望打字员。打字员那张青灰色的脸上浮起一抹红，显然他从来没被美女注视过。

焦棠问："白瑞德，这就是你说的——全球范围内配置优质资源？"

"哦，公司还在创业期，临时过渡……"

"白总，干了一年了，我的辞职申请啥时候批啊，你把上个月的工钱……"

白瑞德二话没说，马上到里屋打开保险箱，拿出一个干瘪的信封，看了看，有七八张大钞。他走出来，把信封甩到桌上。

"你可以走了。"

打字员一愣，拿起信封跑了。

焦棠问："白瑞德，你这是干什么？"

"清理不良资产。"

"什么意思啊？"

白瑞德恳切地说："让我做你的经纪人，从今天开始……"

"等等，"焦棠退了两步，"你是疯了还是傻了，公司就咱俩，那不是找死嘛。"

白瑞德突然咆哮道："你想屈辱地混日子，还是绝地反击？"

焦棠沉默了。

"以后的路，还能比今天更糟吗？我的人生。"此时的焦棠，心情很复杂，既有反正已经这样了，干脆破罐子破摔的悲情，也有上帝为我关上一道门，就会给我打开一扇窗的幻想。

她环视这间破落小屋，屋顶的蜘蛛网轻轻地抖动着。

她的目光落到白瑞德脸上。至少，有这么一个愿意跟她一起完蛋的家伙，未尝不是一种幸运。

而且，她没有退路。她没办法再回那个家，那个家里的人发现她想当演员，给了她太多的嘲讽。她究竟行不行？这个答案只能自己找。

她发过誓，要在演艺圈找到自己的水晶鞋！

至于面前这个男人，她只要多加提防就行了。

焦棠问："你能做什么？"

白瑞德说："我能让你在哪里摔倒，就在哪里飞起来。"

焦棠缓缓地点了一下头，有些笨拙地向白瑞德伸出手："很高兴认识你。"

"欸，酒呢？等……等一下啊，我那半瓶牛栏山呢？"

从此，两人开启了一段娱乐圈的传奇。

三年后，22岁的焦棠凭一部剧爆红，无数人拿着合约等她签，她从中挑了一份，然后当众狠狠地甩到对方脸上——那就是曾经辱骂她的副导演，而白瑞德实现了自己的承诺。

5

机会，有时也留给最着急的人。

在"小三丑闻"爆发十天后，白瑞德把焦棠请到了自己的办公室。

白瑞德说："谈了一部剧。"

"这么快？"焦棠有些惊喜，"是谁的戏？"

"卓恒闻。"

焦棠一皱眉头："这名字好像在哪儿听过。你找的是县剧团吧？"

白瑞德笑了笑："卓导从不关心网络，当然也不在意网上风潮。他以前是拍文艺片的，人家玩的路子都是戛纳、柏林。这次转型，要拍一部清装电视剧，但风格跟市面上的剧不一样。"

"什么剧？"

"宫女秘闻……"

焦棠嘴角一撇："这也太低级了吧？听名字就没有红的气质。"

"是，宫女这种题材不是市场风口。"

"对嘛，观众只想看皇后、嫔妃斗得天昏地暗，你一群宫女……"

"这就是与众不同之处。"白瑞德双手交叠，放到桌面上，"棠棠，我们现在面临的情况，你比谁都清楚。市场在抛弃我们，我们急需转型，急需修复形象。"

焦棠垂下眼睑。"小三丑闻"对她的重创，并不仅是心理上，还直接打击了她的价值命脉。

"棠棠，我可以告诉你，这是目前我们唯一能抓住的一根稻草。"

焦棠有些愕然地抬起脸。

白瑞德的语调随之昂扬起来："但我们能让这根稻草变成风帆。"

焦棠苦笑："你也太自信了。"

"我不是自信，是对你有信心。只要接了卓导的戏，坏事变好事，直接送你上天。"

"心够大的，还想拿飞天奖？"

"棠棠，你完全具备那样的实力！"

"那你以前给我选的剧本，怎么全是无脑偶像剧？"

"哦……那个……咳咳，我是想让你多沉淀一下。"白瑞德正色道，"你已经24岁了，是时候发挥真正的演技了。"

焦棠冲他翻了个白眼。

"我跟你说啊，卓导这次不仅是导演，还是制片人，他的转型也是铆足了劲的。"白瑞德倾了倾身子，"听说他搞定的投资人是王总。王总是什么人？"

焦棠有些惊讶地看着白瑞德："那赶紧签约啊。"

"目前只是接洽，"白瑞德说，"我把你以前演的剧，找人做了个混剪，然后动用关系，把它递到了卓导面前。我听卓导身边的人说，卓导稍微看了一下混剪，就讲了一句话——"白瑞德卖起了关子。

焦棠急问："他讲了什么啊？"

"——这个演员的眼神是有层次的。"

"这么厉害。"焦棠做出夸张的表情。

"谁厉害？"白瑞德笑着问。

"我、你、卓导，都厉害。"

白瑞德脸色一正，接着说："还有厉害人出来。"

"什么意思？"

"要跟你竞争主角的。"

焦棠敛起秀眉，问："是谁呀？"

"崔月。"

"怎么又是她？"焦棠牵了牵嘴角，"崔月就不适合当演员，好好找个人嫁了，回家相夫教子才是她的归宿。"

焦棠和崔月曾经共同出演了三部剧，诡异的是，每次焦棠出任女一，崔月就是女二，而且剧情往往是女一把女二收拾得惨兮兮。两人戏里戏外的关系，成了八卦圈里的谈资，对于崔月，当然是笑话多于同情。

娱乐界谁愿意真心给别人陪衬？何况崔月是个心气儿颇高的女孩。她的不满和不服就写在脸上，曾公开说焦棠就是皮肤略白一些，论演技根本比不过她。

因此，当这部清装正剧《宫女秘闻》筹备时，崔月也想抓住机会，一飞冲天。

白瑞德说："她比咱们下手早一些。"

"那是因为我们以前根本没往这个方向上看。"焦棠说。

白瑞德靠着椅背说："是啊，如果不是最近发生的事，咱们还是会把这部剧过滤掉。"

"你刚才说，崔月下手早，是什么意思？"焦棠问。

"卓导对这部剧的最大要求就是真实感，不允许戏说假说，所以掌握清宫知识非常重要，这是卓导确立女一号的红线。"白瑞德从桌子后面走到焦棠身边，"我听说崔月已经拉上关系，直接跟剧组的历史顾问学习。"

"是谁？"

"哦，他叫邵辉，文物鉴赏家，你不太关注的，但在古装类型的专业圈子里很有名。"

"崔月都绑定剧组的历史顾问了，咱们还瞎折腾什么啊？"焦棠有些沮丧。

"卓导不会因为这层关系就选定崔月，比斗才刚刚开始。"

焦棠咕哝道："我倒是懂一点清宫知识……"

"打住！"白瑞德急迫地说，"把你以前演的那些清装角色，全部丢掉！"

"喊，有那么严重吗？"焦棠不屑道。

"把自己当一个小学生，重新进入课堂。"

"饶了我吧，我十八岁就离开学校了，在服装职业学院待了不到一年……"

"你马上去故宫！"

焦棠一愣："干什么？"

"那是清宫知识的发源地，你直接在那儿学，起步就比她高。"

"哎呀，你给我买一本《故宫导游手册》就好了，我很聪明的，我会'脑补'……"

白瑞德转过身："行了，我不跟你说了，我还要接娃去上钢琴课。"

"老白……"

白瑞德朝门外喊："迟飞——"

迟飞应声而入，手上夹着香烟。

白瑞德朝迟飞使个眼色："带棠棠去故宫。"

迟飞猛吸一口烟，把烟头扔到桌上的烟灰缸里，顺手托住焦棠的胳臂，笑道："小主，沾您的光，我很久没逛故宫了。"

焦棠被香烟呛得直咳嗽，没来得及说出一个字，就被迟飞拽走了。

第三章

我在冷宫被人欺负了

你打碎的是慈禧用过的盖碗,

苏富比拍卖行有过一件同款瓷器,

1.5 亿。

1

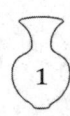

中午，周野从故宫的神武门出来，就近到了景山前街，他把自行车停在一家小饭馆外，走了进去。

靠窗的位子坐着个矮胖的光头男人，约莫四十岁，正在大口地吃着炸酱面，看到周野，忙招了招手。周野走过来，坐在他对面。

光头男一边往嘴里塞着面条，一边说："兄弟，我血糖低，不能饿……"

周野淡淡一笑："庆哥，不用客气，你吃吧。"

庆哥一手拿着筷子，另一手从口袋里掏出一张折叠的纸，扔到周野面前："你先瞅瞅。"

周野把纸打开，上面是五个人的简单资料，人名全是"秦梦"。

庆哥抬起脸，嘴唇上沾着酱汁，一边嚼黄瓜丝，一边说："放心，还是按你的要求，绝对没有触及个人隐私，是公开场合打听的。"

"湖北那边就有这五人同名同姓吗？"

"按照年龄过滤了，这是剩下的。我和她们本人都接触了，并且做了询问，提供的经历不相符。"庆哥说着，扭脸朝服务员喊道，"伙计，再来一份小碗干炸。"

周野把纸叠起来，无声地叹口气，望向窗外。从这里能看到景山公园中峰的万春亭。故宫里也有一座万春亭，位于御花园。

庆哥扯了张餐巾纸，抹着嘴唇，有些同情地看了看周野。其实他并不了解周野，只知道这位周先生在故宫上班。周野雇他处理寻人事务，因为他是业内最好的，在他粗犷的外表下、大大咧咧的行事风格中，蕴藏着极高的职业素养。这份职业素养包括不对雇主产生同情，可眼前这个青年超出了他以往的工作经验范畴。

这位周先生在全国范围内寻找一个人，可关于对方的所有信息都是九岁之前的。此外，周先生不计代价，这在庆哥的职业圈子里属于"超级肥羊"。首先，模糊的信息就有足够的余地来忽悠；其次，这位雇主从来不过问资金的去向，每当庆哥说一句"这个城市有难度，我要动用最好的人手……"，周先生都只是淡淡地回一句"钱不是问题"，接着一串数字就打到卡上了。

也许是这位穿着朴素、神色平淡的年轻人，执着的意念感化了庆哥，以至于庆哥都有些不忍心了。

但该赚的钱还是要赚的，寻人，本来就是费钱的事。

庆哥点的第二碗面到了："兄弟，不来一碗？这家是正宗的天源干黄酱。"

周野轻轻摇了摇头，起身说："你慢用。"

庆哥抬脸说："兄弟，下一步就是穿过十堰市、翻过神农架，直奔陕西了。"

周野点了一下头，转身离去。

他心不在焉地回到故宫，经过太和殿广场时，四周来来往往的游客，似乎比以往更多。周野的目光掠过人群，眼里浮起一丝忧虑。

此时，在慈宁宫花园里，焦棠和迟飞正跟着讲解员往前走。

她俩从午门进来后，就沿着西路一直到了慈宁宫花园，在南边的鹿苑参观完，继续往北走，进入了皇太后的私人佛堂。

迟飞给焦棠预约的金牌讲解员，正在热情地介绍着。焦棠环顾四周，黑色的大理石地板上陈列着十几件供器，紫檀佛塔内供奉着一千尊佛像，眼前的景象肃穆庄严，可以想见当年皇太后在这里礼佛时的虔敬。

迟飞小声赞叹："这就是太后的生活呀。"

焦棠默然。

迟飞以为焦棠被这里的氛围镇住了，转头看了看。焦棠脸上遮着大大的墨镜，看不到表情。

"棠棠，咱们接下来……"

"飞姐，我头疼。"焦棠忽然说，声音有些大。

迟飞忙把手指放在唇边"嘘"了一声，示意焦棠跟上讲解员。

三人出了佛堂，回到花园，迟飞问："棠棠，你又怎么了？"

"就是有点饿。"

"刚才进故宫前，吃过点心了。"

"转了两个小时，早就消耗完了。"焦棠不满地说。

"行，慈宁宫旁边就有一家冰窖餐厅，走吧。"迟飞说。

"哎呀，我腿好酸，就在花园里等着，你随便买点来。"

迟飞无奈，转身给讲解员打个招呼，让人家也休息，然后匆匆离去。

焦棠长长地舒了口气，太难受了，本来逛故宫是很惬意的事，可今天不是游玩，是来学习的。焦棠实在头疼，尤其是带着任务学习，更觉得枯燥至极。

这一大圈转下来，压根没记住什么，脑子里翻腾的，还是以前扮演清装角色时那些人物的点滴经历。

现在哄走了迟飞，焦棠一身轻松，沿着花园甬道踱步。不时有游人经过，焦棠便有些紧张，最近她处在风口浪尖，万一被认出来就麻烦了。她甚至觉得，路过的游客里，就有在网上骂她的"黑粉"。于是，她越想越紧张，每次有人迎面走来，或者听到背后的脚步声，焦棠都会本能地侧脸、低头，恨不得整张脸藏进墨镜里。

她选了一条僻静的路，忽然看到两只猫，顿时有些激动。

她很喜欢猫，可惜以前养的猫死了。听说在故宫徘徊的猫，都是当年的御猫后代，它们既不离开故宫，也不愿意被收养，似乎在守护什么，无形中给故宫增添了许多神秘感。

焦棠像被勾了魂儿，跟着猫走去，很快发现其中一只白猫的后腿似乎有伤痛，于是加快步伐，想探个究竟。

猫以为来人要抓它们，相伴急走。

焦棠跟着七拐八绕，一转眼，两只猫不知钻到哪里去了。焦棠不禁叹口气，此时才发觉这一带十分僻静，只能偶尔看到远处有人经过。

故宫里容易迷路，当年的宫女也曾发出这样的感慨，何况焦棠是个路痴，在外观相似、彼此交错的宫墙间，根本辨不清方向，索性信马由缰。

她忽然想到，这里应该是故宫的西路后宫，之前近百年都是大门紧锁。有人说，这里曾是女性的世界，将近三百年没有男人进来过，是太后、太妃、嫔妃生活的地方，非常神秘。

焦棠在清装剧里是熟悉后宫的，眼下为之竞争的《宫女秘闻》女主，自然也生活在这里。

焦棠立刻兴趣大增：这里才是正道啊！

这时手机响了，迟飞发来语音，着急地问她在哪里。她不予理会，把手机调成了静音。

焦棠从两座建筑中间的窄窄甬道走过去，地上铺着长方形的条砖，身旁有矮小的槐树。她转个弯，穿过黑洞洞的走廊，开始感到身上发凉。这一片是没有对外开放的区域，焦棠觉得自己可能闯入了坊间称为"冷宫"的西三所。这么一想，她顿时觉得，当年关禁嫔妃的幽怨气息仍在空中盘旋。

但穿过走廊后，眼前豁然明朗，树木和院墙覆着一层淡淡的光线，让焦棠有一种莫名的清静温和的感觉。这里仿佛是另一个世界。

她从一扇半掩的红漆木门外走过，沿着红色宫墙前行。微风中有一缕淡淡的果香飘浮。焦棠想象着自己一身古装漫步在阳光里，不禁沉醉……

突然，一个东西打在头顶，滚落到地上。

焦棠"哎呀"一声，吓了一跳，伸手一摸，头上黏糊糊的，更害怕了，以为是血，急忙拿到眼前看，才发现是溃烂的果皮果肉。她摘掉墨镜，仰脸望去，宫墙上方伸出繁茂的枝叶，金黄色的杏子在枝头摇晃。

焦棠又气又怨，拿纸巾擦拭。这一擦可就坏了，本来沾在头发上的果肉，一下子跟头发缠在一起，形成了团状。

焦棠顿时怒了。自己精心打理的头发弄脏了，而且严重破坏了整体的造型，等会儿出去万一被游客认出来，再撞见狗仔队……

她一跺脚，返身来到刚才那扇红漆木门前，气冲冲地闯进院子。

院里十分安静，只有鸟鸣声和风吹树叶的微响。一丛葡萄藤挂在木架上，树旁的古旧水缸里，长满了绿藻，几片小小的荷叶漂在水面上。

焦棠扫视一圈，院子里有四间房子，其中三个房子的房门紧闭。斜对面的廊檐下放着一辆自行车，旁边的房子虚掩着木门，里面隐隐传出说话声。

显然，目标就在那里。

焦棠大步上前，瞥了一眼门上的牌子：文保科技部，陶瓷组。

哼，原来是造碗、造碟子的小工厂。

焦棠一掌拍开了房门！

2

在屋里说话的人是隋兰兰。

一个小时前，隋兰兰走进陶瓷组的修复室。周野正在窗前工作，抬脸看了她一眼，点点头，继续埋头干活儿。

隋兰兰穿着一件素雅的印花棉布长裙，两条辫子垂在肩头，双手背在身后，左右看了看，自言自语道："大兴请我来吃杏子，他自己怎么没在？"

周野头也没抬地说："他去书画组了。"

"哦。"隋兰兰的脚尖在地上磨了一下，似乎想走，却装作随意地说，"不知你们院里的杏子与我们院里的杏子，哪个更入味？"

周野说："都是故宫的树上结的杏子，有什么差别？"

隋兰兰就等着周野这句话，悠然伸出手，扶了扶黑框眼镜，白皙秀气的脸上飘过一抹笑容，语气却是严肃的："周野，此言差矣。"

周野抬起脸看着她。

隋兰兰的目光与周野的目光碰了一下，深吸一口气，清了清嗓子说："我们院里的树是康熙六十年种植的，距今298年。而你们院子的杏树乃是咸丰二年种植的，距今不过167年。优劣可见一斑。"

周野一笑："杏子不是越新鲜越好吗？还是年头短的好吃吧。"

"荒谬！"隋兰兰朝周野走近几步，傲然道，"你们这些修器物的，善诡辩，而不思其根本，明天去古籍组看看我修的古书……"

周野忙抬手，表示认输："杏好吃不好吃，尝尝不就知道了。"

隋兰兰展颜一笑，舒舒服服坐下，看着周野走到屋角，从竹篮里拣出几枚杏子，洗净了，递给她。

"嗯，孺子可教矣。"隋兰兰伸出纤纤玉手，接了杏子。

周野不再搭腔，回到自己的台案前，继续专心工作。

隋兰兰吃着杏子，又在自言自语："奇怪啊，宋朝食杏，莫非如食肉一般，要论肥瘦呢？"

周野静如止水。

隋兰兰继续说："南宋范成大有'梅子金黄杏子肥'一句，在另一首诗里又有'枇杷压枝杏子肥'。同为南宋人的郑会，有一句'看到青青杏子肥'。噢，还有北宋文人郑獬，'桃叶青青杏子肥'。对了，明朝也有，沈明臣'绿满郊原杏子肥'……"

"兰兰。"周野终于抬起脸。

"怎么？"隋兰兰轻轻歪着头望向周野。

"食不语，寝不言。"

隋兰兰抿唇一笑，起身，瞥了周野一眼，把杏核放进门后的垃圾桶，说："我告辞了……"

就在这时，门被撞开了。

3

突然打开的门板险些撞到隋兰兰，她急忙侧身避过，愕然站在墙边。

焦棠挟着一团气浪闯进来，一眼就看到窗前的周野。

一抹阳光透过窗棂，在他的脸颊和肩侧形成一片朦胧的光晕。他双唇微抿，挺直的鼻梁上映着淡淡的光泽，低垂眼睑，可见蒙眬的眼眸间透出凝神的光彩，修长的手指细致地描画着。

焦棠倏地怔住了。

周野的注意力都在手上的元青花瓷盘。底部的三道裂纹在清理干净后，反而更显得触目惊心，能看到"人"字形磕口上的锐痕。

当年烧造时，瓷盘用的是苏麻离青，呈现紫罗兰色。细看，青花的呈色是"活"的，在浓艳处有鲜活的"流动状"。周野此时做的，就是处理那道最深裂纹的瓷面，保持其流动状，这要求他全神贯注。

片刻后，焦棠才注意到隋兰兰，二人互相打量一下，焦棠随即将目光转向周野："喂，你怎么回事？"

焦棠底气十足，是因为她进门后看到屋角地板上有个竹篮，里面盛放着杏子——这是物证。篮子旁边靠着一根细长的竹竿——这是作案工具。

周野只用眼角的虚光朝说话的人淡淡一扫，便继续埋头工作。

"哎，工人师傅，你打杏子的时候，伤到我了！"焦棠尽量客气一些，她是愿意讲道理的。

周野停了手上的毛笔，侧过脸，嗓音浅淡，却有不容置疑的力度："这里闲人免进，请出去。"

周野的态度进一步刺激了焦棠的怨气:"喂,你是不是故意的?"

"这位游客,你一定是误会他了。"隋兰兰适时插话。

"你是谁啊?"焦棠再次打量隋兰兰,看这位的穿着和气质不像工人,应该也是游客。

"我是此处的访客。"隋兰兰说。

"那跟你没关系。"

周野把手上的瓷盘放到台案上,起身做出驱赶姿态:"这里不是游览区。"

"我当然知道……"焦棠见周野站起,似乎要走过来,急忙把墨镜戴上。可是屋里光线暗,透过墨镜看什么都影影绰绰的,她连忙又把墨镜摘下,摘又不敢全摘,便挂了半个眼镜腿。这么一番折腾,把自己搞得很狼狈。

周野和隋兰兰就那么静静地看着她。

焦棠有些气急败坏:"我不跟你啰唆了,把毛巾和水给我,我要擦头发!"

周野简直闻所未闻,眼前这位女士理直气壮的样子,好像故宫欠她几百条毛巾。

"这里不提供服务用品,出去。"周野不耐烦地说。

隋兰兰帮着劝说:"这位游客,你误闯工作区,离开便是,何必气势汹汹的?"

隋兰兰文绉绉的言辞反而更让焦棠恼火,感觉他们把自己当小孩子。

"你们……"焦棠指着二人,"你们工头在哪儿?我要投诉。"她说着,拿出手机打给迟飞:"你们等着,我叫人过来处理。"

迟飞很快接了电话:"棠棠你在哪儿?"

"我在……这个冷宫。"焦棠说。

"啊?"

"我在冷宫被人欺负了!"

"棠棠,别开玩笑,这可不是拍戏,你到底在哪儿,我都急死了。"

"冷宫这里有个小作坊……就在……"焦棠一边打电话,一边往门口走,想看看有没有标志建筑。

可她急着转身时,脚尖绊了一下,身子猛地一歪。

周野习惯性地想去扶一下,但距离有些远。焦棠的腰撞在大兴那张桌子上,把桌上的"黄地墨彩花卉纹盖碗"碰落了……

啪！

清脆的声音，盖碗摔在地板上，飞散成七八瓣，黄灿灿、绿莹莹。

焦棠吓得叫一声："啊……"

隋兰兰也是一惊。

屋里突然一片寂静。焦棠战战兢兢地低头看去。

周野走过来，对隋兰兰说："兰兰，你先回去吧。"

隋兰兰说："我可以再等一下。"她有种不祥的直觉——周野可能应付不了这个姑娘。

这姑娘的美丽有一种天然的侵略性，男人很难抵挡，女人则会本能地想保护好自己的领地。

周野转过脸，冷淡地对着焦棠说："你打碎的是慈禧用过的盖碗，苏富比拍卖行有过一件同款瓷器，1.5亿。"

隋兰兰走到碎片前，俯身仔细看了一下，默默站到一旁。

焦棠立时目瞪口呆。自己这一摔，就要倾家荡产甚至坐牢？这还不算什么，更可怕的是彻底身败名裂。她已经构思出了网络新闻：

刚刚爆出小三丑闻的焦姓女星，在故宫砸碎国宝，锒铛入狱，名下财产全部用于赔偿……

不，不对。

焦棠冷静了一下，强撑着瞪向周野："你讹诈我！我演过年轻慈禧，就这种碗，剧组在潘家园的地摊上买了一堆。"

周野淡漠地摇摇头，目光中透出"夏虫不可语冰"的神色。

焦棠忽然想起自己还握着手机，连忙放到耳边，可是迟飞那边已经挂了。

她急忙看微信，上面有迟飞接连发来的消息：别怕，我去故宫保安部门……

焦棠想："完了，彻底搞大了。"

她油然生出一阵恐惧，但强迫自己克制住，稍微酝酿一下情绪，换了一副神态："大哥，都是我不好，求你帮我想个办法。"焦棠用楚楚可怜的眼神望向周野，又求救似的看一眼隋兰兰，"你们可能认出我了，我是个演员……"

"不认识。"两人一起摇头。这让焦棠尴尬地沉默了。

"哦……没关系，我也不是多有名。但我还有点资源，大哥的亲戚朋友……噢对，大哥的女朋友想不想在娱乐圈……"焦棠一边试探着，一边敏锐地观察周野的神态变化，随时调整谈话内容和节奏。周野毫无变化，但这时她忽然注意到隋兰兰的表情，当她说到"大哥的女朋友"时，那个女孩的脸上有了波澜。焦棠又根据两人站立的身姿、肢体动作以及彼此交错的眼神，瞬间做出判断：那个女孩暗恋这个小工匠，不过小工匠似乎没有感觉。

焦棠立刻将突破口转向隋兰兰："这位姐姐一看就是特别有爱心的，你的男朋友一定是又帅又有才。"

"哼，肤浅。"隋兰兰嘴上这样不屑地说着，却架不住心里觉得舒坦，脸上的表情很微妙。

焦棠看在眼里，心中暗笑一会儿，忙叹口气："可惜啊，你的男朋友还在发昏……"

隋兰兰的眼神顿时变得紧张。

"不过，我帮人看感情很准的，姐姐，你信我一句话，他很快就会感觉到你的深情。"

隋兰兰被这个小巫婆煽惑的，情绪忽涨忽落。

周野不耐烦地问："你们聊什么呢？"

隋兰兰轻声说："周野，这个人毕竟是咱们故宫的游客，无意中闯错了门，误会可以消除的。"

怎么隋兰兰忽然帮着说话了？周野不明就里，只得脸色一缓。

焦棠立即配合表情，似乎在拼命抑制着自己痛不欲生的心情："实在对不起，我打碎了那么珍贵的东西，大哥，求你帮我宽限一下，我回家跟我奶奶说，不行就卖房子，能赔多少是多少，只要别把我抓起来……"

周野走到墙边，拿着笤帚和簸箕，扫起地上的瓷片，走到门后，"哗啦"一下，把碎块倒进垃圾桶。

焦棠愕然，还没反应过来，只听周野说："行了，你走吧。"

"那个……"

"虽然是复制品，但也不是潘家园的地摊上能买一堆的东西，"周野说，"你可以出去了。"

"谢谢大哥，谢谢姐姐。"焦棠嗓音颤抖，作势抹了一下眼睛，但确实有一种劫后余生的感觉。

周野向外指了一下："院子南墙后面就是慈宁宫的屋顶，朝着那个方向走。"

周野回到自己的台案前，不再搭理焦棠。焦棠急忙出门而去。

隋兰兰跟到门口，补了句："以后来故宫游览，不要乱闯了。"

她这句话其实有两层意思，最主要是告诫焦棠：请远离周野！

4

瑞新娱乐公司的办公室，白瑞德的脸色有点发黑。

焦棠则是一副劫后余生的表情，脸上既有不安，也有一点庆幸。

白瑞德说："棠棠，让你去故宫学习知识，不是闹着玩的，你想演《宫女秘闻》，这就是唯一的……"

"我知道的，我也在努力啊。"

"你不见了踪影，迟飞吓死了，手机也不接，然后突然说自己在冷宫被人欺负了。你知道迟飞差点……"

"好了，虚惊一场嘛。是那个小工匠故意整我，我的头发脏了，想借毛巾和水洗一下，他就拿什么1.5亿吓唬我。"

"你烧高香吧，把人家盖碗打碎，人家还让你走，这是遇到活雷锋了。"

"喊，那个破碗就是复制品，他直接扫了丢到垃圾桶。"

"人家告诉你了是复制品，可万一讹住你呢？"白瑞德的手指在桌上敲了敲，"我找人打听了，你说的什么冷宫，现在是文物修复区……"

"嗯，好像是个什么'文保科技部'。"焦棠回忆着。

"对喽，你这误打误撞，进了正庙。那是故宫最神秘的地方。"白瑞德说，"故宫有180多万件文物，有多少是需要修复的？1.5亿算什么，多少稀世珍宝经过他们的手？迟飞说你们在慈宁宫参观的那个紫檀佛塔，修复的。懂了吧？"

"这么厉害。"焦棠低喃。

白瑞德语气一转，庄重地说："故宫博大精深、深不可测，更要好好学习。我决定去故宫找熟人，让你跟一位老师学。"

"什么？"焦棠讶然。

"面对面，让老师给你讲……"

"我还是一边逛，一边学吧。"

"你缺乏学习的自觉性，得有老师盯着。"白瑞德说，"你不用操心了，我来办。"

焦棠生气地问："你想找谁当老师啊？"

"故宫宣教部门，我认识几个朋友，都是做文化事业的，请他们帮你找一位专家或者是专门讲课的学者……"

"老学究？"焦棠急了。

"具体情况待定，老学究当然更好，看人家肯不肯……"

"我找到老师了！"焦棠忽然说。

"嗯？"白瑞德呆呆地看着焦棠。

"文保科技部，那个修碗小工匠。"

白瑞德一愣："不合适吧……"

"很合适。"焦棠露出一副笃定的表情，"老白你想想，那个小工匠，直接能修复慈禧用过的东西，你说他懂不懂宫廷礼仪？"

白瑞德的小眼睛渐渐发亮。

"你再想想，他修复前要不要查阅资料，了解瓷器的来历和使用方法？"

"要的。"

"那么他对太后以及太后身边的宫女和物件，要不要了解？"

"嗯，要的。"

"他修着宫廷生活用品，掌握了宫廷生活方式，能不能做个好老师？"

白瑞德的眼睛更加亮了。

"棠棠，没想到啊，这次故宫之行对你的精神层面提升得这么快！"

"我悟性高嘛，嘻嘻。"

焦棠转身时，却在兀自苦笑：能混一时是一时吧。

她已经盘算好了，那个小工匠起码看着养眼，学习时不会太枯燥，这是其一。

其二，她打碎的虽然是复制品，但看样子也是费了很大力气做的，人家没找她的麻烦，还给她指明了出去的路，一方面说明她的演技高，用了两个表情就过关了，另外也说明那人属于"面冷心软型"，总之就是容易糊弄。

其三，看他举手投足的样子，肯定是整天待在宫里，突然看到外面来的美女，假装扮酷，其实是害羞、不善言辞、单纯。到时候，焦棠稍微抖搂一点偶像光彩，那小子准晕，她就可以蒙混过关了。

5

五天后的晚上，周野在自己的住处收拾东西，正把一捆书打包放进纸箱里，为搬家做准备，手机响了。他转头寻找，手机扔在一大堆书山的角落里。

周野走过去，接起手机，传来大兴的声音："周老师，听说焦棠要去咱们那里学习？"大兴激动地问。

"嗯。"周野有些郁闷地应了一声。

"我还没跟那么大的明星近距离接触过，论起来，她这次是我师妹了！"

"那你教她吧。"周野冷冷地说。

"不不……"大兴急忙收敛了激动的语气。

周野对一切清宫戏极其反感，认为那都是戏说。得知来学习的演员是以清装剧成名的，而且就是那天闯入工作间找事的游客，他就更不想接待了。但领导说，人家愿意主动交流，愿意学，这对普及故宫的历史文化知识是很好的切入点，既然你反感那些戏说的影视剧，那现在不是正好有机会，让你把真实东西直接传递给影视剧的从业者，然后通过他们向广大人民群众传递正确信息，进一步增强故宫文化的传播力。

周野无从反驳，只好硬着头皮答应下来。

周野心烦地皱了皱眉，对着手机说："大兴，你帮我了解一下，这个焦棠什么情况？"

"好嘞。"

放下手机，周野凝神伫立片刻。他自己当初走入故宫时，便如同进入新世界，徜徉在文物的海洋中，被我国灿烂的古文明震撼。现在他只希望，自己即将面对的这个"学生",能够感受到那份震撼。

翌日清晨,周野来故宫上班,推自行车沿着宫墙散步,经过一座铜狮子时,大兴从后面赶上来。

"周老师,早。"大兴从自行车上下来,与周野同行。

周野点头回礼,接着问:"那个'五彩山石花卉罐'怎么样了?"

"哦,还要去污。昨天下班时稀释了盐酸,今天可以把瓷罐上沉积的碳酸钙、镁等物质清除掉。"

"嗯。明成化的彩瓷,最有名的是斗彩,这种五彩的罕见,传世品中有少量的盘、碗、罐。这个花卉罐,国内仅有一件。"

"老师放心,我一定倍加珍惜。"

"我手上那个元青花瓷盘还需要四天左右修复完成。"

"没问题的,我这边能跟上。"

二人说完,默默前行。耳畔传来的鸟鸣声,却使得故宫的清晨更显得幽静。

不一会儿,大兴迟疑着又开口:"周老师……"却是欲言又止。

"怎么了?"周野转脸,瞥了他一眼。

"你让我了解一下焦棠,我昨晚在网上搜了搜,吓了一跳。她刚刚卷入……嗯……一桩丑闻。"

周野平淡地问:"什么丑闻?"

"说她是一个李姓富豪的小三,还有照片在网上。"

"是吗?"周野的语气没什么变化,"她承认了?"

"那倒没有。她所属的公司辟谣了,声明她是无辜的,是被人误会、陷害。"

周野皱了皱眉头,他对这种口水官司没一点兴趣。

大兴接着说:"丑闻最近有些降温,我往前翻了翻当时的情况,吓死人了,简直是舆论风暴。"大兴看了周野一眼:"要说焦棠还真是强悍。"

"怎么?"

"都被人在网上'鞭尸'了,还能静下心,愿意来咱们这里学习知识。你说这是多强的求知欲。"

"也可能是求生欲吧。"周野淡漠地说,"大兴,你还是有些天真的。"

大兴抓了抓后脑勺,说:"我不是焦棠的粉丝,为了全面了解她,我特意问了同学。我有个同学是糖粉……"

"什么'糖粉'?"

"哦,谐音,焦棠的粉丝。"大兴笑了笑,"她坚决认为焦棠是被陷害的。我又问了另一个同学,是粉转黑……"大兴瞥了周野一眼:"哦,就是脱离了粉丝阵营,转变为'黑粉'的。"

"是讨厌焦棠的人?"

"不光是心里讨厌,还会参与谩骂,不停地黑她、踩她,所以是'黑粉'。那种本来是粉丝,因为受了刺激突然变为黑粉的,踩她踩得更凶。因为那些人会觉得自己被骗了,纯洁的心灵被玷污了。"

周野皱眉摇了摇头,完全不理解那个世界。

大兴叹口气:"结果那个'黑粉'却把我臭骂一顿,说我站焦棠是瞎了眼。我说我没站……"

"什么站不站的?"

"就是支持的意思。我说我没有,她根本不听我解释,骂完就把我拉黑了。"大兴苦笑,"简直是'恨屋及乌',粉丝里面有那种激愤的,一言不合就是割袍断义。"

两人沿着宫墙转过拐角,一只猫正在墙角蹭着身子,旁边是灭火器的摆放处。

周野问:"这么一堆破事儿摆在你面前,你的观点呢?"

"这种娱乐新闻,我都不敢信了,经常反转的。今天的白,突然就黑了,今天的黑,冷不防就白了。有的是人为操纵,有的是因为情绪失控。"

周野点了一下头,他对于网上传出的各类消息也是存有戒心的,因为自己吃过这方面的苦头。之前为了寻找秦梦在网上发帖,每每得到反馈都让他激动,可逐一落实后却发现很大一部分根本不搭调,甚至完全就是骗子。无奈之下,他才找到了业内有名的寻人专家庆哥。

周野在红漆木门前停下脚步,摆了摆手:"这个女人确实复杂,但我对她的私生活没兴趣。我就想知道,她是不是勤学好问的人?"

大兴停下自行车,一边看着周野用钥匙打开大门,一边说:"按照她以往的形象,那是很完美,而且她是热爱传统文化的,琴棋书画应该不在话下。正好前几天她在小号上发了一张照片——她喝咖啡的时候,手边都有一本书的。"

"是吗?你有照片?"周野有点兴趣了。

两人走进院子。大兴掏出手机,打开焦棠的微博小号。

照片上的女孩,右手托腮,左手抚着书页,凝神望向窗外的枫树,睫毛上恰到好处地映着淡淡光线,极好地衬托出眸子的纯洁与明亮,与桌上咖啡的氤氲雾气交织。

周野仔细看了一下,书脊上是三个字的书名——《饮水词》。下方的作者名字看不清,但周野知道,这本书是清朝大词人纳兰性德的词集。

懂得欣赏这本书的人,不一般。

可这张照片的意境,与那个闯进门来索要毛巾和水的游客形象不相符啊。

周野又看了看照片,忽然冷笑一声。

大兴忙问:"怎么了?"

"你不觉得,她手抚书页的角度有些奇怪吗?"

大兴盯着手机屏看了一会儿,摇头说:"没觉得啊,很自然的。"

"看看她的手掌和书面接触的阴影。光线是从落地窗进来的,被窗外的枫树叶挡了一下,到桌前是散乱的,可是阴影的锐度整齐生硬,分明是修饰出来的。"

大兴的眼珠子都瞪直了,愣了半晌,抓了抓后脑勺说:"火眼金睛啊。看来我以后再也不敢在周老师面前做小动作了。"

周野已经走到廊檐下,把自行车停好,返身打开工作间的门。

大兴赶过去,跟着迈步进门。

屋子上方,一片淡淡的尘埃在清澈的阳光里浮游。

周野说:"好了,抛开所有杂念,专心工作。"

大兴点头:"是。"

6

三天后,黄昏下的故宫,游人已经尽数离场。焦棠在迟飞的陪伴下,如约走了进来。

迟飞一边走，一边感叹："有生之年，竟然能看到这样的故宫，真是托你的福啊，借着周先生邀请你的机会，咱享受一下清静的宫殿。"

四周一片静谧，斜阳照在巍峨的宫墙上，与视野中的琉璃屋顶映出一片光彩，树木、铜狮子、石雕像的影子与群鸟飞过的碎影交织着，仿佛流动的记忆。

由于中午下了一点雨，这会儿天际有乌云做衬，边缘被落日镀上一层金光，在忽隐忽现之间，时而明艳，时而暗淡。

一束霞光映在焦棠的发梢上，使她的面容无比娇艳。

迟飞笑道："哇，你让慈禧老佛爷嫉妒死了。"

焦棠手上拿着一份导游图，忙不迭地看着。好不容易趁着没人的时候逛故宫，当然要一边走一边自拍。

迟飞催促："快走吧，老白特别交代，这是正式见面，一定要留下好印象，不能迟到。"

焦棠笑着说："嗨，没事，那个小工匠很好说话的，就我打碎盖碗那次，他开始还扮酷吓唬我，被我两个表情就蒙过去了，不仅没找我麻烦，还给我指明了出去的路。"

"是，我家棠棠演技好。"迟飞说。

"也不光是我水平高。那小子整天待在宫里，肯定不跟外面接触，虽然年龄可能比我大一点，心性还是单纯呀。"

"哎哟，你把这位老师吃透了。"迟飞笑着问，"那帅不帅啊？"

"喊，他可不是我的菜。"焦棠哼了一声，"再说，根本不是一个世界的人！"

"你不正面回答，看来就是帅了。"迟飞哈哈笑道，"快，我迫不及待想见见他。"迟飞上前连哄带抢，夺了焦棠正在自拍的手机。

"哎哎，断虹桥和十八槐是新景点，一定要看的。"焦棠晃动着导游图，大步走去。

迟飞无奈，只好跟上。

逛完了断虹桥，焦棠又抓着迟飞跑到桥北，那里有十八棵高大的古槐，意境幽深。

焦棠使劲仰着头往上看，像个孩子，晶莹的眸子里充满了向往。那就是通天之路吧，是她的追求……

"我小时候很喜欢爬树,坐在树杈上……"焦棠说着,不禁神色一暗,似乎想起什么难过的事情。

随即摇摇头,伸开双臂在林荫下旋转着,如同降临在清幽之境的仙子。

"别玩了。"迟飞抓住焦棠的胳臂,拔腿就跑。焦棠摆脱不掉,只好跟着跑,累得直喘。

两人快到约定地点的时候才放缓脚步,调整气息。

前方是冰窖餐厅。远远地,看到冰窖的外墙下有一条露天长廊,一排遮阳伞下摆放着桌椅,那是平时供游客休息的,此时空落落的,只有一个人坐着。

他的身影凝固在苍松下、红墙边,似乎在享受故宫独有的清幽。

迟飞低声说:"那位周先生,年轻是年轻,但你既然选了人家当老师,就要恭敬。老白也费了很大的力气,本来文物修复师不和咱们废话的,老白跟主任说你痴迷传统文化,迫切地想要学习并传播故宫的历史文化知识……"

"知道了,你越来越像老白一样絮叨了。飞姐啊,你是女中豪杰,怎么和男人一样啰唆?"

迟飞仔细观察了一下前方的情况,说:"周先生可能要考评你。"

"什么意思?"

"桌上放了一本书。"

"喊,那就是摆谱,显得自己有学问,让我敬着他点儿。"

两人穿过一排排遮阳伞,朝周野走近。

落日余晖映在周野的肩头。金色的霞光中,焦棠侧脸遮了一下额头,坐下,稳了稳心神。

迟飞犹豫片刻,坐到旁边的桌子前。

周野开口第一句话:"迟到了半个小时。"

他的嗓音平淡,有着浅浅的磁性,但语调中有锐气。

"哦,因为她姓迟啊,"焦棠指了一下迟飞,"不怪我咯,我要跟一个姓早的出来就好了。"

周野皱了皱眉头。

迟飞连忙在一旁解释:"周先生,不好意思啊,路上堵车……"

周野瞥了迟飞一眼。迟飞意识到自己这个解释很蠢。

周野的目光转向焦棠:"焦小姐,我想请教你一个问题。"

焦棠一阵紧张,担心周野会问到网上那些事。她从公司来的时候,白瑞德和她商量过,考虑到了这一步,她是有准备的。

"你问吧。"焦棠说。

"人生若只如初见,何事秋风悲画扇——"周野低声念诵道。

"啊?"焦棠愣愣地看着周野。

"——是谁写的?"

"嗯?"焦棠的目光投向迟飞,带着询问和困惑。

周野微微提高了声调:"这两句词是谁写的?"

这两句词很有名,迟飞也很熟悉,但谁写的一下子蒙住了。迟飞假装没关注那边,却用背部挡着周野的视线,快速在手机上查阅。身为首席助理,手速快是第一要务,她刚在搜索栏敲下"人生若只……"立刻显示了整句词。迟飞一眼看到了作者。

"纳——"

"那就是四爷!"焦棠忽然想起来了,"对,我拍的那部剧,里面的四爷经常说这两句词,是他写的没错。"

周野皱眉:"四爷?"

"你在故宫上班,不知道四爷?康熙的儿子呀,四王爷爱新觉罗·胤禛。"焦棠掰着手指头说,"康熙的九个儿子里,我最喜欢四阿哥,我就是四爷党。请问你喜欢哪个?"

周野无语,转过脸,望向旁边的宫墙。

焦棠感觉不妙,小声嘀咕道:"或者……十三爷写的?"

迟飞的眼泪都快挤出来了,可是又不能明着给提示,那样太不尊重周先生。

焦棠的脑子里忽然灵光一闪,急忙瞥了一眼周野面前的那本书,虽然书的封面朝下扣着,但书脊上印着作者名字。

焦棠忽然"咯咯"地笑起来,拍着手说:"都被我骗住了吧?逗你们玩儿呢,什么四爷、十三爷,是纳兰性德写的,我连这个都不知道吗?"

周野转回脸,若有所思地看了看焦棠。

焦棠一招得了便宜,马上反扑,语调便有些不客气:"周先生,用这么幼稚的问题考我，是为了证明你很有学问？"

"棠棠就爱开玩笑，不过这样的交流蛮好，互相都有了解。"迟飞当然清楚焦棠的斤两，示意焦棠别扯过头了。

焦棠不依不饶，又想起上次在冷宫被欺负，旧账还没算清呢："周先生，你问我的问题，我回答了，可你还没回答我的问题。"

"你问我什么了？"周野不解。

"我说我是四爷党，问你喜欢哪个王爷？"焦棠盯着周野。

这就是故意找别扭了。周野牵了牵嘴角。

迟飞忙打圆场："咱们还是说正事吧。从今往后，要多多劳烦周先生。焦棠小姐想请您教一教清朝知识，主要是宫女日常礼仪、生活细节。"

焦棠说："对啊，那些东西和纳兰性德有什么关系？"

周野把桌上的书拿起来，封面对着焦棠，正是纳兰性德的《饮水词》。

"这本书和焦小姐照片上的书是同一个版本，焦小姐肯定读过了。"

焦棠想起来，当时她让小朱帮她 P 一本书放到手边，小朱就在网上搜素材，既要有格调，还要受到女孩欢迎，于是选了纳兰的词集，问焦棠行不行，她随口就同意了，但没仔细看。

迟飞赶忙接过书，笑着说："周先生真是有心人，查到了棠棠最喜欢的书。"

"不，我不是专门查的，是那个……我徒弟……"周野想解释一下，反而让气氛显得有些古怪。

焦棠从迟飞手里抓过书，装模作样地说："我怎么不记得这里写了宫女的事。"

周野说："《饮水词》能够帮你了解宫女的精神状态。"

"精神状态？"焦棠一脸困惑。

"纳兰性德在娶妻之前，有一个青梅竹马的心上人，是他的表妹雪梅。纳兰的母亲为了拆散他们，把雪梅送入宫中，两人再不能相见。纳兰原本还盼着，表妹在宫中的期限满后，可以出宫与他团聚，却终究是破灭了，表妹在宫中自杀了。这件事对纳兰的伤害极大，终生引以为恨，因此他在很多词作中都有隐情流露。"周野认真地说，"在后宫严苛的管教下，宫女们是不能抒发情感的，当然也没有诗词可传达，只有纳兰的词直指其心。我向你推荐纳兰的另一首词《昭君怨·深禁好春谁惜》，你回去好好揣摩一下，先明白宫女的情绪，才能理解宫女的生活。"

周野说完后，转身离去。那颀长的身影与渐渐散落的晚霞一同消失在宫墙叠院深处。

焦棠打开手上的《饮水词》，翻到那首《昭君怨》时，赫然发现书页上夹着一张纸条。

上面用潇洒的钢笔字写着：

读书，讲一个"真"字，要读真书，而不是修饰到手边的图样，那只是一个虚伪的笑话。

"哎，他说我是一个虚伪的笑话！"焦棠指着周野离去的方向，"我本来听他讲纳兰的表妹、讲宫女，还想崇拜一下、感动一下，他给我来这个！"

迟飞耸耸肩："人家识破了你修的照片。棠棠，庆幸吧。"

"什么，我还要庆幸他骂我？"

"如果是网友发现呢？或者，周先生直接到网上揭穿你……"

"别说了！"焦棠吓得脸都白了，额头上起了一层白毛汗。

迟飞被焦棠的面容吓了一跳："棠棠，你不用这么害怕，周先生不会……"

焦棠扫一眼越来越昏暗的冰窖，又扫一眼远远近近耸立的宫墙和树木，撒腿就跑。

"听说故宫晚上闹鬼啊！"焦棠把鞋都跑掉了。

迟飞一边跑，一边捡起焦棠的鞋，喘着气叹道："这就是做贼心虚呀。"

第四章
遇到你是最大的错误

若是慈禧当年种下的西瓜,

留到现在,

都比你聪明。

1

《昭君怨·深禁好春谁惜》

深禁好春谁惜，薄暮瑶阶伫立。别院管弦声，不分明。

又是梨花欲谢，绣被春寒今夜。寂寂锁朱门，梦承恩。

焦棠回去后，用了两天，把这首词反复看了许多遍，努力体会其中的意境，想象着自己在《宫女秘闻》这部剧中扮演的清宫宫女孤独伫立于石阶上，在沉落的暮色中，身影渐渐模糊。

纳兰性德是清代的大词人，因为特殊的情感经历，他对同时代的清宫宫女自有一份天然的同情，这应该是周野让焦棠理解纳兰词的原因。

但焦棠对周野这个人，却觉得难以把握。

之前在文物修复室，周野放了她一马，让她觉得周野容易相处，因此才选了周野当老师，想着随便学几个知识点，也好蒙混过关。可周野识破了她的P图真相后，毫不客气地在书里夹纸条训斥她，这对于追求完美形象的焦棠来说实在羞愤。

我焦棠好歹是演过年轻老佛爷的人，你一个故宫小工匠竟敢这么对待我！

这时，白瑞德催促焦棠再去故宫学习。

"棠棠，这就和下棋一样，你这边停一步，崔月那边就进一步，人家的卒子都快过河了！"

"崔月没那么聪明吧。"

"轻敌，大忌！"白瑞德在办公桌后面俯了俯身，压低嗓音，"崔月的经纪公司有个传闻，说崔月对邵辉动了情，但公司把消息压住了，不愿让外界认为崔月为了争角色而勾引剧组的历史顾问，这对卓导也不利。"

"是吗？"焦棠沉吟着说，"崔月的俏模样确实挺勾人，尤其那双狐媚眼。那邵辉什么情况？"

"我见过邵辉，三十多岁，算是风流才子吧。我估计啊，他对崔月还是暧昧阶段。"

焦棠凑近了："哎，老白你说，他俩不会真爱上了吧？"

白瑞德一脸的无奈:"咱不扯八卦好吗?我是告诉你现在的危急形势,你要紧迫起来。"

焦棠忽然瞪大眼睛,盯住白瑞德说:"喂,你想让我学崔月,去勾引周野?"焦棠愤然道,"你别挑战我的底线啊!"

白瑞德一副乌云压顶的模样:"我说的是学习!学习!"他抬头冲着门外,声嘶力竭地喊,"迟飞,陪棠棠去故宫!"

焦棠叹口气:"老白,我知道你的苦心,行了,我自己去吧。飞姐手上还有一大摊子烂事儿要处理呢。"

"那让阿娅跟着你,方便照顾。"

"不用了,周野本来就看我不顺眼,旁边再有个人伺候我,他更看不惯了。"

白瑞德一愣,若有所思地瞥了焦棠一眼。焦棠见状,问道:"怎么,我说的不对吗?"

"完全对。我只是没想到——你懂得换位思考了。"

"神经病。"焦棠扬长而去。

白瑞德望着焦棠的背影,心想:"棠棠显然对周野不满,可是,她怎么会在意一个不满的人的眼光?"

按照焦棠以往的做派,谁如果看不惯她,她就会故意给对方更多的不自在。可是现在……

难道故宫真是一个修身养性的好地方,这才去了两次,就把棠棠的秉性调整得这么到位了?

2

文华殿是三大殿东侧的一间正殿,与西侧的武英殿遥相对应。如今已成为陶瓷馆的文华殿,陈列着四百多件精品。

午后,三个展厅内游客不多,崔月跟着邵辉走进二号厅,欣赏着琳琅满目的宫廷瓷器。

"崔小姐,要了解宫女的生活,先要了解她们主子的生活,这些瓷器是日常生活中必不可少的，也是宫女要接触的。"

"辉哥，你能不能别叫我崔小姐？"

"嗯？"

"多生分啊。我的朋友都叫我小月，姐妹们叫我月月。"

邵辉微微一笑。他的每一个笑容，无论是带着笑声的，还是浅浅的微笑，都在优雅中透出灿烂。正是这种"灿烂"，深深地吸引了崔月。一个人怎么可以做到，即便只是轻轻地掠过一丝笑意，都会留下一抹灿烂？那一定是内心就在微笑，而不是假笑。看他的眸子就知道了。

"你这是让我在'小月'和'月月'之间选一个，还是让我在'你的朋友'和'你的姐妹'之间选一个？"邵辉笑着说。

崔月感到脸上一热，自己都觉得不可思议，居然只是因为对方的一句调侃，就觉得羞涩："不好意思啊，是我口误了。"

"我决定，还是做你的朋友吧。小月。"邵辉故作严肃地说。

崔月掩嘴轻笑。邵辉忍不住又打量起崔月。崔月感觉到邵辉欣赏的目光，挺了挺腰身。今天她特意穿了件旗袍，既突显了婀娜的身姿，又与环境相配，穿行在古瓷之间，自有一番令人沉醉的风韵。

行走中，邵辉忽然问："小月，你怎么从来不向我打听剧组的事？"

崔月轻声反问："这样不好吗？"

"我只是好奇，"邵辉看了看崔月，"大家知道我和卓导关系不错，都变着法探听一些有利于自己的信息，你却没有。"

"我呢，虽然身处娱乐圈，常常被当作很有索取心的人，但要看是什么事。"崔月大起胆子，炯炯有神地注视着邵辉的眼睛，"我是有功利心，但我更有一份想和辉哥学习的诚心。"

邵辉深深地点头："你和我以往见到的艺人不同。"

"辉哥不要拿我和其他女艺人相提并论哦。"崔月用撒娇的语气说。

"其实我也没见过很多女艺人。"

"不是吧。"崔月做出一种"抓住了你的小秘密"的娇蛮表情，"我可是听说了，辉哥之前交往的女友都是演艺圈的。"

邵辉无奈地摇头，脸上是一言难尽的表情。

"辉哥身上的光彩的确很能吸引女孩子的。"崔月轻轻咬了咬嘴唇。

"那怎么现在还是孤家寡人呢？"邵辉摊开双手，苦笑。

崔月歪着头望向邵辉，转而问道："为什么和她们分开了？"

"也许……就是感觉到了索取心吧。"似乎触到了邵辉的忧伤，他顿了顿才继续说，"咱们还是欣赏瓷器吧。"

"呀，都是我不好，把话题带偏了。"崔月像个做错事的小女孩。

展厅内的光线都集中在一个个展柜前，光线映在瓷器上，以幽暗的背景为衬托，无不散发出令人惊叹的美感。

邵辉忽然停下脚步，注视着一件瓷器。

崔月明明知道这是什么，还是轻声问道："辉哥，这个瓶子真漂亮，叫什么？"

"这就是著名的'乾隆珐琅彩缠枝莲纹双连瓶'。"邵辉望着展柜，语气有些恍惚，脸上浮起一丝惊讶的表情。

崔月察觉有异，忙问:"你怎么了？"

"哦，没什么。"邵辉一笑。

"你给我讲讲吧，这件瓷器怎么好？"崔月流露出急切的学习渴望。

邵辉并不知道，崔月在昨天已经来过了。当邵辉跟她约定前来参观的日期后，崔月就积极准备起来。她带着助理游览了陶瓷馆，拍了展品照片，回去后囫囵吞枣地过了一遍，上网搜索其中比较有名的，把特征记在心里，准备到了现场后再随机应变。

如果邵辉向她介绍的瓷器她不了解，就虚心受教。

如果邵辉中了她的标，比如这件乾隆款的双连瓶，她就可以一边回忆着预习的内容，一边顺应着邵辉的讲解适时地插上几句有分量的话。

邵辉说："这种瓶体的双身连体式很有时代特征。你看啊，瓶子左右两边，从瓶盖到底足，色彩相互交错，并且用了轧道工艺。"

"哦，这是用蓝紫两色为主体进行彩绘的。"

邵辉点头："不错，你看懂了。"

"瓶身上……绘制的这些黄、绿、白、红，这是……"

"你看得很准，这是折枝花，正是这件瓷器的特点。"

崔月敛眉沉思着，似乎在用心体会邵老师传授的知识。

她一袭旗袍，同样是以幽暗的背景为衬托，与柔和光线中的双连瓶相得益彰，有一种亦真亦幻的美。

"哦，我好像明白这件瓷器为什么叫'珐琅彩'了。"崔月脸上浮现出刚刚掌握了知识的欣喜，"辉哥刚才说的轧道工艺，就是产生珐琅效果的关键。"

"不错。在轧道色地上绘花卉图案，就有铜胎画珐琅的效果。小月，你悟性很高啊。"邵辉赞叹道，"我还没见过哪位年轻艺人，对古瓷有这般通透的灵气，借用一句俗不可耐的话，你真是冰雪聪明啊。"

"辉哥过奖了。"崔月掩嘴轻笑，显得既高兴又谦虚。

顿了顿，崔月试探地问："可你刚才看到它时，为什么惊讶呢？是因为它太有名了？"

"名气是人赋予器物的，与这件古瓷自身的生命无关。"邵辉注视着那件双连瓶，喃喃地说，"此瓶设计精巧，造型秀美，但还不足以让我惊叹。"

"那是什么？"崔月更加迫切地问。

"这件古瓷……是修复的。"

"啊？"崔月怔了怔，俯身更仔细地看。

邵辉一笑："你是看不出来的。"

"那你……"

"我有幸见过同样手法修复的另一件瓷器。"

邵辉没想到，居然在故宫又遇到"无痕修复"的古瓷，既然是同样的手法，毫无疑问是同一人所为。不过，与王总家的那件汝瓷相比，修复这件双连瓶的难度更高。

当时王总只知道是个年轻人，可是这个神秘的年轻人究竟是谁？

"小月，我们到那边询问一下。"邵辉指了一下接待处的方向。

"好啊，我帮你打听。"崔月很高兴有机会可以帮到邵辉。她想要邵辉越来越认识到自己身上的价值。

崔月不负期望。她打听到，在故宫修复陶瓷文物的是个叫周野的年轻人，只有26岁。

邵辉不禁有些兴奋。他深知周野的修复技艺对于他所率领的盗宝团伙是多么重要，周野能够产生的价值超乎想象。他的团伙急需这样的人才，他要让周野为他所用。

现在，已经得知周野的落脚点就在这里，接下来就能设法接触了。

邵辉带着崔月往陶瓷馆的外面走去。

走着走着，崔月突然抓住邵辉的胳臂。

邵辉一怔，扭脸问："怎么了？"

崔月用极快的声音低语："走这边吧，我不想碰见那个女人。"

崔月指给邵辉看。那个女人虽然戴着墨镜，可崔月太熟悉了。不过，她这边的动作有点大，反而吸引了对方的注意。

"是崔月啊，你也来上课了？"

焦棠摘掉墨镜，笑吟吟地走过来。她的笑容里布满了针尖。

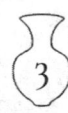

3

焦棠的身旁跟着周野。周野一脸冷淡，并不想参与焦棠与朋友的偶遇。

相比于崔月和邵辉趋于亲密的状态，焦棠和周野之间的疏离显而易见。

以往，崔月见到焦棠时，还能表示出几分客气。尽管她一直和焦棠暗暗较劲，并且忍受着凡是焦棠出演女主的剧，她永远是女二的待遇，但面子上的客套还是要的。何况焦棠这个女人，身上透出的矫情、势利、爱耍大牌的特性，奇怪地糅合起来，反而形成一种气场，始终压着崔月。

这种感觉，旁人是体会不到的，但只要两个人站在一起时，崔月就能感受到乌云盖顶的滋味。

说白了，焦棠就是她崔月头顶的一片乌云，这团乌云不扫去，她的那个"月"就透不出亮。

现在，焦棠身陷"小三丑闻"，虽然负面舆论最近稍微缓解了，可是余温烧死人的例子，演艺圈并不少见，所以崔月不想再忍让了。何况，面对面站在一起，崔月还有一个强大支撑，就是身旁的邵辉。

既然是争《宫女秘闻》的女主之位，还有谁比历史顾问更懂这部剧？而且今天游览陶瓷馆的这一番磨合、试探、递进，崔月觉得自己已经抓住了邵辉看她的眼神。这才是真正的功课。

崔月翻身的机会，已经来了。

"哦，焦棠，你还有闲心逛景点？"崔月冷笑着说。

"你能逛，我不能逛吗？"焦棠不屑地说。她头戴米色宽檐帽，波浪长发披垂在肩头，上身穿一件米色休闲装，下着灰色带暗花的裤裙，整个人素静、柔软，自有一种天然美姿。

相比而言，崔月的旗袍就显得突兀，毕竟脱离了展厅里的环境，风格与外界稍有不合。

崔月"哼"了一声："也是啊，我要推掉很多工作，才能挤点时间出来。不像你，反正闲着没事做，自然想去哪儿就去哪儿。"

一旁的邵辉显然不喜欢这种接触方式，但崔月有点忘乎所以。

焦棠笑道："崔月，有时间多练练演技，我反正也闲着，可以免费教你。"

周野表情不耐，无法理解女孩之间的口水仗，怎么面对面站在这儿，就能你一言我一语，莫名其妙地开始互相贬低？太奇怪了。

崔月说："谢谢，我不用你教，我今天来故宫就是学习……"

焦棠仿佛才发现邵辉，抢着说："噢，这位就是邵先生吧？"

邵辉一愣，神色依然保持优雅："焦小姐认识我？"

焦棠直摇头："不认识。"

"……哦……"邵辉继续微笑。

"可我听说了，你是《宫女秘闻》的历史顾问。"

"这个……"邵辉有些尴尬。

焦棠指着邵辉和崔月，故意拿腔作调地说："你们这样子，嘻嘻，你们……"

崔月一看焦棠竟然和邵辉聊上了，忙抢过主动权："我们是偶遇的。"

"那你不如我啦，"焦棠欣赏着他们的窘态，得意地笑着说，"我是带着家教来逛文华殿的！"

焦棠无意中涉及了一个典故，明代就有"文华殿大学士"一职，是用来辅导太子读书的——文华殿大学士相当于皇帝家的家教。

周野的脸上都快结冰了。

崔月一撇嘴，打量周野。

周野的穿着十分朴素，黑色长衣，休闲裤，神采内敛，外表看起来就像一所中学的美术教师。

崔月的目光转向焦棠："你的层次也就适合这样的家教。"

"哼，有眼不识泰山，"焦棠伸长胳膊，在周野的肩膀上拍了一下，宣布道，"我身边这位是——"

"焦小姐，我们该去……"

"——故宫首席文物修复大师，周野！"

崔月没反应过来，脸上没表情。邵辉的神色却陡然变了。

"您就是周野？"邵辉上前两步。

周野扫了他一眼，垂下眼睑。没兴趣。

"久仰大名啊。"邵辉说道。

崔月一愣，邵辉的态度大大出乎她的意料。周野却转过身，朝着来时的路走了。

邵辉紧赶几步："我想向周先生讨教一些问题，能不能换个名片，或者加个微信？"

周野冷淡地说："没有。"

焦棠急忙追上去："哎，你怎么走了，不是参观陶瓷馆吗？"

周野没理她，自顾自往前走。他很反感被人当作牌子，心里对焦棠又增加了一个差评。

邵辉凝神望着周野和焦棠远去的背影。崔月一脸困惑地问："辉哥，你干吗对他们那么客气？"

邵辉没有应答，转而问了另一个问题："焦小姐和周先生什么关系？"

崔月心里"咯噔"一下，首先想到的是邵辉难道被焦棠的美貌吸引了？可这念头一浮起，她立即又在心里扼杀掉，于是平静地说："两人是很好的男女朋友。"

"是吗？"邵辉认真地追问了一句，"看着不太像啊。"

崔月笃定地说："肯定是吵架了呗，焦棠那个人，任性、矫情、势利……"

崔月的重点是继续贬低对手。邵辉却没在听，长吁一口气，说："那可是难得一遇的天才。全世界掌握周野那种技艺的不会超过三个人。"

"哦。"崔月随口应着,脑子里却又不自觉地盘旋着"邵辉是不是喜欢焦棠啊"?

这个念头让她一阵揪心。如果换作别的女人,崔月并不担忧,可焦棠总是压着她一头,她对焦棠实在是又恨又怕……

"焦棠那个女人,抢男人、抢角色,她什么做不出来?!"

4

周野大步离开后,焦棠追了上去。

"怎么了,不是说参观文华殿吗,让我学习一下清宫使用的瓷器。"

周野没好气地说:"我有别的安排。"

"还有什么事?"焦棠追问。

周野耐着性子说:"我要到御花园培训一批志愿讲解员。"

焦棠虽然根本就不想学,可是一听有人跟她"抢生意",那可不行。

"说好了今天下午教我的!"

周野的脚步一顿,扭脸说:"故宫不是只有你一个人,你也不是太后,懂吗?"

焦棠的气势有些弱了,咕哝道:"我刚才就是跟崔月聊了一会儿,能耽误你几分钟啊?"

"浪费在你身上的时间够多了。"

"哎你……"焦棠气得脸都红了。

"还有,谢谢你赐我一个首席修复师的头衔。"周野冷笑。

"原来是为了这个,"焦棠满不在乎地说,"这本来就是互相给面子的事情。"

"哼,我的面子需要你给吗?"

"哎你这个人真是……听不懂好赖话。"焦棠紧赶几步,拦在周野面前,眼睛透过墨镜瞪着周野,"对,我是为了显摆,可我显摆自己的同时,也拔高了你呀。"

"拔高我?你凭什么?"

"你刚才不是说,谢谢我赐你的头衔吗?"

她这一句话把周野给呛得半天没回过劲。

"无理取闹!"当真是朽木不可雕也。周野暗叹一句,绕过焦棠,继续前行。

焦棠气得摘掉墨镜,用镜腿指着周野说:"有什么了不起?不就是个小工匠嘛,还嫌我丢人了?"说完甩手转身,却突然看见旁边的海棠树上,一个黑影猛地扑来,一念间,她脱口而喊,"周老师,救命啊!"

周野惊得停步,回头望去,只见焦棠跳上石墩,举手一接,一只田园猫砸进她的怀里,然后她连人带猫惯性地朝他撞过来。

周野闪身躲开,躲到半截时,才认清她这一声喊纯属大惊小怪,自己根本就多余折回来管她:"开什么玩笑?谁让你这么乱喊救命的?"

"我哪里乱喊了?"焦棠从石墩上栽下来,踉跄两步才站稳,可怀里的猫倒是抱得紧,"你们单位的猫主子自己要Cosplay(扮演)蜘蛛侠,飞出去差点落地成盒,我还不能喊你救命啦?"

周野看着她:"落地成盒?"

"就是挂了、死了、暴毙了。"焦棠贴心地解释完追问,"你从来不玩游戏的?想玩吗?我教你。这样,今天下午你先教我使用瓷器,业余时间我就教你……"

"不学无术。"

"玩个游戏怎么就不学无术了!"焦棠盯着他,眼神也一点点挑衅起来,"你有术,就算你脑沟里种的全是智慧树,特别厉害、无所不知,那你知道这猫打哪儿流浪来的吗?来!请开始你的演讲。"

"不是流浪而来,是宫猫后裔。"周野纠正。

焦棠似乎没反应过来。

周野耐着性子:"你怀里这只是宫猫后裔。早有记载说'猫儿房,近侍三四人,专饲御前有名分之猫,凡圣心所钟爱者,亦加升管事职衔',那时皇帝与嫔妃的宠猫繁衍至今,已经两百余只,它们生活在故宫里被照料,不属流浪范畴。明白了吗?"

"嗨,你……"焦棠被呛得说不出话。

周野退开半步,就这么扯开距离,冷冰冰地看着她。

焦棠一肚子闷气被生生堵了回去。

"玩够了吧？"周野跟她冷对两秒钟，"我要走了。"

快走吧你，走！

焦棠心里又恨又委屈。她每次来学习，并没有半点想跟他不对付的意思，可结果每次都不对付。大概上辈子投胎路上，她踹过他吧？焦棠现在一丝丝留周野的心情都没有，但是怀里的猫突然蹬腿又蹿了出去。

焦棠条件反射，一步跟着跨去，伸手就将猫兜回怀里。却不想，同时"咚"的一声，额头狠狠地磕在了周野的肩膀上。

世界仿佛突然静止了。

周野沉默着看下来，焦棠摸到额头，不仅疼，她还冤。偏在这时，猫在他们紧挨的身体间非常享受地蹭来蹭去，这微妙的气氛把两人都闹愣了。

"你……"周野皱眉，"我就问你一句，哪儿的猫，从不到一米高的地方蹿出来时，你不接会摔着它？"

"不会！但我接一下也没有错啊？那么小只，"焦棠简直无语，"你不懂，猫成年了才算作可爱，小时候无论怎么看都是小可怜儿。"

焦棠把墨镜钩在了衣领上，手指微微曲起，伸到猫脖子下面轻挠起来，这态度与周野见识过的张牙舞爪的大明星焦棠有天壤之别。猫儿在她的安抚下，更显得单薄、无依，甚至感同身受到了什么……难过的事？他看不太透。

"喂，你怎么又不走了？"焦棠挑衅地说着，单臂抄起猫先行走人。

猫抱到一半竟卡住了，她仔细找去，猫竟然伸爪子钩住了周野的衣服下摆，已经拉扯起老高。

周野冷不丁回神，"哼"了声："我倒是想走。"

"这也能怪到我头上？！我还没说你出尔反尔不给我上课！"焦棠把猫递到他跟前，"你抱一下，我松它的爪子。"

周野扭头："我不抱。"

"看看你这表情，就会不理这个，不理那个。"焦棠用力点点头，"好吧，你不抱它，那我喜欢，我就去申请领养带回去。"

"等等！"

"等你开饭吗？"

周野眯眼戒备,问:"你是明星,去外面拍戏要怎么照顾它?"

焦棠夸张地"哦"了声:"那我当然是猫笼一罩,再把家门一锁,也就晾它几个月吧。反正你又不待见小动物,就别瞎操心了。"

"你是不是每句话都奔着怼死我说的?"

"我哪儿有怼你?"

"光怼死不够,还得把我乱刀砍飞吧!"周野一边捏着衣服一边抖猫爪,这只猫却斗气似的左右爪连环开弓,死活钩着不松。

斗争了一会儿,周野两手一摊:"给我抱过来。"

"嚯!早这样不就得了?给给给。"焦棠空出双手,从猫爪下将周野的衣摆救出来,立马烫手似的撒开,她退后两步,"你这个人!抖爪子都不舍得下重手,看来你也喜欢猫嘛,还跟我藏着掖着,喊!"

"我……"

周野被噎得愤然离去:"没有!"

他快步走开,把那道不知为何似乎能看懂他的目光拒绝在了身后。结果这只猫才露头,顿时吸引了游客的注意,再一看,他们发现了站在树下的人。

"……咦,这不是焦棠吗?"

"……哪个焦棠?"

"……哎呀,就是那个偶像明星,我追了她所有的剧……"

"噢!那个小三呀……"

焦棠急忙戴上墨镜,大步走开,却不留神闯入了游客聚集区,立刻被围起来。

"……哎,这身段儿,没的挑,真人比剧里更漂亮。"

"……剧里都是古装……"

"……这种人怎么有脸出来,听说她当面辱骂人家原配,还要动手打人家。"

"……真的?"

"……棠姐!棠姐!我是你的铁粉,我永远支持你!"

"……糖粉快集结,偶像坐标:故宫……"

四周堵严实了,焦棠无法走出去。她试着挥挥手,手指却在颤抖。她想笑一笑,嘴角只是僵硬地勾起来。

她很害怕。其实她一直都有人群密集恐惧症，自从爆红后，内心始终在与这种状况搏斗，她要做偶像明星，这是她必须承受的。但以往凡是大型活动现场，白瑞德都会精心安排一切，前后都有护驾，焦棠身旁紧跟着迟飞。这就是白瑞德之所以把迟飞分配到焦棠身边的原因——迟飞可以在必要时全身护住焦棠，强悍地挥动手臂从人群里冲杀出去。

　　可是现在，无人照应她。突然被一大群陌生人围住，而且这些人里面还有最近在网上骂她的，这让焦棠更加恐慌。

　　她头晕目眩，跌跌撞撞。到处都是手臂，到处都是眼睛，她仿佛突然回到了19岁那一天，大庭广众下被骂，类似的感觉再次出现，她快要崩溃了。

　　"周野……"

　　周野却已经走开。

　　其实他听见了。虽然声音并不大，可他想起前车之鉴，实在找不出合适理由说服自己回头。心里装着事走出十几米，周野终是放慢两步，忍不住转过去看一眼。那边的人群越聚越多，焦棠半天不出来。

　　"就不会跑吗？三岁小孩儿吗！"

　　周野咕哝着，返身回来，深吸一口气，拿出以前挤地铁的功夫，肩膀往前一顶，突破重重阻碍，闯进人群深处。无数的胳膊撞着他、推搡他。他最后一用力，推开了五六个人，终于看到了焦棠。

　　焦棠被挤在很小的空间里，瑟缩着——像她救的猫，小可怜儿。

　　周野二话不说，一把抓住焦棠的胳膊，然后撞开人墙。焦棠的身体意外地轻、意外地柔弱，周野几乎是把她提拎出来的。

　　一路带到了僻静处，周野这才松开手，指腹上似乎还残存着她的温度。

　　周野没说话。

　　焦棠又瑟缩了一会儿，然后猛地仰起脸："你干什么？把我胳膊都抓痛了！"

　　周野皱眉看着她，薄唇张了张，面色微露不悦，冷声抢白了句："脸色白如纸，还强撑什么呢？"

　　"谁让你管我了？"焦棠忽然哭起来，呜呜咽咽地，"装什么好人？"

　　周野双臂抱胸，淡淡地说："你的明星光环怎么失灵了？忘了密码？"

　　焦棠哭得更伤心了，一把鼻涕一把眼泪："我要是……在你们这儿有个好歹，呜呜呜……你要负全责……呜呜……我们公司不会放过你。"

"怎么还讹上我了？我又没让你往人堆里闯。"周野说。

"……我被那么多人围困，你……只顾自己走，你这个人不懂……不懂事！"

周野苦笑，但看着焦棠一边哭一边埋怨的样子，心里忽然有些不忍，得！猫似的耍无赖，更像小可怜儿了。

"行了，我还有事，"他转身要走，停顿一下，又转回脸问，"你一个人回去可以吗，要不要打电话叫你的团队来接你？"

"又讽刺我，当我是小孩子？"焦棠抬起泪眼，真是梨花带雨。

周野耸耸肩，脸上的表情是：好吧，算我没说，你请便。

周野走了几步，听到后面的脚步声，回头问："跟着我干什么？"

焦棠像个委屈的孩子，大声说："我今天还什么都没学哪！"

周野气笑了。他的笑容，犹如阳光穿云而出，与一贯的平淡甚至冷漠完全不同，整个人都温暖起来。但他的笑容太短暂，很快就转身走了。

5

下午故宫闭馆以后，周野如约来到御花园，给一批新招募的志愿讲解员上课。

占地一万二千平方米的御花园，古柏参天，幽静雅致。周野先带 10 名志愿者熟悉环境，焦棠也混在里面听讲。

一路走到花园东南侧的绛雪轩。

"这里以前种了很多海棠树，"周野说，"花开的季节，微风袭来，粉红色的花瓣纷纷扬扬，如同粉色的雪花从天而落，所以叫它'绛雪轩'。"

"噢，是这样啊。"

学员们惊奇地扫视周围，轻声议论着。

焦棠曾经拍过清宫御花园的戏，但不是在这里，是在影视城，细雨霏霏，落英缤纷，那儿可不光有海棠，能飞的花都飞了。这算什么啊。焦棠意兴阑珊地打了个呵欠。

周野边走边讲。园子里奇石和古树随处可见，地上铺着多色的鹅卵石，组成妙趣横生的各类图案，有人物、花卉、戏剧、景物。

园子正中偏北的高台上有一座黄色琉璃瓦的建筑，那便是钦安殿。殿前的连理柏很有名，树身在甬路上方相交，形成了一处天然的"拱门"奇观。

周野停下步子。学员们或坐或站，凝神聆听。

"……给游客讲解时，内容是连贯的，你可以从一个人的一生讲解出一条线，也可以从时间上讲解出一条线，还可以从某一类事物讲解出一条线。游客都喜欢听故事，通俗易懂最重要。"周野的目光掠过学员。

焦棠坐在连理柏的一侧，双手托腮，努力让自己打起精神。

她刚才之所以没有离开故宫，并不是因为"我今天还什么都没学哪"，而是因为后怕。她怕独自一人往外走时，又撞见更多的游客，他们肯定在某个地方等着她。可是，让她打电话叫来迟飞，她又不肯，究其根本，是她在周野面前有一种奇怪的倔强或是一点点可笑的好胜心理，似乎自己打电话叫人，就是顺从了周野，是向他低头、服软、认栽。

偏不！

可是她真的很困。下午折腾得没停，先是跟崔月打口水仗，然后又跟周野呛火，跟着又被重重围堵，几近崩溃。

焦棠又打个呵欠。

"……你们在讲解中，难免有游客问到宫廷生活和礼仪，"周野说，"来故宫游览的人们，感兴趣的仍然是生活上的共鸣，他们好奇——住在另一个世界的人，他们的日常行为、处事方式……"

焦棠忽然举手："老师，请问宫里的人怎么睡觉啊？"

焦棠实在困得不行了，脑子里昏昏沉沉，像一团糨糊。为了让自己清醒，就顺着周野的话头，居然问了这么个问题。

学员中间，早已有人认出焦棠，但周野的气场镇着，没人随意攀谈。此时，焦棠突然发问，学员们愣住，继而轻声笑起来。

焦棠意识到自己有些冒失，但话已出口，只能硬着头皮："怎么了，清宫里的人不睡觉吗？"

周野也笑了，却是温和的。他说："这位学员问了个好问题。对睡眠质量的追求，从古至今是每个人的需要。清朝的皇宫是把睡眠的时间节律，安排得极为严谨的，他们称之为'老祖宗列代传留下来的家法'。比如每天中午11点到1点是铁定的午睡。晚上不许熬夜，更不许早晨睡懒觉不起床。谁要怠慢这个制度，他们贴身的宫女就要挨板子，所以宫女要随时提请主子注意。"

一名学员问："那宫女怎么睡觉啊？"

周野点头说："这又是个好问题。从睡眠上可以直接看到阶层的区别。清宫宫女是没有睡眠质量的，她们的入睡，更像是机械式的休止状态，所以她们的睡眠只有一个姿势——"周野比画着。

焦棠马上说："请老师示范一下。"

她一起哄，学员们立刻呼应。周野看了焦棠一眼，焦棠得意地靠着连理柏的围栏，脸上的表情是"到你表演的时刻了"。

周野并不忸怩作态，既然学员如此迫切地求取知识，当然不能浇冷水。

周野选了一处干净的石阶，右向侧卧、双腿蜷伏，左手侧放在身上，右手平伸着。

一个学员说："啊，这样睡好累的。"

另一名学员说："是呀，根本就睡不踏实。"

周野云淡风轻地站起身，稍微抖一下衣襟，说："从这样一个细节，便知道宫女的生活。"

"天天如此，太可怕了。"

"可是，为什么非要这样睡呢？"

周野点头说："生活在清宫的人们认为各个殿里有殿神夜里出来巡察，目的呢……是保护太后、皇上和主子们。所以宫女睡觉不能没人样，那会冲撞殿神。而且宫女们还有个忌讳——睡觉不能托腮，那是'哭相'，一辈子倒霉。"

"难以理解啊……"

周野接着说："我个人觉得，宫女这样的睡姿不全是迷信殿神或者什么哭相，而是更容易让她们警醒，以便更好地照顾主子。"

借这个话题，周野又顺势讲了宫女的行走方式。

他忽然想起焦棠半天没动静，扭脸一看，那人靠着围栏，居然在呼呼大睡。

周野有些生气。焦棠在课堂上起完哄，把话题拐到睡觉上，只是因为她自己困了!

其他学员也发现焦棠在睡觉。有一个男学员悄悄拿出手机,准备把这个百年难遇的睡相拍下来。可他刚用手机对着焦棠,就听周野冷声说:"拍照的同学,你可以出去了。"

"嗯?"那学员一怔。

"上课时候禁止拍照,"周野指着他,"出去!"

"啊……"

"你的志愿者身份取消了,自己去办公室解除手续并说明情况。"

那人灰溜溜走了。

周野来到焦棠身边,微微俯身,伸出食指,在她肩膀上戳了戳。

焦棠身子一颤,仍然仰靠着,迷茫中看到上方周野的脸正对着她,背景是古柏繁茂的枝叶。

周野客气地说:"把慈禧的凤床搬来给你睡吧?"

"真的吗?租一天多少钱?"

学员们"嗡"地一阵笑。急忙又止住。

周野对焦棠说:"你可以出去了。"

"啊?"焦棠迷迷糊糊站起身。

周野冷声说:"出去。"

"为什么?"焦棠渐渐清醒。

周野目光凛然:"你来错地方了。不想听课就……"

"我听了。"焦棠抢着说。

"……你听什么了?"

"宫女睡觉。"

"你都听懂了?"

"喊,好像多难似的。"焦棠语气不屑。

"那请你示范一下。"周野双臂抱胸。

焦棠低头看了看,抬脸对上周野看戏似的目光:"……躺在地上不合适吧。"

周野沉默片刻,暂且放过,转而问:"那其他内容你懂了多少?"

"还有……"焦棠蒙了。

旁边有学员小声提醒:"行走。"

"哦对,宫女走路。"焦棠说。

"示范一下。"周野退后几步,让开地方。

这没什么难的,焦棠自信满满,平时她不仅大量观摩清装剧,自己也参与其中,宫女走路不就是入门级表演吗?

于是焦棠走了起来,轻轻扭着腰肢,想象自己是风吹杨柳、婀娜多姿。走着走着,她还给自己加戏,朝周野做了个万福,柔声说:"太后吉祥。"

然后,她轻声笑着,在原地绕行……

"够了。"周野抬手示意,感觉是忍了很久。

"怎么样?"焦棠问。

"你这样的宫女,当天入宫活不到天黑。"周野说。

焦棠皱起眉头,很久没有人当面对她说这样的话。

周野牵了牵嘴角:"你不服气?来,请这位学员,把我刚才讲过的,给她示范一下。"周野随便点了一名志愿者。

那个圆圆脸的女孩马上整理仪容,认真地做起来。

周野在一旁指点:"清宫是非常严苛的地方,宫女的基本要求是'行不回头,笑不露齿'。你看这位学员,行走的身姿要稳,如果有一根长辫子,辫梢摆动幅度是有规定的。可你呢——"周野的目光转向焦棠:"脑袋左右乱摇,还回头乱看,你这种姿态只能被当作勾引皇上、王爷,不是找死吗?"

焦棠说不出话。

"你现在这样就对了,生气或高兴,都不出声……"

焦棠都快气晕了,被这家伙摆布到这种地步。

她刚想要驳斥,只听周野说:"不露齿,也是基本要求。"

那名志愿者走了一圈,退下了。其他学员鼓掌。

周野挥挥手说:"今天就到这儿吧。"

"谢谢老师。"学员们集体鞠躬,离去。

周野又对焦棠说:"你刚才还说了一句'太后吉祥'。"

焦棠忍着怒气问:"那也不对吗?"

"大错误。"

"可是所有的清宫戏……"

"别跟我提清宫戏。"周野说,"'吉祥'二字不是皇家用的,而是太监问候的专有名词。内务府的太监们互相问候时,为了表示亲近,就说'吉祥'。"

焦棠脸上是一副"谁信你的鬼话"的表情,她冷冰冰地问:"那见了皇帝和太后,就傻着?"

"跪请圣安就行。你非要说'吉祥',那不是傻,是'杀'。"周野哼了一声,"我说你入宫活不到天黑,有疑问吗?"

焦棠心里一百个不服,咬着牙,开始模仿宫女走路的姿态。但她或许是饿了,或许是用力过猛,走起来倒像个病西施,磕磕绊绊的。

周野无奈摇头:"你作为演员,是不是走路都要用替身?"

焦棠忍着一肚子怨气,可是自己确实没走好。她挺起腰,更努力地走着。

"你的头可以不晃吗?"周野实在看不下去了,"是不是刚才没睡够?"

焦棠忍无可忍:"喂,说两句就行了,当自己是导演啊?"

周野叹口气:"若是慈禧当年种下的西瓜,留到现在,都比你聪明。"

这句话一下点燃了焦棠的怒火。她立时用凌厉的眼神瞪着周野:"跟你学习才是最大的错误!"

焦棠转身就走。

"焦小姐,请等一下。"身后传来周野的呼唤。

"怎么了?"焦棠回头望去。

"你的墨镜掉了。"周野语气平淡。

焦棠咬着嘴唇,一把夺过墨镜,拂袖而去。

第五章
知道是坑也得跳

这要是个坑，

那就是天坑，

咱们认命。

1

　　瑞新娱乐公司大楼静悄悄的,由于焦棠"丑闻事件"的影响,公司的大部分事务暂时处于停滞状态。近期在白瑞德的努力下,部分业务逐渐恢复着,迟飞倒是难得清闲,却很不适应。

　　上午十点多,迟飞在楼顶的露台上抽完烟,返回走廊时看到小助理阿娅匆匆走过,便喊住了她:"阿娅,干什么去?"

　　"噢,飞姐,我去酒店接棠姐。"

　　"我去吧。"迟飞说,"你把棠棠办公室的花篮换了,她喜欢向日葵,你去挑最好、最灿烂的。"

　　"是。"

　　迟飞转身走进电梯,下到五楼时,电梯门打开,小朱进来了。

　　"小朱,你也下楼?"

　　"唔,我去吃点东西。"

　　电梯里没有旁人,迟飞瞥眼打量小朱,关切地问道:"你怎么总是病恹恹的?肾虚?"

　　"老加班啊。飞姐,宣传大部分都休假了,为啥不让我……"

　　"对,你不说我都忘了,你上次给棠棠的照片P了一本书,被某位网友识破了,差点儿又变成棠棠的黑料。"

　　小朱吓得脖子一缩:"我已经尽了全力。"

　　"哎,别紧张嘛,这事我帮你顶着。"

　　小朱看了迟飞一眼,嘟囔道:"谢谢飞姐。"

　　电梯到了一楼,两人出来,穿过前厅时,迟飞忽然问:"你有没有女朋友?"

　　小朱一愣,老实答:"早就分手了。"

　　"嗯,很好。我给你介绍一个吧,咱们公司的。"

　　"谁啊?"小朱忙问。

　　"远在天边,近在眼前。"

　　小朱前后扫视。远处的墙边只有一位保洁阿姨。

小朱咕哝道:"没人啊……"

"我靠,你这么目中无人?"迟飞抬手在小朱的后脑勺抽了一下。

小朱愕然看着迟飞。

"对,姐我看上你了。"

"飞姐……别开玩笑。"

"这事儿能开玩笑吗?我是认真的。"

走到大门口,迟飞突然转身,单臂撑在墙上,给小朱来了个"壁咚"。小朱哪见过这阵势,被迟飞逼住,瞬间呆立不动。

"你进公司第一天我就喜欢你了。"迟飞盯着小朱,"你也喜欢我,是不是?"

小朱满脸通红:"不……不是。"

"你的眼神出卖了你。你渴望有个人保护你,对不对?"

"……"

"我的情况是,谈过两个男朋友,不是处女。就这样,你考虑一下。"说完,她松开手臂,扬长而去。

十分钟后,她走进了隔壁的云登酒店,这里有焦棠的包房,有时焦棠在公司处理事务晚了,不想回家,就到这里休息。

迟飞穿过大堂时,正好看见焦棠迎面过来。

"棠棠。"迟飞快步迎上去。

焦棠似乎刚睡醒,脚步还有些晃,一见到迟飞就抱怨:"害得我路都不会走了。学什么宫女走路,气死我了。"

迟飞一听便知道,准是昨天在故宫和周野又闹了不愉快。

她没有直接问,而是转变话题:"棠棠,你最近怎么一直住酒店,家里装修?"

焦棠更生气了:"糟心事一个赶一个,我姨妈又朝我要钱!"

"什么?"迟飞皱起眉头,"才给了没多久啊。"

"唉,别提了,上我家堵我,我……"

"别生气别生气。"迟飞忙劝,"避一阵子也行,让那股劲过去。"

"我躲!我已经订好机票……"

"啊?"迟飞讶然。

"明天，海南！"焦棠怒气冲冲地说。

"那故宫这边的学习……"

"还学什么学？"焦棠怒不可遏，"你们一个个都不让我好过！我怕你们了，行不行？我惹不起，我自己去海南，全躲开你们——行不行？！"

"棠棠，你别这样，有事好商量。"

两人出了云登酒店，走向公司。

"没一个看我顺眼的，全世界都跟我作对！"

"是是，都是老白的错，"迟飞附和着，"现在就去骂老白，骂他个狗血淋头。"

迟飞应对焦棠的各种脾气，是有一套策略的。针对眼下的状况，可以统称为"起床气"，她立刻给焦棠选了一个现实目标，可供焦棠出气的具体形象。

焦棠说："我正要找老白呢！"

她有了目标，方才的烦乱与躁动稍稍缓和一下。

迟飞说："拐角这家冷饮店不错，先喝一杯西瓜汁……"

"你又提什么西瓜？！"

——若是慈禧当年种下的西瓜，留到现在，都比你聪明。

迟飞不知道又触了什么霉头，急忙说："我先给老白打个招呼。"

迟飞拿出手机，给白瑞德发微信：棠棠生气，与昨天的故宫有关，快想办法。

"你给他发什么呢？"焦棠问。

迟飞从容地说："噢，老白11点要出门会客，我先拦住他，不然你骂谁啊？"

很快，焦棠与迟飞上楼，来到白瑞德的办公室外面，迟飞正要敲门，焦棠搡开她，自己一把推开门。

屋子里，白瑞德正在接听电话："……什么，消息准确吗？"

焦棠瞪着白瑞德，却没法开口。白瑞德并没有看她，拿着手机，侧面对着焦棠，表情显得有些急躁。

"卓导真这样说了？你要搞清楚……是，我知道……那也得公平竞争嘛……对，我承认，崔月是很厉害，演技是不错……别唬我，崔月居然达到这种程度了……我们这边当然要争取……输给谁，也不能输给崔月！"

白瑞德挂断手机，扭脸问："棠棠，有事？"

2

焦棠脸上的怒气稍微缓和了一些,说:"我订了明天飞海南的机票。"

白瑞德惊讶地看着焦棠,却没有说什么。他低下头,慢慢走到办公桌后面,有些艰难地坐下来,默默地喝着茶水。

"老白,你说句话啊。"焦棠急了。

"我能说什么?"白瑞德撩起眼皮看了焦棠一眼,又把眼睛垂下了,"你已经认输了,我又能怎么办?"

"什么叫我认输了?"

"扔下公司不管了,自己躲到天涯海角……"

"我又不是去跳海,玩几天就回来。"焦棠说,"我只是不想去故宫学习了。"

"不去学习,就和认输一样。"

"我就不信邪。"

白瑞德抬起头,注视着焦棠:"实话讲吧,你不学成真正的宫女,就没法过关。你以前演的所有清装角色,只会让你的脑子一片混乱。我告诉你了,卓导对真实感的追求达到变态的地步,《宫女秘闻》和你以前演的剧都不一样。我还可以告诉你,崔月这次下了苦功,人家学得有模有样了,而且崔月的口碑比你好,卓导有扶持崔月之意。"

"崔月口碑比我好?"焦棠受不了这个刺激。

"口碑要自己挣,你以为跑到海南拜了妈祖,就万事如意了?"

焦棠有些烦躁地坐在沙发上,不停地摆弄着发梢,然后她站起身,说:"咱俩各退一步。海南我可以不去,但是故宫学习我也不参加了。"

"棠棠……"

"你让我休息几天,好吗?"

白瑞德叹口气,皱着眉头,权衡良久,说:"确实是给你的压力太大了,那这样吧,女一咱们不争了,保女二,行不行?怎么着也得在这剧里占个位子,这是你唯一的机会,也是咱们公司……"

"不可能!"焦棠瞪大眼睛。

"什么不可能？"

"如果崔月成了女一，我就拒绝出演。"

"棠棠……"

"我拼到现在的地位，不可能去给别人当配角——我焦棠就是自己的女主！"

焦棠说完甩门而去，白瑞德匆匆追出去。

迟飞正往这边走来，见状忙问："怎么了？"

"姑奶奶不知受了啥刺激，这次真疯了。"白瑞德喘着气说。

迟飞急忙跟着追。

三人远去后，办公室外面的拐角处，地上有个瘦长的影子动了动。那里藏了一个人。

瘦长的影子沿着地面移向另一个方向，然后拿出手机。

与此同时，崔月的手机响了。

她正和邵辉坐在尚鼎餐馆的包厢，扭脸看了一眼手机，歉意地说："辉哥，真不好意思，是公司的事儿，我去接一下电话。"

邵辉笑吟吟地点点头："你先忙公事。"

今天是邵辉与崔月第一次正式吃饭，表明两人的感情更进一步。崔月很满意邵辉把初次约会的地点选在这个古色古香的地方。这家是以宫廷菜和官府菜为主，木质桌椅做工考究，包间里支起的小轩窗很有心思，碗碟上的云纹显得贵气，又精巧别致。

崔月出门后，邵辉拿出自己的手机，接上耳机。他已经复制了崔月手机的SIM卡，可以窃听崔月的通话。

崔月很快走进庭院。眼前是清代园林结构，亭台楼阁，假山叠翠，穿行而过的服务员都穿着清朝的衣服。但以崔月现在的学识，随便扫了一眼，便知道他们的举止不伦不类。

崔月接通手机："嗯……是吗？她真的说了，如果不是女一，就连女二都不做？好，我知道了……你放心，你上次提出的要求，我已经和老板说过了，只要《宫女秘闻》开拍，你就可以来我们公司上班……我向你保证，我们公司永远有你的位置。"

手机已经挂断了，崔月才意识到，自己的嘴边还留着笑意。

等了这么久，打垮焦棠的时机终于到了。当然，现在还不是决定性的时刻，崔月要有足够把握夺得女主之位，把焦棠彻底赶出《宫女秘闻》剧组。同时，她还要借这个机会，把焦棠赶出自己的爱情领地。这里只属于她和邵辉，不能让焦棠那个女人留下一丝威胁。

但怎样打垮焦棠呢？崔月从庭院里返回包厢时，已经有了主意。

其实那个武器是焦棠自己提供的——她的那场"小三丑闻"虽然最近有所降温了，崔月要让它再度沸腾。所谓"二次回笼"才是最有杀伤力的，不仅能重新加热网民们的怒火，还能把焦棠心中愈合了一半的伤口再度撕裂，血淋淋地呈现出来。

崔月坐下后，脸上平静如初。

邵辉什么都没问，指了指崔月面前的盘子说："小月，这是我特意给你点的。"

"哦，好漂亮呀。"

这道菜是在大盘子上面托着一个小盘，两个盘子都是洁净的白瓷。小盘子里面盛放着菜肴，底座下衬着八瓣荷花，隐约有灯光透出，更显得瓷盘晶莹剔透。

崔月迫不及待地说："这道菜好有意境，是什么名称？"

"这个呀，和你的名字有关哦，"邵辉露出温润的笑容，"叫荷塘月色。"

崔月脸上微微飘红，凝神看了邵辉一眼，抿了抿唇，低头不语，嘴角却露出甜蜜的笑意。

"你尝一下。"邵辉俯身，用一把小木勺舀出些白色的嫩藕，上面点缀着红色虾仁与核桃，放到崔月面前的食碟里。

崔月用筷子夹起吃了一口，立即眯着眼睛笑道："真好。清脆甘甜……嗯，很像我现在的心情。"

"看出来了，小月最近有好事呀。"邵辉笑道。

"这道菜，以后就是我的最爱。"崔月故意夸张地做出一个独占的手势，随即说道，"辉哥，我发现你吃的用的，包括今天点的菜都品位不俗。"

"呵，俗物是不入我眼的。"邵辉有些自负地笑一笑，"我从小的理想就是占尽天下奇珍。"

"嘻嘻。"崔月莫名地脸红了。

邵辉淡淡一笑："你再看这道菜，奶酪果子冰，是有故事的。"邵辉说，"有一年夏天的中午，慈禧在午睡时梦见自己吃甜品，味道酸酸甜甜，有点冰凉的感觉，她还在想'这个甜品是什么'，欸，就醒过来了，结果呢，梦想成真，果然就看见一个宫女恰好端着甜品走进来。慈禧一尝，啊……"邵辉做出个陶醉的表情，逗得崔月"咯咯"直笑，"这个甜品和她梦里的味道完全一样。"

崔月已经吃了起来，并学着邵辉的陶醉表情。当然，她更娇媚、更诱人。

邵辉脸上飘过痴迷的神色。

"辉哥——"

"哦。"邵辉回过神。

崔月暗暗一笑，接着说："谢谢你给我讲这么好听的故事。"

"嗯，你可以向卓导提议，把这个情节加到《宫女秘闻》里。"

"真的吗？"崔月惊喜地望着邵辉。

"卓导正在忧虑，整部剧会不会偏于灰暗，这个情节——"

"就是剧里的甜品啊！"崔月兴奋地说。

邵辉含笑点头。

3

傍晚，焦棠开车经过建国门桥时，手机响了。她瞥一眼，见是白瑞德，就没理。

过了一会儿，手机再次响起，不出所料，是迟飞。她依然不理。

焦棠烦透了他们的劝解，这次就是说破大天，她也不去故宫学习了。

两天的"嗡嗡嘤嘤"，焦棠已经被逼急，产生了强烈的逆反心理：不就是转型、换形象吗？难道只剩下宫女一条路了？为什么就不能做个祸国殃民的狐狸精？

现在就去换个形象！

焦棠已经让阿娅帮她预约了私人摄影师托尼，并且警告阿娅不许透露给白瑞德。如果白瑞德知道焦棠正在见托尼的路上，准会"咯喽"一声，直接翻白眼——想到这个情景，焦棠开着车就笑出了声，她有种报复的爽感。

这个报复并不仅是对白瑞德，而是叠加了对其他人的无形的报复。

——网上诬蔑我是小三，我就配合你们的形象，满足你们的愿望！

——周野说我不如一个老西瓜聪明，我就无脑狂野了，怎么样？

托尼是业内有名的专拍冷艳妖冶女人的摄影师。焦棠曾在各种聚会上见过托尼几次，当时可没想到，自己有一天会走进托尼的摄影工作室。

托尼永远是一副见惯不惊的表情。焦棠站在墙边喝咖啡、欣赏那些照片时，他用涂着眼影的眼睛打量焦棠，显然已进入工作状态。

焦棠停在一幅50寸的照片前。这是在影棚拍摄的，名为"西部牧歌"，实景内用树皮钉的栅栏围着墙壁，地上铺着厚厚的苇草，暗淡的橘色灯光下，打扮得像女牛仔的女孩侧身站立，展现着身体线条，颇为狂野。

"不不，这个不适合焦小姐。"托尼有气无力地说。

焦棠问："以托尼大师的眼光，我适合什么？"

托尼从齿间迸出两个字："猫女。"

焦棠一怔，重新打量托尼："这么准呀？你还兼着算命吧？"

托尼若有若无地"哼"了一声。

焦棠说："我来时的路上还在想，如果扮成猫，那可太好玩了。"

托尼打了个响指，助理迈着轻盈的脚步走过来。托尼只说了个字母"S"。

焦棠忙问："我不用在相册上挑选吗？"

助理温柔地说："不需要的，一切都在托尼老师的灵魂中。"

焦棠打个寒战，只好任人摆布了。

将近两个小时，被精心打扮过的焦棠走进了"S影棚"。里面的布景可以用一句话描述——光影制造的梦幻诱惑。

直到此刻，焦棠都不知道自己打扮成了什么样子。托尼要让顾客最后站在镜子前，享受那一瞬的冲击力。因为，最值得享受惊艳的只有自己。而每个人在走向镜子时，就已经在享受了，既紧张又兴奋，既不安又渴望。

焦棠终于望见自己，瞬间就呆住了。

她的头发如缎一般柔滑，如月光下的湖水一般闪亮，头顶两边扎起的发髻状如猫耳朵。室内朦胧光线的映照下，她的脸庞笼罩在神秘的珠光中，修长的脖颈上戴着六条珠玉。身上穿一件海天霞色大衫，似白微红，雅中微艳，薄纱下隐约透出胴体，十足诱惑。下着千褶长裙，无风自舞，飘逸动人。

这是焦棠平生第一次看到自己时，产生了一种窒息感。

她低喃："这是……埃及艳后吗？"

助理温柔地说："焦小姐好聪明。因为猫就起源于古埃及，是神。托尼老师给您的这套装束，就是'化身为人的猫神'。"

焦棠仍在欣赏自己。不过，她很快产生了迷惑：这真是我吗？

"您请这边来。"助理轻柔地扶着焦棠的胳膊，向前引导。那里有一道珠帘，掀开后，才正式进入实景棚。

里面最引人注目的是一张金榻。焦棠莫名想到了慈禧的凤床。

"把慈禧的凤床搬来给你睡吧？"耳边仿佛又响起那个恼人的声音。怎么阴魂不散啊？焦棠使劲甩了一下头。

"焦小姐，您怎么了？"助理问。

"哦，没事，忽然想起一个坏人。"焦棠说。

助理礼貌地轻声一笑："请您稍候片刻，托尼老师正在做准备。"

助理说完后，便退到墙角。

托尼走进来，左右看了看，满意地点点头。然后让焦棠在金榻上任意发挥，怎么坐、怎么伏身都行。影棚内的布景与缥缈的音乐，还有迷离灯光，整体营造的氛围很容易让人入境，展示内心最深的渴望。

此时，焦棠侧坐在金榻一侧，身体曲线完美。可是托尼刚拍了一张，焦棠忽然说："这就可以了，我留个纪念就行。"

托尼一怔，脸色有些不悦："是质疑我的水平吗？"

"不不，千万别误会。"焦棠笑一笑，走过来说，"我只是……嗯，你觉得这是我吗？"

托尼有些讶然地看着焦棠，从来没有哪位贵宾问这样的问题。

焦棠低头看了看衣裙，说："这只是我扮演的另外一个自己。"

"唔。"

"不过我会付全款的，还会向姐妹们多多推广。"

"推广就不必费心了。"托尼懒洋洋地说。

助理在一旁说："托尼老师的预约到了两个月以后呢，因为得知焦小姐约拍，他今天特意推掉了蕾娜小姐。"

蕾娜是圈子里有名的模特，临时解除对方的预约是很得罪人的。

焦棠忙欠身说："实在不好意思。"

托尼的嘴角一抽，似乎笑了一下："你这样的顾客倒也省心省力。"然后他走开几步，又停下步子，回头说："焦小姐，你演的剧我看过不少，你的潜力还没有完全展现出来，我本来是打算今天用镜头好好发掘一下，不过你说得对，你需要找到自己。那时候，你的层级会比现在高得多。"

"谢……"焦棠话还没说完，托尼已经走远了。

焦棠有些惊讶，看起来懒洋洋的家伙，身影像猫似的就不见了。

焦棠卸了妆，换回自己的T恤和牛仔裤，走出托尼的摄影工作室。

已是晚上九点多钟了，路灯下，夜风拂动焦棠的头发，仿佛一团寂寞萦绕着她。走向停车场的途中，她脑子乱糟糟的，却又空无一物。

看到自己的红色奥迪时，她的手机忽然响了。低头瞥一眼，她不由得皱眉，竟是李济宗。

最近遭遇的一连串倒霉事，归根结底，就是李济宗祸害的！

焦棠一气之下，接起手机："你怎么还活着害人？你老婆没打死你吗？"

李济宗急得声音都发颤了："棠棠……棠棠你听我说——我老婆去找你了！"

"什么？"

"我刚刚知道，我老婆去找……"

"你报丧晚了。"

焦棠看着前方，挂断手机。

夜幕下，一个女人挟着一团黑影，冲着焦棠大步走来。

4

焦棠考虑好了对策：退让。

来不及多想，先避过眼前的麻烦再说。她快步走向自己的车，可才刚走到车头前，那女人已经穿过两辆车中间的空隙，直扑过来。焦棠忙侧身躲开，往另一个方向绕行。

"贱货，给我站住！"

"李太太，你嘴巴干净点。"

"你这个脏东西还有脸说干净？"李妻冷笑。

焦棠克制着怒气。她必须忍住，这里是停车场，不断有车辆开进开出，一旦起了冲突，会引来很多人，而她的"小三丑闻"最近正在降温，这点隐忍力，她是有的。

焦棠抓住敞开的车门，正要往里坐，李妻一把攥住她的胳膊，手劲奇大。

焦棠吃痛，从门上松开了手。李妻也马上松开，没有进一步的举动。焦棠立刻明白了：这女人有备而来，目的是故意激怒她，然后又和上次一样，让狗仔队躲在暗处，等她做出不利的动作时，拍照再传到网上。

焦棠迅速扫视一圈，停在周围的十几辆车看不出异样，她往更远一些的地方张望，看到一辆黑色的大众，车窗开了一半。

李妻突然冲过来，想夺焦棠的包。焦棠本能地甩了一下，差点打到李妻脸上。

李妻嘶声说："小贱货勾引我老公，还敢打人！"

焦棠说："回去问问你老公，他为了追我，向我发誓说，你死了五六年了……"

李妻更加暴躁，冲过来要打焦棠。焦棠往车后一躲，避过远处那辆大众的视野，脚底下稍微一抬，绊了李妻一下。李妻的身子斜着撞到旁边的车上，"吭"的一下，汽车警报声响起。

焦棠急忙钻进奥迪，可是还没关上车门，衣襟就被李妻扯住。李妻疯了似的拖出焦棠。焦棠急了，一把推开李妻，脚上的鞋也丢了一只。这时远远近近有人往这边聚拢。焦棠再次往车里躲，李妻拼命拽住她。

"快看这个臭小三——"

"别欺人太甚！"焦棠一脚踹出去，把李妻踹了个跟头。

"小三打人啦！小三打原配啦！"李妻的声音里竟有一种奇怪的激动。

焦棠开车走了。

后面，李妻把焦棠的那只鞋用力抡出去，打到了焦棠的后车盖，又滚落到地上。

焦棠停了车，下去把自己的鞋捡起来，毫不畏惧地穿好，返回驾驶室。李妻追上来。焦棠慢悠悠地踩着油门。红色奥迪就这样远去了。

第二天上午九点多，云登酒店 1218 房间的门"咚咚"地响起来。

焦棠是凌晨好不容易睡着的，失眠的痛苦加上突然的嘈杂声，让她不胜其烦。她哀号一声，从床上爬起来，拎着枕头，带着一身的杀气，猛地拉开门。

外面站着三个人：白瑞德，迟飞，阿娅。

焦棠原本想用抡锤的姿势抡出枕头，此刻却抱在了胸前。

那三个人都是一副乌云压顶的模样，似乎是来奔丧的。焦棠知道，出大事了，而她也估计到是什么事。

白瑞德哑声开口："棠棠……"

"我有什么办法？那个恶妇，挖坑给我跳啊！我知道是坑，可不跳不行呀。"

"棠棠，你别难过。"迟飞进门后一直搀扶着焦棠的胳膊，送她到沙发上坐下后，又示意阿娅去拿酸奶。

白瑞德叹口气，坐到焦棠对面的单人沙发上，弓着腰，很疲惫的样子。

眼下发生的事，就是娱乐圈最可怕的"二次复燃"现象。吃瓜群众最恨的是，某人不仅不思悔改，还变本加厉。

"棠棠，"白瑞德沉声说，"这几天你先不要上网，啊，听哥这一回。你就待在房间，吃的喝的用的，阿娅去办。迟飞就在这儿陪你。"

焦棠轻声问："网上有多严重？"

白瑞德抬起眼皮看了看焦棠，良久，才说了句："我真不知道你练过佛山无影脚。"

这一句话把焦棠积郁已久的情绪点燃了，她是笑着宣泄出来的。大笑，尖声笑，疯笑，在迟飞身上打滚地笑。

那三人全都吓傻了。

焦棠一边笑，一边打着嗝儿说："老白……联系武侠片吧……我可以……转型、换形象……武打巨星说不定……意外诞生……"

不一会儿，她的笑声一下子又变成了哭声，呜呜咽咽，脸也埋进了沙发垫子里。

迟飞也抹着眼泪，鼻子红红的，但没有劝焦棠，她知道得让焦棠宣泄出来。

焦棠突然止住哭声，坐起身，瞪着迟飞，又把目光转向白瑞德，最后落到阿娅脸上。

阿娅一阵恐慌，因为焦棠的眼神很吓人。

迟飞急忙问："棠棠，你怎么了？你可千万别……"

"不对！"焦棠煞有介事地伸出食指，一个一个点着那三人。

"什么不对？"白瑞德睁圆了小眼睛。

"我昨天去见托尼……"

"你去见了托尼？！"白瑞德果然惊了，"你维护那么久的形象，就像一件珍贵的瓷器，毁起来就是'咔嚓'一下，谁给你修啊？"

"那不是重点。"焦棠果断的语气，又让白瑞德一惊。焦棠接着说："我的出行安排，李济宗的老婆怎么知道的？她怎么就能那么准地堵住我？"

迟飞低声问："会不会是凑巧碰上的？"

"如果李济宗没有提前打电话，巧遇也是有可能的。可是李济宗明确告诉我，他老婆去找我了。"

白瑞德紧锁眉头："那……是托尼泄露了消息？"

"有病啊，托尼没事蹚这浑水？"焦棠又把目光转向阿娅，"预约拍照的事只有你知道。"

白瑞德和迟飞对视一眼，立即一起盯住了阿娅。

阿娅吓得脸色苍白，嘴唇哆嗦着说："我……我还告诉了一个人。"

白瑞德厉声问："谁？"

"小……小朱。"阿娅轻声说，"他问我在忙什么，我没想那么多，就……"

白瑞德一拍沙发扶手："那个臭小子整天抱怨加班，还对棠棠不满……"

"不可能是小朱。"迟飞忽然说。

焦棠一愣："飞姐，你这么肯定？"

"他不是小人！"迟飞说。

白瑞德斜眼打量迟飞："你凭什么给他担保？"

"就凭我盯了他两年多！"

"你这家伙，说话那么大声干什么？"白瑞德在沙发上挪了挪屁股，"不过，我怎么觉得你对小朱的感情不正常？"

"都是大好的单身青年，怎么就不正常？"

白瑞德斥责道："迟飞，你怎么变得这么不理智了？现在是讨论公司的内鬼！"

"行了，你俩别吵了，"焦棠使劲揉着额头，"都出去吧。"

"棠棠……"白瑞德还想说什么。

"求你们，走吧。"焦棠感到头痛欲裂，耳朵里一直嗡嗡作响。

白瑞德无奈地站起身，示意迟飞和阿娅一起往外走。

白瑞德一边走，一边咕哝："先回公司查内鬼。这一堆烂事儿，全他妈占全了。"

5

当天下午四点多，白瑞德正在自己的办公室打电话："……我真没时间，老婆，你去接孩子上钢琴课……知道你忙……什么，影响开会？我这儿都生死存亡了……不是吓唬你……好老婆，么么哒。"

白瑞德那个"哒"字还没说完，就硬生生地憋回去了。

办公室里来了个人，从脑袋到脖子都裹着粉红纱巾，脸上戴着墨镜，身上穿着一件俗艳的花衣服，手上捧着一束花。

"大妈，你找谁？"

来者嘶声说："大兄弟，我就找你。"然后是一阵嬉笑声。

白瑞德直接把手机扔到桌上，一仰头坐到椅子里："这都什么时候了，还玩？"

焦棠摘掉墨镜，解开纱巾，长吁一口气。

白瑞德往前倾了倾身，双手叠放在桌面上："棠棠，你不是真的有病了吧？忽喜忽悲，忽而烦躁忽而玩闹，可能是躁郁症。"

焦棠没理他这个茬儿，自顾自地说："我刚才过来时，看到一群人……"

"幸好你晚来一步，不然撞见就麻烦了，"白瑞德说，"那帮人在外面聚了一个多钟头,全是你的黑粉。"

"都打到公司来了?"

"哼,不知哪个兔崽子干的好事。"

"报警了没?"

"粉丝要见偶像,上哪儿说理去?"

"那他们自己就走了?"

"这种小事,随便搞搞。"白瑞德说,"一人给了一杯西瓜汁,同时告诉他们,焦棠一大早飞去海南了……哎,别扯这些了,你不好好待在房间,乱跑什么?"

焦棠脸色变得凝重:"我刚才接到了酒店前台转的这束花。"

她把椅子上的花束拿起来,在白瑞德眼前晃了晃。

白瑞德木然地看着,那是普通的百合、满天星等。因为不知道焦棠言下何意,他只得努力做出一个感兴趣的表情:"挺好,谁送的?"

"不知道,但是……"焦棠把花放到旁边,从口袋掏出个 U 盘,"这束花里面藏了这个玩意儿。"

白瑞德一怔,接过 U 盘看了看,满脸疑惑。

焦棠说:"这上面存了个音频文件,我已经听过了,现在你和飞姐也听一听。"

白瑞德一边把 U 盘插到笔记本上,一边叫来迟飞。

迟飞的眼角有点红,焦棠便问:"飞姐,你哭了?"

"没有。"迟飞说,"我是气的。刚才问小朱,那个笨蛋什么都说不清楚,一会儿说阿娅告诉他了,一会儿又说他什么都不记得。"

"先别管那个了,"焦棠返身把办公室的门关上,百叶窗拉下,回到桌前,低声说,"先听听这个。只限咱们三个知道。"

迟飞的表情有些不安:"什么呀?"

白瑞德点击音频文件。很快,电脑的扬声器传来一番对话——

"请问是李太太吗?"

"你是谁啊?"

"我是个热心市民……"

"什么乱七八糟的,又是推销……"

"不不，李太太，您听我说完，是关于那个小三的。"

听到这里，白瑞德一惊，抬脸说："这好像是崔月的声音。"

焦棠不露声色："你们接着往下听。"

电脑上继续传来李太太的声音："你什么意思？"

"我家也受过小三的祸害，所以我在网上得知您家里发生的事，真的忍不了，可我当时有公事要处理，就去了国外，本想着回来后就能看到小三得到该有的报应，可上网一查，居然没多少人管了。"

"那你想怎么样？"

"不是我想，是您能忍住这口气吗？做小三的人是有瘾的，你以为放过她，她就老实了？她只会笑您蠢，尤其焦棠那个女人。不怕贼偷，就怕贼惦记，您能天天盯着吗？"

音频静了一会儿。

李太太的声音再次响起："可我现在抓不到证据啊。"

"您是大风大浪里闯过的，这种事要什么证据？您说有，那就有。焦棠往那儿一站，就是证据。"

"对，我看见那个狐狸精的脸就想扇几巴掌。"

"那种女人只要靠近您老公，不管什么情况都是危险，所以现在的重点不是事情的真和假，而是您的态度。您如果软弱，她就骑到您头上，您不彻底打灭，还有别的女人学样呢。"

显然，这番话击中了李太太的心窝。

李太太的嗓音尖利起来："你有什么好办法？"

"哎哟，这事儿太简单了，重新搞臭她，把她砸到沟里，让她爬不出来。"

"可我还要顾及家庭的脸面，不可能天天找她麻烦。"

"我有个办法，做起来很轻松，一次就够了。"

"是吗？"

"我能掌握到焦棠的行程。您先别急，等她独自一人时，您拦住她，让她自己发怒，然后您找人拍下照片。剩下的事，我帮您策划，到时候您就说偶遇焦棠，本想息事宁人，却被她反咬一口，甚至动手打您……"

"嘿嘿嘿，苦肉计，不错嘛。你是做什么工作的？"

"我啊……就是一个离婚三年的小女人，想改变不公平的命运。"

"好，你一定会成功。事业上需要我帮忙……"

"不不，我知道您家里很强大，但我没有任何企图，我只想看到公平。"

……

崔月说完最后一句话，音频就断了。

焦棠一拍桌子："你们听听，这是人办的事吗？"

白瑞德却在笑，小眼睛都快挤到肉里了。

"棠棠，你的霉运就快结束了，已经开始有过路神仙帮你了。"

"别是过路小鬼就好。"焦棠说着，看了一眼椅子上的花束。

迟飞扶了扶鸭舌帽："肯定是棠棠的某位铁杆粉丝送来的。"

白瑞德说："先别管他是神仙还是小鬼，送来的这件武器太顶用了。"

焦棠问："不会又是个坑吧？"

白瑞德笑道："这要是个坑，那就是天坑，咱们认命。"

焦棠说："快商量一下怎么用这个音频，不能再耽误了。"

迟飞说："还用商量？赶紧扔到网上，幕后黑手曝光。"

白瑞德思忖着摇摇头："需要剪辑一下。"

迟飞讶然道："你还嫌不够劲爆？"

白瑞德又摇摇头："不。是劲儿太大了，要稀释一下。"

"啊？"焦棠盯着白瑞德，"你什么意思？"

"首先，音频不能这么长，要剪短，过于刺激的字眼剪掉，双方的谈话，原则上要做成'点到为止'。"

"老白，你怎么想的？"迟飞把帽子捏在手上，问，"你这是要网开一面？"

焦棠说："我看出老白的居心了，你是对崔月怜香惜玉。怎么，还想把崔月收到你的翅膀底下？"

迟飞说："换作别的艺人，没问题。可是崔月怎么对待棠棠的？妈的，她做初一，不让咱做十五？"

白瑞德思索着，默不作声。

迟飞又去点击音频："没听够？再听一遍！"

"行了，还嫌不够乱吗？"白瑞德一把胡噜开迟飞，"我发现你今天情绪化特别严重，是不是埋怨我怀疑了你的小情人？"

"老白，这样聊就没劲了，是逼我辞职！"

"你俩吵架越来越像两口子了，一件破事儿掰扯个没完。"焦棠拍了拍笔记本，"说正事！老白，你到底什么想法？"

白瑞德叹口气："迟飞说我网开一面，没错。"他无视两人的怒目，继续说："说到底，咱们究竟要什么？咱们要的是《宫女秘闻》女主，至于把崔月一棍子敲死吗？"

焦棠说："我可没想把她敲死。"

"是，很多灾难都是失控以后出现的。"白瑞德说，"大家都在圈里混，崔月背后还有个公司呢，就算他们无所谓，那电话另一头，可还有李家啊。甭管李家的脸大脸小，总是要面子的，这个录音一股脑扔到网上，痛快是痛快了，咱得想想后果。"

焦棠与迟飞面面相觑。

焦棠想了想，说："老白的意思是，只把必要的信息公开，点到为止。让网友知道昨天晚上的'小三打原配'是有人操纵的。"

"没错。咱们公司顺势再次声明，之前的'小三丑闻'同样是陷害。"

迟飞问："那崔月就没事了？"

"当然不，要把她打疼，让她乖一点。但以公司对公司的名义，让她的老板自己斟酌。"白瑞德说。

焦棠默然片刻，点点头："嗯，这样也好。如果把崔月的脸撕破了扔到网上，是有些过了。"

迟飞向白瑞德挑起大拇指："老狐狸，跟你混，真长经验值。"

白瑞德一翻眼皮："你不是要辞职吗？"

焦棠赶忙拉回正题："找个可靠的人剪辑录音，那什么时候放出去？"

迟飞说："今晚就剪，连夜放。这事我盯着。"

白瑞德说："不，你别在网上乱放。"他起身，在办公室踱了几步，然后回到桌前，压低嗓音说："等崔月挑起的事情达到最疯的时候，你再把录音同时发给五十个娱记，但什么都别说，先让他们去折腾。"

6

五十个娱记收到音频后,为了抢夺新鲜度,争先恐后地发了出来。

焦棠的粉丝团、后援会随之跟进,掀起一轮转发潮。

听过录音的粉丝,终于找到了为偶像申冤的契机,一下子引发更强烈的热潮。

三层大浪推进,迅速占领了头条、热搜。

幕后黑手曝光,然而大多数网民并不知道通话的是谁。娱记们为了抢占热度,纷纷发表自己的辨别观点。由于音频不够长,最终猜测了五个人,但她们全出来辟谣,并警告造谣者。

其中,C姓女星也辟谣了。

然而猜测的方向越来越朝C姓女星偏移。有热心网友把她参加的访谈节目以及演出的音频与那段录音比对,把轻重音的特点、音色等等做声纹辨识……

民间的吃瓜群众真是藏龙卧虎啊。

面对陡然逆转的情势,崔月被打蒙了,不到三天,崔月的老板拿着瑞新娱乐公司的函件斥责了崔月。崔月只看了函件的第一句话:本公司有证据表明,贵公司有人涉嫌污蔑本公司艺人焦棠小姐,并操纵网络舆情……

崔月顿时感到一阵强烈的不适。

她的难受,不仅仅是因为她从喜悦的高峰突然被人拉到了谷底,更因为她似乎赢不了焦棠。她不知哪里出了问题,那个电话录音太可怕,难道是李太太自己录了音,然后发到网上?

不可能的!

崔月输了这一局,都不知道怎么输的。

幸运的是,《宫女秘闻》的卓导不愿介入网上的口水仗,卓导同时意识到,双方在争抢这部剧的女一号,对于剧集本身是有利的,但应该良性竞争,他要的是真才实学。

于是卓导提出一个方案:约定时间,到故宫实地考察PK。

这方面,崔月是有信心的。

而收到这个信息的白瑞德，心里实在没底。他就近把焦棠和迟飞请到云登酒店二楼的餐馆，馆子主打随园菜，主厨虽然没什么名气，但有几样菜很对焦棠的胃口。

焦棠坐在包厢，扫视桌面上的白玉虾圆、雪菜汤鳗，感到十分入眼。

焦棠笑笑说："老白这是投我所好，那准没好事。"

迟飞频频点头。

白瑞德说："我是那样的人吗？"他拿起酒瓶，亲自给焦棠斟酒。

焦棠说："谢谢白总，有话直说吧。"

白瑞德一笑："我听迟飞说，你在托尼那里只拍了一张照片。"

"嗯，留个纪念。"

"可千万别让我看见，辣眼睛。"

"喊，你倒是想看呢，飞姐都没看过，我呀，只给未来的男朋友看。"

"这一招，高是高，要慎用。"白瑞德语重心长地说，"回头你男朋友也着了魔，跑去托尼那里照一张冷艳妖冶相，你俩以后到底谁洗碗？"

焦棠白了他一眼："我们吸风饮露，哪有碗可洗？"

"嘿嘿，说正事。"白瑞德靠着椅背，笑了笑说，"根据你在托尼那里只拍了一张照片这个情况分析，你这次短暂的转型之路，走得不成功吧。"

迟飞急了："老白，直说吧！"

焦棠说："行啦，我知道他的心思——要正经转型，还是得参与那部剧，而要参与那部剧，还是要学习。对不对？"

"我家棠棠最聪明了。"白瑞德举杯说，"来，走一个。"

迟飞故意问："去哪儿？"

白瑞德会意，说："还是故宫啊。"

焦棠沉吟不语。

白瑞德朝迟飞使眼色，迟飞说："棠棠，老白接到卓导那边的通知，一个星期后在故宫实地考察 PK。这说明卓导还是看重咱们的。"

焦棠问："是我和崔月比吗？"

"嗯，就你俩。"白瑞德一边说一边观察焦棠的反应。

焦棠说："这次我没惹崔月，她却在背后摆我一道，不就是争女一嘛，我陪她玩。"

白瑞德一看有戏，忙说："崔月敢在我家老佛爷头上动土，看来也是憋着一股劲。"

"哼，大不了我回故宫补习。"

白瑞德就等这句话，遂将杯中酒一饮而尽，说："哎呀，老佛爷临时抱佛脚，肯定管用。"

迟飞在一旁敲边鼓："明天早晨就去故宫吧。"

白瑞德却放缓了语气："别忙，用功得有个方向，清宫知识极为繁杂，棠棠只有一个星期，不能浪费时间瞎补。"

焦棠不屑地问："你有好办法？"

白瑞德狡猾地笑了笑："使一点小手段吧。"

焦棠追问："你要干什么？绑架周野？"

白瑞德一头冷汗："你想多了吧。我是要请卓导喝顿酒，探探口风。"

接下来再无废话，三人大快朵颐，心满意足地出了包厢。

白瑞德想起什么，说："公司有内鬼这事儿，还得查。"

迟飞喝完酒舌头有点大："我……我仔细掂量了，小朱不会做的，我怀疑是阿娅。"

白瑞德揉了揉红鼻头，问："棠棠，你的意见呢？"

焦棠也有点上头，胳膊搂着迟飞的脖子，身子晃荡着，摆了摆手说："公司的鬼，我管不着，我要去故宫抓鬼！"

"神经病。"白瑞德又问迟飞，"你行不行？把棠棠送回楼上的房间。"

"我行……小朱这个小鬼头，我保定了。"

"保定？我还石家庄呢。俩酒鬼，一点不让人省心。"

白瑞德叫来两个女服务员，一起帮忙送焦棠回了房间。

第六章

请帮我渡劫

"只要这次渡了劫,以后我一定认真学习。"

"希望你赶快飞升紫府,人间的知识只会拖累你。"

1

早晨飘了一点小雨，从窗口吹进的风带着湿润的草木香，院子里的鸟鸣声也比往常更加清脆悦耳。

上午十点钟，周野放下手头的工作，从那件"五彩山石花卉罐"上抬起脸，看了一眼窗外的天空。一缕阳光透过云层，在树梢上映出一片清澈的光泽。周野有些累了，把手中的修复工具放下，靠着椅背闭目养神。

大兴蹲在门前，正用一盆清水洗着刷子和牛角刀。

周野的眼睛又睁开了，想起那件唐绞胎瓷瓶时又忍不住从柜子里拿出来，凝神看着。距离故宫博物院建立95周年越来越近了，可是他对这件瓷瓶的修复仍然毫无头绪。

困扰他的还是找不到与这件残器同时期的样本，而如果没有一件完整的器物可供翻模取样，纵有天大的本事也只能叹息。对于周野来说，这份痛苦更是超过常人，因为他一向坚定地认为，任何一件破碎的瓷器都能化腐朽为神奇，在他手中，所有碎裂的痕迹不过是走向完美生命的途径。可是眼前这几瓣残品，却如散落的生命，无法复原。

它们却又是如此精美。而且正因为碎裂了，更是撼人心魄。

三种颜色的瓷胎土融合烧造而成，奇谲瑰丽，令人目眩神迷。

一定要设法将它修复。那不仅是完成任务，也不仅是自己的愿望，还有对于千年前某位匠人的那一份敬重。

"周老师。"大兴呼唤道。

"嗯。"周野抬起脸。

大兴用毛巾擦着手："工具清洗完了。"

"哦，休息一下吧。"

周野把绞胎瓷瓶残器放回锦盒，锁到柜子里。然后重新拿起那件五彩罐，用毛笔蘸了些黏结剂，细细地修补着底部。

大兴迟疑一下，说："周老师，反正建院95周年是需要一件稀世珍品作为献礼，您手上这个'五彩山石花卉罐'也可以吧？"

周野看了大兴一眼。

他的眼神鼓励了大兴，大兴往前凑了凑："您上次说了，明成化的五彩十分罕见，这个花卉罐国内仅有一件，分量足够啊。"

周野淡淡一笑："你的意思是——"

"用这个五彩罐，代替那件绞胎瓷瓶。"

周野牵了牵嘴角："你以为这是把 2+4 换成 1+5 那么简单？"

大兴轻声咕哝："反正得数都是 6。"

"绞胎瓷的烧造是唐代独创的，五彩工艺怎么能比？五彩山石花卉罐虽是明清景德镇窑的新品种，却是在宋元'釉上加彩'的基础上发展出来的。"

"哦，五彩是更新迭代的产物。"

周野点了一下头："目前只知道绞胎瓷起源于唐代，可具体的技法研究无法深入展开，因为实物资料缺乏。而到了元代以后，绞胎瓷逐渐失传，即便在发源地也找不到遗留痕迹了。"

"这样啊。"大兴有些惊讶。

"到了明清以后，北方的窑场衰落，传统的绞胎器更是难觅踪影，再也无法破解失传已久的绞胎之谜。"

"那就是说——绞胎瓷器究竟怎么绞、怎么烧，现在没人知道了！"

周野默然点了一下头。

大兴搓了搓手说："难怪您把那半件瓷瓶也要当作宝贝一样。"

"好了，你休息得差不多了，干活吧。"

"……呃。"大兴的脑子还翻腾在绞胎瓷的神秘源流中，骤然被周野断了闸，顿时凉了。他耷拉着脑袋转过身，忽然迎面一股香风袭来。

大兴打了个喷嚏，"啊啾"一声响过后，眼前顿时亮了。

"焦棠！"大兴迎上几步，"周老师说你不学习了，我还以为永远见不到你了。"

焦棠有些尴尬地笑一笑："这话说得怎么这么奇怪？我这不是活得好好的。"她说完，眼睛就盯回周野。察言观色是她的强项，她还能根据对手状态的变化，随时调整自己的应对节奏和情绪。

她刚才进门时，周野只是皱眉扫了她一眼就继续埋头工作，所以他的内心独白一定是：麻烦，这女人怎么又来了？

焦棠迎合着周野的态度，在自己脸上"刷"好了表情：诚恳、恭敬和一点自责与羞愧。

她今天是带着任务来的。

昨晚白瑞德约了卓导出去喝酒，想办法套话。虽然卓导的嘴巴很严，白瑞德还是根据漏出的一点风，窥测到一些东西。卓导即将在故宫实地考核的内容其实并不难猜，首先剧名摆在那里——《宫女秘闻》，其次就是具体的动作。

"考核内容应该是宫女侍奉慈禧的日常生活细节，"白瑞德说，"重点要落实到行为上，要有一步一步的具体动作。"

"那就是说……"焦棠思索着，"比如宫女怎样给太后洗手、洗脚。"

"对，就照这个意思来。"

于是焦棠来见周野了。

她的包包里装着自己预设的问题，就看周野能不能配合她。

"大兴，干你的活儿，别分心。"

焦棠进门后，周野只说了这一句话。

不太友好啊！焦棠并不介意，继续展示魅力。

"周老师，"她甜甜地呼唤着，"还在忙工作，要注意休息呀。"

"就是就是。"大兴心有所感，忙不迭地点头。

周野抬脸扫了大兴一眼。大兴赶紧低下头坐到自己的桌前。周野的目光从焦棠的脸上飘过，冷淡地问："你又来干什么？"

"我来补习知识。"焦棠脸上充满了学习的渴望。

"是吗？"周野嘴角一牵，"你拿什么学啊？"

大兴听到这句话，差点没忍住笑出来——周野的言下之意似乎是：你带脑子了吗？

焦棠一听，立刻从包包里拿出一本书，笑眯眯地道："当然拿着书来学习啦，周老师！"

大兴忍不住赞叹：《饮水词》——纳兰的书。我女朋友最喜欢纳兰……"

"大兴。"周野的语调并不高，却透出锐利。

大兴急忙弯腰找活儿干，不小心把脑袋撞了。

焦棠这个不安宁分子，把肃静的工作氛围全冲乱了，周野只好站起身。

焦棠以为周野又要驱赶她，忙说："你送给我的这本书，我认真读了。你说这本书可以了解宫女的精神状态。你还教育我，宫女是不能抒发情感的，也没有诗词可传达，只有纳兰的词直指其心。你特别推荐的《昭君怨·深禁好春谁惜》，我按照你的吩咐，回去好好揣摩了。"

周野愣在那儿，竟无话可讲。

人家拿着他给的书，人家还记住了他的话，而且复述得基本无差。

周野向来欣赏聪明又肯学习的人，这是他的特性，而这份特性是秦梦赋予的。当年，小小的秦梦就是这样的女孩，经常是放学回家时，秦叔两口子还没下班，秦梦就坐在门前的台阶上，膝头放着一本大书，一页一页沉浸在书的世界里。听到周野回来的脚步声，秦梦会仰起脸，让面颊映在晚霞中。

——哥哥，你今天没打架吧？

那时候的周野，从来不爱学习，又是叛逆心最重的年纪，父母、老师、同学，谁的账都不买，可唯独面对秦梦……

——没，我……

他抓了抓头发，把刚才打架弄断的书包带紧紧捏在手上，藏在身后。

于是秦梦笑了。

那女孩的纯真笑容是只有书的世界里才有的笑容。那种笑容能融化他的心灵。

想到这里，周野的心里忽然又涌起一阵悲伤的潮水。寻找秦梦的事情仍然没有结果，庆哥那边的寻找路径已经从湖北推进到了陕西境内，周野既充满希望，又不敢让自己抱有太大期许……

"周老师？"

"……哦。"

"你怎么了？"焦棠端详着周野的脸庞，心道，"难道是被我的偶像光彩煽惑晕了？"

周野瞥了一眼支棱着耳朵的大兴，对焦棠说："我们去院子里说。"

焦棠暗暗一笑，表情却是一副学术脸，边走边说："周老师，我还是不大明白宫女的情绪和宫女的生活怎么对应起来。比如，她们给太后洗脚的时候……"

2

　　周野的脚步停在院子中间。四周的鸟鸣声渐渐远了，微风拂动着槐树和杏树的枝叶，发出细雨般的微响。

　　两人身后是木架上的葡萄藤，身旁是一口古旧水缸，里面长满了绿藻，几片小小的荷叶漂在水面上。

　　周野说："焦小姐，我很欣赏你的学习态度，希望你保持。"

　　焦棠说："当然了。"

　　周野说："来到这里，我就希望你不要分心，外界关于你的工作、生活，一切事情都与此时此刻的学习无关，我也毫不关心……"

　　焦棠有些惊讶于周野的坦诚。周野分明是告诉她：关于那些纷纷扰扰的传闻周野一点儿兴趣都没有，周野只关注眼前这个来学习的人是不是真心想学。

　　"……否则就是浪费时间，因为你在我这里得不到其他的。"

　　"明白了。"焦棠轻轻点了点头。

　　周野的话虽然冷冰冰的，但未尝不是另一种安慰。眼前这个男人并不好奇她的私生活，更没有企图在她这里得到什么。

　　"你明白什么了？"周野追了一句。

　　"就是……我学、你教，然后一拍两散、云淡风轻。"

　　"嗯。"

　　周野从焦棠手上接过那本《饮水词》，随手翻开："你刚才问，宫女的情绪和宫女的生活怎么对应起来……嗯？这是什么？"

　　周野看到书里夹着的一张纸。焦棠赶忙赔笑脸："是记录的一些我不懂的地方。"

　　纸上列出了三大问题——

　　一、宫女给太后洗脸。

　　1. 怎么做准备？

　　2. 怎么进行过程？

　　3. 怎么结束？

4. 太后的反应？

二、宫女给太后洗脚。

1. 怎么做准备？

2. 怎么进行过程？

3. 怎么结束？

4. 太后的反应？

三、宫女给太后洗手。

……

周野敛着眉，看一看焦棠，又看一看那张纸。

首先，这些问题如此具体、细致，完全超过前两次焦棠学习的状况，这分明是精心编排的。

其次，今天焦棠的态度也一改往常，一进门显然有备而来。

"焦小姐，你到底什么意思？"周野看着焦棠。

"嘻，别那么警惕嘛。"焦棠的目光迎着周野的眸子碰了一下，便转到旁边，望了一眼水缸，柔声道，"这个是暂时的，先用这个省心省力的办法过渡一下。"

"过渡什么？"周野追问。

"唉……就是一个星期后……其实不到一个星期了，我们导演要来故宫实地考核。周老师应该也知道，只剩下五六天时间了，根本来不及学习的。"

"所以还是要蒙混过关了？"周野的语气变得很冷，有一种被羞辱的感觉。

"不是蒙混，是暂时过渡。"焦棠着急地说，"先过了考核，让我的心静下来，然后认真学、好好学。"

"哼，考核都过了，还需要学吗？"

"当然不是。那个……后续我还是有许多问题要向周老师请教的。"

"不就是让我帮你作弊吗？"周野把《饮水词》合上，还给焦棠，"对不起，没时间奉陪。"

"你随便写一下就好了嘛，多简单的。"

焦棠一手拿着书，另一手抓住周野的胳膊。这是她的备用计划，如果对方拒绝，那就——耍赖。

正在这时，隋兰兰走进了小院。

3

隋兰兰一大早就觉得眼皮跳得厉害，来上班时又听到乌鸦叫个没完。

故宫里本来就有不少乌鸦，可是今天的叫声特别晦气。

她原本担心工作出了纰漏，走进自己的古籍修复室以后才发现不仅没有麻烦，还迎来一个惊喜：她一直想修复的《敦煌遗书》，就在今天，落在了她的案头。

话说从2016年6月份开始的养心殿修缮中，在对殿内的"仙楼佛堂"进行拆分移动时，意外地发现了一卷《敦煌遗书》。这卷书很可能是当年乾隆皇帝在佛堂静心修行时阅读的。

《敦煌遗书》能够在故宫发现，此其一。乾隆皇帝亲身用于静读的书，此其二。修复古籍的人，有机会得以接手这件工作，是需要千年造化的。

这卷《敦煌遗书》有一千年以上的历史，用于书写的藏经纸是唐代写经专用的纸张，颜色黄褐，犹如陈茶，略有棉性，质地厚硬，不透明。此卷被尘土封闭在角落的时间少说也有二三百年，上面布满油污、霉斑、水渍，书页糟朽——但恰恰是这些东西，证明了顶级修复师的价值。

不知为什么，隋兰兰首先想到的，是向周野通报这个好消息。

隋兰兰一向瞧不上修器物的，但周野的无痕修复技艺她是有点服气的，且有暗暗比拼并让周野佩服她之意。周野是有高远志向的，隋兰兰认为只有自己才是配得上那份志向的人。因此，她要把生命中这个重要的时刻与周野分享。她觉得，周野会和她一样高兴吧，甚至，可能会对她拜倒一下？

于是，隋兰兰来了。于是，她看到了葡萄架下的一幕。

周野居然和一个女人拉拉扯扯，成何体统！

隋兰兰定睛一看，那不是上次乱闯的游客吗，今天怎么还动上手了？！

隋兰兰略微停滞片刻，平定一下心绪，继续从容地往前走。

周野看到了隋兰兰，对焦棠冷声说："松手。"

焦棠扭脸一看，见有人经过，连忙放开了周野。周野自顾自地走向工作间。焦棠跟上来，与隋兰兰一前一后进屋。

屋里有一种莫名的气氛。突然聚集的这些人令大兴感觉到一团混乱的气场正在涌动、轰鸣。他瑟缩着脖子，慢慢站起身，又不敢站直了，只好弯着腰往外溜。

"坐下，"周野说，"上班时间你去哪里？"

"我……"大兴感觉自己很多余，难道周老师您看不出来吗？

"我怎么教你的？文物修复师首先要有静气。心无杂念。现在就是在考验你。"

"……是。"

"明白了吗？所谓'天下有大勇者，卒然临之而不惊，无故加之而不怒'。"隋兰兰傲然道，"大兴，你本该有高远的志向，却令我无比失望。"

"是，是，兰师姐教训得对，周老师也教训得对。"大兴只有点头的份儿。

不过他听出来，隋兰兰的"失望"似乎另有所指。大兴偷眼看了看周野，周野毫无反应，这让他不禁感叹"周老师才是不惊、不怒的化身呀"。

此时的焦棠有些不自在。她明显感觉屋里的气氛都是冲自己来的，却又没人搭理她，好像她不存在。

她马上把注意力转到隋兰兰身上。之前那次误闯修复室时，正是发现了隋兰兰对周野的感情，焦棠才找到突破口，然后用一番巫婆式的煽情让隋兰兰帮自己说了话。

既然演出有效果，依样画葫芦就对了。

焦棠热情地说："这位姐姐，又见面了，请问贵姓啊？"

隋兰兰似乎没听见。

大兴忙起身介绍："哦，这位是我的师姐，隋兰兰，是古籍组的修复师。"他又指了指焦棠："这位是大明星焦棠，演过不少偶像剧。"

隋兰兰看也不看。

"什么？"焦棠惊讶地问，"你们这里还有女修复师呢？"

隋兰兰敛眉扫了焦棠一眼，扶了扶黑框眼镜："何至于大惊小怪？"

焦棠方才没听清楚，又问："兰兰姐是修……修……"

大兴解释说："就是修古书的，从兰师姐手头经过的千年古书，堆起来……"

"哼！"隋兰兰瞪了大兴一眼。

焦棠忽然更热情了，不禁扶住隋兰兰的胳膊，问："兰兰姐能修千年古书，那会不会 P 图？"

"什么？你懂劈图？"隋兰兰一惊。

焦棠愣了愣，咕哝道："懂一点 PS 软件。"

一旁的周野说："兰兰，别说了，你们谈的不是一个世界的东西。"

隋兰兰更好奇："焦小姐，你用 PS 就能劈图？"

"对呀，不然用什么？"焦棠有些迫切地说，"你懂更好的 P 图软件？"

隋兰兰又问："你能劈开多少次？"

焦棠皱眉说："原则上是 P 得越多越好，但千万不能过了，容易露馅，被网友发现，就成了'黑料'。"

焦棠说着，瞥了周野一眼。周野坐在窗前，懒得理她们了。

隋兰兰转而问大兴："她究竟在说什么？"

大兴的脸都快紫了，既想笑又不敢，咕哝着："焦小姐说的是……修照片。"

隋兰兰出奇的平静，又问焦棠："你也有醇贤亲王奕谩的照片？"

"啊？"

"那是中国最早的照片，存于故宫，难道民间也有？"隋兰兰自言自语，"奇怪，以清代的照相纸来说，劈开修复不知效果如何，这思路倒是有趣。"

焦棠摆手说："不不，我是说帮我 P 照片，要美颜。"

隋兰兰的身子晃了一下。

焦棠急忙抓稳了隋兰兰的胳膊。隋兰兰甩开她："荒唐！简直岂有此理！"

隋兰兰被折腾半天，气得脸色绯红，转而对周野说："周野，你这里成了游客接待室了吗？"

周野有些无奈，又有些嘲讽地说："她是来学习的。"

"跟谁学习？"隋兰兰盯住周野问。

大兴忙说："领导同意了，焦棠小姐热心推广传统文化，就派周老师教一教她。"

这时焦棠已经反应过来，自己不小心撞恼了大神，既然明白了处境，马上就要变招，把不利局面转化为有利局面。

焦棠说："兰兰姐……"

"本人与你非亲非故！"

"是，明白，我也想赶快离开，只要周老师帮一个小忙，我马上从姐姐的眼前消失。而且，不再来了！"

"是吗？"隋兰兰毕竟还是单纯，一听最后四个字，眼神立刻变了："帮什么忙？"

大兴在一旁直想笑，这位兰师姐真是坦率得可爱。

焦棠像变戏法似的，从包里拿出那本《饮水词》……

"等等，你怎么有这本书？"隋兰兰指着书问。

"周老师送给我的。"焦棠随口答。

隋兰兰扭脸看了看周野，缓缓点了点头，却什么都没说。

焦棠从书里抽出那张纸。隋兰兰顺手抢过来，检查了一番，摇摇头，侧身放到周野的台案上。

"周野，这些问题我没有研究过，你就帮这位游客写一下吧。"隋兰兰把"游客"两个字咬得很用力。

周野半天没吭声了，更是懒得看那张纸，只摇了摇头。

隋兰兰还在这儿劝："与人方便自己方便。"

周野抬起脸，毫不客气地说："耽误的时间够久了。兰兰，还有焦小姐，你们可以出去了。"

焦棠急了："至于吗？不就是写一下……"

"帮你作弊，此生无望！"周野说。

一旁的隋兰兰莫名觉得心头一甜，自己也回过味儿，跟着就把风向变了。

"焦小姐，我们文物修复师是不可能帮着你们这些人作弊的。"隋兰兰义正词严道，"你要感谢自己生在新时代，若是百多年前，凡作弊者，杖刑、刺字、充军，直至诛灭九族。"

形势无可挽回，焦棠一大早酝酿的心情全毁，这就好比，你把一大段台词练了很久，开拍时，你胸有成竹一口气说出来，导演突然喊：CUT，重来。

这种挫败感让焦棠有些气急败坏。

她一把抓过那张纸，说："你们这些修复师最大的本事就是吓唬外行！"然后拂袖而去。

4

隋兰兰回到自己的工作间，坐在桌前生闷气。柔和的光线下，桌面铺开的蓝色台布上，整齐摆放着毛笔、刷子、刻刀、剪子、钩针等工具。隋兰兰无心去看。

她望着右侧案头那卷《敦煌遗书》——原本带给她喜悦，并且迫不及待想把喜悦传递出去的心情，全毁了。

取而代之的，是那种不祥的、越来越明显的直觉：焦棠的出现和离去，不会就在今天终结！

隋兰兰又想到焦棠问她"会不会 P 图"，心情就更糟了。

隋兰兰何许人也？她可是深得津派修复技艺的真传。

在公认的三大古籍修复技艺中，蜀派的绝技是"借尸还魂"，他们是把整个旧书的纸更换掉，让原书的墨迹，附着在新的纸张上，用来延长书的寿命，然而此项技艺不能达到"修旧如旧"，业已消亡。

京派的绝技则是"珠联璧合"，用天然碱性溶剂与纸张混合，加入颜色，熬成粥状，用来修补虫蛀的书籍，这也是当今最流行的修复方法。

而津派的绝技"千波刀"，是将鬼斧神工之力作用于薄薄的纸页上。此技艺可以在平面上把纸张随意劈成需要的数量，且保证原来的墨色、纸质不变。更惊人的是，劈开后，还能保证原来的纸张厚度。而即便是被劈开一千次，依然如故，丝毫不损伤纸的元气，犹如层层复制古书一般。

津派正因灵活掌握了蜀派的"借尸还魂"和京派的"珠联璧合"之奥妙，创立"千波刀"技法，可谓集大成者。而在其发展的久远历程中，此项技艺曾多次险些被外道者窃去，所以最后的传承人竹影大师在彻底弃艺后，因为担心此术被不良分子用于书画作假，便将劈画工具、药物配方等等，尽数焚烧。

至此，千波刀不存，津派自亡。

然而津派并没有彻底消亡，如今仍有极少的书画修复师会使用劈画，但是最多只能劈开 2 到 5 次。劈开后，纸会薄，可以利用第 2 次托裱弥补厚度，却也因为劈开后损伤书画，使用的人越来越少。

隋兰兰可以劈开 30 到 50 次。以她的年龄来说，潜力不可限量，因此业内流传：隋兰兰的造诣，就是未来的竹影大师。

然而正是这样的隋兰兰，今天竟被人家问到"你会不会 P 照片？"。而她居然跟那个女孩讨论了半天"劈多少次"的问题，甚至一度以为自己遇见了懂得千波刀的民间奇女子。

"劈八百次够吗？"隋兰兰郁闷地想。

更可气的是，周野居然跟那个女孩拉拉扯扯，简直岂有此理！

隋兰兰长叹一声："唉，吾未见好德者如好色者也。"她的眼皮又开始跳了，接着便听到了窗外传来乌鸦叫声。

此时，那只美丽的乌鸦已经飞到了七公里外的保龄球馆。白瑞德在这里陪两个股东打球，股东有事先走了。这时，焦棠匆匆来到白瑞德身边。

"没想到周野那么认死理，所以不怨我啊，我可是诚意满满，尽情施展了演技。"焦棠说。

听完了整个过程的白瑞德，沉思片刻，抬脸说："哎呀，周老师一心求真的精神值得我们学习呀。如今能在美女的诱惑下，仍坚持求真的年轻人不多了。"

"喂，老白，这时候你还说风凉话。"

"别急，我在想办法嘛。"白瑞德搓着手指头。

焦棠坐在沙发上，扫一眼周围。刚过中午，球馆里没什么生意，左边最远的球道上有一家人在玩，不时传来"哐啷"声和稀稀落落的笑声。

焦棠低头，看见茶几上有一袋未开封的葡萄干。她随手撕开，用牙签挑着，吃起来。

焦棠说："我就不信，那几个问题，只有周野能回答？"

白瑞德给自己倒了杯茶，说："麻烦就在这里呀。距离考核期没剩几天了，咱们手上能用到的资源回答不了这几个问题的具体细节，能回答的咱们又没工夫找。再说，我也不放心，别是费了半天劲，又是把清装剧里那一套写一遍。"

焦棠把手上还捏着的葡萄干扔到果盘里："那怎么办？没了周野在地上跑，咱还不吃猪肉了？"

白瑞德苦笑："老佛爷呀，您不懂就别瞎咕咕。原话是'死了张屠户，咱也不吃带毛猪'。"白瑞德忽然眼睛一亮，"对了，张屠户身边还有宰猪小弟嘛。"

"嗯，周野有个徒弟叫大兴。"

"瞧瞧，上帝关上一扇门，就给你预备一扇窗。"白瑞德走到球道前，有些笨拙地扔出球，对面"哐啷"一声响，球瓶全倒。白瑞德迈着方步回来，一屁股坐到茶几旁，斜过身子说："对付周野，你得讲策略。他那儿攻不破，你就稍微绕一下，攻大兴。"

"是啊，大兴好攻。"焦棠忽闪着睫毛说，"那小子有一股单纯可爱的劲儿。不过……"她神色一暗，"打通他又能怎样，他也回答不了那三个问题呀。"

"我说你这么聪明一人，也犯迷糊。"白瑞德从果盘里捏了颗松子，扔到嘴里，"咔"的一声嗑开了，"宰猪小弟整天和张屠户待在一起，张屠户有点啥小弱点……嗯？对不对？"白瑞德握住拳头，在空中一扭。

焦棠乐了，跟着白瑞德握起拳头，在空中一扭，冷笑着说："就把周野牢牢地攥在手心。"

"对，任凭你摆布的滋味，你说爽不爽。"

焦棠一高兴，拿起一颗保龄球，对着球道尽头的白色球瓶说："周野，接招吧。"

那里好像站了一群小小的周野。只见焦棠腰肢一扭，妖娆地甩出球去。

结果却不忍直视——球从边道匆匆忙忙滚远了。

"难道周野真是我的克星？"焦棠愤然低语，"碰见他，都不能正面直击吗？"

"不，他不是你的克星。"白瑞德坚定地说，"你是霉运还没走完！"

焦棠差点一口老血喷出："老白，你还让不让我活了？"

5

一晚上又没睡好，第二天上午九点多，焦棠挣扎着起床，拼命给自己打气，然后梳洗一番，离开云登酒店，开车前往故宫。

她惴惴不安地走进陶瓷修复室，见"张屠户"不在，屋里只有"宰猪小弟"，顿时松了口气。

大兴正在清理一件北宋的陶罐，扭脸看到焦棠，忙站起身："焦小姐，你怎么来了？"

"不欢迎啊？"焦棠笑吟吟地问。

"不是不是。"大兴手足无措，脸竟然红了，"周老师去珍宝馆给人讲瓷器，你要见他，起码得等两个钟头。"

"我今天来，不是专门看他的……就是对你们这里好奇嘛。"

"哦，你请坐。"大兴拉过一把椅子，看了焦棠一眼，低声说，"昨天跟兰师姐闹得不愉快，其实兰师姐那人可好了，就是有些较真，你别生她的气。"

"大兴，咱们已经是朋友了，你千万别这么说。"焦棠言辞恳切，"昨天是我不对，真的，你一提，我更觉得羞愧了。"

大兴不由得有些激动，偶像明星不仅没一点架子，还这么亲切温柔，简直就是普照众生来了。

焦棠坐下后，叹口气说："其实我挺怕周老师的。"

大兴顿时一阵"对对对，我也是"的心灵表达。

焦棠用同病相怜的眼神看着大兴，说："给他当徒弟，那可太难了。光凭这一点，你就很厉害的。"

大兴不好意思地抓了抓后脑勺，始终不敢看焦棠的眼睛："周老师其实也没那么可怕。"

"哦对了，他有什么爱好？"焦棠开始往正题上引导。

大兴脱口而出："看书。"

"就这个？"

"嗯。"

焦棠敛了敛秀眉："除了这个以外，他有没有一点人类的爱好？"

"人类的爱好……"

"比方说旅游、看电影、泡吧、打牌、跳舞、购物……"

大兴摇摇头："从来没听他谈论过。"

焦棠挣扎道："那他……总该喜欢吃吧？"

"对对，他喜欢……"

焦棠靠着椅背，双臂环抱胸前，得意道："我就说嘛，每个人落到底，都是潜在的吃货。你说，他爱吃什么山珍海味？"

大兴对焦棠的表现有些摸不着头脑，愣愣地说："饺子。"

"哎？"

"茴香猪肉馅、芹菜猪肉馅、白菜猪……"

"行了行了。"焦棠抬手制止了大兴，感到一阵失望。

只爱看书、吃饺子的家伙，那就是没有弱点了？怎么可能？

但焦棠不能太急，否则被大兴看出企图心，再想启发就难了。

焦棠笑一笑说："没想到世上有那么无聊的人。"

"也不是啊，去年北京下的那场大雪正赶上星期一故宫闭馆，周老师独自跑到断虹桥，用雪做了个狮子。"

"什么狮子？"

"就和桥头那个石狮子一模一样，双胞胎。"大兴笑着说。

焦棠上次来故宫，专门到断虹桥看了那座石狮子，狮子的一只爪子抚着肚子，一只爪子抓耳挠腮，脸上的表情更是好玩，被称为故宫第一萌宠。

"你瞧。"大兴拿出自己的手机，调出去年拍的照片。果然两只狮子并排站着，画面让人忍俊不禁，乐趣度翻了两倍。

"真没看出来，周野还懂浪漫。"焦棠说。

"第二天大家都跑去看，兰师姐也去了。"大兴嘿嘿一笑，"我估计啊，兰师姐就是从那天以后，正式锁定了周老师。"

"什么意思？"焦棠不会错过任何一个八卦的机会。

"在那之前，兰师姐都是藏在心底的，每次见到周老师，还是傲气十足，可自从堆雪人事件发生后，她的态度就和以前不大一样了。"

"嘻嘻，女孩子的小心思嘛。担心别的女孩更喜欢周野。"焦棠趁着这个话题，接着问，"周野的女朋友不少吧？"

大兴笑了："你觉得呢？"

焦棠说："据我观察和体会，他那个人啊，真是不解风情的，对女孩没有怜香惜玉的自觉。"焦棠想起之前的种种恼人状况，不禁心潮起伏，"还有，他对待隋兰兰的态度，我都恨不得揪住他的脖领子。"

"焦小姐，侠义。"大兴说，"周老师对兰师姐没感觉，我也挺可惜的，其实他俩很般配。"

"周野到底谈没谈过恋爱？别是个处男吧？"

大兴的脸又红了，却又感到焦棠的直率可爱。焦棠的聊天方式、语气，还有那种小女生的笑容和手势，完全是把他当作好朋友，那份随和与关切让他感受到偶像明星的温暖。

焦棠一笑："看来我的猜测没错呀，他真是处男。"

"周老师喜欢的，不是俗众可以理解的。"大兴为老师辩解。

"哟，他是爱嫦娥，还是七仙女呀？"

"差不多的。"

"嗯？"焦棠瞪着大兴。

大兴忽然一副神秘的样子，欲言又止。

"你不说算了，我走啦。"焦棠起身。

"哎哎，我是怕你传出去。"

"我往哪儿传啊，真是的，周野又不是流量。"

"其实也不是特复杂的事，你听了肯定觉得好笑，可周老师是真诚的。"

"你烦不烦？我最讨厌磨叽的人。"

大兴用豁出去的语气说："周老师爱上了三百年前的一位公主。"

"啊？！"

"嘘，别喊。"

"你小子耍我呢吧？"焦棠做出要抽大兴一巴掌的动作。

大兴忙缩起脖子："哎，就是一张三百年前的画像，郎世宁画的乾隆的女儿。"

"噢，"焦棠收起动作，思忖着说，"我倒是见过郎世宁画的乾隆的宠妃。"

"没错，《纯惠贵妃像》就是郎世宁画的。至于那位公主，是乾隆的九女儿，名叫和硕和恪公主。她的画像虽然不那么有名，可是笔触精致，人物传神，现在看来也是栩栩如生。就像一位活着的公主，刚刚还站在绢帛前，然后人就走进画里去了，魂魄也附在上面。"

"哟，你这个鬼故事好凄美。"

"那幅画像把周老师整得五迷三道，像是勾了魂儿。"

"天，画中人的魂魄，勾了你家周老师的魂儿。这故事美极了。"

"反正周老师自从见到那画像以后，真有些痴癫。"

焦棠敛眉说："可现在看不出来啊，他从迷失的感情中走出来了？"

"后来那画像与巴黎卢浮宫交流展览，离开了三个月，周老师才醒。"

"意思是——周老师竟然失恋了？"

"嗯……可以这么理解。"

焦棠的内心一阵胜利的喜悦。她欣喜于就这么一不小心，拿住了周野的秘密小黑料。

其实并不能算黑料，不过，长期翻滚在各种料上的焦棠，敏锐地嗅到了机会。此料一定要好好用起来。

这真是——如今幸得见着此料，好比那云开日出，得见青天！

6

不过，小麻烦还是始料未及。

就在焦棠拿住秘密小黑料的当天晚上，周野出差去了郑州，因为郑州的西郊忽然发现一座唐墓，周野及时赶去，想看看陪葬品中有没有绞胎瓷瓶的线索。

周野在郑州待了两天，无功而返，可这两天却似乎比一个世纪都要漫长。焦棠的宝全押在周野身上，莫名害怕周野有个三长两短，甚至构思了种种奇异情景，比如：周野站在路旁，被送外卖的电动车撞了；周野从楼下经过，被阳台上的多肉砸中；周野去馆子吃饭，吃到了钉子……

幸好周野平安回到北京，否则焦棠的躁郁症都快犯了。

明天就是卓导的考核期。焦棠得知周野上班的消息，立即赶到故宫。

已是下午三点多钟，距离考核期只剩18个小时，焦棠的脑子却是空空如也。

焦棠稳定一下心绪，平静地把周野请到了院子里的杏树下。

"你又来干什么？"周野满脸是送瘟神送不走的表情。

焦棠清了清嗓子，甜甜地说："周老师……"

"哎，别酝酿情绪，有话直说。"周野毫不客气地打断她。

"嗯，这个送给你。"焦棠仍保持着一脸讨好的微笑，从包里拿出一件东西。

周野瞥了一眼，是一块象牙佛牌，正面雕刻着佛祖的坐像。

周野问："你什么意思？"

焦棠转脸扫视院子，关切地说："这里可是冷宫呀，你平时上班不害怕吗，送给你辟辟邪。"

周野嘴角一牵，忍不住指正道："故宫没有专门称作'冷宫'的宫殿，也没有固定地址，失宠嫔妃大多幽居在偏僻宫室，西三所确实曾经关禁过嫔妃，但和邪气不沾边，只是当年房屋没人修缮，冬天又被太监克扣炭火，所以俗称'冷宫'。"

"哦，不但屋里冷，更是心寒。"焦棠恍然大悟。

周野脸色稍微缓和了："你能把环境和心态联系起来，不错。"

"是周老师教得好。你让我读《饮水词》，先明白宫女的情绪，才能理解宫女的生活，我就是这样醒悟的。"

周野的脸色更加柔和了，点头说："你能从失宠的嫔妃联想到宫女，很好。嫔妃一旦失宠，甚至不如底层宫女。不过她们在后宫都是牺牲品，心境是相通的，所谓失宠和受宠就像四季交替，只有一种精神状态不变，那就是害怕。"

"谢谢老师指教，等我做了《宫女秘闻》女主，一定要把这种心境展示出来，向观众传达真实的理念。"

"嗯，把你的佛牌收起来，回去吧。"周野转过身。

"老师——"

周野扭过脸。

焦棠用楚楚可怜的眼神凝望着周野，似乎周野是天快黑之前的最后一抹霞光。"明天——"

"明天怎么了？"

"明天决定着我能不能演出《宫女秘闻》，更决定着观众能不能得到真实的理念。"

周野的嘴唇抿紧了，有些无奈地摇了摇头，眼神分明是"原来你演了半天，就为了说出这句话"。

"那跟我有什么关系？"周野冷冷地说，转身便走。

"慢，慢。"焦棠行动起来可一点都不慢，跑到周野前边挡住他。

周野不耐烦地说："请不要纠缠了。"

"麻烦老师写完这个，我立刻就走。"焦棠又从包里拿出了那张纸。

三个问题明晃晃摆在那儿——

宫女给太后洗脸。宫女给太后洗脚。宫女给太后洗手。

"焦小姐，你在挑战我的忍耐线？"周野的语气很平静，但听出来很生气。

"我实在没办法了，周野。"焦棠一着急，"老师"也顾不得喊了，"明天上午九点，导演和我的对手演员都要来故宫，到时候我就要PK……"

"和我有关吗？"

"当然有关，你是我选的老师，你就帮我写下这些答案。然后，我向你保证，只要这次渡了劫，以后我一定认认真真学习。"

周野冷冷地说："希望你赶快飞升紫府、位列仙班，人间的知识只会拖累你。"

"你是在骂我吗？"焦棠盯着周野。

"我最后说一遍：让我帮你作弊，休想。"周野绕过焦棠，继续往前走。

"站住。"焦棠忽然盯住他的脸，眉尖一挑，似酝酿出了什么主意，"我跟你打赌！"

周野皱眉："尽是恶习。"

"你没有？我才不信你从没作过弊、打过赌？"

"从来没有。"

"那你伸手！"焦棠冷不防命令道。

周野一愣，手掌不由得抬到半截。

趁着他没反应过来，只听"啪"的一声，焦棠的巴掌击在了他的掌心。

"赌成！"焦棠得意地晃着自己的手，"以后你可别说自己没打过赌，更别说我尽是恶习。"

这是什么泼皮！周野气得将手瞬间抽回背后，一声不吭地瞪着她。

焦棠乘胜追击："你说怎么赌，赌个五毛？今儿你要是肯教我，算我赢，OK？"

她随口要价五毛，其实就是气不过周野总找碴，跟他逗个口舌之快，压根没管他能不能兑现。

"没空陪你玩。"周野甩手便走,穿过葡萄架径直去向修复室。

焦棠的脸上,年轻老佛爷垂帘听政的表情变得更甚。

"好吧,我现在要把这篇文章发到微博上了。"焦棠又从包里掏出一张纸,上面是打印稿,约有四五百字。

周野听她的语气有异,脚步一顿,扭过脸。

焦棠清了清嗓子,低声读了起来:"标题,《怀念我的文化老师周野》,咦,好像不太对,算了,回头再说。嗯,周野老师是一位文物修复师,他对我国灿烂的传统文化非常精通,我有幸跟随周老师学习……"

周野走回来,冷淡地望着焦棠。

焦棠看了看周野:"是你逼我的,别怨我。"

周野双臂抱胸,眼神分明是"你就表演吧"。

焦棠继续轻声念着,二百多字赞美完周野,接下来语气一转:"……周老师并不是一位刻板的老学究,他很浪漫、很有情义……算了,念得我口干舌燥,你自己看去。"

周野一把拿过来,低头看着,脸色倏地变了。

文章居然写到,由于他痴迷古文化,竟把自己的爱化身到了一位三百年前的公主身上。可笑的是,他不仅爱上了公主,还遭受了"失恋"的痛苦!

周野二话没说,"嚓嚓"几下把纸撕了,碎纸攥在手心里。

焦棠并不介意,只是拍了拍自己的包,挑一挑眉尖。

周野往前走了两步。焦棠以为他要来抢包,急忙往后退,不慎撞在杏树上。

"你……你别过来啊,我练过女子防身术。"

周野淡漠地扫她一眼:"你对人总是充满敌意吗?"

焦棠一怔,咬牙说:"是敌是友,就看你的态度了。"

周野低头默然良久,抬脸问:"你到底想怎样?"

焦棠再次举起"三个问题"。现在她的左手是"宫女伺候太后的三个问题",右手是《怀念我的文化老师周野》。

"周老师,你只能选一个,要么给我写出答案,要么我就发出文章。"

被这个女人抓住软肋了,周野想不出应对的法子。他并不是怕焦棠揭露什么见不得人的丑事,他痴迷于乾隆的九女儿——和硕和恪公主的画像,故宫的同事有些是知道的，无非是笑他痴傻。但也不必把事情张扬出去，这违背了他低调的原则，焦棠就是掐准了他这一点。

不过，周野觉得焦棠未必真会那么做，他其实是能看出她心底脆弱的一面。她只是虚张声势，因为她自己也不清楚，假如发出文章，对周野的伤害会不会很大？焦棠并不是一个无故伤害别人的人。

周野一时有些纠结了。他很想一走了之，可是看样子，这女人确实只剩下这一招了。周野不知道自己这时候是心软，还是……

据说这女人的微博粉丝几千万，假如她真的一闭眼发了文章……

"周老师，选哪个？我也很忙的。"焦棠晃动着手上的两张纸。

周野深吸一口气，一把抓过那三个问题。

焦棠得逞了，立马恢复刚才的楚楚可怜状："别怨我啊周老师，我实在没办法才这样的，时间太紧张，你的笔杆子随便刷几下，就能救一个演员的命啊。"

周野看也不看她，扭头便走。

焦棠迈着碎步跟上去。

7

"我能帮你写下预设问题的答案，你明天能拿着稿子念吗？"

"不行不行，我要自己讲出来的。"

"所以，你自己是不是也得熟悉一下？"

"对啊，我在熟悉中。"

"你在梦里熟悉呢？"

"啊……我又打瞌睡了？"

"你是在熟悉打瞌睡的新方法吧？"

"哎呀，不好意思，我一听别人讲课，眼皮就发沉，那是在初中的物理课堂上患下的病症。我们那个物理老师有一阵子家庭不和睦……"

"别啰唆。只要不是学习的话题，我看你精神得很。"

"嘻嘻……"

焦棠揉了揉眼睛，双手托腮，扫了一眼纸上的问题。周野已经断断续续写下了答案。

焦棠说："请您继续。"

"根据你列出的这三个问题，我给你定个主题，就是'用清宫的日常生活细节见证历史'。"

"哇，格调真高，光是这个题目就把崔月碾成渣了。"

周野没有理会焦棠的浮夸赞美，继续淡然说道："宫女如何给太后洗手，我刚才已经讲过一遍，你来复述一下。"

"啊？"

"复述一下我讲的内容。"

"……嗯，太后早晨醒来后，那个侍女……"

"司衾侍女。"

"对对，她给太后叠好被子以后……用银盘子端好热水……"

"银盘子？太后要喝汤了？"

"不不，是盆子。然后把老太后的手……放到热水盆里使劲泡着……"

"泡凤爪呢？"

"慈禧能睡凤床，为什么不能泡凤爪？！"

"你还急眼了？这么简单的知识点……"

"行了！就是把太后的手用热毛巾包起来，温柔地浸泡很长时间，其间要换三盆水，一直把手背和手指的关节都泡随和，所以太后的洗手也是一种健身法。"

"然后呢？"

焦棠一边歪着脑袋仔细回忆着，一边偷眼看纸上的答案："……老太后的手非常细腻圆润，就像小姑娘的手。"焦棠有些自恋地看了看自己的手，咕哝道，"真是长知识啊，这个凤爪热泡法，我也得用。"

"我是问洗完手之后呢？"

焦棠白了周野一眼："就完了啊。"

"太后她老人家不洗脸？"

"……洗脸的过程我没记……"

"那先拣你记着的，说说。"

"……噢，应该是刷洗和浸泡指甲。你刚才说了，慈禧最喜爱自己的头发和指甲。没错，我见过不少慈禧的画像，指甲好长的，特别是大拇指、无名指和小手指。唉，真羡慕太后的生活，一天到晚都是别人看她脸色，她就坐那儿养指甲，谁要是敢不听话，敢对她大声儿，敢用她种的西瓜笑她笨，哼，杖刑、刺字、充军，直至诛灭九族。"

周野看着焦棠："过瘾了吗？"

"……嗯。"

"说指甲。"

"泡指甲要专门用圆圆的玉碗盛上热水，按次序一个一个地把指甲泡软，对，还要校正直了，因为指甲太长容易弯嘛。如果发现不端正的地方，侍女要赶快用小锉锉端正，再用小刷子把指甲的里里外外刷一遍，然后嘛……用什么东西吸上指甲油涂抹，最后给老佛爷戴上黄绫子做的指甲套。欸，指甲套也算文物，周老师，你有没有修过老佛爷的指甲套？"

周野郁闷地转过脸，看了看窗户。有些凉意的风，从窗口吹进来。

他和焦棠是在院里的另外一间空房中，屋里只有一张桌子和两把椅子，顶棚挂着一盏灯。修复室那边，大兴已经下班走了。院里很静，暮归的鸟群已经离去，一抹淡淡的晚霞映在墙头的树叶上，翻卷之中变换着黛青与金色。

"不修就不修，干吗生气呀？"焦棠嘻嘻笑着，"老佛爷还有一个小盒，装着修理指甲的工具。对了，你把老佛爷修理指甲的工具写下来，我明天考核要用。光是这一条就能镇服卓导，灭掉崔月。"

周野说："这个不在你的三个预设问题中。"

"怎么不在？"

"你自己看。"

"……哎，顺便写一下呗，反正知识在你脑子里，你不拿出来，别人怎么知道你懂得多呀？"

周野皱着眉头："我的知识不是给你卖弄的。"

"真没见过你这种人，多写几个字能死啊？"

"那是额外的劳动。"

"我付你加班费，一个字 10 块钱，够意思吧？"

"谢谢，我不需要。"周野把那张纸推回到焦棠面前，从桌旁站起身。

焦棠抬头看着灯光下周野俯视她的脸："喂，你是在报复我呀。"

"不明白你的意思。"

"这不是明摆的嘛，报复我强迫你写答案。"

"我为你浪费的时间……"

"不跟你废话，你赶快写，不然我就在微博发文章！"

周野瞪着她。

"别这么看我。你已经答应过，咱们出来混，讲究的是言出……那什么……行必……"

"言必信，行必果。"周野冷笑，"六个字都背不利索，还想一夜之间弄明白这么多问题？"

"怎么了？"

"先把字认全了吧。"

焦棠更大声地冷笑："哼，那你最好写我认识的字，有我不认识的，你就重写。我在这儿陪着你写，写不完都别睡觉！"

二人对峙半分钟，场面也就僵持了半分钟。

一个漠然俯脸，一个顽强仰头。肃杀之气在他们中间袅袅升起，氤氲在灯光下。

二人的身影映在墙上，占了大半屋子。

似乎有一根看不见的弦儿，紧紧地绷着！

终于，周野看了看手表，轻叹一声，坐回到椅子上。焦棠悄悄松开攥得汗湿的手，暗自一个侥幸的窃笑，伸长脖子看着周野拿起笔。

周野的笔触很沉重。慢慢写着"慈禧修指甲的工具：小锉、小剪、小刀、小刷、长钩针、翎子管、田螺盒式的指甲油瓶。"末尾处，完全是习惯的，周野还认真地加了句"一律银白色"。

焦棠差点儿笑出声，急忙捂住嘴。

"怎么，有不认识的字？"周野嘲弄地问。

焦棠瞪了他一眼："你烧高香吧，幸好我认全了。可就是这个字——"焦棠趴在桌上，手指敲打着"翎子管"三字，"这个'羽子管'，是什么羽毛做的？"

"羽子管？！"

"嘻嘻，逗你玩呢，瞧你一惊一乍的。"焦棠慢条斯理地把写满了答案的纸叠起来，故意显摆地放进包里，拉链拉上，斜眼飞了周野一下，"翎、子、管，鸟身上最长的羽毛。我也参加过九年义务教育。"

提起包要出门时候，手机在包里一声连着一声地振动了起来。

焦棠直觉不太好。

她转手倏地拉开拉链，把手机掏了出来，看到微信爆炸地提示，心有点沉。这个时间所有人都在疯狂地找她，肯定是她又出事上热搜了。

焦棠之前手机静音，也没顾上理谁，点开微博，先扫几眼大概。

几张高糊图。

才翻到第三张，焦棠就梳理清楚了，有人特意拍她来到故宫里周野工作的院子和修复室，热搜内容都差不多。

"路透！卓导大作《宫女秘闻》主演已定焦棠，你期待吗？"

底下铺天盖地溜粉、拉踩、引战。

接着她"当小三"的话题再次被骂了上来！

在这个节骨眼上，明天就要PK确定女一的时间点，妖魔鬼怪都来踹她一脚，如果说这不是报复、不是各怀鬼胎、不是落井下石，焦棠不信。

她像被无数只脚狠狠踩进了旋涡中心，整个人被万箭穿心！

焦棠滑动屏幕的手冰凉，但她还是挂念着，不要拍到周野而连累他。

她翻了一圈，确定没有拍到周野，想退出去，手指却不小心点开评论。她赶紧锁屏，不过还是看到了那些恶言恶语。

——"糖粉期待焦棠，焦棠什么都不知道，我们不舔饼，非官宣不约。"

……………

——"期待个屁！以为去两天故宫就会演历史剧了？"

——"有我在一天，小三就别想洗白，卑劣……"

——"感觉眼睛遭了罪，真的我图都不想点开，更别说看她要拍的电视剧了。"

——"不期待，不适合，脸不好看、鼻子不好看、眼睛不好看……全都不好看，我粉她算我输。"

——"虽然都在吐槽她当小三，但我最受不了她的演技，卓导要定她，我天天倒立上厕所！"

…………

样貌、演技……焦棠看到曾经夸她的优点，每一个字都变成捅向她的刀子。恍惚间，她像在黑夜的海里漂泊，四面八方望不见丁点光亮，晕头转向又难过，她扶着桌子蹲了下去。

蹲下时，她还对着桌腿胡乱踹了一脚："有病吧！你们这些人还有没有良心啊！"

周野愣住了。

本在收拾东西准备下班的他，过了好几秒才回神，过去拉住了她："你才有病吧！踹我桌子干什么？"

"你也要来批判我吗！"焦棠拍桌子起立，觉得自己嗓音都委屈得不稳了，"我被偷拍被骂这么惨，都这么倒霉了，你也批判我！"

院子门没关，外面有人听到动静，几双眼睛就紧跟着往里瞅。估计是下班路过暂时没看明白热闹的同事，保不齐得怎么调侃他。

但也不排除游客，如果再拍点什么……

周野想了想，"砰"地掩上了屋门。

"别闹了。"

他说着把焦棠往椅子边拉扯："坐这儿，我没有批判你，但你再被拍也怪不得我。"

"拍！让他们拍！"焦棠又要站起来，"看我抓住是谁，非得把他们一个个……"

周野顺手把她的脑袋按了下去："闭嘴吧你，坐下！"

这一按，焦棠真的放弃了挣扎，像泄了口气，在漫无边际黑暗的大海中无依无靠地漂浮着。

突然觉得很累。

她低下头，静悄悄地趴在了桌上。周野坐在对面，她一直没抬眼。

"我要下班了。"周野说。

"你要把我赶出去啊？"焦棠脸埋在胳膊里，低低地回。

周野怔了一下，语气放缓："你刚才被全网骂了？"

"习惯了，"焦棠皱眉，"我也不知道怎么回事，从我被安上头一个莫须有的黑点开始，就好像浑身上下都是罪，活着都是个错误……明天就要 PK 了，你觉得我能背会所有，一鸣惊人吗？"

要搁往常，别说回答，周野绝对一句话顶回去。但他看见焦棠的眼睛里有光，这种准备放手一搏的坚定态度他头一次见。

周野放下偏见。

"一鸣惊人不好说，"他如实分析，"全部背会倒有可能。"

焦棠琢磨着有可能是多少可能。

周野说："如果你把气我的时间拿出来，我保证是全部可能。"

"我气你了？先不说这个了……时间我有，我可以！"

周野点点头："包括耽误我下班的时间。"

自打他的生活里闯进了焦棠，就变得非常忙乱，却还只得气定神闲地坐在她对面。焦棠原本托腮听着，这会儿从他的眼神看到表情，没忍住偏脸笑了。

这人，记仇呢！

笑半天，她拎起包告辞："周老师，明天来看我 PK 啊！"

"不去。"

"随你，反正明儿我准提刀，大杀妖魔鬼怪！不看可惜了。"

门拉开，一阵晚风迎面，焦棠深呼吸，走出去莫名轻松了许多，正自个儿收拾妥心情，突然手机又亮了起来，她的心都跟着一颤。

没完了是吧？

点开，却是周野发了个红包过来，焦棠莫名其妙入账五毛钱，转身警惕地问："你想干什么！你……乱给我五毛钱干什么？"

周野指着微信红包："我不是输了吗？"

"嗯？"

"刚打赌，我们的账现在算消了。"

焦棠没想到周野记得她一个玩笑的赌约。从小到大，在她成为明星之前，就算她正经提出什么，也没人放在心上。周野没有把她当明星，却放在了心上，还监督她收下五毛钱。她能感到周野浑身都在说：恶习，不要搞我陪你玩这种无聊的把戏!

还不是破例了!

"不是!你自己输了还瞪我,你品性很差啊!"焦棠笑笑,没再说别的,走到院子里,绕杏树转了一圈儿。

周野懒得说她,正绕开她往前走时,身后那棵杏树枝叶忽然"哗啦啦"一抖,接着焦棠就伸手拉住了他的袖子,他气得差点甩手。

"谢谢。"焦棠将一颗杏放进了他的手心。

"什么?"周野看着她。

她又说了一遍:"谢谢。"

——谢谢你认真记得赌约,谢谢你今天没有赶我出去,更谢谢你教我。

焦棠的喜悦挂在脸上,说完,她出门而去。

可是,一出门,她的高兴之情瞬间溃散。因为这时候天已黑,夜风从宫墙叠院间吹过来,在琉璃瓦上发出"呼呼""嗖嗖"的声响,树枝在摇动中,配合着呜呜声,以及骤然从某处响起的猫叫,"吱喵"一声,吓得人的头发根儿都竖起来。

焦棠已经熟悉西三所的布局了,这座院子的南墙后面就是慈宁宫的屋顶。慈宁宫可是有过许多诡异传说的,而与慈宁宫相邻的寿康宫,更是蒙着一层恐怖的色彩。传闻天黑以后,这一带经常有闪身而过的宫女、太监,甚至有人的哭喊声,凄凄惨惨,令人毛骨悚然。

吱喵——

一声凄厉的猫叫从附近的角落传出,一道黑影猛然蹿上墙头。焦棠吓得差点坐在地上。

她急忙回头看,还好周野在送她,顿时心里安定了不少。

不过,身旁奇怪的影子还是太多了。耳边隐约传来清冷的风铃声,让焦棠想起冷宫嫔妃的床榻上挂着的冰凉玉佩,那些东西越想越觉得阴冷。

叮嘟嘟嘟……叮叮嘟嘟……

焦棠猛地打个寒战。

她忽然想起什么,急忙从包里拿出那块佛牌,本来想送给周野,周野没要,现在正好派上用场。

焦棠双手握着佛牌，一路碎碎念："……佛祖保佑……出行平安……"

"你干什么呢？"周野问。

"听说故宫晚上有鬼啊。"

周野嘴角一勾，正要露出嘲笑，忽而转念一想，语气凝重地说："唉，一言难尽。"

就这四个字，把焦棠吓傻了，哆嗦着问："什么……什么意思？"

"西三所这一带啊，前几年更荒凉，夜里黑漆漆的，有两个保安拿着手电筒出来巡查，两人一前一后，走到这里时，前边的那个保安忽然听到身后有好几个人的脚步声，于是一扭头……喂，你抓着我干什么？"

周野低头看，焦棠正抓着他的衣襟。

焦棠颤声说："你你……你别讲了。"

"不要怕，这种事也不能当真。不过大兴确实见到奇怪的现象。"

一听是自己认识的人，恐怖效果更强烈，焦棠不敢听，却又忍不住："他看到啥了？"

"你也知道，故宫里随处可见的东西有很多，比如铜狮子，还有井。"周野的声音飘入焦棠的耳中，听起来亦真亦幻，"去年九月底的一个晚上，大兴帮着养心殿拆分文物，结束后回来，忽然听到奏乐的声音，他还以为哪里办活动，一时好奇，就循着声音去了。走着走着，突然看到墙上有宫女、太监排队的影子……"

"吓死了。"

"是啊，大兴也害怕，转身就跑，不留神摔在井口前，那口井里白天是石头和杂草，可是大兴借着月光一看，井里有水，水面倒映的却不是自己的脸。"

"我的妈呀！"

"再说说铜狮子，你看那个——"周野随手朝不远处指了一下，一座铜狮子龇牙咧嘴地看着焦棠。周野慢悠悠地说："故宫的铜狮子，据说与道光皇帝有关。道光的儿子奕纬特别不爱学习，上课就打瞌睡，老师劝他认真读书，他就骂老师，道光知道以后很生气，召奕纬前来，在一座铜狮子前踢了儿子一脚，没承想奕纬不久便死了。后来宫里人发现，那些铜狮子的表情，全都是奕纬死时的样子。"

焦棠刚走到一座铜狮子前,觉得那狰狞的眼珠似乎动了起来,不由得尖叫:"啊——救命!"

她撒腿就跑,一路逃向了灯火通明处。

周野望着焦棠狼狈逃窜的背影,长吁一口气,终于把这一天被她搅乱的郁气释放出来,脸上不禁露出一抹微笑。

第七章

女主的品格

做好了充足准备，

果然云淡风轻，

这才是女主的品格。

1

清晨，时钟的指针刚落在五点五十分，欢快的闹铃声就响起，"叮叮咚咚""叮叮咚咚"。

焦棠一下子睁开眼睛，她还从来没有这么配合过闹铃声。

从窗帘外面透入的微亮提示焦棠，还可以再睡一会儿，可她一骨碌爬起来，又把周野写下的预设答案看了几遍。

不觉到了七点钟，她匆匆洗漱一番，直奔故宫。

上午的考核在九点钟，但焦棠想提前见到周野，把昨晚学的知识再夯实一下。因为今天的考核关系到《宫女秘闻》的女主之位，不能有一点闪失。

八点的时候，焦棠正穿行在宫墙之间。一片晨光透过云层洒在她身上，抬眼望去，朝霞映衬着角楼，空中是不断变幻的云彩。焦棠很久没有像此刻这样精神饱满，她深深地呼吸，浑身充盈着清澈的气息。

她兴冲冲地走进西三所，那扇熟悉的院门半掩着。焦棠加快步伐，径直进了小院，从葡萄架下穿过。

陶瓷组的房门敞开着，里面传出笑声。

"……不会吧，周老师，你把我当了主角？"大兴的声音传来。

接着是一个女声："像你这种单纯可爱的小奶狗，撞鬼更真实嘛，对不对？"

"喂，小惠，你是在骂我，还是夸我啊？"

然后是周野的声音，他也在笑："我讲到大兴看到井里的脸不是自己的脸时，焦棠差点吓崩溃了。"

大兴说："小惠，你们织绣组的女孩多，以后打算吓人时，多向周老师请教。"

小惠笑道："嘻嘻，没想到周老师还有这一手。"

大兴说："周老师轻易不出手，估计是焦棠真把周老师气着了，周老师就给她来个反气。"

焦棠在门外听到这一切，霎时呆立在原处。原来昨天晚上编的鬼故事不过是今天周野谈论的笑话，她自己真是够笨，居然吓得狼狈逃窜。

"呵，若是慈禧当年种下的西瓜，留到现在都比她聪明。"周野的声音飘出来。

焦棠捏紧了拳头。

被骗鬼故事，是"一气"；又一次用西瓜比喻她的脑子，是"二气"，而二气是更大的打击，这里面有着旁人无法体会的内伤——焦棠十九岁入行时，曾被一个副导演当众辱骂演技不如一只狗，从此落下了心病，因此她最恨别人用东西比喻她"不如什么"。

一股无明火直冲天灵盖，焦棠大步闯入房间。

屋里的三人愣住了。

大兴吓得脸色发白，忙对小惠说："你回去工作吧，下了班我去找你。"

小惠急忙溜走了。

焦棠怒视着周野。周野瞥了她一眼。

"早啊。"周野好像什么事都没发生。

"为什么骗我？"焦棠质问。

"骗你什么了？"周野平淡反问，"那些答案不是按你的要求，详细写出来了吗？"

"我说的是鬼故事！"

"哦……那个不算欺骗吧，"周野摊开双手，"来而不往非礼也。你吓唬我，要在微博发文，我吓唬你，说有鬼，我们扯平了。"

"你……"焦棠张口结舌。

"你得到了自己想要的，而且是双份，也算满意了吧。"周野走到窗前，坐到自己的桌子前。

焦棠气得浑身哆嗦，一咬牙，从包里拿出那份预设答案，由于太生气，她一下没拿住，那张纸掉在地上。

大兴急忙帮她捡起来，顺便扫了一眼，上面是周老师刚劲有力的字迹。他不禁好奇想再看看内容，被焦棠一把夺去，"嚓嚓"几下撕得粉碎。

焦棠怒道："我把它还给你！"然后摔门而去。

焦棠心中悲愤交加。她不明白自己为什么这么生气，确实是自己先威胁了周野，然后周野小小地报复一下也算人之常情吧。

但或许正因为这样，焦棠才更加难受。亏自己昨天还真心实意地感谢他，邀请他今天来观看考核,那么信任了他一晚上。焦棠觉得这会儿胸口有一股憋闷的发不出来的邪火。

别来了!她也不参加考核了,焦棠直奔午门,打算离开故宫。

"棠棠——棠棠!"

远处传来迟飞的呼唤声。

焦棠更快地迈动脚步,小跑着奔向午门。

"棠棠!"白瑞德从斜次里冲过来,截住她,"你干什么去?"

"别拦着我!"焦棠厉声说。

白瑞德一怔,但手臂依然挡着焦棠:"一会儿就要考核……"

"我不参加了!"

"……又发什么神经啊?"

"我笨!我无能!我什么都不懂,就只会求人,求不来就骗,骗不来就偷,偷不来就抢……"

"行,再差一步就是安乐死。"白瑞德苦笑。

这时,迟飞气喘吁吁地跑过来,一把抱住焦棠的胳膊。

"你们干什么呀?"焦棠带着哭腔,喊道,"放过我吧。"

"棠棠,一堆人等着你呢。"迟飞说。

"爱怎样就怎样,我不管了!"

"棠棠,"白瑞德提高语调,"卓导和崔月他们也到了,你能不能给大家留点面子?"

"面子?"

"也给咱们自己留点面子。"

焦棠痛苦地垂下头。

迟飞与白瑞德互相用眼神交流,想知道出了什么事,但两人都是一头雾水。

白瑞德说:"棠棠,别的先不管,好歹把考核应付过去。"

"对,一眨眼的事儿。"

迟飞说着,用纸巾擦掉焦棠眼角的泪痕。

2

考核地点选在御花园西侧的千秋亭。一路走来，卓导对周围的奇石古柏并没多少兴趣，反而对脚下的石子路充满好奇。

园中的石子路总长约一公里，路面上用石子拼嵌的画作有九百多幅，除了各异的人物、动物、器物，最让人称奇的是一些故事画面。卓导一边走，一边与邵辉轻声交谈。

脚下的石子画呈现着"桃园三结义""喜上眉梢""金玉满堂"等等，可谓"三步一小景，五步一大景"。

在接近千秋亭的地方，卓导停下脚步。路面的石子画让他很惊讶，因为地上嵌绘了四组"大逆不道之画"。

第一组画面：皇帝头顶花瓶，跪在搓衣板上，两手撑地，一个宫女骑在皇帝背上，表现得扬扬得意。

第二组画面尺度更大：皇帝头顶小板凳，跪在搓衣板上，向骑在背上的宫女求饶，宫女手拿扫帚，痛打皇上。

第三组画面：皇帝脑袋上顶着陶盆，双膝跪在一名女子面前。

第四组画面：皇帝骑马落荒而逃，身后一女子穷追不舍。

"邵先生，这是你说的'欺君之画'？"卓导说。

邵辉微微一笑，嗓音柔和道："这些画栩栩如生，却是在犯上作乱，更让人不解的是，经历了明清两代24个皇帝，居然保存完好，你说奇不奇？"

"奇异！奇迹！空前绝后呀。"卓导接着问，"这么离谱的事，怎么发生的？"

邵辉轻轻摇了摇头："只知其中必有奥妙，但正史野史均无记载。"

"哦？又是未解之谜？"卓导遗憾地说。

"故宫里充满了迷思。"邵辉笑一笑。

卓导又往地上仔细看了看，叹道："在皇家的眼皮底下出现了宫女惩罚皇帝的画作，我真想把这些内容加到《宫女秘闻》剧本中，可惜没办法给出解释。"

邵辉忽然往人群里示意："也许那位周先生能解释很多秘密。"

"嗯？"卓导忙抬起头，"哪位？"

邵辉趁机向人群里挥手致意，希望周野做出回应，方便他进一步邀约，可周野根本就对他视而不见。于是，邵辉的第二次主动示好，几秒钟就失败了。

他自讨没趣，有些尴尬地笑一笑："卓导，咱们开始考核吧。"

"嗯，人都到齐了吧。"卓导环顾四周。

千秋亭周围是白玉石栏板，绿色琉璃槛墙，装饰着黄色龟背锦花纹、槛窗和隔扇门的槁心，都是三交六椀菱花，梁枋上施以龙锦彩画。

此时刚过九点钟，御花园里没有多少游客。所以，包括工作人员在内，稀稀落落的只有十几个人散站在亭子内外。周野置身在人群中，或许是想看看焦棠会怎么输。

崔月已经和助理等候多时了。在公开场合，她识趣地与邵辉保持着距离，目光却片刻不离邵辉左右。

这时，焦棠在白瑞德、迟飞的陪同下，走进千秋亭。

崔月咕哝道："哼，那女人随时耍大牌，彰显自己的身份。"

接着崔月愣了愣。她发现焦棠的脸色不太好，在晨光映照下，焦棠的眉宇间呈现出一团黑气。崔月毫不掩饰自己盯着焦棠的目光，一番掂量之后，崔月窃喜。

——终于看到这个女人顶着一头乌云下凡了。

卓导双手背后，微微挺了挺肚皮。

"考核题目并不难。啊，两位是我亲自筛选，保留下来的重要演员，希望能做出一个让我满意的回答。"简单的开场白之后，卓导出题，"今天就谈一谈宫女伺候太后的具体细节，说两个就可以，无论哪方面。"

一旁的白瑞德暗暗松口气，看来押题押对了。

"我来答。"焦棠抬手示意。

众人一愣。这种场合，谁先回答谁就容易吃亏。崔月还琢磨着怎么诱使焦棠先开口，不料焦棠直接撞铃了，她反倒蒙了一下。

焦棠纯粹是一副豁出去的态度，就想着赶紧应付完，逃回去昏天黑地大睡一场。不过，她这么横冲直撞的样子竟有一副成竹在胸的气派。

卓导点点头，笑吟吟地说："看来焦小姐下了功夫了。"

白瑞德连忙补一句："别提了，整天就是学习，我都发愁棠棠的身体。"

人群中的周野不露声色地看着。他站在柱子侧面的影子里。

焦棠开始回答了。她之前学的东西是临时抱佛脚，此刻又心绪不宁，于是把脑海中残留的记忆，还有周野曾经演示的东西捏在一起，胡侃起来。

焦棠从宫女伺候太后洗手、修指甲说起，她对"凤爪热泡法"印象比较深，而且女孩子感同身受，所以说起热毛巾包手、在热水里温柔地泡着，就如同自己正在那样做，就连崔月也忍不住看了看自己的手。

接着焦棠还提到了太后修指甲的小工具，这是很新鲜的点，卓导自己之前都不清楚。焦棠凭着记忆，说了四五个工具，当然没忘了"翎子管"。

然后焦棠一下子嘴滑，说到了宫女给太后洗脸，她本来就记得不深，但是想绕过这个话题已经晚了，只能硬着头皮往下侃。

"给太后洗脸……与其说是'洗脸'，不如说是'熥脸'，有点像我们常说的热敷，因为这样能淡化脸上的皱纹。"

周野在人群后面轻轻点点头，难为这女人记得"熥脸"二字。

"……洗脸完毕，太后坐到梳妆台前，侍寝宫女给她拢一拢两鬓，敷上点粉。然后两颊和手心还要抹一点胭脂，那都是法国使者进献的……"

错误出现了。

慈禧平时使用的胭脂和粉，都是她亲自调制的，采百花之粉、集自然精华，不存在什么"法国进口"，那是焦棠把自己代入了。

周野皱了皱眉头，转身回去上班。

焦棠回答完毕。卓导扭过脸问身旁的邵辉："邵先生，怎么样？"

邵辉笑吟吟地点头："可以说没有瑕疵。"

然后崔月上场接受考核。她要和焦棠唱对台戏，既然焦棠说洗手、洗脸，崔月就说洗脚。

崔月的神色不如焦棠，紧张催生出的不自信从她的语气中流露出来："……宫女伺候老太后泡脚，每次……每次都用两个盆，一个盆里放着熬好的药水，另一个盆里是清水，先用药水泡完脚，然后用清水洗干净。哦，同时要用毛巾热敷膝盖，还有一名宫女要搓太后脚心的涌泉穴。这时的太后最惬意，宫女往往可得到意想不到的赏赐。"

崔月说到这里，看了看四周的反应。

卓导双手背后，听得很认真。邵辉轻轻点着头。崔月的目光飘向焦棠那边，焦棠考核结束后就在刷手机玩，完全是漠不关心的样子。崔月反而更紧张。

"请继续。"卓导说。

"噢……洗完脚以后，需要剪脚指甲，于是一个宫女点起羊角灯，单膝跪下，手持着灯，另一个宫女也跪下，并拿出随身携带的小剪刀，然后把老太后的脚抱在怀里，细心地剪……"

邵辉忽然抬起手，示意崔月停下。崔月怔住。

邵辉语气优雅："不好意思，这里有错误。"

他的声音不大，崔月听起来却似雷霆震响。

卓导问："错在哪里？"

邵辉说："宫女是不可能随身携带剪刀的。在慈禧的寝宫，刀子、剪子一类物件，如果需要用，必须事先请示。那些伺候洗脚的宫女要向侍寝的人轻轻地说一句'请剪子'，侍寝的会禀告老太后，老太后说声'用吧，还在原地方'。如此，侍寝的才敢拿出剪子，交给洗脚的宫女。"

崔月敛眉看着邵辉，脸上的表情很复杂，但并没有恨，只是困惑、伤心。

卓导说了句："看来还是挺大的错误，就像乘飞机过安检一样啊。"

卓导忽然转头望向焦棠。焦棠还在埋头刷手机。

卓导轻声说："做好了充足准备，果然是云淡风轻。嗯，这才是女主的品格。"

白瑞德一直密切观察着卓导的面部表情，同时竖起耳朵听着。他突然喜不自禁，朝迟飞的肩膀上用力拍一下。迟飞冷不防"哎呀"一声，一脸惊愕地看着他："老白你……"

"有反应，好，不是做梦。"

3

这一出大戏散场后，谷姐从一块奇石后面走了出来。她走到千秋亭外时，邵辉往那边挪了几步，二人便装作欣赏梁枋上的龙锦彩画。

邵辉问："你看见周野了？"

"嗯，他听了焦棠的考核就走了。"谷姐侧脸看了邵辉一眼，"先生，我有一点不明白,你想把焦棠也拉拢过来吗?看样子她很有吸引力。"

邵辉果断地摇头:"哼,那女人不知怎么对付了一点知识,跑来蒙混过关。算她侥幸,遇到我。"

"既然不需要这样的人,那你上次把崔月和李太太的电话录音送给焦棠,今天又在考核中给焦棠放水……"

"她与周野关系不一般,这一点很重要。"邵辉说。

"为什么不直接试探周野?"

"我倒是想直接靠近周野,可是没借口啊,三番两次反而容易让他起疑。"邵辉说,"周野和娱乐圈毫无关联,而且十分低调,没有查到什么有用的信息。目前唯一可以利用的就是焦棠这根线。只要她的另一头扯着周野,我就能找机会接近周野。"

谷姐忽然问:"那崔月怎么办?"

"她……这次只是失去一个机会而已,我会补偿她的。"

谷姐迟疑片刻,说:"我看得出,先生还是很喜欢崔月的,那你打算怎么向她介绍我们团队?"

邵辉看了谷姐一眼:"我不会把小月卷进来,让她生活在自己的小世界就好。"

谷姐注视着邵辉的侧脸,说:"明白了,我会小心处理的。"

这时,崔月从不远处走来。

邵辉对谷姐说:"你先回去吧,做好准备,姓李的藏品可以动了。"

"是。我会提醒老鹰,再敢顺手牵羊,那只手不保。"

谷姐说完,很自然地转过身,一边欣赏沿途的风景,一边走远了。

崔月一脸幽怨地来到邵辉身边,往谷姐离去的方向瞥了一眼,随口问:"那女人是谁啊?"

"游客,对历史文化有兴趣。"邵辉说。

"哦。"崔月没往心里去。谷姐的面容是苍白中透出凌厉,不是崔月提防的类型。崔月担心地说:"辉哥,你是不是被焦棠迷住了?"

邵辉显得十分意外:"你这是……"

"我怀疑你给她放水。"崔月又气又悲。

邵辉皱眉说:"小月,你怎么有这种奇怪的想法?"

崔月发出抽泣声:"我不信那个女人的回答没有一点错误。"

邵辉苦笑:"你呀,这叫诛心。"

"在你眼里,焦棠就是完美无缺,我就是错漏百出。"

"你看看你,又耍小孩子脾气了。"

邵辉轻轻拉了拉崔月的手,在崔月的小拇指上捏了捏。这个小小的动作,有一种奇妙的电流作用。崔月抬起泪眼凝视着邵辉。

邵辉说:"你在我心中才是完美的。"

"可你……"

"考核的时候指出你的错误,我也不忍心,可是那么多人看着。"

"所以你还是顾忌那些流言蜚语。"崔月有些娇蛮地嘟着嘴。

"什么流言?"邵辉笑着故意问。

"关于咱俩的流言嘛,你为了撇清关系,就故意让我的对手赢。"

邵辉叹口气,掏出手绢递给崔月:"我是要保护好你。"

崔月用手绢擦拭眼泪:"说得好听。"

"其实你不参与这部剧更好。"

"为什么?"崔月睁大眼睛。

"卓导太追求真实感了,主角是要真伺候人的,当年的宫女多苦,主角就有多苦。你想想我教你的那些清宫知识,里面的宫女过的是什么日子。"

崔月敛眉沉思。

邵辉伸出手指,轻轻拂掉她腮边的泪痕:"我不想看到你受苦。"

"辉哥,可我还是想珍惜这次机会。"

邵辉凝视着崔月说:"我会帮你找到更好的。"

崔月深深地吸了口气,在邵辉目光的笼罩下,她仿佛浸泡在温暖的泉水中。

4

一个星期后,白瑞德在瑞新娱乐公司楼下的饭店设宴款待邵辉。

白瑞德是聪明人,凭他对焦棠的了解以及考核现场的状况,他知道邵辉暗中帮了忙。邵辉出于什么目的并不重要，娱乐圈的纷纷扰扰白瑞德看得多了，总之就是多个朋友最好。

白瑞德还把焦棠、周野和崔月也请来，他很清楚这些人之间互相都有问题，但大部分的问题都在于沟通不力，他想借这个宴会，修复各方面关系。

这里面最难请的是周野。白瑞德说是"谢师宴"，周野才勉强应约。

换句话说，白瑞德的这个宴会，让每个人都觉得自己是主角。

最高兴的是邵辉。邵辉和周野坐在一起，左手边是崔月。周野的右手边是焦棠。白瑞德挨着焦棠坐。

白瑞德点的是52度的五粮液，他先敬了一轮酒，场面并没有热络起来。

周野和一个陌生人坐在一起，有些不自在。焦棠和崔月则因为彼此的存在而感到不舒服。同时，焦棠还与周野有隔阂，那天考核之前，她在周野面前"怒撕答案"显得很有气魄，可随后在与卓导的问答中她还是全部用了人家周野传授的内容，还托他的福过关了。此时焦棠的心情极为复杂，但不管怎么说，她现在都应该对周野讲点什么，缓和一下气氛。可她说不出口，因此恨自己又恨周野。

而周野，则被焦棠的酒量镇住了。

白瑞德敬完一轮酒后，焦棠自己"咕咚、咕咚"已经干完四杯。自斟自饮，旁若无人，眨眼之间四两入肚。

周野就在身边眼睁睁看着。

白瑞德注意到周野的表情，本想说一句"这才哪儿到哪儿"，忍了忍，只是"嘿嘿"一笑。

邵辉发现异样，从周野身旁探头看了看，有些夸张地说："哎呀，没看出来焦小姐是酒神。"

旁边的崔月"哼"了一声，咕哝道："她那明星光环，有一半是因为开了酒精灯。"

焦棠的脸颊微红，更是艳若桃花，听见崔月的讽语，接话道："老白，你帮我回忆回忆，我有几个主角的约是在酒桌上签的？"

白瑞德没接那个茬儿，说："棠棠，别光顾着自己喝，敬周老师一杯。"

焦棠并没有看周野，只是单手举杯，冲着周野的方向说了句："周老师，先干为敬。"

咕咚！一饮而尽。

"焦小姐，醉酒伤身。"周野忍不住提醒道。

"哎，我干了，您不意思一下？"焦棠有些鄙视地看了看周野的酒杯。

周野只好把剩下的半杯酒喝了。

邵辉笑着问："你们知道古代第一酒狂是谁吗？"

崔月脱口而出："李白。"

邵辉摇摇头："李白是酒仙。"他转而对周野说，"周先生一定知道。"

"不知道。"周野说。

邵辉笑一笑，正要开口，焦棠忽然说："是刘伶吧？"

周野一愣，没想到酒精有这么大的神力，居然把焦棠的脑细胞点燃了。却见焦棠冷不防地指着周野说："你又在骗人。"

白瑞德连忙说："棠棠，你怎么说醉话？"

焦棠继续指着周野说："我在你们修复室看见一个破盘子，上面印着一幅画，写的是'刘伶醉酒'，旁边还配了两句诗'群仙拍手嫌轻薄，谪向人间作酒狂'。哼，你居然说不知道酒狂是谁！"

周野有些尴尬，清了清嗓子说："……原来你这么关注酒文化。"

"我哪敢谈文化呀，慈禧种的西瓜都比我聪明。"焦棠又痛饮一杯酒。

周野额头冒了汗。真是不能得罪女人，这个物种能随时随地一边给你翻旧账，一边用针扎你。

邵辉在一旁打圆场："焦小姐说得没错，酒狂是魏晋时期的名士刘伶。"

崔月好奇地问："怎么个狂法？"

"刘伶出门总是坐着鹿车，带一壶酒，还让人扛着铁锹跟着他。"

"为什么呀？"崔月拿腔作调地问。

"刘伶说了，如果我醉死了，就把我埋了。"

"天哪，还有出门喝酒带着挖坟的。"崔月捂着嘴巴。

"此君的酒后豪言更有趣啊。"邵辉来了兴致，继续说道，"他经常在家狂饮，然后脱掉衣服，赤身裸体在屋里。客人看到讥笑他，刘伶说，我把天地当房子，把房屋当裤子，你们为什么跑到我裤子里来？"

"辉哥，你好讨厌。嘻嘻……"

"哈哈……"

"啊哈哈……"

场面立刻热闹起来。

周野急忙把注意力从焦棠那边转到邵辉这边，两人自然而然地谈起文物。

邵辉诚意请教："听说清宫珐琅彩器上的西洋画都是郎世宁画的，此言属实吗？"

周野说："纯属猜测。郎世宁的绘画作品在《石渠宝笈》、如意馆的日记档都有，但画珐琅器的记载只有一次。何况，一般珐琅器上的西洋画根本不像郎世宁的手笔。"

"是啊，风格和格局决定一切，那是学识、背景、阅历共同养成的。"

邵辉提到的历史典故很有水平，知识点也准确，周野重新认识了这位同道高人，态度便不像前两次那么淡漠。同时，周野知道了邵辉是国外归来的文物鉴赏家，他对这一点很感兴趣。

"邵先生走遍各国博物馆，有没有见到流失海外的唐绞胎瓷瓶？"

邵辉认真地回忆了一下，遗憾地摇摇头："唐代的绞胎烧造工艺是独创的，更是我本人非常欣赏的艺术品，但据我观察，国外博物馆中见到的多是宋人烧制的绞胎器，有瓷枕、瓷罐，至于瓷瓶，本身就极少，唐代的……目前我没有印象。"

"哦。"周野轻轻点了点头，颇有点遗憾的意思。

邵辉若有所思地看了看周野，似乎明白了。周野期待一件唐绞胎瓷瓶，这是很重要的信息。

邵辉便投其所好："周先生放心，我会特别留意，并且向海外的朋友多方打听，如果发现踪迹，一定知会你。"

"谢谢。"周野给邵辉斟了杯酒。

邵辉双手捧杯，以谦卑的姿态与周野碰杯，两人将杯中酒一饮而尽。

邵辉转头对崔月说："小月，你还没和焦小姐喝酒呢，你敬焦小姐一杯。"

崔月很不情愿，噘着嘴嘀咕："我不。"

邵辉伸手揽住崔月的胳膊，正要说什么，白瑞德立刻站起身，说道："棠棠，你和崔小姐以前有些误会，但那都是为了工作嘛。娱乐圈的事情说到底，不就是图个快活嘛，今天几位喝好了、喝高兴了，今天就算没白过——来，你跟崔小姐走一个。"

邵辉俯身到崔月耳边说:"焦棠与周野关系不一般,我要和周野交个朋友,那你选的位置是什么?"

这句话已经很明确了:与焦棠为敌,就是与周野为敌,就是与邵辉为敌。

崔月抬起脸看着邵辉。邵辉近乎威胁的话语让她感到费解和不安,但她想让邵辉认识到自己身上的价值,于是努力笑了笑。

她的手指有些颤抖,端起桌上的酒杯时洒出几滴。

"呀,我可能醉了。"崔月说着,起身对焦棠说,"棠棠……这个酒呢,你喝不喝随意,我先干为敬。"

话音未落,她就把酒倒进了嘴里,呛得直咳嗽。

邵辉轻轻拍抚崔月的脊背。那温存的手掌让崔月的心情平复下来。

白瑞德使劲给焦棠递眼色,说道:"对嘛,娱乐圈多个朋友就少个敌人。"

焦棠端起酒杯,起身对崔月一笑:"崔小姐进步很大嘛,真是有贵人扶持啊。"

她嘴巴不饶人,让崔月有些难堪,但焦棠马上又说:"崔小姐别往心里去,我自罚三杯。"

焦棠非常洒脱地连干三杯酒,那种既争强好胜又从容有气度的模样,让周野觉得匪夷所思。

白瑞德眼看形势一片大好,趁酒兴继续往上煽惑:"我说,两位就是娱乐圈的双生花,何不拜个干姐妹?"

白瑞德的疑问句十分到位,似乎不这么办就是天理难容。

邵辉顺势说:"白总英明啊。"转脸问崔月,"小月今年是……23 岁吧?"

崔月点点头,神情有点蒙。

白瑞德说:"我们家棠棠 24 岁。那没得说,棠棠以后会照应小月的。"

邵辉推了推崔月的肩膀,用眼神示意她。崔月这才勉强站起身,对焦棠说:"棠姐……多多关照。"

气氛到这儿了,焦棠只好顺着场面说话:"月妹,一起加油吧。"

半真半假的其乐融融让焦棠觉得胸闷,便借口去洗手间而来到外面透气。站了会儿正准备回去,周野推门走了出来。

门口就这么窄,焦棠正要挪开眼,错身让路,前边忽然传来一阵雀跃声。她探头望过去,顿时笑了。

今晚头一遭笑得这么舒展。周野疑惑地跟着她的目光看去。

原来有个小女孩蹦蹦跳跳地拉着父母转圈圈,女孩看上去八九岁,打扮得像小公主。他们去的厅在给一位小朋友办生日宴,女孩先在拱门旁领到一顶米老鼠的帽子,抱着晃着,让妈妈给她漂亮地戴在头上。

焦棠鬼使神差地移了过去:"打扰了,我也能领一顶吗?"

拱门口发帽子的小朋友哈哈大笑,没想到大人都跑来跟他们凑热闹,边点头,边指着一堆帽子问:"姐姐,那你喜欢什么呀?"

焦棠笑:"就大脸猫呗!"

周野旁观着她把大脸猫的帽子在手里转两圈戴在头上,猫头不偏不倚地对米老鼠晃了晃,无意中却成了猫捉老鼠……那米老鼠一溜烟缩到父母怀里去了。

"幼稚!"周野哼了声,冷冷地看着焦棠:"三岁,不过如此!"

小女孩有些不高兴。焦棠浑然不觉,摘下帽子转在指头尖,刚想绕过周野走回包厢,就听他冷冰冰地说:"没人折腾了,看见小孩子都不放过?"

焦棠一愣,茫然反问:"有吗?"手里的帽子捏紧了些。

她没有父母,也不会跟人提自己到底多羡慕有家的孩子。反正从小时候起,只要遇到这样的一幕,她都想靠近。

经过周野身边,她仍在低头摆弄手机,把刚才抓拍的照片存进相册。

周野看到了她的相册备注。

——是座大房子的图标。

不知是不是被焦棠传染了奇怪的脑回路,周野脑海中直接对这座大房子蹦出了一个合理的解释:家。

焦棠的表情没有玩笑,更像留恋。

周野蹙眉,将风凉话按回了嗓子,正待一言不发回到包厢,四周突然一黑。没等他回神出了什么事,焦棠已经一鼻子撞在了他的身上。

"注意点儿!"周野嘶了口气,"乌漆墨黑,看不见还往前走?!"

"是你……你挡路啊。"黑暗中,焦棠发出的声音有些颤抖。

"我挡这儿,你就烧高香吧!"周野摸到楼梯扶手,拍打出声音,"没我挡这儿，明天所有人该去医院看你，还是去头条新闻看你？"

一说完，他忽然感到焦棠不对劲，非但不吵不闹，身体还软绵绵地直往下滑。

"……你怎么了？"周野问。

没有回应。周野只好先捞住焦棠的胳膊："不就是停电嘛……喂，你是不是真的怕黑，还怕鬼？"

焦棠的手臂纤细，在他的手心里微微发抖，周野回忆起故宫吓她的那晚，忽然自问起来："有点过分了吗？"

"啪"的一声，所有灯瞬间大亮。

两个人望见对方，又撇开头。

焦棠一只手臂还握在周野手中，她艰难地摸墙站直身，嘴上不认输："反正你吓都吓过我了，还管我怕不怕黑，怕不怕鬼？"说完，胳膊甩开他的手，推门走进了包厢。

白瑞德正进一步提议，吃完饭去 K 歌，等周野也回来后，他越发热情撺局。周野正在拒绝中，这时，包厢外面传来尖利的咒骂声，突然闯进一个女人。

5

"狐狸精，丧门星，害得我们家不得安宁！"

焦棠扭脸一看，神情顿时沉下来，来者又是李济宗的老婆。

这女人简直冤魂不散，一进门就冲向焦棠。焦棠刚喝了差不多一斤白酒，脑子一热，上手就推开了李妻。那女人一个趔趄摔在地上，爬起来"嗷"的一声扑向焦棠。

包厢里的三个男人中，原本应该白瑞德反应最快，因为他处理过很多女人打架这种事。可酒酣耳热之际，他脑袋里绷着的弦儿松了，稍做迟疑，李妻已经抓住了焦棠的胳膊。

焦棠用力摆脱，顺势躲到周野身后。

周野一下子落入了战火中心，背后是焦棠推着他，身前是李妻愤怒到扭曲的脸庞。李妻劈头盖脸地打向周野。周野连忙侧身避开，面颊还是被抽了两下。

"这位女士，你冷静一下。"周野劝道。

"滚开，你算什么东西？"李妻大骂，"焦棠，你个贱货，又找到新的靠山了是不是？"

焦棠则回骂李妻是"疯子"，这可激起了李妻更大的怒火。

"狐狸精，祸害我们家，今天跟你没完！"

李妻推开周野，抓向焦棠的头发，幸好被周野拨拉开了。

白瑞德冲过来挡住李妻："李太太，有话好说，棠棠最近一直忙着学习……"

"放屁，你们是一伙的！小偷！强盗！"李妻疯了似的撞向白瑞德。

眼看李妻的反应如此强烈，似乎不是简单的大老婆打小三的戏码。焦棠趁着他们挡住李妻，悄悄给李济宗发微信：王八蛋，你老婆在我们公司楼下撒泼！

不一会儿，李济宗赶来救场。可他的出现，令场面愈加混乱。

李妻认为老公来帮助小三，疯了似的撕扯李济宗。李济宗拼命拉住妻子，十分狼狈。

原来这场闹剧，起因是李济宗家里的私人藏品被偷了。窃贼非常狡猾，他家的摄像头失效，被盗一个星期后，李济宗才发觉丢了两件宝贝，而有一件是他老婆特别喜爱的，可那两件宝物的来路不正，李济宗不敢报案。

李妻有气撒不出，越想越窝火，就想找个目标，于是怀疑焦棠，非要说焦棠当初勾搭李济宗时偷偷配了钥匙，又熟悉家里的构造，不然窃贼怎能轻易得手？

如此一来，焦棠不仅被诬为小三，还成了罪犯。

"这个贱货，偷男人、偷古董，什么做不出来？！"李妻嘶叫。

焦棠无端受辱，气得浑身哆嗦。可是与那女人对骂，只会让自己更加屈辱。

周野冷眼旁观，觉得这件事与焦棠无关。焦棠虽然恋爱史频繁，网上的花边新闻也多，但根据李济宗的讲述，李宅失窃事件明显是高端团伙所为。凭着周野对焦棠的了解，她做不到这种地步。

周野挡在李妻和焦棠中间，既没办法拉扯，但也决不退让，就用肩膀顶着李妻，等着李妻自己累了好结束这场战斗。

这时，他忽然发现崔月正偷偷用手机拍焦棠和眼前的闹剧，不禁脸色一凛。

"崔小姐，你和焦棠都是圈中人，怎么能做这种事？"周野质问。

"我做什么了？"崔月满不在乎地反问。

"你自己做的事还要别人帮你回答吗？"周野指着崔月的手机。

邵辉急忙说："小月，周先生说得对。"

"辉哥……"

"拿来我看看。"邵辉伸出手。

崔月只好把手机交给邵辉。邵辉扫一眼，当即删除，朝周野歉意地笑一笑。

周野更关心怎么解决眼前乱局。李妻十分疯狂，而且精力旺盛，一时半会儿停不下来，可这么闹下去，对双方都不好。而周野嫌吵，他看向焦棠，得！就当补上吓她的债。

周野说："李老板，我能去看看你家的失窃现场吗？"

李济宗正在焦头烂额之际，急躁地问："你看什么？"

"也许我能看出一点线索，帮你们找回古董。"

这句话很管用，李妻的火气立刻减弱三分。

白瑞德忙说："这位周先生是故宫的文物修复大师，领衔指导故宫三十万件陶瓷器的修复工程。"

"是吗？"李济宗扶了扶金丝眼镜，圆乎乎白净的脸上透出惊奇的神色。

"还有这位——"白瑞德又指着邵辉说，"邵先生是海外归来的文物鉴赏家，英国BBC电视台首席中国文化顾问。"

"啊……"李济宗呆住了。

焦棠本来异常难受，忽然听到白瑞德的介绍，差点笑出来。

论煽情的功力，自己和老白还是差着等级。老白两句话就上天了，还透出一股子真诚。

李济宗马上和妻子进行了眼神交流。李妻恨恨地瞪了焦棠一眼，转身回家。

白瑞德急忙送焦棠走。这场宴会，终落得一地狼藉。

出门后，邵辉让崔月先回去，他要和周野一起去李宅看看。

李济宗的收藏室在别墅二楼，他花了大价钱做了防护措施，可惜事后证明，不仅摄像头失效，电子警报器也哑巴了。

周野一进收藏室，首先觉得惊讶的是李济宗确实搜罗了一些宝物，而李济宗丢失的两件元青花瓷器并不是这间密室中最值钱的。严格来说，那些东西排名不到前三。而与失窃位置相邻的玻璃柜中，那件宋代官窑瓷器，拍卖价格就比失物高了至少三分之一。

接着，周野明白了为什么李济宗迟迟没有发现自己被盗。

除了报警装置失灵以外，盗贼还用了高仿的元青花茶盏替代真品，摆放在原位，极具欺骗性。

周野说："李老板，你遭遇的，不是普通的文物盗贼。"

"怎么讲？"李济宗问。

"这伙盗贼懂得瞒天过海，移花接木。"周野嗓音平淡。

邵辉微微一怔，目光变得专注起来。

李济宗急忙问："什么意思啊？"

"对方解除了你的防护监控设施，深入到藏宝区域，这叫瞒天过海；拿走古董后，用高等级的仿品替代原物摆放，这叫移花接木。"

"周先生说得对呀，"邵辉点头说，"这伙人能把两种不同的能力整合起来，危害更大。"

"那我只能自认倒霉了？"李济宗翻着眼皮，瞅着两人。

周野淡淡一笑："贼人留下的线索可不止一条。而是……"周野伸出三根手指。

"三条线索？"李济宗愕然，"你就这么看了五分钟，就发现三条线索？"

"能不能发现是你的事，我只提供建议。"

"好好，您请讲。"

"其一，高仿品就摆在这里，这种做瓷手法无疑是皖南一带的匠人所为。顺着这条线，查在京的皖南籍或与皖南有牵扯的匠人。"

旁边的邵辉点了点头。

"其二，贼人既然这么明确自己的目标，甚至放着更值钱的东西不取，显然是知道那两件宝物的来路，其中必有泄密的缺口被贼人知道了。谁可能泄密？在哪里泄密的？查。"

邵辉看了看周野，说："分析得有道理。"

"其三，贼人的行动干净利落，进入收藏室以后直取目标，事先必有踩点。"

周野俯身看着李济宗，"谁来过这间收藏室？谁问了什么问题？谁最可疑？查。"

李济宗目瞪口呆地看着周野。

周野平静地转过身，往外走去。

邵辉慢了两步，望了一眼周野的背影，对李济宗说："遇到周先生，是你的福分啊。"

第八章

恶魔坟场走一遭

我一闹脾气,

你就撒手不管,

一点也不督促我。

1

六月初的一个阳光明媚的日子，故宫上方碧空如洗，巍峨的宫殿在阳光照耀下泛着灿烂的光泽。故宫附近的一处空地上，游客逐渐聚拢起来，望着前边临时搭建的主席台以及台子上方的条幅，不停地议论着。

《宫女秘闻》的发布会便在此处举行。除了游客以外，现场还有上百位记者翘首以待。他们大多是冲着"争议人物焦棠"来的。

"……哎，我听说今天公布的女一号就是焦棠。"一名年轻的女记者对身旁的男记者说。

男记者有一头漂亮的自然卷，笑起来露出大板牙："是吗？不一定吧。"

"你可是圈里有名的万事通，居然不关心？"

自然卷男士左右张望，似乎对这个话题不感兴趣。这时已经有人走到主席台上，卓导的助理来了，正与崔月说着什么，崔月脸上是一贯的微笑，频频点头。崔月的助理在一旁照应着。瑞新娱乐公司的人还没到。

此时，焦棠正在故宫外面的奔驰房车里，距离发布会的位置并不远，她想先平静一下心情。

她独自坐在化妆台前，望着镜中的自己。

可以确认，她将以女一号的身份出席这场发布会，这比以往任何发布会都让她激动。

来之不易啊！

仿佛回到了两年前第一次担任主角的那部剧……

忽然，她脑回路一拐弯，莫名其妙地想起了周野。

其实，周野给她印象最深的，是初见时的样子。如今想来仿佛刚刚发生过。她在宫墙外面被杏子打了，怒气冲冲去问罪，闯进门后，一眼看到窗前的男子。

当时，一抹阳光透过窗棂，在他的脸颊和肩侧形成一片朦胧的光晕。他双唇微抿，挺直的鼻梁上映着淡淡的光泽，低垂眼睑，可见蒙眬的眼眸间透出凝神的光彩，修长的手指抚在瓷盘上。

当时，焦棠倏地怔住了。

周野心无旁骛，全部注意力都在手中的瓷盘上。

男人专注工作时多么迷人……

焦棠一下子醒过神，干吗要想起那个家伙？

可给过她一点好脸色吗？

可给过她什么安慰和鼓励吗？

每次争论时，他一脸"关爱傻子"的表情，越想越让人生气！

焦棠手上还在涂腮红，脑海中又浮现出周野行走时的鬼影子……

她一恍惚，腮红刷到了嘴巴上，气得把刷子扔了。

"棠棠，快快，老白已经去了！"迟飞在车外叫魂儿。

"老白去了，那就安心吧。"焦棠擦着嘴说。

迟飞冲进来，拉着焦棠就走："卓导也来了，去晚了又说你耍大牌。"

"哎，阿娅呢？"焦棠一边小跑着，一边问。

"嗨……老白不让告诉你，怕影响你心情。阿娅已经被开除了。"

"为什么呀？"

"她是内鬼啊……"

"不可能吧？"焦棠惊愕。

"唉，人各有志嘛。"迟飞带着焦棠跑进了午门。

"有确证没有啊？别冤枉好人。"焦棠知道被冤枉的滋味。

"她昨天晚上躲在卫生间打电话，鬼鬼祟祟地跟崔月沟通呢。我一问，她直接就认了。你还别说，那小姑娘挺硬气，真看不出来。"

焦棠叹口气："肯定又是我得罪她了。"

"棠棠，你别分心啊，今天对你太重要了。"迟飞提醒道，"还有，你千万要防着崔月，你们喝一顿酒成不了姐妹，连塑料花都算不上。"

"放心吧，大局已定，她翻不过天。"

《宫女秘闻》的发布会很顺利。卓导有些兴奋，介绍这部剧时，显示出了充分的决心与信心——要用一部剧树立行业的标杆。

焦棠和崔月一左一右地坐在卓导两侧，记者和游客们不停地拍照，两人脸上都保持着笑容。

焦棠朝人群望去，似乎想寻找什么，随即便有些失落，但马上就打消了。

邵辉也没有到场，似乎有其他事要忙。

白瑞德坐在主席台另一侧，急切地等待着卓导宣布最重要的事情。

终于，卓导清了清嗓子，说道："嗯，本剧的演员名单如下……"

与此同时，崔月微微侧过脸，脑袋似乎轻轻点了一下。

焦棠则装作并不在意的样子，仍然面向观众，保持微笑。

"卓导——"人群中忽然有记者举手，正是那个自然卷男士。

"哦？"卓导的目光从名单上移到记者脸上，客气地问，"你有什么问题？"

"我的问题是请教焦棠小姐的，听说她最近发奋学习清宫知识。"自然卷男士笑着露出大板牙。

"噢，是啊，焦棠小姐的学识很好的，这也是本剧对她的要求。"卓导说。

焦棠脸上的笑容有些不自然了，手掌不由得攥住。

"我问一个非常生活化的问题，"自然卷男士说，"请问，从宫女的鞋子、太后的睡衣，怎么看待宫女与慈禧的关系？"

人群中"嗡"的一声，大家立刻开始交头接耳。

自然卷男士抛出的这个问题非常平实，却又异常刁钻。

他盯着焦棠，催促道："请焦棠小姐帮我解答这个疑问。"

焦棠瞬间有一种寒冷的感觉，仿佛被孤零零地抛弃在一片冰原上，四周充满了敌意的眼睛。

她站也不是，坐也不是，喉咙卡住了，脑子里拼命回忆学习的内容。

可是她本来就没好好学，作弊混过了初一，初二就成了大坑。她越紧张越是一无所知。

周围的议论声嗡嗡不断，有人起哄："焦棠先说说慈禧的睡衣是什么款式？"

有人笑起来。

发布会眼看要崩，卓导的脸面即将丢在太和殿广场。

就在现场变得混乱时，崔月忽然站起身，气定神闲地说："我来帮棠姐回答。"

自然卷男士立刻鼓掌："好，欢迎崔月小姐。"

崔月环视众人，开门见山地说："慈禧的睡衣从肩膀到前后襟直至袖口，绣着鲜艳的牡丹花。"

这句话镇住了全场。

崔月接着说:"即使人到暮年,衰老不堪,慈禧仍以牡丹附身一般入眠,因为在她的观念中,牡丹是花中之王,秀冠群芳,这就是重点——慈禧的一切生活细节都源于她认为自己是天下第一人,没有人比她更高贵。那么宫女侍候老太后就围绕这个中心:老太后的一切吃穿用度、日常行为,都要自己占天下的独一份。"崔月昂首面对众人:"卓导这部剧名为《宫女秘闻》,其实讲的就是人心的隐秘。"

全场安静。继而响起热烈的掌声。

崔月扭过脸,半是挑衅,半是玩笑地对焦棠说:"棠姐懂了吗?这就是慈禧这个人物的对标属性——牡丹。"

焦棠低头不语。

崔月微微一笑,目光转向观众:"既然中心属性已定,那么假设你就是一名宫女,若想在储秀宫生存,并且成功,就要像照顾一朵绝世牡丹那样侍候慈禧。"

围观者的掌声不断。

自然卷男士呼应着说:"再请谈谈宫女的鞋。"

"这位记者朋友问得好。慈禧的睡衣是隐秘又尊贵的,那么宫女的鞋子呢?"崔月笑了笑,说,"便是行走的金字招牌。"

围观者静静地听着。

"宫女穿的鞋名为'五福捧寿',具体样式我就不讲了,留点悬念哦,卓导会请一流的工艺大师完全按照原样制作出来,大家追剧的时候可别吐槽哦,反正卓导不上网的。"

卓导笑吟吟地点头,还配合地问了一句:"什么是吐槽?"

场面立刻热烈起来。

焦棠坐在那里,觉得自己就是个笑话,很想一走了之,可是必须忍受。白瑞德也是一副乌云压顶的模样,不时望一眼焦棠,担心她做出过激行为。

崔月继续说道:"宫女只要穿上了五福捧寿的鞋,大家便知道她们是储秀宫伺候老太后的人。穿着这样的鞋走到哪里红到哪里,一路踩过西二长街的甬道,大太监要躬身行礼,小太监要退到一丈开外。"崔月忽然笑了笑:"说句题外话,如今我就有圈中好友拼命追求自己穿不上的水晶鞋,应该就是宫女耍威风的思路吧。"

焦棠深深地喘了一口气,崔月这是在羞辱她——"水晶鞋"的梗,肯定是阿娅告诉崔月的，如果阿娅没有确认是内鬼，焦棠可能还没这么生气，但当时派阿娅去试鞋给她买回来，她还觉得阿娅值得信任呢。

就这么又被戳了一刀，焦棠能怎么办？崔月也许正盼着她当场翻脸。

崔月接着说："从慈禧的睡衣到宫女的鞋子，其实就说明了一件事——慈禧是个非常好胜的人。她手底下的宫女就是她的装饰品，别人的装饰品不能胜过她的，就算王公贵妇也不行，换句话说，即便是伺候她的下人，也要和那些'人上人'同等，这样才能显示出她更高，高到天字第一号。"

崔月结束话题，款款坐下。

自然卷男士带头鼓掌，围观者发出更加热烈的掌声。

崔月坐在卓导身旁，非常平静，甚至有些谦卑。

她侧过身，有些羞愧地说："对不起卓导，我今天的话有点多了。"

"不不，你回答得非常精彩。"卓导用欣赏的目光看着崔月。

"我是凑巧知道这点知识，"崔月言辞恳切，"只要能参与这部剧的拍摄，我已经知足了。卓导，在角色上我愿意配合焦棠小姐。"

卓导却站起身，抬手示意鼓掌的人们平息一下。

卓导宣布道："《宫女秘闻》的女主角是崔月小姐……"

焦棠闭上眼睛。

这时，白瑞德忽然说道："焦棠小姐甘当绿叶，首次以女二号的身份配合崔月小姐！"

焦棠本来是绝望和麻木，此刻听到白瑞德的话，顿时有些气急败坏。

崔月今天连续戳了她三刀，鲜血淋漓，却"甘当绿叶"？

焦棠腾地起身，打算断然拒绝。

白瑞德已经站到她身旁，迟飞也过来，扶住焦棠的胳膊。

焦棠还没来得及开口，只听卓导点头说："焦棠小姐精神可嘉啊。"

焦棠一下子蒙了。

白瑞德低声说："棠棠，顾全大局。"

焦棠只能咬碎牙咽到肚子里，表面还要强作欢颜。这是她第一次在表演笑容时感到无比痛苦。

现场气氛达到高潮，场地上聚起了更多的游客。

崔月走过来，主动与焦棠握手。记者们蜂拥而至，看着两个女人亲密地聊天。

"棠姐，不好意思啊，我正好知道那个问题，又不愿大家尴尬，所以抢了你的风头。"

"这么说就见外了，咱们是姐妹啊，嘻嘻，祝福你的第一个女主大爆。"

"一定会的，我真的感觉自己的好运气来了呢。"

《宫女秘闻》发布会结束后，焦棠先一步回到车里。她郁闷至极，白瑞德一上车，她便发作了："老白，我当时怎么跟你说的？"

白瑞德靠着椅背闭目养神。

迟飞在开车。

"我说如果崔月成了女一，我就拒绝出演！咱们一起拼到现在的位置，宁肯不演也不能自降身份呀，你今天居然说我甘当绿叶？我告诉你吧，从今天开始我已经沦落到二线了，以后绿叶不断！"

"棠棠，我也想耍个性，可现在不是咱们牛掰的时候，"白瑞德说，"就在两个月前，十几个合约摆在眼前，七八个剧等着你开工，你想翻谁的牌子就翻谁的牌子。现在呢？五十岁老光棍，方圆百里没一个女的，终于碰见一落难公主……"

迟飞扑哧一声笑了。

"你好好开车！"

焦棠和白瑞德异口同声地说。

焦棠接着怒斥白瑞德："闹了半天，我在你眼里就是一五十岁老光棍，我还美滋滋地以为自己是二线明星呢！"

"我是打个比方，"白瑞德苦口婆心地说，"今天在发布会上，我是权宜之计，不然你刚才就出局了。咱们必须占住一个坑位，有坑位就有一线希望。"

"对不起，我把握不了女二的心境。"

"所以嘛，你要抢回女主之位。"白瑞德说，"卓导一心为了这部剧，只要在开机前，展示出你比崔月演得好——"白瑞德做个手势，"就有希望翻过来。"

焦棠听不进去，只是越来越烦躁，一会儿憎恶李济宗把她祸害到这种地步，一会儿埋怨周野没有教她慈禧的睡衣,一会儿又恨自己不争气。她抓起矿泉水"咕嘟咕嘟"地喝着,然后把眼泪都呛出来了。

2

　　车停在公司楼下。焦棠一只手搭在迟飞肩膀上,拖着虚弱的双脚一步一步迈上台阶。白瑞德走在前面打电话。谁都没注意,大门口的绿植后面藏着一个女人。

　　焦棠走进玻璃转门后,那女人尾随而至,突然抓住焦棠的肩膀。

　　焦棠还沉浸在郁闷的思绪中,冷不防吓得尖叫。

　　她回头一看,正对上那张熟悉又贪婪的脸,觉得自己的心脏都要炸了。

　　焦棠越来越无法直视姨妈。那张涂抹着脂粉的脸,嘴角抽动着,痉挛似的假笑,与那副矮胖的身材对应起来,成了焦棠多年来的噩梦。

　　迟飞赶忙把焦棠护在身后,勉强笑着说:"阿姨,您来了。"

　　焦姨妈翻了翻三角眼:"走开,我和焦棠说话。"

　　焦棠终于忍不住喊道:"你又要干什么?"

　　"还有脸问我?"姨妈一把拨拉开迟飞,盯着焦棠说,"赡养费,拿来。"

　　白瑞德也受不了,说道:"你让你女儿到棠棠家堵门,害得她不敢回去,在酒店住了一个月。"

　　姨妈冷笑:"原来是躲到酒店享清福了,哼,喂不熟的白眼狼。"

　　焦棠说:"我上个月给过你钱!"

　　"那就完了?"

　　"三个月以前那笔钱呢?"

　　"噢,你跟我抠细账啊?"姨妈仿佛受到侮辱一般,指着焦棠嘶叫,"你是我养大的,到你十八岁,多少年?老话讲'受人滴水之恩,涌泉相报',我养你的时候就算一天给你一滴水,你要还给我多少,自己算吧!"

　　焦棠快要崩溃了,胸口窒闷,说不出话。

　　迟飞说:"阿姨,做人要知足的,这几年棠棠给了你多少钱,你心里没数吗?不仅你要钱,你女儿也要,你们全家……"

焦姨妈突然抬手朝迟飞打过去。

迟飞完全没防备，脸颊被刮了一下。

白瑞德急忙拉住迟飞，指着焦姨妈说："你别在我公司发疯。"

姨妈冲过来扑向白瑞德。

焦棠往前一撞，把姨妈撞开了，嘶声控诉道："你可是我妈妈的亲姐妹啊！"

"亲姐妹怎么了？说到底我只是你的亲戚，如果我当年没有慈悲心肠，干吗要管你这个小东西的死活？！"

"别说什么慈悲心肠，外婆把我托付给你，你是答应的。"

"那是她逼迫我！对老的要孝顺，对小的要慈悲，我容易吗？"

"算了吧，你用外婆的房产要挟，以为我没听到？你在外婆的房间吵闹，让外婆写遗嘱，死后把房产给你，你才愿意照顾我。外婆没有抗拒，当场就写了。"

姨妈的脸颊抽搐了几下，用麻木的语气说："反正你今天就得给我钱，不然，我就找记者揭露你这个白眼狼，让你臭遍天下。"

焦棠呜咽着说："我去你家以后，你直接给我改了姓，让我叫你妈，我不叫，你就罚我下跪。10岁那年的冬天，你罚我跪在门口，姨父实在看不下去，劝你两句，你就跟姨父撒泼，把姨父的脸都抓烂了。"

姨妈毫无感情地看着焦棠："你翻那些陈芝麻烂谷子有什么用？一句话，钱，给不给？"

"我没钱！"

"你厉害，给我等着。"姨妈掏出手机，直接拨出一个号码，"喂？吴记者吗，上次我说要揭露……"

焦棠冲上去，一把打落了姨妈的手机。姨妈立刻瞪起眼珠，作势要扑过来。

焦棠耗尽了最后的力气，神情溃败，木然说道："我给你打钱。"

"还有我的手机！五千块，赔我！"

"好……加五千。"

"棠棠，你不能总这么顺着她，"迟飞走过来，"她会吃死你的。"

姨妈怒指迟飞："我告你诽谤，挑拨我和外甥女，赔我精神损失费！"

焦棠朝迟飞摆摆手，让她忍一忍，然后拖着无力的双脚朝电梯走去。她实在是累了、厌了，觉得人世间一切失去意义、失去价值。

晚上，终于可以回到自己那个宁静的港湾，那个称为"家"的地方。破费了一笔钱，才换来了回家的资格，想到这里，焦棠更有了一种无法诉说的憋闷。

焦棠乘坐出租车，在回家途中停下，想独自在夜色中走一走。然而这城市的繁华与璀璨，似乎再也和她没关系了。今晨，她还满怀喜悦准备成为女主，却在"加冕"典礼上被人砸倒在地，狠狠踢了几脚，然后姨妈又抓住她索债。她觉得自己欠了所有人。从今往后，哪里还有事业和亲情可以托付？

焦棠走不动了，于是停下，抬头看了看路边的招牌——夜未央酒吧。这名字透出一股子故作文雅的俗气，不过正合焦棠的心境，长夜漫漫无穷尽啊。

焦棠看了看手表，晚上十点半，回家的路程不远了，喝几杯无妨。

3

焦棠走进酒吧，选了个光线晦暗的座位，用头发遮住半边脸，以免被人认出。

喝了三杯白兰地，心底的苦闷在酒液里丝丝化开了，这种感觉是她唯一可以依赖的。她扭脸，看吧台前没什么客人，于是坐过去，又连喝三杯鸡尾酒。

调酒师面色平静，一副看惯了酒鬼的漠然。焦棠很喜欢他调酒的动作，就让他调了一杯比较复杂的七色彩虹。

喝完七色彩虹后，觉得有味儿了，这才正式开喝。

"喂，小哥，什么酒最有劲啊？"焦棠问。

调酒师略做思忖，说："恶魔坟场。"

"来三杯。"

调酒师愣住了，犹豫一下，提醒道："在我印象中，只有两个俄罗斯的客人喝过三杯，其中一个是救护车拉走的。"

焦棠说："谢谢，请来三杯恶魔坟场。"

调酒师恢复到漠然状，开始干活儿。

"我小时候，家里出了变故，"焦棠似在自言自语，又似乎在和调酒师聊天，"外婆要照顾我，可她有严重的心脏病，实在管不了。我两个舅舅，一个在国外，一个跟着工程队走南闯北,外婆就让姨妈照顾我……"

恶魔坟场放到她面前,这是由六种烈酒调制的极品鸡尾酒。

焦棠端起酒杯时,调酒小哥的眼神中流露出同情,仿佛在说:活着不好吗,为什么非要喝恶魔坟场呢?

这种酒,尝一口就能让人浑身颤抖,仿佛进入了恶魔的坟场,因此得名。

焦棠喝了一口,猛地打个寒战:"嗞,过瘾。"遂一饮而尽。然后第二杯下肚。焦棠有点晕,之前喝的酒仿佛也被恶魔唤醒了。

焦棠坚持喝完了第三杯酒。调酒师用惊异的眼神看着她。

"您还行?"

"这才哪到哪?"焦棠指了指刚才的座位,"你……等着我,我先缓口气。"

焦棠从吧台前转身时,没看到周野从斜对面的包厢出来。

这家酒吧距离周野的新居不远,今晚庆哥约他见面,商量寻找秦梦的下一步进展。目前寻人的脚步正在陕西境内徘徊,没想到难度更大。眼下在安康市有一个人很接近周野提供的信息,是通过姓名检索到的,但那个女孩离家在外,需要等待进一步确认。

庆哥把具体情况反馈给周野,然后离开了。周野又在包厢里坐了一会儿,拿出随身携带的纽扣结。这是小时候秦梦送给他的生日礼物,模仿故宫的一件饰物,秦梦用彩绳儿编织而成。纽扣结上代替红宝石的红色纽扣已经失去光泽,绳结也陈旧了,但它始终是周野心中最大的牵挂。

周野从包厢出来时,看到了焦棠。起先没注意是她,听出了焦棠与调酒师说话的声音,周野的脚步顿了一下。焦棠的酒量他见识过,只是有点奇怪焦棠怎么跑到这里喝酒,可那是人家的私生活,他一向毫无兴趣。周野便继续往门口走去。

……不过看她的样子,好像是喝高了。

……这女人究竟喝了多少才算是喝高啊?

……那更惹不起了,我还是离远点吧!

周野的背影消失在门外。

再说焦棠从吧台前挪到座位上,一下子跌坐到椅子里。眼前的一切开始旋转,周围的灯光变成了万花筒。她掏出手机,想打给迟飞,手机滑落在地上,她去捡手机，整个人就绵软无力地倒在桌子下。她拼命去拿手机，脑海中残留的一丝理智让她害怕，可她的手动不了。

这时，一直在暗处盯着孤身女客的家伙，狼一般从角落里浮现出来。

两个男人走到焦棠身旁，一个家伙扶起焦棠，装模作样地说："妹子，咋又喝多了。"

"你……滚……"焦棠挣扎着。

"嘿嘿，一喝酒就六亲不认。"

"哎我说，这女的看着面熟。"

"你泡过？"

"不是不是……这不是那个明星……"

"咦，还真是，哥们今天赚翻了！"

"敢不敢呀？"

"尿了？那你赶紧走。"

"等下我看看……嘿，没声了，喝死了。"

"嘘，别吵，来帮一把手。"

两个混蛋正要架起焦棠，一个家伙的手腕被抓住了，耳边响起冷冷的声音："放下她。"

"滚你妈的，老子带马子回家……"

啪！

脸上挨了一耳光。

"我×你……"

啪！

脸上再挨一耳光。

周野施行掌嘴之法，左右开弓，抽完两记耳光，他的脚下纹丝不动。

两个家伙松开焦棠。焦棠往地上摔去，被周野拦腰抱住——这女人喝醉了这么沉！

一个混蛋趁机打向周野，周野抬脚踢去，正中其小腹，那厮怪叫一声倒地。

另一个家伙冲来，被周野一脚踹到了吧台下面。

周野冷笑："想当年，北京育才小学，我从一年级打到六年级。"

"哥们，你牛。撤！"两个混蛋连滚带爬地蹿了。

周野拖着焦棠正要离开，服务生拦住他，把焦棠遗落的手机送上，然后小心翼翼地说："先生，请把您女朋友的费用结了。"

"……多少钱？"

"一万六千元。谢谢。"服务员双手奉上账单。

……这女人真能喝。

结完账，周野把焦棠带出了酒吧。

"焦小姐，你家在哪里？"周野问。

焦棠昏睡不醒。

周野拿出焦棠的手机，想找一找联络人，可是手机用密码锁了。

周野大声问："你的手机密码？"

他这么一问，几个路人纷纷侧目。周野叹口气，看看手表，快到零点了。再看看焦棠，这种轻易不醒的人，一旦醉一场，那就是天塌地陷。

周野无奈，只好背起焦棠，朝自己家走去。

焦棠突然在他背上乱抓乱挠。周野猜她是想吐了，赶紧放到路边的垃圾桶前。焦棠在凄美的夜风中吐了好一会儿。

周野摇头叹气。真是难以理解这样的人，不知道为什么非要喝成这样。

不过能吐出来就好了，不用担心她在路上驾崩了。

周野重新背起焦棠。焦棠似乎清醒了一点，开启了哭闹模式。一会儿哭，一会儿厮打、乱挠。然后安静一会儿，呼吸凌乱、哼哼唧唧。

接着又在周野背上扑腾起来，经过一条夜市，她扑腾到地上，朝人群和摊贩冲了进去。

"你疯了？"周野用最快的速度拉住她，把她按坐到街边长凳上。

"我渴。"焦棠用手扇了扇风，脸上热得通红。

"想喝水？"

周野看看那边人山人海，再看看这张大明星的脸，脑仁都抽疼。叹了口气，他走向商店，还几次回头指着焦棠警告：给我老实坐着！

从去到回，只用了不到两分钟。他把水扔到焦棠身上，焦棠没拧动，他又抽出来给拧开盖子重新递过去。

焦棠脸颊通红，喝完水下巴抵在瓶子上，直勾勾地盯着他看："你知不知道……知不知道……"

周野快速转开她的脸，避开这道目光："知道什么？"

"我扮演的是一个叫'焦棠'的角色……可我自己到底是谁，我不知道啊！我早就忘了……我忘了！呜呜呜……"

真委屈上了？周野猜测，揉揉眉心叫自己冷静，等她哭完就好。

突然，焦棠的两只手都伸过来，紧紧抓住了他的手腕："我准备了那么久，他们说搞就搞垮我……还有你！我那天明明都跟你说谢谢了，你为什么还拿鬼吓唬我……你也这么讨厌我，不想看见我吗？"

周野头疼，他手腕挨着她的掌心，那种温热、柔软的触感阵阵直达头皮。

他抽了口气，呼出来，尽快掰开她的手："不是这个意思，你想多了。"

"是吗？"她委屈地问。

"是。"他赶紧回。

一句解释，她马上高兴了许多。可焦棠并没有松手的意思，仿佛害怕别人抽走她死命抓住的救命稻草，她握得更紧了。

一声不吭半晌，她突然撒手跳起来，再次跌跌撞撞地冲进人堆。

这次周野来不及拉住她。半秒钟里，周野脑子里闪过各种画面，全是她被认出来的严重后果。焦棠却一无所知，冲着冲着，就停在一家摊贩前，买了盒蟹黄包，还回头跟他招手，当场，一个包子就塞进了嘴里。

周野无语，但只要她别被认出就好。周野脱下外套，追上两步盖在了她的脑袋上，却被她一把掀开。

焦棠看着蟹黄包："去他大爷的女一号，我不干了！吃！"

"走。"周野拖她。

"吃完再走。"焦棠不动。

周野努力让自己冷静，想撤带她离开。让他犯愁的是，蟹黄包的老板似乎注意到了焦棠，旁边也投来了几道视线，她倒一副不紧不慢，不吃完不罢休的态度。

"焦棠，"周野果断说，"跟你商量个事儿。"

"说呗。"

越来越多的目光朝他们探究过来,周野直接拿起她手里的餐盒:"我也挺饿的,剩下这几个我要了!"

"自己不会买啊?"

"我没钱了。"

"……你没钱了?我……不信。"但焦棠还是松了手,"行吧!"

那她,应该再买一盒吗?

周野两口解决食物,焦棠只觉眼前突然被遮挡,他已经捂住她的脸,一把将她扯出了夜市。直奔到无人处,一蹲一拽背起她,迅速离开。

剩下的路程,焦棠就反复在周野耳边念念叨叨。周野总算呼出一口气,却感觉自己也喝高了。

他终于回到家,乘电梯到三楼,打开房门,把焦棠放到客厅的沙发上。

刚搬来不久的新居,墙边还堆满了书,这使得原有的豪华装修显出另一种意蕴。周野拿来热毛巾擦了擦焦棠的脸和手,帮她平躺下来,往她身上盖了条薄毯。

周野转身准备回卧室,忽然听到焦棠在梦中发出呓语:"……我心里住着一个……哭泣的小孩,我不把她哄睡着了……就不得……安宁。"

然后,她脑袋一歪,彻底睡过去了。

周野站在那里,静静地,心里似乎有东西被触动了。

他最后望一眼焦棠,轻轻移动脚步,回到了自己的卧室。

4

当天晚上,崔月也喝了酒,她喝的是喜悦的酒,幸福的酒。

今天在故宫的太和殿广场,崔月真是把积郁好几年的怨气彻底释放出来了。

真个儿叫扬眉吐气!

面对上百位记者和围观的游客,她以"救场英雄"的面貌出现,用慈禧的睡衣、宫女的鞋子打败了焦棠,被卓导钦点为"女主"。

千年女二,一朝跃上龙门,崔月被幸福感淹没了,而这份幸福是邵辉给她的。

她在公司应付完庆功会，就风风火火赶到了与邵辉约定的饭馆。

这里是北京后海附近的一个小胡同，原是清朝一位贝勒爷的私宅，如今是著名的私房菜馆，并且是梅兰芳先生曾经品尝过的菜。崔月第一次来到这家馆子，一进门就被那种幽静、典雅的氛围吸引了，院里古老的枣树不知是何时种下的，梅兰芳曾经用过的餐具、戏服、照相机摆在那里，更让人有种时空穿梭的感觉。

崔月匆匆走入"竹"字厅间，邵辉正在桌前等她。

"不好意思，辉哥，公司那边不放人……"

邵辉微笑地打断崔月的话："我不是说了嘛，你忙你的事，多晚我都等。"

邵辉没有取桌上的纸巾，而是拿出自己的手绢，递给崔月。崔月坐下后脸颊红扑扑的，她一路上心里着急，额头都冒了汗。崔月接过手绢，轻轻擦过自己的脸颊，有意无意地掠过鼻端嗅了嗅，一股令人沉醉的气息让她浑身一阵战栗。

开始上菜了。馆子主打梅兰芳家宴，菜式来自梅兰芳家传的600道菜。

崔月不安地问："这里什么时候打烊啊？"

邵辉说："没事的，我和店家相熟，你就安心品尝美味。"

邵辉的语气从容优雅，仿佛能为崔月挡住所有的风浪。崔月望着邵辉的眼神，不仅有深深的依恋，还有崇拜。

崔月说："辉哥，今天我太高兴了，真的。"

"哦。"邵辉淡淡地应了一声。

"打败了焦棠……呵——"崔月长长地吁出一口气，随即说道，"辉哥，谢谢你帮我。"

"上次我跟你说，不想你演这部剧太辛苦，担心你。可是我能看出来，你是很想参加这部剧的。"

"嗯！"崔月深深地点头。

这份决心不仅仅来自"想做女主"的意志力，更因为站在对面的是那个叫"焦棠"的女人。

"小月，我喜欢你敢拼的样子。所谓人生，就是拼出自己的天地，"邵辉凝神看着崔月，"所以还是帮了你。"

崔月在邵辉的目光笼罩下，脸一红，抿着唇低头，接着又抬起头，兴奋地说："我真没想到，慈禧的睡衣和宫女的鞋子，一组合起来居然有这么大的威力。"

"这就是意义。"邵辉说,"通过拼接、组合、对比,呈现更深层的文化内涵,它不需要多么高深的学识,最普通的人也能受到触动。"

"明白了。"

"咱们不扯闲篇了,享受美味才是正经事。"邵辉笑着说,"小月,你快尝尝这个。"

这是一盅"鸳鸯鸡粥",精细的糯米、上好的鸡脯肉,细细地煲成粥蓉状,再调入菜汁,形成一白一绿的太极图状。

崔月尝了尝,味道清淡、爽口,遂做出陶醉状:"太美了,心都要融化了。"

其实崔月可是重口,小时候在川渝之地待过,进入娱乐圈以后,那是她化解压力的方法,就更是无辣不欢。吃一顿浓烈刺激的美食,出一场透汗,可消除郁闷之气。她食辣之惊人,可与焦棠的酒量一较高下。

但此时此刻,崔月有什么理由不陶醉于邵辉为她点的菜呢?

她在来时的路上已经上网搜过,以便自己更了解这里的菜品。她得知梅兰芳吃饭的三个准则:一是所用食材不能导致身体发胖,二是吃的东西要对嗓子有好处,三是养颜。

这些正是崔月心心念念追求的。

邵辉给她的关爱,是这般的不露声色。

最后吃完了七彩鱼丝与核桃酪,崔月心满意足。尤其是那份核桃酪,用核桃、红枣细心烹制,满腔浓情化不开,余味绵长。

邵辉把崔月送回家,自己走到路边,缓缓地散着步。已是午夜时分,微风拂面,长街尽头的霓虹灯稍显黯淡。邵辉打电话叫谷姐开车来接。

半个小时后,邵辉在约定地点上了车。这是一辆非常低调的黑色马自达。

谷姐一边开车一边说:"先生,廊坊那边我已经处理好了。"

"最近辛苦了。钱丙桐和那几个皖南徒弟能送走的尽量送走,先避三个月。"

"已经传了信儿,他们应该知道利害。"

"老钱我放心,其他人要盯紧。"

"是。"谷姐放慢车速,过了一个十字路口,轻声问,"那个周野,真的只看了五分钟,就发现了咱们的三条线索?"

邵辉坐在后座的阴影中,嘴角牵了牵:"五分钟是李济宗有点夸张,不过,不会超过十分钟。"

"那也太……太可怕了。"

邵辉冷笑一声:"我原本还想拉拢他,让他的技艺为我所用,哼,我这也算是自作多情了吧。"

"怎么对付这个人?"谷姐问。

"也不必过分紧张。周野在李宅的表现,虽然让我看到了危险,可他毕竟是身处事外,并没有触及我们的命脉。"

"好,只要我们打扫干净,不让那些线索牵连到咱们身上就可以。"谷姐苦笑一下,"那天幸好先生跟他去了李宅。"

"说到第二条线索,李济宗买古董的消息,是拐三的朋友透露给咱们的,那家伙有下落吗?"

"还在寻访。拐三的朋友是跟着一伙古董贩子,从鄂州游窜到北京的,经常在东四胡同一带活动。等他收到咱们的信儿,肯定比兔子蹿得都快。"

"嗯,现在说说第三条线索,这条线索也是直接能连到咱们身上的。"邵辉在座位上抬起身子,揉了揉脖颈,"周野让李济宗排查谁去过收藏室,你这几天考虑得怎么样?"

"当时跟我一起到收藏室参观的,还有两个模特,现在都在上海,我要亲自试探她们的口风,看看对那天的记忆有多少,毕竟是三个月以前的事了。"

"注意不要弄巧成拙,反而让她们生疑。"

"我会把握分寸的。"

邵辉靠到座位上,闭目养神。

半年多以前,邵辉盯上李济宗的藏品后,就让谷姐找机会进入李宅探查。谷姐的表面身份可称为娱乐中介,在圈内颇为神秘,大家听说的关于"谷姐"的事情,大多与富豪的 Party 有关。谷姐利用圈中人脉,给各种 Party 介绍模特、三线明星等等,可以说有求必应,而且口风甚严。

谷姐则利用富豪对她的信任,探查其私人收藏,将信息呈报给幕后的邵辉。

邵辉只对那些"来路不正"的古董下手,所以事主不敢报案。

李济宗虽然四十多岁了,但他的财富暴发不过五六年。陡然暴富后,他积极购买古董,便有些荤素不忌口,自然被邵辉盯上了。

准备动手前，邵辉听说了李济宗与焦棠的绯闻，焦棠卷入小三丑闻，与李家纠缠不清时，并不妨碍邵辉的行动，反而更利于他把水搅浑，把事情弄得更复杂，让李宅陷入内斗。

不过邵辉没有算到，李妻爆发的怒火那么快就烧到了焦棠身上，而且在那天的宴席上，烧成了三方冲撞的局面。

更始料未及的是，焦棠那一方卷入了周野。

李家、邵辉、周野——事主、贼、客，就这么汇聚到了方寸之地。

形势瞬息万变，接下来邵辉要特别注意周野的动向。

这时车辆转弯，驶入一条灯光昏暗的马路。

邵辉睁开眼睛，看了看手表，后半夜一点二十分。邵辉说："老鹰和皮猴应该到位了吧。"

谷姐瞥了一眼时间："十分钟以后，他们会发消息回来。"

黑色马自达驶入丰台区马家堡的那条僻静街道，不一会儿停在小院前。

邵辉走入南厢房时，谷姐收到了前方的消息。

"先生，他们在等候您的吩咐。"

邵辉坐在空荡荡的房间里，随手从果盘里拿出核桃，"咔嚓"一声用夹子夹开。

邵辉朝谷姐点点头。谷姐立刻发出信息，然后坐到邵辉对面，说："金家不是一般富豪，我还是有点担心。"

邵辉十分轻松地夹开另一个核桃，一边说："老鹰和皮猴只要严格按照我的规范行事，不存在任何问题。"

5

翌日，天还没亮，枫叶庄园小区一片静谧。

小区东南角的六号楼302房间内，客厅窗户映出一片蒙蒙的青色。

沙发上的焦棠从昏昏沉沉中醒来。宿醉的感觉异常难受，她挣扎着坐起，眼睛睁不开，一只手抓了抓头发，然后踉跄着站起来，梦游似的走向卫生间。

在昏暗的客厅里，她经过了厨房、书房的门外，丝毫没有迟疑和陌生感。

她径直推开卫生间的门，摇晃着走了进去。

突然，她腿一软，然后猛地站直了。

她盯着眼前的镜子，那里影影绰绰是自己，可又有什么不太对。

她慌忙摸索着打开灯，陡然发出一声尖叫。

"啊——"她惊恐地返回客厅，又跑到厨房……

房间的构造与她家一模一样，但这装修和布置怎么全变了？

焦棠使劲揉着头发，想弄清楚自己怎么了，可是脑子里一团混乱，根本无法思考。如同陷入一个清晰的噩梦中！

她跌跌撞撞地冲向房门，却打不开锁，情急中踢了两脚。就在这时，身后一个平淡的声音传来："别闹了，这是我家。"

"啊？你你你是谁？"焦棠吓得紧靠着房门。

周野的脸庞缓缓浮现，身上穿着蓝色的睡袍，神色慵懒，透出一丝不耐。他的面颊在暗淡的光线中更显得棱角分明，鼻翼的影子勾勒出更加深刻的五官。

"……周野？！你在这里做什么？"焦棠本能地护着自己。

"你问我？你最好记得自己昨晚干了什么！"

只因为周野想把她立马扔出去的态度，焦棠只能靠在门上，一动不动地开始反思：天爷！她杀人了，还是放火了？

宿醉后的记忆片段一点一点地冲上脑端，她昨晚点了恶魔坟场……谁对她动手动脚……周野来，他说了什么……

万幸，最后他来了。

周野正在心里盘算着怎么跟焦棠算账，打破他多年规律的生活，折腾他一夜，她死定了，焦棠却突然跑到跟前。

他警惕地躲开："你又想干什么？"

"多谢了。"焦棠说。

"你说什么？"

"我说！"焦棠看着他一字一顿地重复，"多——谢——了！"

之前的恩怨一笔勾销，翻篇儿的意思？

周野觉得有些突然，一晚上的怨念忽然就没地方撒，不禁迷茫起来，指了指焦棠，又把手放下。

焦棠不明所以地让开大门:"可是，别以为我谢过你，就可以赖在我家不走了，做人要自觉一点……"

"什么？"周野睁大眼睛。

焦棠的眼睛睁得更大:"你还真打算赖在我家……"

"我说了，这是我家！"周野提高了语调，满脑子不可置信。

"你家？"

焦棠愣了愣，重新扫视客厅，然后想起什么，跑到窗前拼命朝外张望。园子里错落有致的绿化布景、晨曦下整齐排列的枫树、喷泉池上熟悉的泰山石、早起的保洁员行走的身影……

没错，这里是焦棠入住的枫叶庄园小区。

周野打开客厅的灯，伸了个懒腰，问:"你是自己回家，还是召唤你的团队接你走？"

焦棠已经清醒一些了，急着反问:"你家在几楼？"

周野说:"三楼，怎么，你打算跳窗走？"

"三楼？那……房号呢？"

周野敛眉看着焦棠:"你自己到小区门口等你的团队吧，我可不想家里来一堆莫名其妙的人。"

"你这是不是 302？"

周野一愣:"你怎么知道？"

焦棠跌坐到沙发上。天哪，这是哪位过路的霉神安排的？

她半年前就知道邻居要卖房，却怎么也没想到，最终是周野搬到了她家隔壁！

焦棠有气无力地说:"我家是 301 啊。"

"什么？"周野也惊了，自己在四九城选来选去，怎么和这个女人成了邻居？

焦棠忽然一皱眉，从沙发上站起身，盯住周野说:"这片住宅区很贵的，你哪来的钱？"

周野气笑了:"我购房的资金来源需要向你报告吗？"

焦棠上下打量周野，眼里充满了怀疑："你一个小工匠，哪来的钱买这么贵的房子？这里每平方米的均价……"

周野打个哈欠："行了，你回你家吧。"

焦棠质问："你是不是在故宫偷文物卖了？！"

周野懒得理她，上前准备拉开房门让焦棠出去。

"等等，"焦棠低头看了看自己衣服，又看了看自己曾经躺过的沙发，怒声问，"昨晚回来究竟发生了什么？"

周野不胜其烦："自己想。"

"你怎么知道我在酒吧，这么说你在跟踪我？还有——你昨晚把我带回来……有没有产生变态的想法？"

周野双手做出驱赶状。

焦棠不依不饶，非要问个究竟。

周野转身往卧室走。焦棠拦住他："别想蒙混过关，你解释清楚。"

"蒙混过关不是你的拿手戏吗？"周野讽道。

就这么纠缠中，一道初升的阳光透过窗户洒进客厅。

这时，墙上的对讲门铃响了，周野正烦躁着不能摆脱焦棠，连忙打开屏幕，上面映现出一张讨好的笑脸——又是那位富二代金公子。

"周爷，快开门，是我，爱新觉罗·灿灿。"

周野长大后就没有在任何人面前狼狈过，从来都是从从容容。可才一晚上的时间，焦棠不仅破了他的例，他还因为这个人险些误了与他人的约见。周野哭笑不得，先摁了开门键，扭脸对焦棠说："朋友有急事找我，你在我家对咱俩都不好。"

焦棠白了周野一眼，赶紧往外走，可是到了隔壁，才发现自己没钥匙，不知道是喝酒的时候弄丢了，还是落在公司了。这时候金公子的电梯已经到了二楼。焦棠急忙敲开周野的门，又蹿了回来。

焦棠急道："我没带钥匙。"

周野一副崩溃相："你不能叫公司的人接你吗？"

焦棠没好气地道："从昨天到现在衣服都没换，头发乱糟糟，还一身酒气，这鬼样子能见人吗？"

这时，门铃响了。

"知道是鬼样子还要滥喝无度？"

"喂，我现在有难需要相助，作为邻居你除了说风凉话和教训人还有什么？"

"怎么又认我是邻居了？刚才不是帮着故宫抓贼吗？"

叮咚！叮咚！门铃声有节奏地响着，熟悉的声音又传来："周爷，我是爱新觉罗……"

"不跟你废话了，我去卫生间。"焦棠匆匆走开，却又停住脚步，扭头说，"别泄露我在你家的消息，我是为你好。"

周野气得没话讲，等焦棠跑进卫生间，他深吸一口气，打开了家门。

6

金公子迎面一张笑脸，都快戳到周野脸上了。

"周爷，这么老半天不开门，是家里不方便？"金公子进门后东张西望，把手中的盒子放到桌上，"这房子真不错，周爷，我给你推荐的这小区怎么样？"

"不怎么样。"周野冷淡地说。

"咦，您不是挺满意嘛。"金公子忙问，"是物业管理不行还是安保不到位？我去训斥他们。"

"住户不行。"周野说。

"嗯？"金公子一愣，"这小区住户还可以吧，我听说那个大明星焦棠就住在这里面，没准儿哪天您能遇到她，那可是个大美人，嘿嘿，跟哥们儿没话讲，铁瓷。怎么样，给您介绍介绍？"

真是哪壶不开提哪壶。周野神色郁闷："你这么一大早跑来，又有什么事？"

"哎哟，您是知道我的诚意了，我给您送来了——"金公子打开盒子，拿出四样精美的粤式点心：蚝皇叉烧包、笋尖虾饺皇、蔗糖马蹄糕、生焗雪山包。

"周爷，咱今儿换换口味儿……"

"没事就走吧，我去补个回笼觉。"

"别，周爷，"金公子急忙说，"我家又遇到麻烦了，请求您再出手。"

周野摇头："最近没空。"

"不耽误您的正经工作，您闲暇时顺手办了。"

"领导交给我的任务，我还没完成，哪有心思接活儿？"

"说不定我能帮上忙呢。"金公子热切地说。

"你能挖出个唐代的绞胎瓷瓶吗？"周野不屑地说。

金公子不好意思地摸摸腮帮子，随即眉尖一挑，说："我家的'东晋德清窑鸡首壶'也是珍品，昨儿摔破了头，那个惨啊，您忍心不救？周爷，您救苦救难救瓷器，帮我们家修复一下，老爷子说了，给您七位数的酬劳。"

吱咛——

卫生间方向传来一声响动。

焦棠一直趴在卫生间的门缝，想听周野和那位客人密谋什么，听到"七位数的酬劳"时，焦棠惊呆了。她不用掰手指头就知道七位数是多大的款子。

周野那小子一次出手的价值这么高吗？

"哎哟，周爷，您家卫生间藏人了？！"金公子警惕性极高。

"没有，是猫。"

"不对不对，这声儿不是动物！"金公子拉住周野的胳膊，"您可千万别大意，我家刚遭了贼，这方面我太敏感了。"

焦棠一紧张，又把卫生间门关上，"嘭"的一声响，这下坐实了。

周野叹口气，大声说："出来吧。"

僵持了十几秒钟，焦棠打开门，头发披下来遮住脸，低头匆匆穿过客厅。

周野解释了一句："她是我家邻居。"

这一解释，情况更复杂、更微妙。

金公子忙说："邻里关系一定要处好，周爷搬来没多久，就跟邻居这么亲了。"

焦棠一着急，也想说点什么："我借……借鸡蛋。"

"要借要借，早晨起来想吃一碗牛奶鸡蛋羹，忽然发现冰箱里没有鸡蛋了，就朝邻居借两个，我也常干。"金公子笑嘻嘻地说着，忽然脸色一变，"哎哎，你不是焦棠吗？"

焦棠正穿过一缕阳光，侧颜闪现，瞬间夺人眼目。

没办法，美丽藏不住，焦棠只好现了真身。

金公子惊呼道:"原来你和周爷认识啊!"

焦棠尴尬地笑一笑,不知说什么好。

周野不再理会他们,径自回卧室了。

"焦小姐,您和周爷交朋友那是倍儿有眼光,就说你以前那些绯闻,全是蹭你的热度,都是些虾兵蟹将!周爷才是真龙天子。"

焦棠翻个白眼:"别乱说,我跟周野是清白的。"

说着,自顾自拿起桌上的点心吃起来。

"嘿,京城里真正才貌双全的大财主,我只服周爷。"

"那您又是哪位啊?"焦棠不屑地说,嘴上还在吃着人家拿来的蚝皇叉烧包。

"哟,忘了介绍自个儿。"金公子掏出一张镀金名片,双手递上。

焦棠一只手拈住名片,看了一眼,目光顿时直了,抬头盯着金公子:"你是金家的?"

"正根儿嫡传,怎么?"

焦棠上下打量金公子,摇摇头说:"你可能是个假的。我听闺蜜说过,金家的少爷在圈子里出名的脾气臭、派头足,哪像你这样啊?"

金公子乐了:"那要看分谁,在周爷五十米范围内,我自动熄火。"

"哎哟喂,你是欠了周野多大的情分?!"

周野在卧室换完了衣服,出来后看也不看他们,径直去了书房。

金公子压低嗓音对焦棠说:"周爷那双手,那就叫仙人指路。"

"他有那本事,还上什么班呀?"

"这你就不懂了,周爷是有使命感的人。"

"喊。"焦棠又夹起一块生焗雪山包吃起来。

"就算他平时没事自己接活儿,也不是什么活儿都干。"

"这个我信,那家伙,认死理。"

金公子及时递上一句:"还是你懂他。"

"什么啊?"

"您呀,多劝劝他,他只要是稍微松泛一点,身家起码是现在的十倍。"

"太夸张了吧,你不就是想让我帮你求他吗?您掐了这念头,我跟他——不熟。"

金公子嘿嘿一笑，换了话题："你知道我怎么认识周爷的吗？"

"没兴趣。"焦棠嘴上说着，耳朵却支棱起来。

"那时候我跟他不熟，朋友介绍后，我拿了个假古董让他修复，想掂一掂他的斤量，他直接就翻脸了。"

"嗯嗯，那人就那臭毛病。"

"嘿，我服气的就是周爷眼里不揉沙子，但凡假古董污了他的眼，他甩袖就走，谁的面子都不给，就我知道的，他得罪的权贵起码这个数——"

金公子伸出手。

焦棠一惊："那他……还能一天到晚拽不叽叽的？"

"谁敢动周爷啊？故宫能答应吗？我们金家也不同意！"金公子傲然道。

焦棠朝书房望去，忽然发觉自己根本不了解周野。这家伙，让人迷惑、让人好奇。

这时，焦棠的手机响了，迟飞打来的，原来焦棠的家门钥匙在迟飞的包里。焦棠长舒一口气，这个纷纷扰扰的清晨可算是结束了。

焦棠离开后，金公子到书房详细讲述了家中那件藏品，周野的态度变了，金公子说的事引起了他的注意。

原来，金家收藏的"东晋德清窑鸡首壶"在昨天夜里险些被盗。幸好客厅的猫突然叫了几声，惊动了家人，窃贼本已得手，来不及带走，鸡首壶虽然保住了，窃贼却在逃跑时把壶上的鸡头碰坏了。

周野沉吟片刻，答应帮忙修复，但要去家里看看。金公子反正也猜不透周野，立刻带着周野出发。

果然如周野预感，之前发生在李济宗家的事情，在金家重演。周野又见到了瞒天过海、移花接木的手法，只是这次盗贼没来得及展开。

现场留下一件鸡首壶的仿品，几乎难辨真假。

周野意识到，京城的私人收藏品失窃肯定不止这两次，眼前的只是凑巧被他知道，而其他隐没在茫茫人海的不知还有多少！

第九章

脱胎换骨

信心和能力
不是通过声调表现的。

1

下午四点多钟，焦棠坐迟飞的车回到枫叶庄园小区。迟飞要送她上楼，她拒绝了。

"飞姐，你去忙吧，我顺便在园子里散散心。"焦棠说。

"棠棠，千万别生闷气，医生说了，你要疏解自己的心情。"迟飞忧虑地说。

"知道啦知道啦。"焦棠摆摆手，转身走进小区。

自从那天在酒吧喝醉以后，这几天头痛、眩晕，还时时冒冷汗，胃口也不行了，看见什么胃里都冒酸水。迟飞开玩笑说这是"孕象"，然后强拉着她去了医院，却没检查出什么毛病。

焦棠很清楚，这是心里郁闷郁结所致，以前有过，只是这次更严重些。所谓借酒消愁愁更愁，她失去的不仅是《宫女秘闻》的女主之位，更是对前途的信心，这种挫败感，使她突然觉得自己一无是处。

穿过静谧的园子，她来到六号楼前。忽然，楼门旁边的树丛后面人影一闪，李济宗冒了出来。

"棠棠，你终于回来了。"李济宗拎着包兴冲冲走过来。

焦棠看见这人就是一阵恶心，急忙抢步走进楼道，反手关门时，李济宗拼命挤进来，圆乎乎白净的脸上充满了谄媚的假笑。

焦棠推开他，走向电梯："混蛋，别跟着我，不然叫保安了！"

"棠棠，别急嘛，我把你的东西送来了。"李济宗凑近几步。

焦棠一迟疑，李济宗从包里拿出一个鞋盒，打开。

焦棠更是气不打一处来——那正是她曾经买的白色水晶鞋，当时让阿娅去试鞋，买回来却发现根本穿不上，崔月还用这件事在发布会上羞辱她。

李济宗继续在那儿邀功："棠棠，这鞋我花了不少钱呢，但值得。"

焦棠没理他，继续等电梯。

"我可以把鞋店买下来送给你，只要你点个头……"

焦棠忍无可忍："你一说话我就犯恶心。"

李济宗脸上的笑容丝毫没有变化："棠棠，咱俩认识以来，我连亲都没亲过你，咱俩也算纯爱了。我对你就是初恋的心，真的……"

焦棠冷笑："要不要我把这些话录下来，给你老婆听听？"

"那个黄脸婆我已经受够了，你放心，明年我就跟她离婚……"

"你赶紧滚吧！"焦棠一脚踢向李济宗。

李济宗灵敏地躲开。这时电梯来了，焦棠一走进去，李济宗就跟进来。

焦棠觉得头痛欲裂，怎么沾上了这么一块狗皮膏药？她一着急就去按电梯上的报警器。李济宗早有防备，横过身子一挡，笑眯眯地说："真淘气，回家再批评你。"

电梯"叮"的一响，三楼到了。

打开的电梯外面，周野正要下楼，静静看着眼前一幕——李济宗斜歪着身子护着电梯面板，焦棠一脸愠怒却又无助的样子。

周野往旁边让了一下，意思是请他们先出来。

焦棠忽然上前，拉着周野的胳膊进了电梯："你这么快就忙完了，正好先陪我逛逛街，然后吃饭。"

周野一愣，扭脸看了看李济宗。他俩是认识的，在那次宴会之后，周野去了李宅的失窃现场，并且指出了三条线索，为李济宗追查古董下落提供帮助。所以李济宗见到周野时，不自觉便低了一头。

电梯门重新合上了，返回一楼。

李济宗跟着忽上忽下，把自己弄得挺尴尬。焦棠还拉着周野的胳膊没松手，李济宗讪讪地问："你们……关系不错啊？"

焦棠温柔地一笑："忘了介绍，这是我男朋友周野。噢，你们见过的。"

"男朋友？"

周野比李济宗还惊讶，继而感到生气，但忍住了。

三人从电梯出来，向楼道外面走去。

周野还没顾得说什么，李济宗追问："你俩什么时候的事，我怎么不知道？"

焦棠的柳叶眉一竖："你算老几，让你知道，配不配啊你？"

焦棠的声势越来越大。

周野平淡地说："我是焦棠小姐的邻居。"

这本来是解释的话，李济宗却惊愕地说："你都搬到棠棠隔壁了！"

焦棠笑道:"这算什么,只要我点个头,我们家周野买得下这栋楼!"

周野看了焦棠一眼,鼻子里喷出一股气。

李济宗的神色已经从"讪讪"变成了"悻悻"。站在周野面前,各种条件比较之后,原本他还抱有一丝希望,想用财富碾轧周野,却使自己的自尊心受到更大碾轧。

李济宗转变话题:"周先生啊,你上次提供给我的三条线索不那么准确嘛。"

话里透出的酸味儿让人觉得可笑又可悲。

"我说过了,能不能发现线索是你的事,我只提供建议。"周野说。

"我派人出去查了,京城哪里有皖南的匠人啊?恐怕你也是道听途说吧。"

周野淡淡一笑,懒得搭腔。

"还有我买古董的中间渠道是很严密的,一步一步,经手的都是可靠的人,不存在泄密。"李济宗感觉自己占了优势,马上就教训起来,"还有那什么第三条线索,我告诉你吧,只有场面上的好朋友才有资格进入我的收藏室,难道我要猜疑他们去踩点吗?这要是传出去,我……"

"你说够了吗?白吃枣儿还嫌核大!"焦棠指着李济宗,"周野平时给人提一个建议的酬劳是六位数,你结账了没?"

李济宗脸上一阵红一阵白。

周野把焦棠拉到了一边,瞪她一眼,回头对李济宗说:"我只是奉劝你,如果还能找到失窃的古董,就交给国家。文物是有生命的,取之于不正的来路,必遭反噬。你好自为之。"说完扬长而去。

焦棠急忙追上来:"哇,看你训斥李济宗的样子,怎么那么解气呢!"

周野看也不看她,说:"你刚才过分了吧。"

焦棠脚步一顿,委屈地看着周野的背影。她知道周野说的什么意思,她也知道周野很反感被人当作牌子,可她当时没别的办法,要摆脱李济宗的纠缠,周野是最好的挡箭牌。

焦棠一跺脚,又追了上去:"哎,你总归是男的吧?你总归和我是朋友吧?临时假装一下男朋友有什么错?"

周野被这莫名其妙的逻辑给唬住了,竟哑口无言。

最后扔下一句:"离李济宗那种人远点!"

2

《宫女秘闻》开了发布会以后，却迟迟没有开机的消息。有传闻说卓导还在修改剧本，他把这部剧看得太重，不放过任何细节的真实感。还有传闻说卓导似乎对演员方面也不大满意，但具体是哪些演员、什么角色，谁都说不清楚。一时间各种猜测与流言浮动，搞得人心惶惶。

这天，焦棠接到通知，去卓导的工作室领取剧本。迟飞开车陪她："棠棠，打起精神，老白说了，这时候水面越浑，对咱们越有利。"

焦棠懒洋洋地说："老白真会安慰人。"

"这说明剧组的变数大，任何情况都可能发生，真正紧张的人是崔月。"迟飞看了一眼后视镜，焦棠斜躺在后座上，一副万念俱灰的表情。迟飞接着说："你想啊，崔月第一次当女主，只求赶快开机，她的地位才能稳。"

"哼，你还说别人呢，闹不好，我这个狗屁女二也晃荡没了。"

"你怎么变得这么悲观啊？！"迟飞惊呼道。

"喊，那是你不了解我。你来公司那年，正赶上我突然发光的时候，觉得全世界都是我的白菜地。"焦棠转脸看着窗外的街景，悠远的眼神中透出些许迷茫，似乎自己刚刚做了一场历时两年的梦。她的眼神逐渐黯淡、低落："其实吧，我骨子里是个很悲观的人。我现在想明白了，你要在最幸运的时候突然发光，那叫爆红，可你一定会在最倒霉的时候，再爆一次，那叫原地爆炸。"

"你这是虚无主义，特牛×的神经病都有你这种症状。"迟飞大大咧咧地说，"尼采嘛，上帝已死，就是这一路。"

焦棠惊讶地说："没看出来，神婆儿，隐藏得这么深！"

"哈哈，我这么高规格的人给你当助理，你还有啥理由不振奋起来？"

"哈哈哈……"

两个神经病女人笑了一路。

四十分钟后，她们走进卓导的工作室，走廊静悄悄的，不知其他人已经走了还是没来？焦棠看到一个三十来岁的女人抱着一摞文件夹进了会议室，便和迟飞跟了进去。

迟飞打招呼:"你好,我们是《宫女秘闻》剧组的,请问卓导什么时候来?"

女人转脸时看到了焦棠,嘴角一撇,冷冷地说:"该来的时候就会来了。"

迟飞碰了个软钉子,还要说什么,焦棠示意她别问了。

那女人又看了焦棠一眼,目光带刺儿,转身走了。

焦棠和迟飞坐在会议室,等了十几分钟,忽然从外面走进来七八个人,各自拿了一份文件夹,找座位坐下,纷纷打开笔记本电脑。

"哎,这不是焦棠吗?"有人说。

焦棠连忙微笑点头。

"喂,你们坐在这里干什么?"旁边有人过来,"我们要开策划会了。"

迟飞一愣:"啊……这里不是《宫女秘闻》的会议室吗?"

"出门左转。"对方冷冰冰地说。

随即一阵嗡嗡的议论声响起:

"真没把自己当外人儿……"

"大牌坐在哪儿,哪儿就是主场……"

焦棠和迟飞低头匆匆出去。

焦棠感到很难受,不仅是自己被人家赶出来,更因为迟飞跟着她一起忍受这份难堪。

迟飞倒是不在乎,骂骂咧咧地说:"一帮势利眼。"

焦棠叹口气,说:"刚才那个女的,故意不告诉咱们会议室在哪儿。"

"对啊,有病吧。"

"唉,我已经想起来了,她去年在赵导的那个戏里当过编剧……"

"噢,对对,"迟飞一拍额头,"有两场乘船过江的戏,你要求改,赵导就让她改到你满意为止,于是她改了……八稿。"

焦棠说:"这有错吗?她自己没有坐船经验,其中有一场重头戏。"焦棠越说声音越大,"两个主演加一个反派都在船头,可那编剧写的……"

"嘘,棠棠,小点声。"迟飞看了看左右。

焦棠苦笑:"今天是赶上了一个报应。"

"算了。"

"我以前得罪的人太多了，是不是到了清算的时候了？"

"棠棠，别想那么多……"

"哎呀，棠姐，你可算来了。"

走廊拐角忽然传来崔月的声音。

焦棠整理一下脸上的表情，转过身时，嘴角带着沉稳的笑容，但笑容很快有些僵硬——她没想到，崔月是带着阿娅一起来的。

阿娅紧跟着崔月，显然已经成了崔月的助理，而且地位得到了提升。

崔月扭脸问阿娅："你还记得这个人吧，是她把你开除的。"

阿娅面无表情，没有丝毫的羞愧。

迟飞抑制着怒火。崔月明显是故意气焦棠的，可她不能发作，更不能让焦棠发作。从刚才一进门到现在，迟飞已经感觉到周围随处飘浮的敌意。

崔月从阿娅手中拿起剧本，晃了晃，说："棠姐还没拿到剧本吧，嘻嘻，我刚才翻了翻，女一的戏份好多的，卓导改了不少，我和编剧老师也沟通过了。"

焦棠笑一笑说："等我看完剧本，咱们可以交流。"

"等通知吧。"崔月说着，又转脸对阿娅说，"你还没和棠姐打招呼呢。"

"我不认识她。"阿娅漠然说，随即朝崔月一笑，"月姐，凯欧时装城还有个剪彩仪式等您，咱们别在这儿浪费时间了。"

"你他妈说什么呢？"迟飞终于忍无可忍，"棠棠不搭理你，是给你留个脸，你自己不想要是吧？吃里爬外的东西，再多说一句废话我K死你。"

迟飞的声音并不大，却把阿娅吓住了。相比来说，她甚至更害怕迟飞，因为焦棠主要是个性、脾气上折磨人，迟飞却是随时都要动手，不管对方是男的还是女的。

"月……月姐，咱们走吧。"阿娅嗓音颤抖。

崔月气得够呛，本来是收拾焦棠的，却让人家给收拾了，新手助理就是不行。

崔月强撑着门面，对迟飞说："厉害啊，看来焦棠把你惯得挺狠……"

焦棠指着崔月："说话注意点。"

"哎，我今天……"

"月姐，快走吧。"阿娅一把抓住崔月的胳膊往外拉，"不值得。"

崔月走出去几步，还在说："焦棠已经完了，迟飞，赶快来我们公司求饶，赏你一碗饭。"

迟飞忽然把头上的鸭舌帽摘下来，捏在手里。

就这一个动作，阿娅拽着崔月就往外跑。崔月在门口绊了一下，一个趔趄，差点儿栽个跟头。

崔月在门外怒道："你怕什么？"

"我也不知道……反正她一摘帽子，我就莫名恐慌。"

崔月愤然低语："明明该是我欺负人了，可怎么还是被姓焦的骑在头上？"

3

叮咚叮咚！

晚上八点多，周野家的门铃响了。

周野正在工作间修复金家的那件鸡首壶，案头一高一低，两盏台灯投下的柔和光线，极好地烘托着手中的瓷器。

这是黑釉瓷，盘口、颈短、溜肩、鼓腹，流嘴是鸡头形，已经摔裂开，碴口触目惊心。周野推测是金家人听见猫叫声，前往收藏室，窃贼慌急中，瓷壶从手中脱落，头朝下撞到桌角。窃贼肯定去空中捞取，因此给了一个托力，但没捞住，瓷壶翻滚着掉入旁边的陈列架底层，那里正好有一块毡布，算是保住了整个壶体。但摔坏的鸡头流嘴，其实修复难度更大。

东晋德清窑鸡首壶非常珍贵，而这件瓷壶在同类瓷器中属于品相极佳的，釉色黑润、匀净，表现了东晋人对沉静、纯美意境的追求。

周野一边用小刷子细细地拂动着破裂的碴口，一边投入到沉静的氛围中，心灵仿佛浸润在温暖的湖底。

叮咚、叮咚叮咚叮咚……

来访者是不达目的不罢休。

周野轻叹一声，放下瓷壶，起身穿过客厅，透过门上的猫眼往外看了看，不禁更发愁了。

叮咚叮咚叮咚……

周野摇摇头，打开了门。外面，焦棠的手还要按门铃，看到门忽然开了，她原本急躁的表情瞬间成了笑靥如花，这神奇的一幕就发生在周野面前。

"你……"

"周老师，晚上好。"焦棠手上拿着半瓶喝着的果汁，诚恳地鞠了一躬。

"这么急着向遗体告别？"周野嘲弄道。

焦棠踮起脚尖，目光越过周野的肩膀往客厅看："你有客人？"

"我手上还有活儿，有事快说。"周野挡在门口。

"噢，我来还钱的。"

"什么钱？"

"那天晚上喝醉了，没付酒账，今天想起来。"焦棠从口袋里掏出一个纸包，"正好家里有现金，五千块够了吧。"

——姑娘，你不知道自己很能喝吗？

周野默默地接过纸包，准备关门。

"哎——还有一件更重要的事，"焦棠急忙说，"我想继续完成之前的学习！"

周野一皱眉："你们那边不是结束了吗？"

"嗯……情况比较复杂，但学好这些知识对我一定是好的。"

"明天再说吧。"周野又要关门。

"哎哎，你得答应让我继续跟你学习！"焦棠往前顶了一步。

这一下两人的距离忽然很近，都能感受到彼此的呼吸了。周野连忙往后退，焦棠却又进一步，一只脚迈进门口。

周野说："别拿我消磨时间了，好吗？"

"我这次是真的，"焦棠急切地说，"我已经输得很惨了！"

周野看着焦棠。焦棠的眼神与以往不同，多了几分真挚的恳求。联想到焦棠喝醉后的痛苦样子，显然这个女孩受到了严重的打击，而那晚焦棠的脆弱和哀伤着实触动了周野的心。

周野不知道的是，那些打击原本让焦棠失去了斗志，变得万念俱灰，不过她在拿剧本的时候，又受了刺激——

工作人员的敌意、崔月的羞辱，还有更多她曾经得罪过的人，会在未来的道路上，一次次故意找别扭。她能想象到自己的人生将进入一段漫长的不开心的旅程。

有句俗语叫"墙倒众人推"，再这样发展下去，她就真的完了。

不，一定要重新站起来。

——我这面墙不能倒！

焦棠的情绪上来了，一步跨入周野的家门。

灯光下，焦棠望着周野，用紧迫的语气说："我现在就是一五十岁老光棍，方圆百里没一个女的，终于碰见一落难公主……你明白？"

周野静静地看着她。

"《宫女秘闻》的女主之位，就是那个落难公主，你懂了吧——我没有别的选择了！"

"谁说五十岁老光棍没有选择了？"周野直视着焦棠。

"嗯？"

周野认真地说："你还可以皈依佛门啊。"

噗——

焦棠把正在喝的果汁都喷了出来。

本以为这家伙的嘴里会迸出一句励志的豪言壮语，结果他……

周野却在低头看着自己的衬衣，衣襟上沾满了果汁，柠檬味儿的。

"呀，我又做错事了。"焦棠吐了吐舌头。

"你回去吧。"周野转身朝卫生间走去。

"我那边正在洗衣服，顺便把你这个一起洗了？"

周野头也没回地摆了摆手。

"那我明天正式开始学习啊。"焦棠提醒道。

"……以后按门铃三次就够了，没人应答就自动走开。"

"全听你的。"焦棠掩嘴窃笑，踮着猫儿似的轻盈脚步出去了，还小心地帮周野关上了家门。

4

北四环西路上的高尔夫球场内绿意盎然，明媚阳光洒在绵延起伏的球道上，使人的心情格外舒畅。邵辉以优雅的姿态挥杆一击，小白球在湛蓝天空下划着弧线远去。

一旁的卓导掏出手巾擦了擦汗，笑呵呵地说："邵先生，这就是正宗的苏格兰打法吧？"

邵辉谦逊地说："卓导见笑了。"

卓导也挥出一杆，动作稍显笨拙，感觉是用力过猛，险些把腰闪了。

邵辉说："您这一击，颇有明朝皇室的风范。"

"怎么讲？"卓导饶有兴味地问。

"有一种说法啊，高尔夫球起源于中国，因为明朝皇家有一种类似的运动，叫作'捶丸'，是在走路的过程中用棍子击球的游戏。"

"呵呵，又是传闻吧。"

"那可是有壁画的，至今保存完整。"

"哦？"

"只不过证据太少了，没有更多旁证，只能期待考古工作的进一步发展了。"

"是啊，说不定哪天挖开的古墓里会发现高尔夫球的全套器具。"

"哈哈哈，"邵辉发出爽朗的笑声，接着说，"提到传闻，最近关于咱们那部剧可是流言很多啊。有说卓导对剧本不满意，要推翻重写；有说对演员不满意；还有说对布景等等各方面都不满意。"

卓导笑一笑说："不忙不忙，再沉淀一下。"

这时，远处有一辆米黄色电瓶车沿着绿色球道驶过来。邵辉朝那个方向挥挥手。电瓶车越来越近，谷姐带来了两个靓女和一个帅仔。

那三个年轻人一下车便雀跃着跑过来。

卓导感叹："年轻真好啊，看看我，出来活动活动，又热又累。"

邵辉关切地说："就让他们陪您去里面的游泳池休息一下。"

卓导放下球杆，边走边问："你不来吗？"

邵辉说:"我马上过去。"

卓导离去时朝谷姐挥手致意,谷姐点头回礼,然后走到邵辉身旁。

"先生,老鹰和皮猴在房山那边待得无聊,想回来。"谷姐说。

邵辉望着卓导远去的背影,说:"他们在行动中出了纰漏,还不老老实实的?"

"可以肯定,金家人当时没有看到他们的面容,否则外边的动静就大了。"

"我知道。"邵辉有些不满地看了谷姐一眼,"你也是老人了,这时候最需要谨慎的,金家差点儿丢了宝,事情还在接口上,随时可能转变方向。"

"是。"谷姐看了邵辉一眼,低下头。

邵辉自从组团以来,既果断又谨慎的行事风格,谷姐及其手下是服气的,对他言听计从。但这次,邵辉似乎有些过于谨慎了。

"先生,老鹰和皮猴的话也证实了,的确是因为猫叫声惊动了金家人。"

邵辉不置可否,也许是不愿意相信自己漏算了金家的猫而导致行动失败。

"我收到消息,金公子在Party上吹嘘他家的守宅猫,他要用全世界最好的猫粮供养它,亲手为它养老送终。"

"蛮有孝心的。"邵辉冷笑。

"还有个消息,金公子说那件宝贝,交给了全世界最好的修复师。"

"周野?"邵辉眉头一敛。

"还不确定。"谷姐说,"不过金家出事的第二天上午,金公子就带了一个年轻人去了他家,是他亲自开车从外面请来的。然后,又过了一天,那件鸡首壶就从金家拿出去了。"

"就是说,老鹰和皮猴头天夜里在金家失手,天一亮,金公子就出去请人了。"

"是,这个可以确定。"

邵辉喃喃地说:"我倒是想到金家可能会找周野,可是这也太快了,周野不是那种随便出手修古董的人。"

"我顺便查了一下,金公子和周野以前接触过。周野似乎帮金家修复过一件镇宅重器。"

邵辉淡漠地一笑,抬脸望着远方的丘陵,眼睛在阳光映射下显得深不可测。"这个周野啊,还真有意思。之前的李济宗家原想是偶然碰到的,可这个金家又跟他牵扯上了。"

"那……接下来怎么做？"谷姐问。

邵辉沉吟良久，说："那件鸡首壶，天下奇珍啊，我盯了很久。如果它仍然在金家，我们不能二次冒险，只能放弃。可它到了周野手上，就另当别论。"

"先生的意思是，等周野修复完成，再设法取回？"

"失去的东西，当然是要拿回来的。"

谷姐接着问："什么时候动手？"

"周野修复文物需要过程，只能等待。"邵辉说，"至于我们这边，各项计划暂时停一下，老鹰和皮猴继续待在房山，等我安排。"

"是。"

"趁这个空当，你去一趟西安吧。"

谷姐一愣："是去见何虎？"

邵辉点点头："何虎他们在西安南郊寻找唐墓已经两三个月了，没有新消息。你去监督一下，别让他们消极怠工。"

谷姐知道邵辉一直对西安的唐墓很感兴趣，据说那边的大学校园随便挖一挖都是皇家的坟坑。

谷姐沉思着说："既然何虎搜索了两三个月也没消息，也许他探查的那一带没有唐墓呢？"

"从找到的半块石碑分析，至少有七成的概率，而且当地的老人也有传说，只是地形太复杂，还没有摸到门。"

"那我明天就去西安。"

"到了那边不要干扰何虎的行动，只要确保他们不松懈就行。"邵辉做了个有力的手势，"让何虎明白，要发财，必须在唐墓上找到新的突破口。"

5

中午休息时间，周野带着大兴来到故宫武英殿参观陶瓷展。以往的展览多为古代陶瓷文物，这次展出的是当代陶瓷艺术品。

周野希望大兴开开眼界，从当代艺术家的作品上得到启发，这对于成长中的文物修复师非常重要。周野当初拜在古瓷修复大师郑宽仞门下便是如此。郑宽仞七十岁的年纪，并没有故步自封，始终对当代艺术品保持着关注。周野自然要传承下去。

正是午饭时间，展厅内的游客很少，周野与大兴缓步前行。入眼的一幅幅瓷版画作品兼具传统与创新，既有万里江山的写照，也有一花一草的刻画，展现了创作者极强的艺术功底。

两人又来到瓷器展厅。周野看到一件"青花描金莲花纹瓶"，不禁赞叹。

周野问："大兴，你能看出什么吗？"

大兴鼓起勇气说："嗯……这是古老工艺的现代演绎。"

周野点点头："继续说。"

"我感觉……有一种时间和空间上的错觉，对不对？"大兴试探着说。

周野点头微笑："直觉敏锐，不错。"

大兴来劲了："还有，这件瓶子有东方和西方不同的古典风韵！"

"你别嚷嚷，"周野说，"信心和能力不是通过声调表现的。"

"……是。"大兴不好意思地抓了抓后脑勺。

"呵呵，这小伙子年轻有为，了不起啊。"身后传来温和的笑声。

周野回头一看，是邵辉。

邵辉继续说："周先生，这位是你的学生吧？"

大兴忙说："是的，您能看出来？"

邵辉的眼神中流露出浓浓的赞赏之意："若非周先生的弟子，谁有这么深的造诣？"

"呵，他还需要努力。"周野介绍道，"大兴，这位是邵先生。"

邵辉主动伸出手："不必客气。邵辉。"

大兴连忙上前握手："邵老师，您好。"

周野问："邵先生也来看展览？"

"哦，这里的艺术家是我的朋友，我来捧个场。"邵辉说着，往展厅另一侧指了指，那里有五六个人围着一位中年男子，正在热切地交谈着什么。

周野说："你的朋友艺术水准非常高。"

"确实是下了苦功的。"邵辉的目光回到那件莲花纹瓶上，笑着说，"大兴继续讲。"

周野说："他的水平也就这样。倒是请邵先生给他讲讲吧，这件瓷器很有西方古典韵味。"

邵辉说："这里面我最喜欢的也是这一件。它既有乾隆时期的盛世风华，亦不乏欧洲王室的辉煌瑰丽。"

周野说："是啊，器型脱胎于清代宫廷御用样式，又融入了现代审美理念。烧造时，对坯体的控制技艺更是娴熟精湛，审美视觉节奏调节得恰到好处。"

一旁的大兴听傻了。两大高手在这件艺术品前畅谈，此情此景，有一种梦幻的奇异感。而且他看得出来，周老师很久没有这种"得遇知己"的愉快了。

邵辉抬腕看看手表，说："忙了一上午，看样子两位也没吃饭吧，赏光一起吃个便饭？"

周野正要说什么，大兴的手机忽然振动起来，他拿出来看了看，不禁给周野扮个鬼脸："兰师姐召唤，在咱们院子等着呢。"

"行，那你回去吧。"周野摆摆手。

"饶了我吧……送饭给您的，我回去？且等着古典风韵招呼我。"

周野有些遗憾地说："邵先生，那改天再聚。"

邵辉略一沉吟："择日不如撞日，我就等二位下了班一起吃晚饭，反正我下午还留在这里帮忙，正好都在故宫。"

周野点头答应了。

回去的路上，周野说："大兴，你那么害怕兰兰？"

"不是怕，是敬畏。"大兴说，"我考入央美那年，兰师姐正是大四。我入学三天就知道有个威名赫赫的古典才女，仰望啊，兰师姐才是真正的女神。"

周野笑了："兰兰可不承认女神之说。"

"嘿嘿，子不语怪力乱神。"

说着话，两人走进院子，左右张望，四周静悄悄的。

周野看着大兴："没人啊，怎么回事？"

"微信说在这里，怎么二十分钟都等不了？"

大兴一眼看到修复室门前的台阶上放着食盒，而且是两个。他急忙走过去，笑道:"老天开眼啊,兰师姐终于想起我也是易饿体质。"

周野用钥匙开了门,随口问:"那她人呢?"

"可能有什么急事回去了吧。"大兴把两个食盒放到自己桌上。

周野歪着脑袋看了看,摇头说:"风格不对。"

"怎么?"

大兴急忙打开两个食盒,左边的食盒外观精美,里面装着十二枚精致的煎饺;右边的食盒外观俗丽,里面则是土豪气十足的龙虾盖浇饭!

周野坐到自己桌子前,平淡地说:"焦棠来过了。"

闻听此言,大兴的头发丝儿都竖了起来:"那她们……去了哪里?"

"还用问吗?"周野苦笑一下,"焦棠那个脾性,能不缠着兰兰去看'P图'?兰兰那个禀赋,能不趁机碾轧焦棠?"

"啊——古籍修复室,腥风血雨!"

他的话音未落,外面院子传来了两个女孩的笑声。

大兴脑袋一晕:我的妈呀,发生了什么啊?

6

两个女孩走进来的一瞬间,大兴冒死一看,顿时惊呆了。

一惊是,两个女孩手牵手进来的;二惊是,隋兰兰那副永远戴着的黑框眼镜,没了。

原本让面容显得古板的眼镜,去掉后,整张脸柔和娴雅、清丽脱俗。

大兴问:"兰师姐,你整容了?"

"不要胡言乱语。"隋兰兰脸一红,眼风飘到了周野那边,"我……走得急,忘了戴眼镜。"

大兴追问:"头发怎么回事?"

"风吹乱了。"

"师姐遇到的风是什么牌子的,吹得真好……"

"喂,大兴你少说两句,"焦棠伸出手指戳着大兴的肩膀,"人的一生,光阴短暂，希望你记住陶渊明说的：繁华朝起，慨暮不存。"

周野抬起脸，有些惊讶地看着她们，在古籍修复室发生了什么，两个女孩都脱胎换骨了？

注意到周野的神色，隋兰兰有些得意地想扶眼镜……这才想起眼镜已经摘掉了。

隋兰兰清了清嗓子，郑重其事地说："我宣布一下，从今往后，焦棠在周野这里学习的内容，我都要亲自考察。周野要好好教，焦棠要好好学。"

大兴愕然道："什么？焦小姐给自己找了个学监？"

"是啊，我知道自己怕学习，不可能说改就改，只好给自己上手段，找人盯住我。哎哎，周老师，你别不当一回事，以前我一闹脾气，你就撒手不管，一点也不督促我。"焦棠说。

大兴急切地站起身说："焦小姐，你考虑清楚，你让兰师姐监督你学习？"

"大兴，坐下，工作。"周野旁若无人地说。

"能对付我这种懒癌晚期，只有兰兰姐了！"焦棠用豁出去的语气说。

周野抬眼瞥了焦棠一下，但没说什么。

隋兰兰走到焦棠身边，拉着她的手，语重心长地说："学不可以已。青，取之于蓝，而青于蓝；冰，水为之，而寒于水。"

"哦哦……是是。"焦棠胡乱地点着头，"那咱们开饭吧，菜都凉了。"

午餐是周野吃隋兰兰带来的煎饺，大兴吃龙虾盖浇饭，焦棠是两边都吃了点。隋兰兰中午节食，回到自己的古籍修复室去了。

焦棠吃过了饭，就到院子里那间空房读书，周野给了她两本清宫文化的书籍。焦棠曾在这间屋子里逼迫周野帮她写下预设答案，如今坐在这里感到非常羞愧。这次她是为尊严而战。

屋里有一张桌子和两把椅子，焦棠把椅子挪到窗前，看了一眼树下的斑驳光影，忽然觉得很像自己童年时梦到的景象：纯净的阳光，风吹树叶发出细雨般的声音，时光的脚步似乎在这里停住了。

她安安静静地坐下，翻开了书。

周野忙完了手头的工作，从修复室过来，有意放轻脚步，探头往窗户里一看，出乎意料，焦棠居然没打瞌睡，还在看书。

望着焦棠安静的侧影，周野有点恍惚，也许是因为自从两人相识以后，从来没见到焦棠如此沉静的样子。波浪长发披垂在肩头，随着窗口的风微微拂动。

"周老师，你怎么偷看我读书啊？"焦棠放下书，一脸认真地说。

"……嗯，我……"周野一时语塞。

难得看到周野这样的窘态，焦棠乐不可支起来："我开玩笑呢。你怎么才来啊，我把一半都看完了。"她撒娇似的伸了个懒腰，马上说道："不行，我又发懒了！"

周野从门口进来，说："不用那么极端，学习是享受，又不是自虐。"

"享受？"焦棠愣愣地说。

"今天就到这儿吧。"周野接过焦棠手上的书，看到她在上面写的问题，"我先拿回去，下次给你。"

焦棠把椅子放回原位，走到门口时，回过头却不知说什么，静静伫立片刻，忽然低喃道："对了，你住我隔壁啊。再见再见！"她莫名欢快地跑出了院子。

周野没听到焦棠的低语，却也发了一会儿呆，才把门带上。

傍晚，邵辉如约等候在西三所外面，请周野和大兴吃饭。

他们就近在景山公园外找了家官府菜馆，二楼挑了间靠窗的包厢，可以看到公园的夜景。

邵辉说："忙了一天，本来想叫我那位朋友一起的，他已经有约了，改天吧。"

周野说："有机会认识一下，那位朋友的艺术成就很高。"

大兴坐在周野身边，稍有些局促，一边听着他们聊天，一边拨拉手机。

微信群里忽然跳出小惠的头像：你们知道不知道，古籍组的隋兰兰变了！

大兴不屑地回了句：少见多怪。

书画组的"郑板桥门生"回复：戴上眼镜是大才女，摘了眼镜是大美女，还让不让别人活了？

木器组的"小鲁班"回复：难怪人家修古书的瞧不上修器物的，尔等歇了吧。

一时间织绣组、钟表组、木器组、书画组……纷纷活跃起来。

大兴又回了句：你们就闹吧，兰师姐既然能换形象，没准儿也会匿名潜水。

接着便有个像是假冒的昵称"空山幽兰"发言：简直岂有此理，汝子们不可教也！

微信群里一下子炸了锅——

漆器组的"漆仙女":你这水平也敢冒充兰兰,字都写错了……

金属组的"铜头铁脑":哈哈,是孺子,不是汝子,请你善良……

钟表组的"打铃带唱歌":说不定真是兰兰,故意逗你们玩呢……

……

大兴的另一半心思还在饭桌上,这时听到邵辉说:

"周先生,我这边有个基金会,专门邀请文化人士到海外讲学,下一阶段是欧洲各大名校巡回,你有没有兴趣?"

周野说:"手头工作比较多,再看看吧。"

"哦,周先生是我遇到的最年轻的文化学者,出去走一走,必将名扬天下。"邵辉诚恳地说,"这更有助于传播中国传统文化啊。"

周野笑一笑:"谢谢,我会考虑的。"

大兴听到这里,有点为周野着急,这么好的机会摆在眼前,怎么还是四平八稳的?

邵辉似乎看出了大兴的心思,侧过脸,笑着说:"大兴,有没有兴趣和周老师一起出去走走?"

大兴看了周野一眼,说:"周老师一直提倡要开眼界,眼界到哪里,境界到哪里。"

周野说:"你倒是记得清楚。"

大兴不好意思地笑笑,继续说:"不过周老师太忙了,还有任务没完成呢,那个绞胎瓷瓶愁死人了。"

邵辉点头说:"我听周先生提到过,看来确实很重要。"他倾了倾身,"其实正好借着欧洲讲学期间,把信息传播出去,世界之大,可能在某个角落,就有人拿着你的心念所系之物。"

周野被这个建议触动了,沉吟着说:"值得好好考虑。"他预估了一下时间,接着说,"顺利的话,要到三个月以后了。"

邵辉笑道:"一百天的约定,值得期待啊。"他捧起酒杯。

周野与大兴也举起杯子。三人愉快地碰了杯。

饭毕,三人各自离去。周野乘坐出租车回枫叶庄园小区,却不知,邵辉开车在后面跟着，始终保持着二三十米的距离，直到出租车停了。

邵辉的车缓缓停靠在树荫下，车头一团漆黑。

周野走进小区，背影很快消失在光线交织之处。

邵辉在驾驶室点起一支烟。他平时很少吸烟，但考虑问题时，会偶尔用香烟的气味帮助自己浸入思绪。

刚才在饭桌上，周野说的"三个月以后"，应该是把手头的工作量全部估算之后得到的结果，必然包括了那件鸡首壶，而这与邵辉的预计基本吻合。

根据老鹰汇报的情况，那天夜里，瓷壶的鸡头摔掉，碴口并不是整齐破裂，而是有许多细碎的损痕，修复难度极大，反而不如整块的瓷片好修复。

邵辉预估周野修复完成的时间，起码要两个月以上。

因此，周野说他三个月后可以出行，正是在这个时间范围内。

邵辉吸完了一支烟，拿出手机，打给老鹰。

老鹰的声音既恭敬又有些急迫："先生，什么时候召唤我们回去？"

"你们在那边住两个月。之后根据情况，我做进一步安排。"

"……好吧。"

"用这段时间，把自己的心定下来。"

"是。"

"等到重新出山，需要你把失去的东西再夺回来。"

"是，先生。"

邵辉放下手机，车子掉头，驶入了夜幕深处。

第十章

常恨情长春浅

我教你谈恋爱吧,

三天一个小课时、五天一个

大课时,谈不好重来,

我也教育教育你……

1

瑞新娱乐公司，迟飞等候在电梯前准备下楼。电梯门打开，小朱正要出来。

小朱一撞见迟飞，本能动作是往后一缩，去按电梯的关门键。迟飞抢步上前，抓着小朱的胳膊把人硬拉出来。

"你跑得了初一，跑得了初二？"

"我没想跑……我看见你紧张。"小朱说。

迟飞把小朱拖到楼梯拐角，单手撑墙，问："咱俩的事，你考虑得怎么样了？"

"咱俩……不……不合适吧。"小朱不敢看迟飞的眼睛。

"既然互相喜欢，有什么不合适的？"

"你比我大两岁……你还是白羊座，我是天蝎座，犯克……你喜欢吃麻辣烫，我喜欢奶制品，胃口相冲；你喜欢下雨天淋着雨，我要打着伞，行为不合；你喜欢咖啡色，我喜欢天蓝色，颜色不对付；你挤地铁时横冲直撞，我挤地铁……我没挤上去过……"

迟飞忽然眼圈一红。小朱吓了一跳。

迟飞问："你不在乎我是不是处女？"

小朱愣了愣："欸，这个我没想过……唔……唔唔。"

迟飞突然吻住了小朱。小朱瞪着两个眼珠子，完全丧失抵抗力。

迟飞吻完了，手背在嘴角抹了一下，长舒一口气："盖章了，你以后就是我的人，放心吧，姐们带你挤地铁！"

迟飞扬长而去。小朱傻呆呆地靠墙站着。

迟飞刚穿过走廊，焦棠迎面跑过来。

迟飞说："棠棠，告诉你个好消息，我重新开始恋……"

"好吧好吧，我赶时间！"焦棠风一般跑向电梯。

白瑞德从办公室探出头，望一眼焦棠的背影，转脸问迟飞："什么情况啊？"

"我开始恋爱了……"

"没问这个。"白瑞德指着走廊尽头，"棠棠怎么了这是？这些天跟打了鸡血似的。"

"学习啊,你不是盼着这样吗?"迟飞没好气地说。

"猛然间这么爱学习,我还真不适应。"白瑞德挠了挠额头。

"哈,崔月给棠棠的刺激太大,棠棠拼了,一定要夺回女主之位。"

"应该可以吧。"

"哎,你怎么没底气了?"迟飞说,"故宫两大神级学霸加持,一个当老师,一个当学监,你就等着发奖状吧。"迟飞转身走了两步,扭头说:"白总,让公司那些放假的、歇着的,陆陆续续都回来啊,公司需要满员。"

"呦,你对公司二次腾飞这么有信心?"

"哪呀,我准备结婚了,都赶紧回来给我准备红包!"

"神经病。"白瑞德扭身就进了办公室。

焦棠出了公司,直奔故宫。她和周野约定下午两点半开始学习,周野不喜欢别人迟到,焦棠也不允许自己再迟到。

这段日子焦棠去故宫或者在家,不断地找周野恶补清宫知识。她这人只要憋着一股劲,是能下苦功的。周野见焦棠这么好学,更是倾力指导。他本来就欣赏肯学的人,如今看着焦棠终于上道了,心里竟有了成就感。

焦棠走进院子,望一眼陶瓷修复室,里面隐约有说话声,周野正在指导大兴工作。焦棠没有打扰他们,自己走到旁边的空屋,打开门,走到桌前放下双肩包,取出《清宫日常生活礼仪》《我陪伴了慈禧的晚年生涯》《后宫无小事》三本书放到桌上,再拿出《宫女秘闻》的剧本,上面勾勾画画有不少字迹,既有周野的批注,也有焦棠自己的心得。但更精彩的是隋兰兰的评语,隋兰兰不仅给两人都打了分,还有批注:

周老师此言差矣……

焦棠同学思路有偏差……

请周老师斟酌,此事参阅《清史稿》本纪二十四……

与周老师商榷,珍妃的宫女是否顶撞过慈禧的宫女……

焦棠同学进步神速也,轻舟已过万重山……

……

焦棠正看得起劲,手机忽然响起。她吓了一跳,手忙脚乱地拿出手机,赶快调低铃声，探头朝窗外看了看，仍然静悄悄的。她吐出一口气，接起手机，闺蜜邬莉莉的声音破空传来：

"我回京了，你也不召见我，要死啊，真把自己当老佛爷啦？"

焦棠压低嗓音说："最近特别忙，莉莉，缓几天啊。"

"你还忙什么啊，我听说你都凉凉了，哈哈哈。"

"他妈的我凉凉……"焦棠猛抬头，看到门口周野正走进来。焦棠急忙一捂嘴。

刚才我说出了什么？

"喂喂，棠棠，你说什么呢？"

"对不起，小姐，你给我们老板打电话吧。"焦棠用甜美的声音说着，挂断手机。

周野脸色如常，走进来朝焦棠点了一下头："你来了。"

"啊……准时到的。"焦棠审视着周野的表情。

"我脸上有东西？"周野抚了抚面颊。

"暂时还没有……"焦棠笑笑。

"那咱们开始吧。"周野把自己手上的《清宫服饰研究》递给焦棠，"这本书有关于慈禧睡衣的详细描述，你不是埋怨我没教你这个知识吗？"

"晚了，翻篇了。"焦棠说，却还是把书接过来，看看周野，"谢谢你还记着。"

"建议你读一读这本书，不仅有皇家的服饰，也有宫女的。根据宫女的等级不同，服饰有变化。清宫是等级森严的地方，你只要记住这一点，以后遇到突发问题，摸不着头脑的，就闭眼朝这方面发挥。"

焦棠脱口而出："这是作弊吗？"

周野说："这叫窍门。"

"明白了，嘻嘻，这就是秘不外传的学霸技巧。"

焦棠坐到桌旁，认真地翻开书。

屋里很静，一只蛾子在天花板下飞舞着。

焦棠安静地读书。周野起身，用一把团扇轻轻驱赶，引导着那只蛾子从窗口飞了出去。

周野在窗前回望焦棠。此时的焦棠，像极了普通的邻家女孩。

那个侧影忽然触动了周野的心事。

如果秦梦没有走散，他会看着她成长中不断学习的样子。春夏秋冬，窗外的景致轮回，窗内捧读的身影也在不经意间变化着，时而蹙眉沉思、时而奋笔疾书、时而托腮出神、时而顿悟喜悦。

周野不觉从口袋里拿出了那个纽扣结。

当年的小女孩已然消失在了茫茫人海，唯有这个纽扣结，搭载着忧伤的记忆，伴随了他十五年。

周野抚过绳结，指尖从纽扣上掠过，感受着秦梦用彩绳儿编织时的心情……

"周老师，这是什么？"焦棠忽然在身旁问。

"哦……纪念品。"周野说。

焦棠说："很多年了吧，我好像也做过差不多的。"

"是吗？"周野注视着焦棠。

焦棠顺手拿过纽扣结在掌心比画着："嗯，我记不清了，但肯定做过。很多小女孩都有吧。"

周野拿回纽扣结，问："你现在还会做吗？"

"很久没玩过彩绳儿，生疏了。"

周野把纽扣结放回口袋，看了一眼桌子："学得怎么样了？"

"记住了宫女的等级，'姑姑'很厉害的……啊，脖子痛。"焦棠晃着脑袋。

"很长时间不看书，颈椎缺血。"周野说。

"哦，看书还能活血？"

"怎么着也比刷手机好。"

"呀！手机刚才调成了静音，什么都没听到！"焦棠急忙走到桌前，手伸进双肩包。

"今天就到这儿吧，别耽误了你的业务。"周野苦笑着，帮焦棠收起桌上的书。

焦棠一边翻出手机急切地看着，一边头也不抬地说："晚上去家里辅导我啊。拜拜。"

她匆匆忙忙走了。

2

可是到了晚上，大好的学习光景破坏了。

邬莉莉领着一帮子朋友跑到焦棠家，说要帮着焦棠"冲喜"，让焦棠早点从凉凉的处境中再次爆热。

焦棠本想抗拒，可是邬莉莉拿了整箱的葡萄酒，她马上就屈服了。

邬莉莉是圈子里有名的红酒女王，她拿来的这款干白，据说比拉菲还高一个档次，是法国芝路酒庄出的，入过橡木桶，放在冰上醒，那口感可谓空前绝后。

"冲喜用葡萄酒怎么够？"一个打扮得花枝招展的女人说。

旁边一众女人会意，起哄道："现场这几位帅哥，棠棠挑着用！"

"你们呀，肤浅。"焦棠品着酒，斜睨众人，"我现在的境界不是你们能理解的。"

女人们笑倒了一片，声音快把屋顶掀翻了。

邬莉莉说："棠棠你前阵子告诉我，隔壁搬来一个很厉害的男的。"

有人马上问："多厉害呀？"

"别乱想啊，棠棠你说说。"

"你们别吵，要安静……哎那谁，你把音响关了，放那么大声多费电啊。"

"棠棠你啥时候变成这样了？"一个打扮得非常精致的女人说，"哆里哆嗦的，至于吗？快说说那个男的，什么出身？做啥的？家产多大？"

焦棠看着眼前这群活色生香、生龙活虎的女人，忽然有种莫名的想要保护私人领地的念头……

"快说啊！"

"嗨，他是修文物的，不让随便往外说，身份要保密。"

"修文物？什么意思？"一个梳着脏辫儿的年轻男子挤过来。

邬莉莉一把推开他："起开，往哪儿蹭呢？"

她的手在胸口一拂动，方才那个打扮精致的女人眼睛一亮："莉莉，你那条玉石项链好漂亮，谁送的？"

邬莉莉得意地挺起胸脯说："哎呀我忘了。"

众人又是大笑。

刚才被推开的脏辫儿男子故意说:"是不是假货呀,莉莉别让人耍了。"

"你怎么说话哪!"邬莉莉最讨厌人家说她被耍了,顿时瞪起眼睛。

焦棠说:"莉莉,别生气,他喝多了胡说的。"

那花枝招展的女人忽然说:"对了,隔壁就是修文物的,鉴定真假没问题吧?"

这伙人都是瞧热闹不嫌事大的主儿,立刻撺掇着焦棠快去请。

焦棠摆手说:"别想了,这种场子,人家不会光临的。"

邬莉莉忽然起身说:"那咱们过去吧,我还不信了。"她胸前的玉石项链使劲晃动着。

"走走走!"

邬莉莉一把拉起焦棠。一群人簇拥着她们往外走。焦棠被裹挟着,没办法,只好来按门铃。

按过了三下,马上停手,说:"人家有规矩的,三……"

"这还讲规矩?不就是个小工匠嘛,装什么大仙儿啊!"邬莉莉上手便接连按起了门铃。

里面没反应,但门缝下是有灯光的。

焦棠说:"肯定在忙,咱们回去喝酒吧。"

邬莉莉有些下不来台,索性敲起了门:咚咚咚,咚咚……

屋内,周野正在工作间专心地修复那件"东晋德清窑鸡首壶"。

这是距今一千六百多年的瓷壶,断开的鸡头流嘴要想复归原位,必须保证角度丝毫不差,其自然状态就像烧造时一体完成,而这些还不是最难的。最困难的是鸡头作为瓷壶的流嘴,处于悬空状,没有支撑。

周野已经处理完了磕口的损痕,这时还不能急着把细微处的裂口补上,因为裂开的鸡首部位要用黏着剂把它粘到原位,然后才能修补缺损处,使外观不留痕迹。

眼下,周野正用自己亲手熬制的黏结剂,小心地涂抹在断裂的磕口上。

他把刷子侧拿着,不能直着刮擦,刷子会因为沾着胶而出现倒刺儿,那会在瓷器的裂口留下肉眼看不见的损痕,这些损痕会导致修复失败时都不知道哪里出了问题，许多修复师就卡在这一关过不去。

周野仔细地涂抹黏结剂，外面的门铃一直响……

周野不为所动，继续全神贯注于瓷壶的流嘴。

这只是刚开始，涂抹了黏结剂以后，鸡头复归原位，而在等待黏着剂固化的时候，鸡头很容易因负重脱落，所以要想办法把它悬空固定起来。此过程极为复杂，这对周野是个挑战。稍有不慎，鸡头带着黏结剂脱落，会在碴口部位造成更多的污痕，又得重新清理，不仅耗时，还会增加修复难度。

换句话说，即便当时贼人摔破了壶体，对于周野来说，都要比现在更好处理。可偏偏摔掉的，是这个看似损伤最小的鸡头流嘴。

外面的门铃声已经变成了敲门声，咚咚、咚咚咚……

是不是有什么急事？

周野放下手头的工作，看了一眼横放在桌上的瓷壶，轻叹一声，走出工作间。

3

门终于开了。周野站在门口，冷淡的目光扫视起来。

门前的一堆人感受到周野的气场，不由得退了半步。

焦棠还没顾得说话，邬莉莉推开她，上前一步说："谱儿这么大，看来确实有本事哦。"

"你是谁？"周野瞥了她一眼。

焦棠忙说："这是我闺蜜邬莉莉。"

周野的表情缓和了一下，问："什么事？"

邬莉莉耀武扬威地挺起胸脯，给周野展示胸前的玉石项链："借你的一双慧眼看看，我这个是不是真品？"

周野只是淡淡地瞥一眼，说："假的。"

那群人怔了一下，接着响起了脏辫儿的低低笑声："外面和里面都是假的，眼毒哇。"

周野说的是项链，可是在他们的理解中，似乎又暗指邬莉莉做过隆胸手术，这在众目睽睽下让焦棠跟着丢脸。

邬莉莉有些气急败坏："是不是没给你鉴定费就胡说啊？多少钱，你开个价！"

周野淡淡一笑："不值得，你去潘家园随便找个玉器行老板，他都能告诉你。"然后转身进屋，准备关门。

"等等，话要说清楚！"邬莉莉嗓音凌厉。她可是红酒女王，属于有貌、有财、有地位的主儿，不知有多少人靠着她吃饭，从北京后海到希腊爱琴海，谁不给她面子？

周野侧身看着她。

邬莉莉怒视周野："你算干吗的？看一眼就敢说假的，凭什么？"

这眼神，焦棠太熟悉了，自己曾经多次这样怒视周野，可是结果——

"外行人玩玉最好别碰白玉，白玉因为畅销其实更唬人，都以为自己看得懂，不就是白嘛，却不知什么是'正白'。玉，就是一个'正'字，知道什么是'正'，才明白什么是'真'。"周野说。

门前鸦雀无声。

邬莉莉厉声说："不懂装懂，故弄玄虚！"

"你的玉石非但颜色不正，且白得发闷。以你雪青色的裙装为衬、门前灯光映照，一眼可见油润度、密度没有一样合格。简单地说，白而空洞、苍白无神，品质仅仅高于街边的地摊货，一件中等的工艺品而已。"

邬莉莉的脸上褪去了血色，眼睛眨了眨，猛然转身走了。

其他人低头默默散去。

焦棠追上了邬莉莉。邬莉莉正往楼梯下跑。

"莉莉，莉莉……你听我说，他就是那臭毛病，得罪了不少人，不信你去问金公子，他不是故意针对你……"

"别拉着我，我跟你绝交！"

"至于吗？我就是摊上这么个邻居……你跑慢点，我鞋都丢了……"

焦棠没能拦住邬莉莉，一瘸一拐地回来，又气又累整个人要虚脱了。

家里的客人走得干干净净，只留下一桌狼藉和一屋子郁闷。

焦棠突然愤怒难忍，鞋也忘穿，就冲到隔壁猛按门铃，用来泄愤。

周野打开门，头发湿漉漉的，正用毛巾擦着。

焦棠一看，更是气不打一处来："你还洗头呢？"

"我准备休息了。"雪白的毛巾擦拭着乌黑头发，稍显凌乱，更有一种不羁的风采。

"你把我闺蜜气得半死，完了跟没事人一样，你还要梳洗一番？"

"没什么事就各自安寝吧。"周野准备关门。

焦棠一掌推开门，把周野掀了个趔趄，毛巾都掉了。

"我告诉你周野，必须马上向邬莉莉道歉……闺蜜不能有隔夜仇。"

周野懒得搭理她，捡起毛巾去了卫生间。

焦棠跟过来，堵在卫生间门口："我的话你听见了没？"

周野一边洗毛巾，一边说："关于玉器的真假，她可以请别人鉴定。"

"那你也不能说她的项链只是比街边地摊的档次高。"

"是啊，达到了工艺品商店的档次，已经可以上柜台了。"周野认真地说。

焦棠都快气炸了："你怎么不明白，这不是真假的问题，这是面子问题！"

周野叹口气："你走吧，我累了。"

他转过身，留给焦棠一个冷漠的背影，将她越发委屈的嘤嘤哭泣关在了门外。

焦棠就这么神情落寞地离开，又漫无目的地下楼，在小区里游荡。夜已深，外面除了虫鸣和风吹动树叶，没有其他声响。

她孤零零，无依无靠。

走了二十分钟，她不知不觉地在小区外一家商店门口停下来，隔着橱窗，看到自己童年曾经喜欢的商品，不由得推门进去。

焦棠看着看着，老板的注意力转移到了她身上——

一个漂亮的、像某个大明星的、光着一只脚、眼睛都快哭肿的女孩。

焦棠一动不动，目光留恋着货架上的东西。小时候，只要同学们聚在一起，手里总有各种各样的零食、小玩意儿交换，而她什么都没有，所以她从小都没几个朋友，更没人关心。

长大后，交到闺蜜，就是邬莉莉，不过，上一刻也被周野给气走了。

周野……

焦棠满脑子都是这个人……转身的背影……跟她吵架的话……

一股火蹿上来,她随手挑了块泡泡糖,当作周野,狠狠嚼在齿间,泡泡一个接一个吹起来,这么走出商店,也不知该去哪儿。

鼻子特别酸,跟吃了芥末似的上头,她忽然走不动了,很难受地蹲在地上。喘了一会儿,她继续走,嘴巴里继续嚼着泡泡糖,继续吹着泡泡,只是越来越慢。

寂静的夜里,突然有脚步声靠近,越来越近,然后那个人影闯进了她模糊的视线中。

"啪"一声,像脸那么大的泡泡彻底炸开,焦棠就在这瞬间对上了周野寻过来的俊朗如星的眼睛。

周野看到她糊了满脸的泡泡糖,皱了皱眉。

焦棠顿觉自己难堪,转身就跑,没两秒却被拽住手臂。周野在她身后问:"你跑什么?"

"别拉我!"焦棠头也不回,拼命甩开。

脸上的泡泡糖用手抹了一把,反而粘到头发上,而周野就这么近距离站在她旁边,低头盯着她的丑状,明显忍住了笑意。

焦棠恼羞相加,目光瞪回去。

原本憋笑的周野却一个没忍住,偏头轻笑出声。焦棠气炸了,退后一步,摆出架势,如果他再敢笑,立马一脚把他哪儿来的踹回哪儿去。

"你没完了是吧?"焦棠冲他大吼。

可她还没出脚,周野已经克制住表情,从裤兜里拆开一包纸巾。刚伸出去擦她的脸,手在半空中顿了顿,转而将纸巾放在了她的手里,看上去有点尴尬。

"我不是笑你……"

"那你笑鬼呢!你这人是不是有病!你就是有病吧!"焦棠边吼他,边擦脸,不断地重复这句话,到最后惊天动地、崩溃地大哭出来。

周野看着她,半个字都说不出来了,愣半天,叹了口气。

我的天!

等焦棠搓完脸上的泡泡糖,已经哭了十分钟,她哑着嗓子断断续续地问:"你还站在旁边干吗？你怎么知道我在这儿的？"

"因为整条街就你一人，蹲地上跟练摊儿似的。"周野回。

"练摊儿的？"焦棠瞪着他。

"不然我能看见你嘛，要不我等你再练会儿？"

"闭嘴！用你管我？"

他为什么要管焦棠……周野被问住了，为什么来？她大活人能丢到哪儿去？可想到她哭着跑出去，周野终究出门找了她，想至少确定她的安全。

等他看到人，就是焦棠远远蹲在那边的时候，双手环抱着自己，比他之前见过的任何一次都孤独得多。

孤零零的纤弱背影……

在路灯下……

周野轻叹一声，转身拉了她一下。

"哭得差不多了？走吧。"他朝回去的路偏了偏头，手插着裤兜等焦棠跟上来，"你刚才见到我跑什么？"

"我害怕。"

周野看了她一眼："害怕？"

"我是艺人，当时那样害怕被撞见，很难理解吗？"焦棠又哭起来，"我每天都在提防，谁又抓到我的丑照……每天每天……"

"何必呢！"周野叹气，"就算你丑成脸上这块泡泡糖，我也不会拍下来放到网上去。"

"你说话注意点儿措辞。"

他笑："我的意思不是说你丑，是我不会曝光你，你不用那么紧张。"

"你说什么？"她问，"我也能放松？"

"可以啊，你要放松。"周野看着她，"就这个状态，保持住。"

从不知几岁开始，焦棠就不再记得"放松"这两个字了，因为敌意来得太多，她跟谁都时刻备战。

但周野突然就告诉她可以放松，这本是很简单的一个词，任何人都可以随意从嘴里说出来，可是，周野说出来的，焦棠却能感受到他的真挚。

——可以啊，你要放松。

焦棠愣愣地按了按发酸的鼻子。四肢百骸的螺丝松开，终于一阵舒服，忽然就感觉到脚下传来的痛意。

焦棠低头，望着自己光着的一只脚。

周野在前面走着，回头问："你又怎么了？"

她哭着说："我走不了了，我没鞋啊。"

周野看着可怜的她。

焦棠又说："都是因为谁啊？别以为我们刚才说过两句话，你就当自己没有责任了！你气走我闺蜜不道歉不说，现在还不想办法救救受伤的我？"

她本来只是随便一说，跟他撒个火，自己再蹦回去之类，最多让他扶一把。没想到几秒沉默后，他过来蹲在地上，背起了她。

周野第二次背她。

身后传来她的嘤嘤哭泣，越听越委屈，不是表演，而是真的在发泄。周野摇摇头，有些无奈地偏过脸，看着她："还哭什么呀？"

焦棠眨着泪眼："你脸上又出现了那种表情——"

周野一怔："什么表情？"

焦棠哭着说："一脸的'关爱傻子'的表情。"

周野苦笑着："我可没说你傻，只是……有点无理取闹。"

"让你道个歉就是无理？"

"我们不要争论了，好吗？"

"莉莉是我最好的朋友，她也很可怜的，呜呜呜……大二那年认识一个男的，骗了她两年多，等她醒过神，才发现自己输惨了。从那以后她就有一股劲，特别要强。呜呜呜……你当着那么多朋友，让她下不来台，我的脸面也丢光了……"

周野转头看了看焦棠，焦棠的脸埋在他的肩膀上呜咽，柔弱的双肩颤动着。

"我给你写个地址，你回头给她。"周野说。

"什么地址？"焦棠马上抬起脸。

回到自己家，周野先放下她，从抽屉里翻出纸和笔，在茶几上写起来。焦棠凑到周野的脑袋旁边看着。

周野写的是一个偏僻的小胡同，焦棠没听说过的地方。

焦棠说："感觉你要把莉莉卖了。"

周野说:"你那位闺蜜不是喜欢玉器吗?"

"她不光喜欢玉器,好东西她都喜欢!"

"这里就是卖玉的,我帮这家修复过器物。把我的字条给老板看,就能拿到真品,价钱还比市面上低三到四成。"

焦棠睁大眼睛,眸子灼灼放光:"你的意思是说——从那儿取了货,出来到街上就能赚百分之三四十?"

"可以这么说。"

"我的妈呀,咱去当二道贩子吧!"

"贪心一起,必……"

"好吧好吧。"焦棠把纸条叠好,小心地收起来,"谢谢你啊。"

"这就叫互相给面子?"

"你瞧,今天你也上了一课。以后这样吧,你教我那些生活中没用的学问,我教你生活中管用的知识。"

周野兀自苦笑。

焦棠走到门口,犹豫着停下步子,扭脸说:"我那边有半瓶葡萄酒没喝完,放到明天味道就不对了,你来帮我喝掉吧。"

周野有些迟疑。

"我保证不耍酒疯。"焦棠的眼中流露出小女孩似的期待与恳切。

"那我先梳洗完吧。"周野笑了笑。

焦棠雀跃着回到了隔壁,忙着收拾客厅。

4

夜越深,酒越浓。

焦棠慵懒地陷在沙发里,如一只猫。她对于坐具和卧具是极为讲究的,重点就是"舒服",贴合人体自然状态设计的既有美感又舒适的沙发是她的最爱。

周野也很适意,随性地便从古人"席地而坐"聊起:天子最多也只能铺五层席子,如果是学者之间互相辩论,会把输者的席子拿掉,加到赢者的座下,这便是"夺席而谈"。

焦棠听来特别有趣，便问："如果你和兰兰姐赌辩论，你俩谁赢的席子多？"

闻听此言，周野一头黑线。

周野把话题转到古代家具上，答应带焦棠去木器组，看看修复师是怎样修复太后的椅子。

半瓶葡萄酒品完了。焦棠又拿出半瓶。

周野没研究过红酒，而焦棠经常和邬莉莉厮混，天生的灵性，加上她爱喝，讲起红酒来头头是道。芝路酒庄是法国的一级庄，所谓好的酒庄，是因为他们肯对这种酒费心思，便得到了极致口感。

两人从客厅来到阳台，夜风中阵阵草木香袭来，与葡萄酒的芬芳缠绕在鼻端。左边就是周野家的阳台，中间有五六米的悬空，这种感觉很奇妙，似乎很近又似乎很远。

楼前高大的枫树微微摇曳，不远处的泰山石与喷泉在朦胧灯光下交相辉映。

阳台上放着两把椅子，焦棠是随时都要坐的。她属于能躺着绝不坐着，能坐着绝不站着的类型。

风吹动焦棠的秀发，刘海拂过额头，她随意地甩了一下头发。

楼下有几名保安列队走过。

焦棠忽然笑笑，低声说："周野，你注意到那些保安的脚步吗？"

周野转脸往下看了看，摇头说："没注意过。"

"嘻嘻，这个小区的保安队长走路有点'内八字'，所以保安们在巡逻时，右脚尖总要往里勾一下，这并不是他们故意模仿队长，而是长期跟着队长训练，形成了肢体惯性。"焦棠说。

周野望着保安们远去的身影，赞叹道："你的观察力不是一般的强。"

"喊，这只是基本功。演员就要懂得抓住人物的特点，比方说我要演个保安，我会设计这个肢体细节，我也能从这个细节进入角色。"

焦棠的眼睛亮晶晶的，神采灵动。她发自内心地热爱自己的事业。周野意识到自己以前对演员的偏见，说到底还是没有真正理解到。

周野问："你是什么时候想要做演员的？"

焦棠抬头看着夜空，忽然陷入了纷乱的思绪中。原本，她是不愿意触碰那些记忆的，那里只有痛苦。不过，此时此地，或许是因为酒的醉意，或许是因为面对这个男人时的坦诚，以及她自己更想要的倾诉。

"高一那年特别想当演员，也不是什么梦想啊，就是想要离开那个家。我在日记里写了自己的心愿，被我表姐翻到了，她把我的日记本撕成一页一页的，到处乱贴。她和姨妈嘲笑我是柴鸡想变凤凰，骂我不知羞耻，想通过当演员把自己卖给有钱人。"

周野问："你是和姨妈一家生活吗？"

"嗯，小时候家里出了事，外婆就让姨妈照顾我。姨父是个老好人，实在看不下去了就说几句，姨妈一撒泼，他马上就蔫了。我在姨妈手上就是个小用人，他们的衣服全部我洗，家里卫生我打扫，买菜却不让我做，更不会让我碰钱。"焦棠自嘲地笑一笑，"我那时候还蛮要强的，冬天袜子薄，脚冻伤了，不吭声，也是不敢出声吧。"

焦棠在椅子上俯身，腰肢弯成柔软的曲线，下巴抵着膝盖，看着自己的脚尖，继续说："脚冻伤的感觉成了我拼命向上飞的动力。每次她们欺负我，我都想，只要有一双水晶鞋，就能带着我远走高飞。我的第一个梦想是得到一双水晶鞋，我就拼命想进入演艺圈。"

周野又问："那你的亲生父母呢？"

焦棠只是悲伤摇头，不愿多说。

静默片刻，她喝掉杯中的酒，长长地舒口气，苦笑道："本以为一踏入演艺圈什么都会好了，可是并没有看到水晶鞋，反而在入行第一天被一个副导演当众辱骂，说我演技不如一只狗。"

周野轻叹一声，这女孩从小到大，心里布满了伤痕。

焦棠抬起脸，手背在腮上抹了一下，露出一个苦涩的笑容："可能还要感谢这些经历呢。我得到的第一个正式角色是个很惨的配角，所有戏份都在冬天，还有冰下救援的桥段。我毫不犹豫就跳下去了，那场戏拍了十二条，我一次都没磕绊，其他人都怕了。那位女导演可能从我身上看到了她的经历，亲自给我加了二十多场室内戏，让我展示演技。当时因为影响了制片人捧的女主角，差点闹崩，不过戏播出后很火，我也被业内关注到，才有了后面更好的选择。"

周野静静地听着，体会着焦棠的心绪。

他今晚看到的这个女孩与自己一样，心中有着深深的伤痕。周野因为儿时的经历，心中愧悔，拼命找秦梦是为了寻求内心的安宁。焦棠则是儿时缺少关爱，以及童年的受虐遭遇，使她渴望无穷无尽的关注和赞美，弥补内心的情感缺失。

都有一颗需要修复的心灵。

周野修复文物的过程，不正像是修复心灵伤痕的过程吗？

他轻声问："那你现在发生的事情，以后怎么办？"

"当然是要把丢失的尊严拿回来。"

——我焦棠就是自己的女主！

周野十分感慨。焦棠的出身、背景没有任何优势，甚至是孤女，从小受虐，被踩入尘埃的柔弱花朵，终究凭着决心、天分、努力、运气，成了自己的主角。

周野说："你还会成功的。"

焦棠抬起忧伤的眼睛。

周野认真地说："五十岁老光棍也一定会得到落难公主。"

焦棠扑哧一声笑了，方才的满腹忧愁消解了一大半。

"你讨厌，这种时候居然还玩哏。"

焦棠伸出拳头，捶在周野的肩膀上。然后，像是寻找感觉一般，她又捶了一下："你的肩膀好结实，能不能让我靠一下？"

周野一愣。

"哈哈哈，开玩笑的，瞧你吓得……哎呀，这么晚了，你明天还要上班呢，再见再见……晚安。"

焦棠推着周野回到客厅，一直推到门外，然后关了门，后背靠在门上。

脸颊发烫，心跳得厉害，怦怦、怦怦……这不应该啊，我焦棠何许人也，看来真的要戒酒了。焦棠拼命摆脱混乱的思绪，走进卧室。

不知过了多久，她忽然醒来，却长久地没有动静，只是躺在床上，眼睁睁看着天花板。

然后倏地坐起身，双手揉搓着头发。

怎么回事？

梦里太鲜明的印象，天空是纯净的湛蓝，自己坐在秋千上，是和周野一起……

焦棠猛地跳下床，想要甩掉梦中的印象，光脚踩着地毯不停地徘徊，身上的吊带睡衣跟着她的脚步摆动。

然后她轻轻走到墙边，耳朵贴在墙上，似乎想听听隔壁的动静，却马上又跳开，并在心里骂自己神经病。她回到床上，用被子把全身包起来，翻滚着。随后又没动静了。

良久，她的脑袋从被子里钻出来，趴在床上，使劲想、使劲想。满脑子只有周野，全是刚才他的安慰和靠在他身上温暖的感觉。

是从什么时候开始，总想靠近他……

从在故宫里他没有真正赶她走的时候，还是酒吧那晚保护她的时候，或者……太多太多，原来和他的羁绊已经多到两只手也数不过来。

焦棠拍了拍脸颊，这一刹那，好像整个宇宙星光灿烂，想起他的每一个点滴都让她轻飘飘飞起来。连他的臭脾气，都变得可爱起来。

——我，喜欢上他了？

——我，究竟是喜欢他的才华、他的财富，还是他的品质、他的颜？

……周野，我赞美你的颜值，可以吗？

……你的才华和品质吸引了我，我没别的意思……

……你除了才华以外……

……你其实还有蛮多优点的，虽然脾气臭、认死理、不懂生活……但我可以教你啊！

……欸，周野，我教你谈恋爱吧，三天一个小课时、五天一个大课时，谈不好重来，我也教育教育你……

……啊——疯了！

焦棠折腾到天快亮了，才迷迷糊糊睡去。

梦里，周野又出现了，他坐在窗前，在一抹阳光下，专注地修复着古瓷……

5

第二天上午，焦棠不知不觉地又跑到了故宫。穿过午门时，她才想起今天不是约定的学习期。她犹豫一会儿，咬了咬嘴唇，继续往前走。

——学习比天大!

——老佛爷要加班补习功课,谁敢说个不字?

其实,她的心底有一句话,很想当面问问周野,看看他的神情。

焦棠走进小院,一下子紧张起来,手心攥着汗,她忽然想退出去。就在她马上要转身跑时,周野从修复室出来,一眼看到她,有些意外。

"你怎么来了?"周野问。

"噢……昨晚没来得及补习,我想今天……"

"你先去那边看书,等我忙完手头的事。"周野点点头,便离开了。

焦棠急忙走进那间临时教室。

外面天气有点变了,空中的云渐渐加厚。在涌动的云层下,故宫各殿的琉璃瓦映现出蓝、紫、黑、翠等等更加神秘的色彩。太和殿屋顶当中正脊的琉璃兽身披厚厚的云影,显得异常稳重。

焦棠坐在小屋里,有风在四壁盘旋。她起身关上窗,回到桌旁,把昨天没看完的书本打开,却没什么心思。

风从敞开的门口吹进来,翻开了书页,上面是隋兰兰的批注:

焦棠同学玲珑剔透,遗憾误入演艺界,然而浊尘难掩灵光,如能潜心修习……

"看什么呢,这么入神?"周野从外面进来。

"哦,兰兰姐的评语。"焦棠笑一笑,把书合上了。

"有什么不懂的,问吧,我有半个小时。"周野说。

"嗯……你怎么评价兰兰姐?"焦棠问。

周野怔了怔:"什么意思?"

"顺便问问嘛,这不算隐私吧。"焦棠直视着周野的眼睛。

"兰兰……钟灵毓秀,蕙质兰心。"

"听着像是极高的评价。"

周野苦笑着点点头。

焦棠马上问:"你对她评价这么高,怎么不和她结婚啊?"

周野愕然:"这是什么鬼逻辑?"

"兰兰姐喜欢你……"

"行了，你今天跑来，是为了指点我的感情生活吗？"周野不高兴了。

"可以探讨一下嘛。"焦棠的气势弱了。

"没时间。你究竟有没有学习方面的问题？"

"真是的，随便聊聊都不行……"

周野转身便走。

焦棠急忙拉住他："哎哎，我保证不瞎问了，咱们学习吧。"

周野无奈，转回身看着她。焦棠嬉皮笑脸地凑过来："真生气了？"

焦棠越凑越近，周野随手拿起桌上的书本，轻轻打在她的脑门上："严肃点。"

"哟，敢打老佛爷，灭三族！"

周野笑了："老佛爷这个称呼，在清宫里不正规，只是一些奴才私下对慈禧的叫法，可是你们演的戏里，不管是大臣还是宫女，对着慈禧一口一个'老佛爷'，那不是笑话吗？"

"呀，随时随地都有小知识，我赶快记下来……"

两人没有注意到，外面，隋兰兰看到了这一幕。

她这次过来，是送昨天的批注，听到这边有说话声，便转过身，目光穿过半开的房门，霎时呆住了。

周野打在焦棠脑门的那一下，打醒了隋兰兰。隋兰兰终于明白了。

其实，以她这般冰雪聪明的女子，能感觉不到周野的心吗？

周野只当她是同事、好友或者……红颜知己。

周野对她是欣赏、关心，以至敬重，唯独没有像这样浊尘的搅扰。

这时候屋里又传来低低的争闹声，两人不知为什么拌起了嘴。

隋兰兰更伤感了。自己曾经看到《国风》一句"琴瑟在御，莫不静好"，心思为之所动。如此，不就是爱情极美与极致的归宿吗？之后便将心底这份情映在了周野的身上。

本以为成为周野的红颜知己，便能再往前一步，可是她自己都没有想好，那一步能不能迈得过去。

那段距离，最近却也是最远，终究是要止住的。只是选在了今天，不经意间就这么来了。在这个普通的、偶然的，却也是注定的、必然的时间和地点。

她知道，自己该放手了。

——琴瑟在御，莫不静好。

可是，周野或许更想要那么一丝烟火嘈杂气。

其实从焦棠第一次闯入陶瓷修复室，隋兰兰就有不祥的预感。但此刻，她一点也不怨恨焦棠，因为这本来就是她自己和周野的事。甚至，她应该感谢焦棠，是焦棠的出现使她不得不看到水面下她一直拒绝去看的流光，那里本是她心中的幻象。

隋兰兰伫立良久。

这时大兴从陶瓷修复室出来，看到隋兰兰，正要上前招呼，忽然注意到隋兰兰的神情和凝望的方向，大兴顿了顿，默默地退回修复室。

此刻，大约那首宋词《鹊桥仙》，可以替代隋兰兰的心境——

留花翠幕，添香红袖，常恨情长春浅。南风吹酒玉虹翻，便忍听、离弦声断。

乘鸾宝扇，凌波微步，好在清池凉馆。直饶书与荔枝来，问纤手、谁传冰碗。

不知过了多久，天空飘起了细雨。

大兴拿着一把伞出来，准备给隋兰兰，可是，隋兰兰已经离开了。她原本站着的地方只留下一片空茫。

大兴望着眼前的雨丝，轻轻地叹了口气。

隋兰兰回到古籍修复室，身上淋了一点雨，神情却是异常平静。

修复室靠墙的工作台上摆着十几本古籍，书页或磨损、或老化、或撕裂、或虫蛀……同事小夏正给一本残破的古书拍照，这是工作流程。

小夏是新入职的古籍修复师，随时要向隋兰兰讨教。

她小心地拿起那本古书，走过来问："兰兰姐，这是什么纸啊？"

隋兰兰看了一眼，伸出手摸了摸书页，淡淡地说："是皮纸。"

"能肯定吗？我看像麻纸。"

"皮纸是用楮树皮和桑树皮所造，产于唐代，纸质坚韧，比麻纸更洁白平滑，属于高级纸。有的皮纸在生产过程中也加入些麻料，如南宋廖莹中世采堂本《昌黎先生集》，习惯说法是白麻纸，其实就是白色桑皮纸。"

小夏听呆了。

隋兰兰又瞥了一眼古书，说："此书是明朝在北京印的，曾到了南方收藏者手中，历经数年辗转回到北京。"

小夏惊讶地问："这怎么能知道？"

"看虫蛀的痕迹。北方的虫子是蛀到底，把书蛀透了，像打井；而南方的虫子留下的蛀痕是弯曲的，像走山路。此书，两种痕迹都有。"

旁边的同事卢姐笑道："小夏，以后在兰兰面前别说'能肯定吗'这种话。"

小夏吐了吐舌头。

卢姐正在打糨糊。在古籍修复行当里，糨糊的调配之法是秘密，各门派不同、配方比例不同，卢姐的糨糊中有明矾、蜂蜜、花椒等等。她把打好的糨糊调稀，准备粘书页。

卢姐转身时，忽然一愣："兰兰，你生病了？脸色这么白。"

"我不碍事，方才淋了点雨吧。"

隋兰兰淡淡地说着，坐在自己的桌前，看着即将修复完成的《敦煌遗书》。

修古书的过程就是日复一日拆书、洗书、补书、折页、喷水、剪页、压平、捶书，十余道工序循环往复，烦琐细致，需要精神高度集中。此时，隋兰兰迫切需要投入工作，全身心沉浸才能忘掉周遭一切。

对了，老师傅们一直在说，古籍修复没有一套成型的技术标准，各地的流派传承，导致不同的古籍修复难度增大。隋兰兰想：我的余生就做这件事吧！

一个星期后，焦棠正在小屋和周野探讨清宫知识，大兴从外面进来，给焦棠拿来个硕大的信封，说是隋兰兰让他转交的。

焦棠大感意外，看了看周野，周野同样不解。

这不是普通的信封，显然是隋兰兰亲手制作的，素白封面，右下角有浅浅的梅花图案，散发着若有若无的幽香。

焦棠打开信封，里面是一张折叠整齐的宣纸。

她展开宣纸，足有四尺见方，龙飞凤舞的字迹映入眼帘，她不禁呆了。

周野叹道："很早便知兰兰的书法造诣一流，今天终于见到她的墨宝。"

大兴说："我也跟着沾光呀。"

焦棠心潮起伏，注视着宣纸上的字——

学如逆水行舟，不进则退，人生亦如是。与焦棠小姐共勉。隋兰兰。

焦棠感动良久，难以自抑。

周野接过这幅作品，凝神端详着："兰兰初起练字时，学的王羲之，后来对我说，王的字飘若浮云，虽有苍劲之意，细看难掩其媚，所以弃王而转学张旭。"周野喃喃感慨，"张旭是从大自然的万象众生之中感悟书法之道，真正达到了由技进乎道的境界。今天一见，兰兰是悟到了。"

焦棠忙问大兴："兰兰姐呢？"

"哦，兰师姐请假了。"

"什么？"

"巡游四方去了，她要拜访各地不同流派的古籍修复师，切磋技艺。"

——千波刀横扫古书流派，三五年必有大师横空出世。

屋内一时间静默。

窗外，风从树梢掠过，洒下满院斑驳的影子。

就在焦棠收到隋兰兰的书法作品当天傍晚，《宫女秘闻》剧组传来了重要的消息。

第十一章
心碎的声音

你希望我梦醒？
你编造了一个更大的梦，
让我陷在里面！

1

白色捷豹行驶在三环路上，白瑞德亲自驾驶爱车，送焦棠去参加试演。

焦棠和迟飞坐在后排座。焦棠望着窗外掠过的景物，心里很平静。三天前接到通知时，她紧张了一下，既渴望又害怕的感觉，让她失眠了一夜，随后便平静下来。该来的总会来的。

白瑞德说："我早就告诉你们，卓导那个人不一般，他有自己的谱儿，不会被别人牵着鼻子走。他肯定对演员方面不满意，才决定内部试演，帮他最后确认一下。"

迟飞说："就是不知道会试演什么？"

白瑞德说："饰演太后的罗安盈老师都请来了，肯定是几场重头戏。"

罗安盈是业内有名的老戏骨，极有个性，一向看不惯流量明星，每次在公开场合采访她时，问及小鲜肉和小花儿，她一律称为"那些流星儿"。她曾与卓导合作过两部文艺片，名扬戛纳，这次卓导力邀她出山，首度参与电视剧。

白瑞德开车驶过路口，看一眼后视镜："棠棠，怎么不说话？今天是开机前最后的换角机会，别掉链子啊。"

迟飞说："老白，这时候要放松……放松！"

焦棠笑笑说："我怎么感觉像是你俩的女儿，这是参加高考吗？"

白瑞德说："对，就抓住这种感觉，容易入戏。"

"是，白爹、迟娘，孩儿知道了……瞧你俩这姓——白忙活，还跟不上趟儿，难怪我整天焦头烂额的。"

一句话，把三个人的姓都调侃了一下，车厢里笑声一片。

可到了约定地点，肃穆的气氛顿时笼罩下来。

这是位于东四北大街东侧的一座四合院，古色古香，建筑颇有清朝官居风格，红柱、绿檐、雕花的门窗、月亮门——卓导就连试戏都要找一个对味的地方，足见其重视。现场的器材已经准备停当，一切按照实拍的路子来。

卓导简单地讲了几句，虽然语气平淡，却给人无形的压力。

参加试演的有十三名演员，大部分是宫女的角色。老戏骨罗安盈早就到了，一直在南厢房候场。其他人依着剧本上的角色，各自寻找位置。

焦棠是女二号，跟着崔月这个女主走进北厢房，这里已经成了化妆间，服装道具陈列整齐。

上妆时，焦棠听到了旁边崔月粗重的呼吸声。崔月太紧张了，那种感觉传染到焦棠身上，她也无端紧张起来。一时间，整个北厢房的人都跟着紧张起来。

外面院子里有个扮演司礼太监的演员，或许在试嗓子，阴阳怪调喊了声："膳齐——"

房间里的人笑了几声，气氛稍有缓和。

崔月扭脸看了看焦棠。焦棠感觉到了崔月的目光，但她没有转脸，仍对着镜子。

崔月很清楚焦棠不会甘心于女二的位置，原本想着只要一开机，焦棠就被踩住了，可是突然横生枝节，让她很是不安。

她的语气却是沉稳的："一会儿试演的时候，请你把握分寸。"

这句不冷不热的话，分明是提醒焦棠别抢戏。焦棠本想回击一句，又觉得没意思，便一笑置之。

一个小时的准备结束了。迟飞在门口等着焦棠。焦棠从北厢房出来，白瑞德匆匆来到她身边，使个眼色，三人走到院角的金鱼缸旁。

白瑞德用紧迫的语气说："今天试戏的重点不是卓导。"

迟飞十分惊讶："卓导说了不算，那……"

"别吵吵，"白瑞德看她一眼，继续对焦棠说，"卓导今天试戏，全是看罗安盈作为演员的真实感受。"

焦棠一敛眉，有些困惑。

白瑞德接着说："卓导是第一次做电视剧，对演员方面不确定，需要别人帮他把关，那就是罗老师了。我才打听清楚，罗安盈前阵子没在北京，卓导一直等着她哪。"

焦棠问："卓导对罗老师这么信任？"

"两人是北电的老校友，传闻卓导的第一部戏，就是罗安盈通过家人帮他找的投资。"

焦棠说："明白了，今天的风向标是罗老师。"

迟飞说："或许'试戏'这个想法，就是罗老师提出的。"

白瑞德点点头："这说明罗老师看的就是实力。"

迟飞笑道："这事儿有意思，最后还得是慈禧亲自挑选宫女。"

这时，院子里忽然掀起一阵声浪。

众人的仰望下，罗安盈从南厢房缓步走出，她不怒自威，一身太后的打扮，可谓形神兼备。历史上慈禧的日常状态就是精气神儿十足，一天到晚那么多的大事全得由她掌握，每天还要讲究吃、讲究穿、讲究玩乐，却总是精神饱满，看不出一丝倦怠。

此时走在众人眼前的分明就是那位慈禧。

虽然是试演，而且罗安盈的太后角色只是陪衬，但她的严谨态度令在场的演员们感慨万千。焦棠心中更是充满了景仰之情。

2

试演的第一场戏就是难啃的骨头。卓导点了第四集的第16场，冲突比较激烈，并有大段台词，很考验演员的功力。

本场戏的慈禧不出场，罗安盈就坐在一旁盯着。

场景假设在老太后的茶房，也就是值班的宫女、太监吃点心的地方，炉中的炭火昼夜不熄。崔月扮演的大宫女忙完了一天的活儿，趁着宫门没上锁，来这里吃点心。她走进茶房时，被地上的一个东西绊了一下，把炉子上的茶壶碰翻，热水洒了。被称为"姑姑"的前辈宫女听到响声，前来问罪。

宫女抗辩说这个小错误不应该责怪自己，于是两人发生争执。接着焦棠扮演的另一名小宫女出场，来茶房找自己的梳子，当她发现这场争执是自己掉落的梳子引起的，马上装作不知情的样子，侍立一旁。然后姑姑一巴掌抽到大宫女脸上，大宫女跑出去，结束。

就这么一场戏，重拍了十几条。

耳光不是真抽，不存在问题。问题是崔月饰演的宫女台词总是不到位，要么语调不对，要么轻重缓急的节奏没有把握好。重拍到第十条时，崔月快崩了。

一旁的罗安盈目光冷冷地看着，真像太后一般有一股肃杀之气。

阿娅不知怎样安慰崔月，急得团团转。迟飞在一旁一脸好笑地看着。

每次重拍，焦棠也要跟着走一遍，但她丝毫没有松懈，更没有怨气，完全是甘当绿叶陪衬的态度，每次都像第一条一般，准确地把握着脚步、进门的时间、发现问题后的反应以及小宫女为了自保而装糊涂的微妙神色。

这时，罗安盈的身子微微倾斜，示意旁边站着的演员。那名演员扮演的司礼太监，显然和罗安盈很熟，马上弯腰靠近。罗安盈的手托在嘴边，不知问了什么。那名演员一边朝焦棠这边看，一边轻声说着。罗安盈点点头，复归原位。

这场戏重拍到十四遍，崔月的台词开始混乱了。

卓导打断了表演，脸上带着烦躁。然后他闭目养神。全场都在等候。

卓导睁开眼睛，眼风一转，指了指焦棠："焦棠小姐，你来试试。"

众人一惊，这是让焦棠替代崔月吗？

机会来了！

白瑞德激动得手指哆嗦，不像是一个久经沙场的老江湖。迟飞抬手拍到白瑞德的肩膀上，打得白瑞德直晃悠。

白瑞德咕哝："有反应。"

全场的目光"唰"的一下集中到焦棠身上。一直以来，为了抓住这个机会，她拼命学习、昼夜读书，更重要的是磨炼了气质和境界。

她就在等这一刻。

然而，焦棠果断摇头："抱歉，卓导，我不演。"

呼——

院子里拂过一阵声浪，就连崔月都呆住了。

白瑞德嘴角的笑容僵住。迟飞则瞪着眼，似乎要上前唤醒焦棠。

白瑞德伸出手挡住她："稳住，稳住。"

卓导皱眉问："为什么不演？"

焦棠镇定自若地答："这场戏写错了。"

"哦？你说说。"卓导提高语调。

全场肃穆，看着焦棠。

"错误有四。其一，凡是宫女犯错，姑姑从不多言，要么罚、要么打，罚要跪得昏天黑地、打要打得皮开肉绽；其二，宫女根本不敢高声说话，挨打时连哭声都不能发出；其三，姑姑和宫女更不可能争执，宫女只要抗辩一声，就是死；其四，宫女一般不许打脸，打头都可以就是不能打脸，清宫等级森严，作为最底层的宫女，偏偏脸面是不许碰的，因为储秀宫宫女的脸面就是老太后的脸面。"

全场静默。忽然有掌声响起，马上又给掐断了。

白瑞德瞪一眼迟飞："谦虚，谦虚。"

迟飞顺势双手合十。

"焦棠说得好。"罗安盈开口了。

卓导随即笑了："罗老师说好，那就真的好。改戏！"

接下来休息半个钟头。第二场试演第九集第7场，同样是重头戏，考验的是演员的形体动作。

整场戏并不复杂，就是宫女给太后洗手、弄指甲，但最难的是真实和准确。

院子里临时安置了洗漱用具，假设这便是慈禧的寝宫。崔月仍是主角宫女，要做完整个过程。可是有了刚才的挫败，这次她更不在状态，拼命想做好，反而更慌乱，压力值不断飙升。

看着她战战兢兢的样子，一直在耐心配合的罗安盈，觉得很难受。

"设身处地想一想，你会让这样的人随身侍候自己吗？"罗安盈问。

崔月小声说："宫女在太后面前，就是挺害怕的。"

"哦，这就是你的理解。"罗安盈语气平淡，"一个人如果连舒适感都得不到，她贵为太后，还有什么意义呢？"

崔月做完第五遍后，罗安盈无法配合了。

卓导说："焦棠小姐，你来试试。"

这次焦棠没有犹豫，马上转换角色，投入情境中。

给太后洗手和弄指甲，正是她曾经最感兴趣的部分，所谓"凤爪热泡法"，自己还在家里施行过，就是太麻烦。眼下从端着银盆子开始，用热毛巾包起太后的手，其间换三盆水……直至用玉碗泡指甲，然后修指甲，整个一套动作，行云流水，完美无缺。

试演结束后，罗安盈朝焦棠挑起大拇指。

焦棠忙鞠躬:"罗老师,谢谢您的支持和鼓励。"

罗安盈问:"方才那些是谁教你的?"

"我的老师在故宫修文物。"

"哦?修文物的也有这么强的演技?"

"那倒不是。他教会我懂得了什么是'真'。"

罗安盈长舒一口气:"说对了,对角色付出真心,才能倾注真感情。"罗安盈不禁感慨起来,"有记者曲解我的话,说我反对年轻演员明星化,全是胡说,我怎么可能反对呢?影视需要明星,需要真正的大明星。我从你身上看到了希望。"

焦棠十分激动,一时竟说不出话。

罗安盈让助理把自己的私人电话留给焦棠,然后走到一旁与卓导轻声谈论,之后离去了。

白瑞德和迟飞来到焦棠身边,还没顾得说什么,卓导走了过来。

卓导的神色充满了诚意:"虽然有些曲折,但最终还是发现了你的真正实力。请焦棠小姐出任《宫女秘闻》的女主角,你不会说'我不演'吧?"

大家都笑了。

焦棠侧脸看了一眼院角的崔月。崔月正在撕扯着什么东西,阿娅在一旁手足无措。

这次对崔月是个不小的打击,必然会离开剧组,女二的角色会由其他演员接替。对此,焦棠并没有得意的感觉,反而想劝劝崔月。可是还没走过去,崔月便愤然离开,出门时恨恨地瞪着焦棠,那眼神仿佛能撕下焦棠的一块肉。

当天晚上,网络上又有了黑焦棠的内容,有人发微博痛斥焦棠不择手段抢别人的角色。显然,这是崔月在泄私愤。

瑞新娱乐公司的反应很及时。第二天下午,白瑞德便把内部试演的视频传到网上,立刻引来网友围观。白瑞德事先征得卓导的同意,把那两场演技 PK 作为预热宣传。

视频一发出来,实力说明一切。

焦棠的粉丝团、后援会紧跟着一拨操作,本来冷门的《宫女秘闻》迅速唤起观众的期待,马上便有贴吧、剧博建立起来,还没有开机便热度大增。崔月一不留神反而给这部剧添了柴，很郁闷，给邵辉打电话哭诉。

"辉哥，我又被焦棠踩了一脚。"

"别难过，来我这里吧。"

后半夜，邵辉在酒店的卫生间接听谷姐的电话："先生，西安南郊有唐墓的可能性极大，虽然没有探到准确地点，不过何虎锁定范围在五平方公里内。"

"嗯，这和他传来的资料相符。"邵辉说。

"可是这一带有小村、小山、小河，环境复杂。"谷姐说，"既要找墓，又要掩人耳目，何虎不敢有太大动作。"

"我最近也在考虑这件事。初步想法是，组建一个摄制组，以寻找外景地的名义，搜寻唐墓。"

"这样太好了。"

"先别急，各方面流程都要过，你等我通知。"

"是。"

打完电话，邵辉从卫生间回到卧室。

床上的被子里，崔月伸出雪白的手臂，揉了揉惺忪睡眼，腻着媚声问："辉哥，你怎么起来了？"

"哦，去了卫生间。"邵辉钻到被子里，轻声笑着说，"上了年纪，起夜次数多了呀。"

"才没有呢——三十六，往上走。"崔月蜷在邵辉怀里。

"不行啦，以后还是要把持自己，少跟你见面。"邵辉故意说道。

"辉哥——"崔月撒娇道，"那我会想死你的。"

"哎，后半夜可不能随便说'死'字。"邵辉点着崔月的鼻子。

"行，你那么多讲究，都听你的。"崔月忽然叹口气，"可我还是不甘心输给焦棠，难道我一辈子做不了女主？"

邵辉抚着崔月的头发："以后不要在网上斗气了，互相贬损有什么意义呢？你放心，我会帮你寻找更多的机会。"

"谢谢辉哥。"

"何以解忧，唯有 Shopping。"邵辉说，"睡吧，明天带你去买下半座城。"

"哇，好刺激呀。"崔月笑着，更紧地蜷入邵辉的怀中。

3

几番风波搅扰，终究尘埃落定。

焦棠离开北京，赴横店拍摄《宫女秘闻》。在此期间，她很少和周野联络。周野也从不主动发信息问她。

时常，焦棠不确定自己处于什么状况，正好趁着拍戏，在艰苦繁忙的工作之余，她沉淀着自己内心最深的情感。

她拍戏期间两次受伤，虽然都不严重，在医院待一二天就回到剧组，可是人在伤痛中最为寂寞，陪伴左右的迟飞并不能消解心中的孤独，她开始强烈地思念周野。

《宫女秘闻》终于杀青，焦棠返回北京那天已是深夜。

北京刚刚下过雨，寒暑不常，夜深处自有几分凉意。

焦棠洗漱完毕，本想安安稳稳躺到天亮，却翻来覆去睡不着。自己也不知道要怎样，索性走到阳台上，望着左边的周野家。

周野家的阳台门关着，隐约看到玻璃的黑色反光。

焦棠的头发在风中飞扬，不经意间，她低头看到园子的石径上有两个保安走来，停下脚步，手上摆弄的像是电子仪器，有一个朦胧的红点在三楼位置晃动。

焦棠起初没在意，随即感觉不对。由于这个小区的保安队长走路有点"内八字"，所以保安们在训练中养成肢体习惯，走路时右脚尖总要往里勾一下。可是这两个保安没有那种特点，如果是新来的，行为却有些鬼鬼祟祟，仰头往上看着周野家，还在商议着什么。

焦棠警觉地藏在自家阳台的影子里。

忽然，一个保安的身影一闪，消失在黑暗中。

焦棠不再迟疑，急忙给周野打电话，却没人接。等焦棠再看时，另一个保安也不见了。

焦棠立刻紧张起来，因为太牵挂，难免多虑，万一真是坏人伤害周野怎么办？她怕绕到前边去敲门来不及，直接就爬上了阳台。

两个阳台之间的悬空位置只能凭借墙面的空调架和排水管移动，焦棠往下看了一眼，脑袋嗡嗡响。她咬紧牙关，猛地朝前一步，一只手搭在周野家的阳台边沿，身子往上一蹿，双手扒住栏杆，拼命吸一口气，也不知哪来的劲儿，猛地翻过了阳台。

阳台的玻璃门关着。焦棠一脚踢上去，"哗啦"一声震响，破门而入，果然看到两个黑影闪过。

焦棠一边往里闯，一边喊："你们分头找，看见人就打！"

这骗鬼的一招真起了作用，那两个保安以为来了一伙人，从黑暗中冲出来往门外跑。

"抓贼啊！"焦棠厉喝一声。

她是在呼唤周野，因为卧室的门底下隐约透出了灯光。

周野从卧室出来，脚步踉跄，显然有点发蒙，不知道自己家出了什么事。

周野声音喑哑："谁啊？"

"醒醒吧……"

焦棠说着，反手扯住一个保安，奋力使出一招女子防身术，抓向对方的脸。

那保安身子一扭，挣脱了。焦棠扯掉了对方的帽子。那人一回头，脸庞迅速隐没。焦棠恍惚看见此人有三十多岁，额头有一条刀疤。那家伙一脚踢中焦棠，焦棠侧身倒地。

周野上前抓捕，被另一个保安撞倒。两个家伙捡起帽子逃走了。

焦棠还想追，周野拉住她的胳膊："算了，外面危险。"

焦棠感觉周野的手很烫，连忙打开灯，吓了一跳："你怎么了？"

周野脸色发红，额头有汗："没事……感冒发烧，睡觉前吃了两片药，头有点昏。"

"对了，刚才那两个家伙好像要去书房的。"焦棠说。

周野一皱眉。他的书房和工作间紧挨着，书房里就是那件东晋德清窑鸡首壶，已经修复完成，但最近金公子没在北京，商量好了等他回来再取。

周野急忙走进书房一看，瓷壶还在。

焦棠笑道："怎么样，是不是应该感谢我？"

"应该应该……咳咳咳……你离我远点。"

"哎，你这个人……"

"这件鸡首壶存世量极少，故宫里有两把，济南博物馆有一把，都属于珍品。看来盗贼在金家失手后，一直惦记着，闻着味儿到了我的住处。他们居然能估算出我的修复完成时间，确实不是普通的文物盗贼。"

"啊，那赶快报警。"焦棠说。

周野摇头："这件鸡首壶，不知道金家是通过什么方式得到的，我还要跟金公子好好谈一谈。"

焦棠沉思着说："我刚才扯掉帽子的那个假保安，总觉得在哪里见过。"

"是吗？"

焦棠歪着脑袋想了一会儿，摇摇头："想不起来了，可能再见面会有印象。"

"你就不要牵扯这件事了……哎，你不是在横店拍戏吗，怎么回来了？"

焦棠差点儿把眼睫毛气翻了："大哥，我这儿拼命半天，你才认出我？我太没有存在感了！"

"都是感冒药闹的……"

"所以说不要随便给自己下药。"

"呀，你的脚在流血。"

焦棠低头一看，这才发现鞋都丢了，脚上的伤不知道是在哪里碰到的。周野一指出来，焦棠马上痛不欲生了。

"啊，不行，可能要截肢。"她十分夸张地跌坐到沙发上，双手抱着脚丫，龇牙咧嘴。

周野却转身走了。

不一会儿，他拿出药棉、碘伏，放到茶几上，退了两步。

"你自己处理吧。"

"什么意思啊？"

"我正在感冒，不要传染给你。"说完他就退回卧室了。

"周野，你个没人性的家伙！"焦棠一边骂，一边又想笑，继而又有些莫名感动。

4

经过夜里的一番折腾，周野的感冒症状加重了。

焦棠找来私人医生，上门给周野挂了吊瓶，又开了消炎的药，嘱咐他好好休息。

养病期间大兴来过两次。周野让大兴联络金公子，先把鸡首壶拿走。

大部分时间，焦棠都在陪着昏昏沉沉的周野。周野醒来后，就让焦棠离他远点。焦棠偏不，继续把周野哄瞌睡，研究他睡着后的模样。有时还故意逗他："哎，起床学习了，你是不是在练习打瞌睡的新方法？只要不是学习的话题，我看你精神得很……"全是以前周野教训她的话，一笔一笔都记着。还有："你教了我那些宫女礼仪，然后故意装病，好让我伺候你是吧？"

不过有时，她会忽然难过一会儿……

周野在床上躺了一个星期后，病势渐退。

又躺了两天，周野终于可以正常进食了。焦棠临时跟着视频学的煲汤，喝起来也算有滋有味。

黄昏，周野的后背靠着床头，望向窗外。在他看不见的地方，一轮硕大的落日从楼群后面缓缓坠下，高楼之间浸染出一片灿烂的橘红色。那些映在窗边的晚霞折射到周野的脸庞上，挺直的鼻梁投下一抹光泽，使得双眼更加深邃。

焦棠伏在床边睡着了，波浪长发披垂在肩头，身躯显得越发柔弱。

周野望着焦棠，轻轻叹口气。

焦棠忽然醒了，抬头看着他。彼此注目片刻，周野移开了目光。焦棠笑一笑，低头看到地上有东西，捡起来放到周野手上。周野一看，是那个纽扣结。

他有些迷茫："这个……"

"哦，你昨天半夜说梦话，叫一个女孩的名字，还说要纽扣结，我就去你的衣服里翻找……你不会怪我吧？"

周野苦笑一下："我是要谢谢你。"

为了满足他在梦中的心愿，焦棠就去连夜翻找，这让周野更是感动。

焦棠的表情活泼了一些："幸好我见过这个纽扣结，不然又抓瞎了。"

周野低头看着手中的纽扣结。

焦棠迟疑一下，脸上的神情变得低落了："嗯……你病重那几天，说了好几次那个女孩的名字。"这正是焦棠难过的原因，"她对你很重要吧。"

周野静默良久。他还从来没有在别人面前提到过那些往事，没有提到过他给秦梦、秦家以及自己家造成的伤害，没有提到过他仍然被懊悔之情束缚着。

此时此刻，就在这片晚霞中，周野回到了那个岁月……

"我小时候是个打架王，父亲做考古工作，很少管我，到我十一岁那年更是叛逆，不仅与父亲关系糟糕，而且谁都不买账，但唯独面对秦梦……"

焦棠静静地听着。

"经常地，我放学回家时，秦梦坐在她家门前的台阶上，膝头放着一本书，一页一页翻看着。见我回来，她总是仰起脸，面颊映在晚霞中……"

就像今天这样的晚霞……

——哥哥，你今天没打架吧？

——没，我……

他抓了抓头发，把刚才打断的书包带紧紧地捏在手上，藏在身后。

于是秦梦笑了。

那女孩的纯真笑容……

那是只有书的世界里才有的笑容……

融化他的心灵。

焦棠轻声说："我明白了，你为什么特别欣赏肯学习的人。"

周野点点头。

焦棠问："那你究竟出了什么事……"

"十一岁那年，我和同学打架，父亲被学校叫去，临时请秦梦的爸爸代班，结果古墓发生坍塌，秦爸爸当场死亡，秦妈妈受不了刺激，连夜去找秦爸爸，路上出车祸死了。秦梦家，因为我的错误家破人亡，秦梦被小姨带离了北京，走的时候是九岁。"

焦棠的神色忽然一变。

她迟疑着问："秦梦去了哪里？"

周野叹息着摇摇头："就是因为不清楚，才失去了联系。我只相信一点，因为秦梦小时候特别喜欢故宫，理想是到故宫上班，做设计师，这就成了我当年苦学的动力。"

"你为了等候她，来到故宫？"焦棠有些惊讶。

周野轻轻点了点头："我要找到秦梦，不仅是为了她，还有秦家和我父亲的遗愿。秦梦离开那天，我连一句歉语都没说。"周野痛苦地深吸一口气。

"可是……天地这么大，你除了等候以外，还能怎么办？"

"我雇了最好的寻人专家，在全国搜索。如果国内找不到，就去国外。"周野的语气充满决心，"即使最坏的结果……她不在了……我也要知道她的下落。"

"那现在呢？"

"寻人的脚步已经推进到陕西境内，前阵子为确认安康市的一个女孩，误了一段时间，最后发现不是。现在继续搜寻。"

焦棠的神色变得很复杂，良久，她轻声问："假如秦梦出现在你面前，你还能认出她吗？"

这个问题，周野无法回答。

已经过去了十五年，当初9岁的小女孩要和现在的秦梦重叠起来，这就像人生拼图一样，有关秦梦的一切，缺失得太多了。如同庆哥说的"你关于对方的所有信息都是九岁之前的，凭着这些模糊的信息确定你要找的人，非常困难"。

周野喃喃自语："我知道很难，可我相信会遇到秦梦。"

焦棠望着周野，眸子里浮现出深深的忧虑。

5

《宫女秘闻》虽然还没有播出，但前期宣传紧锣密鼓地展开了，网上发布的几个片花引起了更多热议。

电影般的画质，布景与服饰的完美再现，编导对细节的极致追求，还有情节的稀缺以及戏里戏外的角色冲突，使这部剧未播先火。

焦棠和这部剧之间的传奇遭遇以及老戏骨罗安盈在各种场合的肯定，都使焦棠头顶的光环愈加耀目。

但同时，网络上有一股莫名的舆论旋涡再度搅动起来，焦棠的所谓黑料又被翻动——抢别人的老公、抢别人的角色……

焦棠不知是谁在背后使坏，是崔月？是李济宗的老婆？或者是她以前不经意间得罪的某些人？

所有的陷害和诋毁愈演愈烈，大有灭掉焦棠之势。焦棠的心情极度苦闷。周野偏又因为学术交流去了成都。焦棠每天蜷在家中，白瑞德和迟飞急也没辙。焦棠谁都不见，饿了就叫外卖，需要倒垃圾时才会下楼一趟。

这天傍晚，焦棠出门扔垃圾，突然被一个女孩拦住。

抬头一看，眼前气势汹汹的人竟是姨妈的亲生女儿，也就是她的表姐。

焦棠立刻感到胸口憋闷，一阵阵反胃，这种生理厌恶感已经无法忍受。

表姐张口就要钱："我妈病了，需要医疗费，拿来。"

"病了？外婆病重的时候你们怎么没去医院看过？"

"少啰唆……"

"外婆刚一去世，你们就跑去拿房产。"

"那本来就是我家的。"

"所以不欠你们了。你们拿了外婆的遗产，我又给了你们房子，这几年还给了你们几百万……"

"当年如果不是我妈，你早就饿死了，受人滴水之恩，涌泉相报。"表姐冷笑，"焦棠，我知道你现在的处境，乖乖拿钱，不然就到网上灭了你！"

焦棠猛地一甩手，把垃圾袋丢过去。"嘭"的一声，鱼骨头、烂菜叶、酸奶盒砸了表姐满脸花。

表姐尖叫一声："白眼狼，疯了。"她气急败坏地胡噜着脸上的脏东西。

"你也有脸要报答？！"焦棠猛踢过去。

表姐跑进草坪，一边还拿出手机拍焦棠。焦棠紧赶几步，一巴掌把手机扇到水池里。表姐发出鬼叫。远处的三个保安急忙跑过来。随着表姐的尖叫，大门口冲进来几个人，原来表姐是带着人来的。

焦棠彻底豁出去了，追打表姐。保安在阻拦那几个外来客，场面混乱。

"焦棠。"一个熟悉的声音从身后传来。是周野。

焦棠立刻停住了，披头散发地转过身。

"当心！"周野喊道。

表姐趁焦棠不备，猛然把她推倒在地，上去就踩。

周野冲过来，横身挡住表姐，厉声说："别打了！"

"我教训这个小婊子……"

周野怒目而视。表姐的半截话卡住了，怔怔地看着周野。

一个二十多岁的男人跑过来拉着表姐问："咋样咋样，钱要到没有？"

周野怒斥："滚出去！"他极其罕见地爆了粗口。

表姐本是社会上混过的，被周野的气场镇住，吓得脸色发白。

周野从地上扶起焦棠，为她掸去衣襟上的草叶和灰土。焦棠满脸是泪，与汗水和灰尘粘在一起更显得神色憔悴，让人心痛。

周野对保安说："以后别让这几个人进来了。"

"是是，周先生您放心，金公子特别交代过。"

保安队长迈着内八字的步伐，率领保安们驱逐了表姐一伙。

周野扶着焦棠，在草坪边缘拿起自己的背包，他刚下飞机回来。

回家时，两人都沉默着。

上楼时，周野忽然对焦棠说："你来我的修复室做实习助理吧。"

焦棠又惊又喜，不敢相信。

周野语气平静："我教你学习清宫器物的修复技艺。"

第二天，焦棠再次走入故宫，是带着更深的眷恋。她相信自己能够修复伤痕累累的心灵。

白瑞德发布焦棠的"修行照片"，对外宣示：得以修复的心灵，百毒不侵。

网上的舆论渐渐平息。

转眼一个多月了，周野与焦棠走得更近。然而，周野的心扉却依然锁着，他仍然认为只有找到秦梦，自己才能解脱。

6

也许是周野这份执念，终于感动了上苍，又过了半个月，忽然有人加周野的微信，说知道他是故宫的文物修复师，为他高兴。

周野看对方的昵称是"往事如梦",心里一动。

接下来的日子,对方总在午后或者傍晚,给周野发来"星空""夕阳""树下的秋千"等等温馨的图片,并附上文字:今天心情好吗?记着要快乐哦。

周野一有空闲,便与往事如梦聊几句,心里难免有了几分牵挂。有时焦棠问他有什么心事,他也不知道怎么表达。

他对往事如梦隐约有一种熟悉的感觉,似乎就在身边触手可及,却又那么飘忽,仿佛旧时光里的一缕记忆,可又难以辨别那究竟是记忆,还是某个梦境中的碎影。

直到有一天,往事如梦发来一条信息:过去的伤痕总会平复的,纽扣结不能束缚一生。

周野的心里猛然"咯噔"一声,急忙问:你是不是秦梦?

对方没有否认,却也没有承认,只是发来信息:过去的伤痛不要再碰了,时间久了就淡了,重要的是眼前。

对方越是这样讲,周野越是放不下。他一方面急于让对方说出真相,另一方面又担心破坏对方的感觉,就这么又持续了一段日子。

在此期间,不知是焦棠感觉到什么,还是周野的心思缭乱,他俩之间的交往也变得有些不自然,好像都在刻意地回避着什么。

终于有一天,周野发信息约对方见面谈,可是等了很久,对方没有回复。

周野又小心地发一条微信:作为朋友,在咖啡馆聊一个下午,不好吗?

过了两个多小时,往事如梦回复:好吧。

这算是勉强答应了。周野有一种意料之外的喜悦。他急忙发信息约了时间和地点。可是,没过多久,往事如梦回复信息:抱歉,临时有事,去不了,再约吧。

周野没有埋怨,体谅对方的心情。

之后的日子,两人就这样,约定,又忽然反悔,反反复复几次,直到九月底的一天,确定在邻近故宫北门的一家咖啡馆见面。

周野提前一个小时便等在店内。他来过这里,喜欢复古的装修风格,窗玻璃上覆着一层怀旧感十足的黄绿色,从店里往外看,仿佛看见另一重空间。

周野嗅着烘焙的咖啡豆香气,心里又期待又紧张。

时间分分秒秒地流逝,仿佛走过了十五年。

每次有人推开店门进来，周野的心跳便加速，随之便有些失落。面前的咖啡凉了，对方没有出现。过了约定时间，周野又等了四十分钟，仍是空茫。

他忽然看到外面有个窈窕身影，隔着窗玻璃，仿佛从旧时光浮现出来，靠近落地窗，朝店内张望。周野立刻起身出门，走到窗外时，不禁苦笑。那不是秦梦。对方只是把窗玻璃当作镜子，整理妆容。

周野返回咖啡馆。手机振动，他打开微信，是往事如梦发来的：对不起，突然临时……

周野推开手机，默默地喝着凉咖啡。苦涩、冰凉的感觉一如他的心境。

期望找到那个人，能与九岁的秦梦重叠起来；然而期望的那个人，却与九岁的秦梦一样淹没在茫茫人海中。

周野走过街头时，已是华灯初上，天气渐凉，泛黄的树叶在风中飞舞，落到周野肩上，他无知无觉。

他忽然想：是不是应该把庆哥召唤回来，找到这位"往事如梦"？

他停下脚步，思忖着。

无意中侧过脸，看到街道拐弯处有个熟悉的身影，像是焦棠。他怔了一下，接着走过去。焦棠不知是发现他了，还是有什么急事，匆忙往远处走，过马路时有些慌张。这一怪异举止让周野大感疑惑，不由得加快步伐。而焦棠更快了。

周野追了半条街，眼前是繁华的广场，四周充满了热烈的节日气氛。焦棠消失在人海中。

周野缓步往回走，他很少像现在这样脑子里纷乱如麻，想确认一些事，可又不愿深思，但很多情况摆在眼前，他必须理出个头绪。

焦棠这阵子是很奇怪，明显心里藏了事，在躲避他。他问过焦棠是不是遇到了愁事，焦棠都否认了。而他被那个往事如梦折磨得心神不宁，疏忽了与焦棠的沟通，便觉得焦棠可能对他不满。但此刻一想，又不像那么回事。

平时焦棠和周野也通过微信交流，焦棠出去忙公司的事，随手拍了工作场景发给周野，这都没什么问题。可是近来焦棠发来的信息，有些乍一看，怎么像"往事如梦"的口吻，然后她就急忙撤回，好像弄错了号码。

这种情况发生了两三次，周野当时并未在意，因为他的脑子里也是一团云雾。现在需要厘清头绪时，疑点层出不穷。

比如，那个"往事如梦"怎么知道周野至今还留着纽扣结？

周野的心猛地沉下，有一个他不愿想，也不敢想的答案跳到了脑子里……

周野回到家时，天已黑了，他拖着疲惫的脚步走到门前，正在开门，隔壁的焦棠探出身，似乎在等他，可看到他时，却有些不安。

"周野，你下班了。"焦棠说。

"嗯。"周野淡淡地应了一声，推开家门。

"你脸色不太好，是不是外面太凉了，我刚刚煲了粥……"

"谢谢，我吃过了。"周野返身把门关了。

焦棠在门口愣了一会儿，转身回去了。她走到卧室，把自己丢到床上，趴在那儿半天没动静。然后猛地跳起身，冲到厨房，炉灶上的砂锅正在"扑哧扑哧"喷着汤汁。她去关火时，滚烫的汤汁儿溅到手背上，痛得她一哆嗦，眼泪便流出来。

她不知道自己为什么就哭了。

骂自己傻、骂自己疯、骂自己没救了。

独自啜泣了一会儿，她抹掉眼泪，去卫生间洗漱干净，回来把汤盛到碗里，出来按响了周野家的门铃。三遍，停下。

静静地等了许久，周野打开门。

焦棠特意用广告模特的语气说道："周野，换季的时候你需要一碗好汤。"

周野冷淡地看着她，没有说话。

焦棠尴尬地笑一笑，正要说什么，周野转身进了客厅。焦棠急忙跟进去，把碗放到桌子上。

"你喝汤吧，我明天过来取碗。"焦棠往外走。

"你是不是还有话要告诉我？"周野问。

焦棠的脚步僵住了，扭过脸，用力吸了口气："没……没什么呀。"

"你认识往事如梦吗？"周野问。

焦棠的神色明显地波动了一下，连忙咬住嘴唇。这个小动作，周野是见过的，每当焦棠心虚、犯错以至扯谎时，就咬嘴唇，用来"定住"面部表情。

确认了这一点，周野最先感觉到的不是愤怒，而是深深的失落。

那种空虚到心底最深层的，失落。

他仿佛没了力气，扶着桌子，缓缓地坐下来。

焦棠坦白了。这是能让她自己解脱的方式，这些日子她也快崩溃了，承受的压力远远超过了她"策划"这件事时的预想。

她用了一机双卡，另一个手机号申请了微信，然后就用新微信号与周野交流。两个微信号穿插使用，来回倒换，相当于在做自己的同时，还要扮演另外一个人，就像临时制造出了双重人格。这对于焦棠的演技来说，根本不是难事，下意识地人格转换是她的强项。可是，她心虚啊，因为这不是拍戏，她面对的是周野，一切可能造成的后果都是真实的，压力使她频频出现破绽。若不是周野心思乱了，周野甚至宁愿自己骗自己，否则焦棠早就穿帮了。

此刻，周野猛然拍了一下桌子，"嘭"的一声，吓得焦棠浑身一抖。

周野抑制着怒气，嘶声说："你用感情……欺骗，不觉得过分吗？"

"我不是故意冒充秦梦骗你。我是不想看到你困在往事中，希望你梦醒，想帮你解脱……解脱心灵束缚。"

周野愤然道："你希望我梦醒？你编造了一个更大的梦，让我陷在里面！"

"我真的……真的是……"

"你哪有半点真的？本质上就是假模假样，除了善于伪装还有什么？"

"周野……"焦棠如遭雷击一般。

周野站起身，怒视着焦棠。焦棠从来没有见过如此愤怒的周野。

周野说："你把我十五年的回忆和牵挂，当作一场表演，任你耍弄！"

"我怎么会……周野，我不是这样的……"焦棠的嘴唇颤抖着，眼里充满了恐慌、愧悔、绝望，"我真的是想帮你解脱，让你面对……"

"你以为你能帮我解脱？"周野怒吼，"你就是任性无理！"

焦棠睁着大眼睛，心脏仿佛被撕裂了，这种痛彻心扉的感觉，让她哭不出来，失去了感觉，没有了意识。

"出去！"周野指着房门，"滚出去！"

他一把打掉了桌上的碗，碗"砰"的一声砸落到地板上，汤汁四溅。然后周野耗尽了力气，跌坐到椅子上，兀自喃喃自语："你也敢冒充秦梦……秦梦是谁，你也敢冒充秦梦……"

——秦梦是永远生活在少年梦中的纯真。

焦棠踩过地上的碎片，踉跄着往门外走。

她，也有过秦梦那样的纯真，可是谁也不知道那些记忆、真诚，在什么时候，丢弃在了哪里……

焦棠刚跨出房门。周野快步走去，狠狠地摔上了门。

嗵！！！

焦棠身子一软靠在墙上，望着那扇紧闭的大门。

她攥着自己的领口，滑坐到地上。她喘不上气。想哭出来让自己好受一些，可她胸口窒闷，只发出了小动物垂死般的呜咽。

第十二章

冤家路窄

焦小姐有如此悟性,

真的是……一派胡言。

1

"喂，莉莉，明天去攀岩啊，说好了。"

"棠棠，你这几天怎么了？喝酒、K歌、飙舞，还要攀岩？你不是恐高吗？"

"去他妈的，老娘放飞自我了！"

"哎，是不是跟你那个修文物的大仙儿扯崩了？"

"我跟他没有一毛钱关系！"

"得了吧，上次去你家冲喜，瞧你那哆里哆嗦的样子，音响不让开大声，门铃还只能按三下，我呸！你是那样的人吗？装什么小精灵啊？"

"你再说我翻脸了！"

"上次你咋没这么横？人家当面让我下不来台，你半个屁都没放。"

"那我当时不是没屁可放嘛。"

"那就是相信人家的话呗，人家说啥都对，人家让你把我那条项链吃了，你立马就能塞嘴里。"

"胡说，我怎么会抓起来就吃，我不得洗一下啊？"

"哈哈哈，棠棠，你要是跟那小子扯崩了，我就上了，别怪闺蜜没打招呼。我不赶快下手，那天的几个妖精各个盯着呢。"

"臭德行，他不就告诉你一个玉器的黑作坊吗？至于见色忘义？"

"好啦，不跟你说了。明天攀岩，你敢爬，我就敢陪着。"

焦棠就这样疯狂了一个多星期。

为了不见到周野，她赌气又搬回了云登酒店。可是这样就能摆脱恼人的思绪吗？再疯狂的闹腾都会静下来，总是要独自面对的。焦棠就用一个比一个更刺激的方式折腾着自己，每天把自己累得只剩一口气，回到酒店就昏睡。

昏天黑地最好，天翻地覆更好。

攀岩完了以后，下一个计划是蹦极。

这时候白瑞德把焦棠喊到了公司，说是接了个片约。

焦棠走进办公室时，白瑞德吓了一跳，焦棠好像死过了一回，神色憔悴，眉目间愁绪缭绕。

"棠棠，你不舒服？"

"我好得很。"

"说休息一个月，怎么比干活儿还劳累？"

"哎，你要是没事，我走了，去蹦极呀！"

"行行，我现在犹豫啊，你到底接不接这个？"白瑞德挠着额头。

"什么片约？"焦棠问。

"《天宝奇谭》剧组，在西安拍。"白瑞德端着两杯茶放在茶几上，坐到焦棠对面的沙发上，"咱们啊，现在是可以随便挑剧本了，但这部剧很独特，盗墓题材，风口，还是大女主，稀缺呀。"

焦棠用心听着。

"历史顾问还是邵辉，制片方特别希望你出演女一号。"

"我接。"焦棠说。

"嗯？"白瑞德一愣，"你不考虑考虑？"

"这么好的条件，你犹豫什么啊？"焦棠问。

"一个呢，你正在休假，怕你身体顶不住；二是这次又是崔月做配角，怕你难受；三呢，迟飞和小朱出国旅行了，我得把她叫回来，陪你去西安。"

"不用。飞姐三年多没好好休息过，别再折腾她了。"焦棠起身往外走，"我再挑个助理。"

"行不行啊？"

"我又不是婴儿，只要有个人帮着拿行李就好。"焦棠在门口挥了一下手，出去了。

对于焦棠来说，现在只有繁重的工作才是最好的麻醉剂，工作能让她充实，而不是酒醒之后的更大空虚。何况，去西安还能让她远离伤心之地。

她相信，等自己从西安回来后，这段本来就不该存在的爱情，就会彻底地从自己的世界、自己的生命中消除干净。

2

焦棠抵达了《天宝奇谭》剧组所在的雅天大酒店，此处位于西安的南门外，透过窗户可以看到巍峨的城墙，护城河两岸绿树成荫，造型别致的仿古船停泊在河边，三三两两的游人在河堤上照相。

白瑞德本想派两名助理跟着焦棠，焦棠嫌麻烦，只选了一个叫方晴的小助理。方晴一下子成了大明星的跟班，顿时有伴君如伴虎的紧张。但她很快发现，焦棠根本不想搭理任何人，跟她说话倒还客气，时常用到"请""谢谢"，只是有些冷冰冰的。

入住雅天大酒店的当天，邵辉来拜访焦棠。彼此是老朋友了，邵辉一见面就笑着问："焦小姐，怎么没和周野一起来啊？"

焦棠一皱眉，觉得莫名其妙，便有些反感："他来干什么？"

邵辉愣了一下，焦棠的态度让他困惑："你们是不是……"

"对不起，我不认识那个人。"焦棠说。

邵辉若有所思地笑了笑，说："晚上我做东，请焦小姐赏光吃个便饭。"

"好啊，谢谢。"焦棠点头应道。

邵辉是这部剧的历史顾问，焦棠正想多了解一些信息。毕竟与工作有关的，不能马虎大意，这是焦棠的原则。

晚上七点整，焦棠走进雅天大酒店一楼的包厢。进门的一刻，她原本懒洋洋的表情倏地变成了惊讶，脚步一顿，愕然发现周野也在。

焦棠稳了稳心神坐下，脑子里却翻腾着。剧组的名单她看过，周野与《天宝奇谭》这部剧没有任何关联，此时莫名坐在这里应该是出于和邵辉的私人关系。可是周野从北京跑到西安来，实在太意外了，是出差，还是办私事？

焦棠忽然想：难道他是专门跑来求复合的？

随即在心里骂自己有病。自己本来就是一厢情愿，没有和周野有过任何承诺，谈何复合？再说，她进了包厢后，周野只是礼貌性地点点头，转而就和邵辉谈论唐宫文化和清宫文化的不同点，压根没把焦棠当盘菜。

焦棠这才明白，自己是来陪衬的，周野才是邵辉请的主宾！

哼，他倒是放得下啊。反而是焦棠的生气、忧虑，表明自己仍深陷在情网中。

焦棠越想越恨自己，心情更复杂了，自己想躲躲不掉又很想见到的人坐在对面，她该如何自处？

桌上摆着烧三鲜、葫芦鸡、带把肘子等陕西名菜，酒是西凤酒。

席间，《天宝奇谭》几个主创人员露了一下脸，包括林导和编剧，邵辉互相做了介绍，彼此敬了酒，然后去忙了。焦棠与林导不熟，只知道他拍过年代剧，在业内没什么名气。

焦棠心里很乱，对眼前来来往往的人员全无兴趣，只是一杯一杯地喝着酒，偶尔象征性地夹一筷子菜。

菜在盘子里却没有什么胃口吃下去，焦棠低头看着，恍惚间，盘子里这道菜与某个夜晚她放在周野手里的那颗杏重合。

瞬间脑子短路，她抬头直冲周野脱口而出："你看……"

看什么？却是所有人闻声看向她。

焦棠本想告诉周野：你看我夹个菜都是给你的杏的样子……

在众目睽睽中突然清醒，她是在胡思乱想什么？她和那家伙早已经形同陌路了！周野也从对面漠然看过来，焦棠尴尬地没处躲，转开脸时，看到眼前的酒杯，顺手端起。

"不好意思，"她硬着头皮补了一句，"是台词。"

邵辉带头笑了句："焦小姐的业务水平出了名的，今天算见识了。"

焦棠没喝完的一口酒呛在喉咙里。

话题总算糊弄过去，焦棠余光看到周野冷冷垂下眼睑，更加不好受，酒喝得越发苦闷。邵辉捕捉到这一切，若有所思地晃动着酒杯。

"……唐宫的大气和清宫的森严确实有鲜明的时代特征。"邵辉开始与周野谈得投机。

"唐文化可比作高山，清文化则更像深潭。"周野说。

"是啊，积蓄了两千年帝制的……"

"邵先生，《天宝奇谭》是什么样的故事呀？"喝过了半斤酒的焦棠开始故意打岔，刷存在感。

邵辉瞥了焦棠一眼，目光往周野那边飘了一下，笑吟吟地说："焦小姐不是已经看过了……"

"我敬你一杯，你好好说一说。"焦棠又干了一杯酒。

邵辉一笑，说道："此剧源自《太平广记》的一件盗墓案。天宝初年，长安街头突然有一名黄衣宦官骑马奔过，许多人看见他奔向官府。随后捕盗官员接到报案，说公主墓中有人盗宝。官员立刻带人前往公主墓，果然发现一伙人正在作案，当即拿下。可是整个案情扑朔迷离，尤其是报案者的来历和去向无人可知。直到有人忽然发现，公主墓中有黄衣人俑侍立，很像那位黄衣宦官，于是……"

"墓中的人俑化身宦官，骑马报案，很忠诚啊。"焦棠点点头。

周野默默地听着，《太平广记》是宋人编撰，书中纪实故事和神怪故事交缠不清。周野看过的最早版本是明朝的。

邵辉转脸对周野说："焦小姐饰演的是盗墓团伙中的女匪首。当然，唐朝还没有明确的'匪'的概念，一般称作'歹人''非人'等等。"

周野随口说："哦，是个反派角色。"

焦棠"哼"了一声，自顾自喝酒。

邵辉笑道："不，这个女匪首就是主角。剧本写的很有意思，女匪首的身份复杂，有好几个转折。"

这时，包厢门口传来冷冷的声音："焦棠演女主合适吗？唐朝不是以胖为美吗？"

三人抬头一看，崔月走进来，沉着脸坐在邵辉旁边。

邵辉打个哈哈，说："丰满的女子都入宫了，受到歧视的瘦姑娘只好当匪了，这可能就是剧中女主的报复吧。"

"哈哈哈。"焦棠有些夸张地笑起来。

崔月的脸色愈加难看。

周野不愿介入这些无聊的拉扯，尤其在看到焦棠和谁都是一副游刃有余的模样时，心中不知哪里不对劲，更显烦闷，直接起身告辞。焦棠不清楚周野是飞回北京，还是继续留在西安，有心向邵辉探问，又张不开口，一时难受也退席了。

包厢里只剩下邵辉和崔月。

邵辉的脸色立刻沉下来，说道："小月，你答应过好好配合的。"

"可我一听到焦棠的声音，看到焦棠那张脸，就忍不住嘛。"崔月做出想哭的表情。

邵辉叹口气："别在这儿说了，上楼。"

四楼，两人的房间紧挨着，邵辉直接把崔月拉进了自己房间。崔月一进门就抱住了邵辉，脸庞贴在邵辉脸上。邵辉双手扶着她的肩膀，移开些。

"我的话还没说完。"邵辉表情严肃。

"辉哥——"崔月撒娇。

"我现在认认真真地再说一下，这次还让你演女二，配合焦棠，是为了大事。"

"什么大事？"

"当然是赚钱。"邵辉说，"这次拉来的投资全是冲着焦棠，她的名字就是个巨大的蓄水池。"

崔月不服气地说："哼，还不是捧出来的。"

"人和人就是不一样。焦棠二次翻红，人气值蹭升得更高。她这种演员是没办法盖住的。而且我告诉你，这部剧，我不仅是历史顾问，也跟着投了钱的，是我们的重要项目。"

崔月定定地看着邵辉："我们？"

邵辉揽住崔月的肩膀，让她靠在自己怀里："只要这部剧成功了，我打算和你结婚的。"

"什么？"崔月大惊。

"你不同意？"邵辉皱眉问。

"不不，我太高兴了！"崔月大喜。

邵辉抚着崔月的肩膀："我向你保证，《天宝奇谭》是你最后一次做女配角。"

"嗯，辉哥，我信你。"

"这就对了，在焦棠面前不过是演戏嘛。"

邵辉站起身，走到柜子前，从里面拿出一个精美的包装盒。

崔月眼睛一亮："这是什么？"

邵辉优雅地打开盒子。崔月急忙往里看，瞬间有些失望。本以为是亮晶晶的项链或者光彩夺目的宝石，却是个看上去土不拉叽的瓷杯，感觉还没这个包装盒值钱。

邵辉拿出杯子，递到崔月手里。

崔月吸了口气，做出陶醉状："真漂亮啊。"

"呵！"邵辉用看穿一切的语气说，"觉得它很一般吧。"

"哪有……"崔月低下头。

"这是唐三彩。"

"嗯，我见过唐三彩。"崔月说。

在西安任何一家工艺礼品店都有卖的，她昨天就在酒店旁边的商店看见类似的，早知道邵辉要买唐三彩，不如选那种细口长脚的杯子，六百多块呢。可是这个杯子，怪怪的，傻里傻气。

邵辉笑道："如果我告诉你，这是杨贵妃喝过咖啡的杯子，你觉得怎么样？"

"啊？"崔月一愣。

"小傻瓜，收起来吧。"邵辉说。

崔月很想问问这玩意儿值多少钱，可那样太掉价了。

"谢谢辉哥。"崔月把瓷杯放进包装盒。

邵辉的语气又变得严肃："在剧组这些天，你和焦棠好好相处，要密切留意焦棠和周野的关系。"

"他俩闹掰了呗，刚才吃饭时太明显了，谁都不理谁，离开时也是各走各的，焦棠那张脸都发青了。嘻嘻，我就是看到这个才会开心一些。"

邵辉摇了摇头："你呀，小女人的做派，我怎么带着你飞？"

崔月扑哧一声笑了："辉哥，你冷不丁开玩笑的样子真迷人。"

"我跟你说正事，焦棠和周野没那么容易断。"

"也对，你看焦棠因爱生恨的样子……哎，辉哥，你究竟什么意思啊？"

"我这么跟你说吧，周野能帮我一个大忙，可是我跟他认识不过半年，无法成为他的交心朋友，只有焦棠这根线能让我牵着，我不希望他俩断开。"

崔月一直担心邵辉被焦棠迷住，一听这话，立刻放心了："行，我帮你盯着焦棠。她这次没带那个讨厌的迟飞，我可以向她的新助理探探话。"

"嗯。说到助理啊，你身边那个……是叫阿娅吧？"

"是，怎么了？"

"小丫头的眼睛太灵光了，野心也很大，林导说她一来就问东问西的，我不想她添乱。"

崔月一皱眉："看来是把我当垫脚石了，哼，马上把她赶回去。"

邵辉点点头："在这里有我照顾你就够了。"

崔月一下子搂住了邵辉。

3

午后，周野从福泽宾馆的大门出来，兀自想着心事，根本没有注意后面有人跟踪。

周野沿着街边的绿化带走到十字路口，过马路，拦了一辆出租车往南驶去。两名跟踪者拦了后面的出租车，尾随着。

周野的出租车开了没多久，停下了。路口的指示牌写着：兴隆街道大仁西村。

周野从车里出来，一边往前走，一边抬头望着街旁的店铺。

两名跟踪者不紧不慢地走着，是老鹰和皮猴。前边，周野走进小集市，那里人来人往，老鹰正要加快步伐，皮猴扯住他："别让姓周的发现了。"

"他不认识咱俩。"老鹰说话时，额头的那条刀疤泛着汗涔涔的光泽。

"那也不行，先生嘱咐过，小心驶得万年船。"

"你又跟先生说什么了？你没把那天晚上的事告诉他吧？"老鹰紧张地问。

"我说了有啥好处？"皮猴不满道。

"我对天发誓，那个女的扯掉我的帽子后，没有看清我的脸。"

"你都念叨八百遍了，我看你总有一天自己说漏给先生。"皮猴气鼓鼓地嘟囔着，"那个鸡首壶就是咱俩的克星，第一次在金家，失手了，先生把咱俩发配到房山待了仨月，第二回在姓周的家里，又失手了……"

"哎，看那边。"老鹰忽然往前指了指。

路旁，周野把一张照片拿给一位大婶看，似乎在打听什么。

周野走开后，老鹰和皮猴急忙过去，拦住那位大婶。

"姐姐，刚才那人打听啥呢？"皮猴尖着嗓子问。

"找人的。"大婶提了提菜篮子。

"找谁呀？"老鹰追问。

"是个娃儿的照片。"大婶说完就走了。

娃儿？

老鹰和皮猴面面相觑，一脑门的问号。

皮猴说："难怪先生说姓周的猜不透，还真他妈猜不透。"

老鹰一摆手："跟上。"

两人撅着屁股，尾随而去。

周野又问了几个人，似乎有了目标，径直穿过人群，沿着道边的商铺一路走去。转过拐角，眼前有一排食铺，门口的铁锅上蒸腾着热气。周野在一家面馆前停下步子。门口的师傅正在扯面，利落地将面条投入沸腾的锅里，几个翻滚后，用长筷子捞起面条盛入碗中。

周野上前，拿出照片给师傅看。

照片上是个小男孩，约莫五六岁，脸形像个茄子，手上拿着两片花花绿绿的东西，男童的身后是一家店铺，招牌写着：大仁西村李记火锅店。

"噢，李记火锅，对对，原先就是这一家，现在换人了，看，扯面、臊子面、棍棍面、刀削面……"

周野连忙止住了师傅："您认识这小孩吗？"

师傅摇头："咱是炉头，你问东家。"

周野走进面馆，问了管账的老板娘，回答是：开火锅店的一家人，转让门面以后就搬走了，好像还在这一带，却不知具体地址。

周野就在馆子里吃了一碗油泼面，思忖着下一步走向。

吃完饭，歇息片刻，周野继续围绕大仁西村寻找。到了傍晚，仍没有进展，周野便打车回到福泽宾馆。

老鹰和皮猴结束了任务，当面向邵辉禀报。三人约在雅天大酒店旁边的街心花园，附近有一群人在跳广场舞，空中回荡着歌声。

"先生，周野下午拿着照片，在大仁西村找一个小孩。"老鹰说。

"小孩？"邵辉皱着眉头，一片路灯的光芒映在脸颊上，使得双眼更加深暗。

皮猴说:"我俩也奇怪,不明白啥意思。"

老鹰梗了梗脖子,说:"我倒是有个想法……"

邵辉看着他:"说说看。"

老鹰有些得意地扫了皮猴一眼,说:"周野在找私生子!"

皮猴愕然看着老鹰。

邵辉冷笑一声:"你还真敢想。"

老鹰有些委屈:"不然他忙乎啥呀?"

"那个小孩肯定和绞胎瓷瓶有某种关联。"邵辉低喃。

老鹰和皮猴不明所以,呆呆地互视一眼。

邵辉仰脸看了看夜色渐浓的天空,风将他鬓角的发丝吹乱:"周野心心念念的古物也正是我要寻找的方向。这次周野来西安,看来是要帮咱们的。"

皮猴小心地问:"先生,下一步怎么做?"

邵辉很清楚,只是派人跟踪还是有些被动,最好是看到周野手上的照片,弄明白那上面显露了什么秘密。

老鹰似乎看出邵辉的心思,梗了梗脖子说:"要不……我俩把照片抢过来?"

邵辉摇摇头:"周野晚上不出宾馆的门,白天在街上抢的话……"

"我俩一个搂头,一个抢。几秒钟的事。"老鹰说。

皮猴帮腔:"是啊,您还不相信我俩的速度?"

老鹰和皮猴,可以说一个是摸电手、一个是抽风手,又快又准。

邵辉说:"周野不是吃素的,你们那天去他家夺鸡首壶,不是也败了吗?"

老鹰心虚,立刻垂下头。

邵辉说:"光天化日抢他手里的照片,他必定起疑。他可是故宫的文物修复师,真把他惹急了,这件事的性质就变了!何况这里人生地不熟,你们被路上的摄像头盯住,怎么脱身?任何一个环节出毛病,我谋划这么久的行动,会被你俩几秒钟全毁了。"

皮猴连忙鞠躬:"是,我们不乱想了。"

"明天继续跟踪周野,记住,不要打草惊蛇!"邵辉的语气变得很冷。

老鹰和皮猴同时说:"先生放心。"

望着他们匆匆离去的背影,邵辉想:要接近周野,还是要在焦棠身上想办法。

4

早晨下了一点雨，湿漉漉的空气中秋意更浓。距西安市区二十多公里的老鸦李村忽然有了些热闹气儿。村口外面有一座土地庙，破落的外墙和门楣做了简单的装饰，披红挂彩。

庙里供着土地爷，估计早年的塑像塌了，后来村民请野生匠人重新立起来。土地爷的头上戴着一顶破官帽，睁着圆溜溜乌黑的眼睛，红色嘴唇露出一抹诡异的笑容。塑像前的牌位积满灰尘，隐约可见竖写的隶书：土地公公保佑平安。

供案上有几根残香，一只缺口的破碗里放了些大米。供案下的蒲团灰不溜秋，旁边的砖地上刻了六个歪歪扭扭的字：我儿高考成功。

这座土地庙踞守的地势较高，从远处看，是一座鼓起的山包形状，下面有一条小河绕行而过。

此时，十几个村民围在庙前看热闹。老鸦李村的青壮年要么去外省打工，要么在西安做小生意，来围观的都是些老弱儿童。

几个工作人员正搭起临时台子，拉起的横幅写着"大型电视连续剧《天宝奇谭》开机仪式"。

台子前的长桌中间是一座香炉，两旁摆满了鲜花果品。

仪式仍在准备中。土地庙后面的斜坡上，邵辉与谷姐、何虎低声交谈着。

以这座庙为中心，方圆五公里便是何虎之前锁定的范围。这一带有小村、小山、小河，环境复杂，既要寻找唐墓，又要掩人耳目，之前便以摄制组寻找外景地的名义搜寻唐墓。村里的老人早就见过何虎，他们三四个月前就在这一带转悠，说是准备拍电视，寻找好景。

其实这些人是邵辉盗宝集团的外派小组。

邵辉对于唐墓的执念由来已久。盗掘唐墓不仅仅是为了钱，金钱只是他用来拉拢、凝聚团伙的，他真正的愿望是"占尽天下奇珍"。

唐朝的厚葬风气极浓，所谓"丧尽家财，以营大事"，皇家的丧葬排场更是奢侈极欲，其墓中埋藏的天下奇珍强烈地吸引着邵辉。

他很早就派了何虎等人在西安周边游窜踩点。这伙人各有分工，有的留意景色优美之地和出过将相高官的处所，有的与当地父老谈今论古以便获得古墓信息与方位。这帮人善于表演，非常亲民简朴，很容易得到对方信赖。一旦探听到古墓方位，便采用遥感、磁感等手段确立目标，准备盗掘。

可这次的探索之路并不好走，除了之前发现的半块石碑，就是把范围缩小在五公里以内，却还是太宽泛了。

此时，邵辉说："林导虽然是自己人，但拍戏的活儿不能耽误，既然场子拉起来了，就得像模像样地拍。"

谷姐说："先生说得对，拍戏也可以随时转场，只要发现唐墓线索，马上动手，用剧组掩护，干完就撤。"

何虎是个身形粗壮的年轻人，说话瓮声瓮气："我就担心夜长梦多。"

邵辉拍了拍何虎的肩膀，亲切地说："虎子，你放心，咱们马上就有一条新线索，有个人正在帮咱们找。"

何虎有些惊讶，抬头说："是老鹰带来的人？我正想跟他比试比试。"

邵辉一笑："不要多问了，你这边带着兄弟们继续勘察，咱们双管齐下。"

这时，一名手下走来说："演员都到了。"

邵辉三人从土地庙后面出来，走向开机仪式现场。

一串红红火火的鞭炮响过后，几个小孩冲进来抢拾没炸的炮仗。有个五六岁的茄子脸男孩最起劲，却被他奶奶拉过去训斥了两句，小男孩扯着嗓子哭号。

崔月看到这一幕，嘴角一撇："晦气。"

邵辉让她去安抚孩子们。崔月会意，这是秀爱心的机会，马上露出狼外婆式的微笑，给小朋友发果子，同时让工作人员给她拍照，上传微博。

开机仪式结束后，焦棠站在土地庙门口，有些无聊地看着。低矮破败的门框与临时搭配的彩布有一种荒诞幽默感。

"焦小姐不进去拜一下？"身后传来温和的声音。

焦棠扭脸看了看，礼貌地笑笑："邵先生，你还信这个？"

"很有意思的，你没有看到土地爷的背面。"邵辉先一步走进庙里。

焦棠跟进来，追问："什么背面？"

"转过去你就会发现，土地爷背面也是一尊神。"

"啊？你别吓唬我。"焦棠缩起了肩膀，手掌使劲摩挲着手臂。

邵辉淡然一笑："土地爷背面是灶王爷，我也是第一次见呀。"

"真的吗？"

焦棠想绕到后面去看看，可是扫一眼那狭窄的过道，还有上方厚重的蜘蛛网，再看一眼土地爷诡异的笑容，耳边嗖嗖的小风吹着，突然有种阴森恐怖的感觉，立刻打消了好奇心。

邵辉说："一体二用或者二神一用也就罢了，问题是灶王爷管理厨房，自古都是供奉在家中，却怎么出现在土地庙里？"

"你们这些搞学问的不是都会解释吗？地球上没有你们解释不了的事情。"焦棠的语气明显另有所指，眼神间也覆上了一层幽怨。

邵辉看了焦棠一眼，摇摇头说："反正这个我是解释不了。"顿了顿，他像是忽然想起来似的，说："周老师肯定有答案，不如我们晚上去请教他？"

焦棠的心里"咯噔"一下，眼里焕发出光彩，但很快就熄灭了。

"我没时间搭理他。"

邵辉微微一笑，望着土地爷仿佛在自言自语："感情需要磨合，往俗里说，就是拉拉扯扯、磕磕碰碰，拉扯多了，磕碰就少了。"

"什么拉扯磕碰？邵先生你也挺啰唆的。行了，看你的面子，我们就去不耻下问吧。"焦棠说。

两人刚从土地庙出来，崔月急不可耐地跑上前："辉哥，你去庙里干什么，找你半天！"

"我和焦小姐聊了几句。"邵辉说。

焦棠故意说："小月别吃醋哦。"

崔月使劲忍了忍，笑吟吟地说："辉哥再多交两个女朋友，我也没意见。"

邵辉摆了摆手，拉着崔月走了。

崔月边走边说："我还有个事想问你——我怎么又看见那个女人了？"

邵辉一愣："哪个女人？"

"就是在故宫御花园的千秋亭，卓导考核我和焦棠，你故意放水那次。"

邵辉的脸色一暗，语气依然平静："我不记得了。"

"考核结束后，我看到你和那个女人聊天，就问她是谁，你说是对历史文化有兴趣的游客。"

邵辉的手指不易察觉地扭了扭，随即一笑："小月，这些琐碎无聊的记忆，会把你的脑子搞坏的。"

"是她的面容让我有印象。"

"什么面容？"

"就是……苍白中透出凌厉。"

邵辉笑出了声："呵呵，你呀，认错人了。"

"是吗？"崔月有些迟疑。

邵辉扭过脸扫视一圈，谷姐已经离开了。

邵辉及时转变话题："小月，我让你打听焦棠和周野的情况，怎么样？"

"哦，焦棠的小助理傻乎乎的，对焦棠和周野的事一无所知。不过她说了另外一个有趣的情况——"

"什么？"邵辉看着崔月。

"她说焦棠有个恶姨妈，曾经闯到公司臭骂焦棠，索要钱财。"

"哦？这倒是怪事。"

"焦棠好像是姨妈养大的，却对姨妈又恨又怕。"崔月一挑眉，"这个情况怎么样？"

邵辉思忖着说："信息总是有用的，就看什么时候用了。"

晚上，邵辉独自回到房间，给谷姐打电话："今天小月认出你了。"

"怎么会？"谷姐语气一顿，"就说我是剧组的工作人员吧。"

"那就和上次说的有矛盾，她会多想的。"

"先生，崔月已经越来越影响……"

"好了，不要说了。"

"这次我必须要说，"谷姐的嗓音颤抖，"早就想提醒您，你对崔月的感情会影响判断力。你以前说过，不喜欢太有野心的女人，可是崔月……她比有野心的女人更麻烦，她属于有野心却实力不够的人。"

"我有分寸，"邵辉有些不满，"给你打电话的意思是让你暂时回避一下。"

"我连崔月都要躲着，那以后你们……"

"不是躲,是正好有事让你办。"邵辉说,"你回北京找一找焦棠的姨妈。"

"焦棠的姨妈?我没明白。"

"去找吧。找到以后,告诉我。"

"是,先生。"

邵辉放下手机,望着窗户外面护城河上的灯光。

5

周野上午去了一趟西安市文物保护考古所,询问近两年大仁西村周边有没有唐墓的信息。得知周野是来自故宫的文物修复师,所里请来专家宋晓昔教授与周野沟通,可遗憾的是,暂时没有周野需要的内容。

下午,周野再次前往大仁西付,寻找那个小孩。

这个办法很笨,却是目前唯一有效的法子。他原本考虑要不要找警察,可是他和这孩子非亲非故,这孩子也不是失踪或者出了意外,仅凭自己的一个想法或者说一个推测就扰动警方,太没有道理了。

他也考虑要不要让庆哥帮忙,但庆哥寻找秦梦的任务不能受到干扰,更重要的是,找小孩这件事关系到文物,不宜牵扯旁人。

周野是在网上一个贴吧里发现这个孩子的照片的。

为了修复故宫那件唐绞胎瓷瓶,周野一直关注各地的文物信息,尤其以陕西、河南一带为主。之前就听说郑州的西郊发现一座唐墓,他赶去看陪葬品中有没有绞胎瓷瓶的线索,虽白跑一趟,也毫无怨言。

这次是在西安有关古董的贴吧里,翻查到这张照片,眼前一亮。

可是照片拍摄于三个多月前,周野用站内消息联络贴主,没有回音,估计那个 ID 荒废了。唯一确定的信息是小孩玩耍的地方在大仁西村李记火锅店。

大仁西村所在的兴隆街道是个城中村,流动人员很多,周野搜寻一个多星期,都没有那个小孩的踪影。

今天傍晚回到宾馆后,周野躺下休息一会儿,起来叫了外卖,吃过饭坐在窗前,梳理几天来的信息。他在本子上画了图形,不断添加自己的行程,并标注文字，图形上的线条越来越密，没有涉足的区域越来越少。

周野又把照片拿出来，这是从网上打印下来的，经过这些日子的朝夕相处，周野觉得自己和这个茄子脸的小男孩有了某种牵连。这小孩的面部属于上小下大，也就是两头凸、中间凹的脸形，丑萌丑萌的小家伙。

"你到底在哪里？"周野看着照片喃喃自语。

这时，房门敲响了。周野把照片夹进本子，把桌上收拾一下，过去打开门。

邵辉笑吟吟地站在门口，旁边跟着焦棠。

周野一怔，没想到邵辉居然是和焦棠一起来的。

"周先生，不请我们进去吗？"邵辉笑着问。

"哦，请进。"

周野只是瞥了焦棠一眼，就客气地把他们让进房间。

周野的这种态度在焦棠看来就是一种冷淡和疏离，她很生气，却只能憋着。你总不能骂人家太客气吧？

邵辉进门后便观察房间。他也是第一次进来。

周野倒茶时，邵辉说："这宾馆环境不行啊，窗外还是马路，周先生不嫌吵？"

"哦，还好。"周野说。

福泽宾馆确实档次不高，可这里距离大仁西村比较近，交通也方便。

邵辉的目光掠过茶几上的外卖餐盒，说："随遇而安当然好，可出门在外，吃、住还是要舒服。不如搬到雅天大酒店，剧组包下了三层楼，有足够的房间。"

周野沏了两杯茶，放到茶几上："谢谢，不麻烦了。"

邵辉的话却让焦棠有些奇怪，她还不清楚邵辉在剧组里的地位，以历史顾问的身份就这样随意邀请不相干的人住到剧组，合适吗？而且邵辉完全是当家做主的态度。

或许是意识到自己失言，邵辉又说："周先生别客气，我和制片方是老朋友，这个情面，还是能拿到的。"

周野不想扯这些无聊的话题，坐在沙发上问："你们有事吗？"

邵辉还没开口，焦棠说道："辉哥陪我散步，路过你这里，顺便看看呗。"

邵辉一愣，倒不是焦棠突然这么有礼貌叫他"辉哥"，而是雅天大酒店距离福泽宾馆有七八公里，就这么散步路过，是不是有点玄乎？

"哦。"周野平淡地点了一下头，意思仿佛是：你说什么都无所谓。

焦棠更难受了，本来是想刺激周野，可人家根本不在乎。

邵辉一进门就注意到，窗前的桌子上叠放着一些资料和书本——那是他想看的东西。

邵辉说："差点忘了正事。"他拿出自己的手机，一边打开相册，一边说："我和焦小姐在一座土地庙里发现了奇怪的神像。"

邵辉斜过身子，把手机上的照片呈现给周野。

第一张照片是土地爷的正面像，第二张照片的形象和土地爷相似，却更古怪，但能看出是灶王爷的典型装饰。

周野敛眉问："这是同一座塑像？"

邵辉点点头，扭脸看了焦棠一眼，说："焦小姐很好奇，为什么会这样？"

周野又把照片仔细看了一下，说："这种一体两面的神，在民间绝无仅有。"

"是啊，这个地方叫老鸦李村，据说古时候乌鸦特别多，村庄因此得名。"

焦棠忽然笑道："故宫的乌鸦也多。为什么饱学之士到哪里，哪里乌鸦就多呢？"

焦棠的嘲讽之意很明显。但周野眼皮都没动一下，继续看着那些图片。

人家不理睬，就是降低焦棠的存在感。

焦棠又说："你们这些饱学之士，就喜欢把简单问题弄得复杂，好显摆你们不同凡响。"

邵辉笑了："焦小姐有何高见？"

"喊，这还不简单？土地庙里的土地爷，忽然有一天塌了，那赶紧再摆一个啊，可是重做不仅耗费时间，还要花很多钱。于是有人行善，把自己家里管厨房的灶王爷捐献出来，放到庙里。但不能直接用，就借助那个造型，在背面重新描画了土地爷。"

焦棠说完后，得意地扫视周野。

邵辉说："呵，焦小姐的意思是，真正的背面其实是土地爷，而灶王爷那一面才是原本的正面。"

"对啊，让你看到哪面，你以为哪面就是正面。"

邵辉说:"哎呀,这里面的道理很深啊,焦小姐有如此悟性,真的是……"

"一派胡言。"周野冷不防说道。

6

焦棠愣住了,没想到周野突然说了这么一句,还是当着邵辉的面。

一团热气上涌,焦棠的脸颊霎时红了:"你凭什么这样讲?"

其实周野心里也窝着一股火。自从到了西安,每天早上带着希望出门,傍晚灰头土脸地回来,一个多星期连轴转,身心疲惫。今晚本打算缓一缓劲儿,焦棠却又上门。他当然没忘了焦棠冒充秦梦的事,之所以不理不睬,只是不想纠缠,可是焦棠非要刺激他。

周野冷冷地说:"把家里的灶王爷捐出来放到土地庙?哼,那不是行善,是渎神。"

"我是提供一个思路,说的不对你指出来就完了,干吗怼我?"焦棠又生气又伤心。

邵辉一看吵起来了,忙站起身:"有话好好说,我用一下卫生间。"

周野和焦棠互相憋着劲、呛着火,都没有理会他。

邵辉进了卫生间,关上门,立刻用手机点外卖,地址留的是这个房间,手机号码留的是周野的。

邵辉出来时,那俩人还在吵,根本没在意他去了卫生间。

邵辉心中暗笑,坐下后两头劝说,时不时再拱点小火。邵辉发现,两人吵架的样子真是太像情侣了。根据邵辉多年的情场经验,以及同样作为男人的本心来说,周野确实会因为焦棠和邵辉一起到来,而受到触动。也许周野的理智上并没有认识到这一点,或者排斥这种意识,但焦棠说的"辉哥陪我散步"这句话,肯定影响了周野的心绪。

但周野目前还能控制住,说明周野不像焦棠那样,他还缺少一个力量,把他彻底拉入爱情的旋涡中。

邵辉化身老娘舅,一边两头抹着稀泥,一边竖起耳朵听着外面的动静。

时间仿佛走得很慢很慢。其实没过多久，房门就忽然被敲响了。周野起身去开门。

"先生，您的外卖。"

"我没叫外卖啊。"周野说。

"……这里是福泽宾馆503房间吧？"

"没错。可我没叫外卖。"

"您看这个单子……"

"奇怪，手机号码也对……哦，我刚才晚饭是点了外卖，可现在没叫，是不是系统故障把信息搞混了？"

"先生，麻烦您问问身边人，是不是有人点了，确定一下。"

房间内，邵辉随意地对焦棠说："你晚饭没吃吧？"

"对啊。"焦棠起身走过去，"我看看点的什么？"

趁着两人在门口与送餐员周旋，邵辉敏捷地走到窗前的桌子旁。

只要两分钟就够了。桌上的东西迅速翻看一下，资料是关于唐绞胎瓷瓶的，本子上有手绘的图形，线条很密，旁边的圆圈里潦草地写着"大仁西村"，下面是日期、行程。

邵辉的眼睛略微扫过，手上的动作没停，同时扭脸往门口瞥去。

房间与门口之间有个窄窄的过厅，角度与窗前的桌子稍有错位，站在桌旁可以看到周野和焦棠的背影。

只听焦棠说："……菜不错嘛，反正钱付过了，来，我收了。"

周野说："这是搞错的。"

"我饿了！"焦棠说。

"你……"

邵辉的手翻开了本子，里面夹了一张照片。他一眼看到小孩，立刻用手机拍照，然后迅速合上本子。桌子恢复原貌，他抽身而退。

邵辉的屁股刚挨到沙发上，焦棠就提着餐盒回来了。她确实饿了，跟周野吵架需要全身心投入，太消耗体力了。

周野冷着脸，再不愿开口说一个字。

焦棠却撩拨他："你是不是怕有毒啊？就是，你的命多金贵呀，您是国宝呢。"

焦棠一边挑衅着，一边啃着猪蹄，吃着煎饼，喝着汽水，忙得不亦乐乎。

邵辉关切地说："娱乐圈不是都在拼命减肥吗？"

焦棠用餐巾纸擦着嘴唇："我生气的时候特别能吃。而且我吃东西从来不长肉。嘻嘻，别告诉崔月啊，她会气死的。"

焦棠吃饱喝足，起身说："谢谢周老师款待。"

邵辉做好事不留名，默默地看了看周野。

焦棠忽然上前来，挽住了邵辉的胳臂："辉哥陪我去看护城河的灯火吧。"

邵辉有些不自在地笑一笑："那，周先生，我们告辞了。"

周野勉为其难地把人送到门口，回来的时候站在窗边，犹自对着护城河的方向愣了老半天，然后伸手"唰"地一拉窗帘，强行把所有景色关在外边，眼不见为净。

护城河的灯火有什么好看的！

焦棠挽着邵辉的胳膊走进电梯，等电梯门一关，她"唰"的一下抽出手。

邵辉笑着摇头："何必呢，刺激别人，伤害自己。而且你可是伤了三个人哟——你、周野，还有我。"

"邵先生，你别多想啊。"

"哈哈哈。"

邵辉发出满意的笑声。

夜里，崔月到邵辉的房间，逼问他去了哪里。邵辉照实回答，陪着焦棠去了周野的住处。邵辉耐心地安抚了崔月，然后拿出手机，研究照片。

周野把这张照片当作线索，来到西安。这给了邵辉一个机会，同时也潜伏着一场危机。

根据老鹰和皮猴提供的跟踪信息，周野除了在大仁西村寻觅以外，还去了文物保护考古所，他正在急切地寻找唐墓。

周野的特殊身份，使他可以借助官方渠道获取更多信息，他是极有可能找到唐墓的。那么邵辉必须在利用周野的同时，抢先一步得手，因为周野如果占了先，一定会带来考古部门，邵辉将前功尽弃。

邵辉铺排了这么大的场面，一旦失败，他的形象必然受损。尤其是何虎等人，白白忙活了这么久，若是失败，必然会心存异心。

所以，抢先找到唐墓的准确地点，对于邵辉来说就是生死存亡的关键。

邵辉正盯着手机出神，崔月从枕头上挪过来，疑神疑鬼地问："你看什么呢？"

"小孩子照片。"

"小孩子？"崔月一下坐起身，睡衣上的吊带从肩头滑下，"你有私生子！"

邵辉又气又好笑："你们这些人，脑子里一天到晚都在想什么？"

"我看看——"崔月一把夺过手机，看了两眼，抬头盯住邵辉。

"怎么了？"

"我好像见过呀。"

"什么？"邵辉一把抓住崔月的肩膀问，"在哪里见过？"

崔月又低头看看手机上的茄子脸男孩："这么个丑八怪，不会是你的私生子，那我为什么觉得面熟呢？我肯定是见过，可是……"

"你呀，该记住的什么都没记住，不该记住的，塞了一脑袋。"

"别急嘛，你亲我一下，让我好好想。"

邵辉俯身，在崔月的脸颊上狠狠地亲了一口。

崔月咯咯笑着，柔软的身子蜷缩成一团。

突然，崔月嚷道："对了！开机仪式上……拾鞭炮……给果子……小孩！"

第十三章
每一个碎片都在闪闪发光

这一场相遇、相识，

源自一场错误，

归结为一场错误。

1

夕阳晚照，树林外面的草地上映着一片橘红色光芒。忽然，一名古装歹人跑进树林，打破了静谧的气氛。歹人浑身染血，面容不清，跌跌撞撞地跑到一座木栅栏前，被门外的岗哨横刀拦住。

"什么人？"

"是我……有急事禀报花娘！"

栅栏里走出一名女子，身佩腰刀，英姿飒爽，黑袍上绣了一朵杏花。

女子指着来人问："何事？"

来者跪地说："花娘大王，公主墓前有护军防守，几个兄弟都被杀了。"

"哼，告诉你们不可急躁妄动，此番惊扰了护军，我还怎么乘虚而入？"女子厉喝道，"斩！"

"花娘饶命啊……"歹人被拖走了。

导演喊："OK！"

这场戏结束了。焦棠走到旁边，舒了口气。她扮演的匪首绰号"杏花娘子"，戏份很重，基本上每天都要拍。今天是开机后的第四天，卸妆时，助理方晴走来。

"棠姐，白总刚才打电话找您。"

"哦。"焦棠拿过手机，给白瑞德回拨过去，"老白，有事吗？"

"棠棠，工作怎么样？"白瑞德问。

"进展顺利，这个角色对我是个挑战，蛮有趣的。"

"那就好。"白瑞德说，"今天中午，前台向我反映，说有人到公司打听你的姨妈。"

"嗯？"焦棠一听到"姨妈"二字，头皮就发麻。

白瑞德接着说："我已经严令公司，不准乱嚼舌头。"

"这种事以前没有过，谁在偷偷搞这种调查？"焦棠问。

"初步怀疑是狗仔队，可能是闻到了什么味儿，"白瑞德说，"你不用着急，平时多注意一下，公司这边我盯着。"

"行，那就这样。"

放下手机，焦棠又陷入忧虑。她努力摆脱负面情绪，去想别的事，却更加难受，只好重重地叹口气。

回到雅天大酒店时，还不到晚上八点钟。《天宝奇谭》剧组有个奇怪的现象，就是不拍夜戏，至少这几天没有夜景。今天都算是收得比较晚的，往常下午四五点钟就结束了，然后演职人员回酒店，有些工作人员仍留在外景地，称为"驻场"。

虽然有些反常，但不熬夜、报酬又高的剧组，当然好了。焦棠现在的心思顾不得想那么多。待在房间无聊苦闷，她独自出酒店，在旁边巷子里找了个食摊，点了一碗麻辣凉皮、一份麻辣粉，味蕾的强刺激可以让她忘掉烦恼。

夜市上烟火气十足，人来人往。灯光的影子里，焦棠孤独地吃着麻辣粉。她忽然有一阵冲动，特别想给周野打电话，喊他过来侍膳，或者干脆再喝醉，让周野救驾。

终究还是忍住了。

她有些赌气地猛吃麻辣粉，刺激得热泪盈眶。

抬脸用纸巾擦眼泪时，看到斜对面有邵辉的身影。以为邵辉是和崔月逛夜市的，又瞥了一眼，邵辉旁边是个身形粗壮的年轻男子，两人一同走进了烤肉店。焦棠摇摇头，没想到邵辉的气质和风度，也会进苍蝇馆子，真是稀奇。

烤肉店里坐满了人，邵辉与何虎在墙角选了张桌子。何虎极爱烤肉，这个地方是他选的，还没坐稳就叫了半只烤羊。邵辉要表现亲和力，眼瞅着油渍麻污的菜单，忽然抬脸问伙计："你们这里有羊脊髓？"

伙计点头。

"来一份吧。"邵辉说。

何虎瓮声瓮气地说："那有啥吃头？"

邵辉淡淡一笑。即便在这种店里，他也要挑最好、最珍贵的东西。

何虎言归正传："那个小屁崽子不在老鸦李村，接下来咋办？"

"估计是回了城里的大仁西村。"邵辉说，"我早就让老鹰盯着，有个人也在找那个小孩。"

烤羊端上来了，用大盘子盛着，还在滋滋地冒着油花儿。何虎戴上塑料手套，撕下一块肉，大嚼起来。

邵辉接着说："你和兄弟们寻墓的范围，可以从方圆 5 公里缩小到老鸦李村半径 0.5 公里内。"

"唔。"何虎嘴里塞满了肉。

邵辉习惯地扫了一眼周围的食客，始终保持着警觉。

之前由崔月认出的那个茄子脸男孩，就住在土地庙附近的老鸦李村，只可惜邵辉派人去找的时候，才知道小孩和奶奶回城看病了。既然周野也在找那个小孩，邵辉便督促老鹰和皮猴盯紧周野。

邵辉点的烤羊脊髓送到了桌上。他拈起竹签尝了一口羊脊髓，出乎意料的好吃。正因是意料之外，自有一份惊喜：西安的夜市真是藏龙卧虎，这么不起眼的铺子，居然隐匿着此等美味。

对于邵辉来说，这更像一个吉兆。

何虎忽然说："先生，我手下的兄弟们提了个建议。"

"哦？"邵辉微笑着放下手里的竹签。

何虎往嘴里塞了一块肉，由于沉迷羊肉的香味，他的眼皮耷拉着，眼底透出一丝贪婪狡诈的光芒："兄弟们说……报酬，再加一成。"

这是坐地起价了。

邵辉脸上的笑容依然没变。

何虎急于表白似的说道："我也不想这样，可兄弟们折腾了三四个月……"

邵辉拿起一串烤羊脊髓，在何虎眼前轻轻一晃："你刚才问我，这有啥吃头？"

何虎呆呆地看着邵辉，自己嘴里停止了咀嚼。

"羊脊髓是羊身上最珍贵的东西。我希望你也是。"

"嗯？"何虎眨巴着眼睛。

邵辉慢条斯理地吃着羊脊髓："加一成不够，我给你加两成。可以吗？"

何虎有些惊愕："这……没……没开玩笑？"

邵辉的脸色倏地一沉："做事，我从不开玩笑。"

何虎马上露出惊喜的表情："先生，你放心，我们找墓……"

邵辉做了个噤声的手势："此时此地，美食不可辜负。"

何虎竟然不知道怎么拿起肉来吃，吭哧半天，说了句："那……我……我也来一份烤羊脊髓？"

邵辉笑而不语。

2

《天宝奇谭》外景地。傍晚，演职人员已经离开，到了何虎最忙碌的时候。

他带领手下的四个人，继续沿着昨天没有做完的路线往前推进。从东到西，每隔20米画一条线，在每个剖面下放置一个测量仪。南、北也是20米画一条线，剖面下放测量仪，然后通电，把得到的数据输入电脑，形成一个电阻率图。

然而电阻率仍然很低，土层下面没有墓室的迹象。

邵辉接到何虎的微信时，正和焦棠走出雅天大酒店。他在路边看了一眼手机，不露声色，继续往前走。

焦棠一把拉住他："你还真的打算走过去？"

邵辉笑了："不是说散步路过吗？"

"你再这么说，我就不去了。"焦棠作势欲返回酒店。

"好，是我多嘴了，焦小姐，对不起。"邵辉笑道。

"哼，我是见你和周野不熟，抽时间陪你过去的。"焦棠说。

"多谢多谢。"

"不过这也是最后一次了，下回你自己找他去。"焦棠拿腔作调地说。

邵辉没应声，在街边拦了出租车，二人前往福泽宾馆。

出租车开走时，崔月在酒店的转门后面看着，脸上是隐忍的痛苦和愤懑……

福泽宾馆503房间外，邵辉敲响了房门。"笃笃笃"的声响，让焦棠莫名的紧张起来，好像每一下都敲在她的心上，令她的心弦为之震颤。这颤抖的节奏传递到脑海中，她忽然有一种头重脚轻的晕眩感。

——我这是怎么了？

只是听着敲门声，就产生了失重感，难道紧张到了大脑缺氧的地步？

门开了，周野看到两人，脸色平静，客气地往房间让了一下，自己转身进去。

焦棠一进门，便看到床边堆着的旅行箱，心里一沉，但忍住没吭声。

邵辉问："周老弟这是收拾行李了？"

"哦，订了明天早晨的飞机，回北京。"周野说。

邵辉一皱眉头，说不上是什么感觉，仿佛很大的一件事没办完，突然就空了。

焦棠装作随意地说："明天早晨就走啊，家里有事？"

周野嗓音平淡："没事。"

邵辉接着话茬儿说："既然没事，不如多待两天，还想请你参观我们拍戏。焦小姐演出的场景，你没有实地看过吧？"

"哦，陶瓷修复室不能总让大兴一个人盯着。"周野说。

邵辉观察着周野的表情，试探地问："是在西安的事情不顺利吗？"

周野不置可否。

"有什么事，或许我能帮上忙，"邵辉说，"西安这边我有几位朋友。"

"不用了。"周野把最后一件衣服塞到旅行箱，抬脸问，"你们有事吗？"

焦棠神思恍惚，心里有一种烧灼的痛苦。她很清楚，自己和周野之间的连接，也就在西安还有一丝可能性，可明天早晨周野回北京，联系就断了。然后自己拍完戏回去，这件事就彻底翻篇了。没有任何理由，可以让她这个娱乐圈的女孩和一个深居简出的故宫文物修复师有任何瓜葛。

至于说住在隔壁，那是没有意义的。周野这个人，你若走不进他的心，那就是天涯万里遥。而且，周野很可能为了避开她而再次搬家。

整个这一场相遇、相识，就是一次错误。

它源自一场错误，归结为一场错误。

焦棠勉强撑着自己的气势，说："也没什么事，就当给你饯行吧。"

邵辉顺着话头说："是啊，你这次来西安，算是一次巧遇。你要离开，也是个巧遇。"

周野看了焦棠一眼，眼神变得有些深沉，说道："那就在楼下找一家饭馆，吃一顿最后的晚餐。"

焦棠心底一凉。看来周野也知道，这一别意味着什么。

可他既然说出这样的话，是否证明他对她其实有深情？可是周野的心中有一个叫作秦梦的女孩啊。

谁能战胜一个幻影呢?

下楼到饭馆,气氛有些沉闷。作为旁观者的邵辉,却是清醒地看着这一切。

在北京时,他便密切地关注着周野的行踪。当他发现周野忽然离开了北京,便向大兴套话。单纯可爱的大兴知道邵辉是周野的同道好友,便透露了周老师去西安寻找绞胎瓷瓶的事情。

邵辉联想到之前周野对这类瓷器的重视,预感到这次会有大收获。

邵辉一直在西安周边布局,这次周野自己撞上网,邵辉立刻跟着潜入西安,捕捉线索,并顺势以《天宝奇谭》剧组的名义诱使焦棠加入,他则名正言顺成为历史顾问。如此,便可利用焦棠连接周野,借助周野的眼睛和脚步,帮邵辉找到梦寐以求、拥有天下奇珍的唐墓,然后用拍戏做掩护,神不知鬼不觉盗走文物。

但今晚,周野放弃寻找那个小孩了。这也不足为奇,连续十几天都是失败,周野不可能把时间耗费在这个地方,他毕竟是故宫陶瓷修复组的当家师傅,责任大、任务重,不能任性地为着一个没影儿的事情瞎折腾。

周野的放弃虽然让邵辉失去了一个可利用的机会,不过总体来说还是利大于弊。邵辉通过周野的照片锁定了老鸦李村,寻墓范围缩小到十分之一,工作难度和强度大幅减轻,所以他还是要感谢周野的。

邵辉端起酒杯:"周老弟,等我忙完了,回到北京,咱们再聚。"

周野举起杯,有意无意地看了焦棠一眼。焦棠有些凄然。

三人碰了杯,周野正要喝酒,手机忽然响了。他一只手端着杯子,另一手拿出手机看了一眼,是个陌生号码,但区号显示是西安本地。

周野的眼神微微波动,不由得放下了酒杯,接起手机。

"喂?哪位?"

一个嘶哑的声音传来:"我还想问你是干啥的?"

周野打电话的表情忽然变了,脸上有一丝隐隐的兴奋。

他起身走到旁边,很快便打完电话,转身过来说:"抱歉,我有事要出去。"

邵辉起身，关切地问："需要帮忙吗？"

周野笑笑说："一点私事，告辞。"

焦棠也站起身，心里产生了许多奇怪的不安想法，不知再见是何种光景，但眼下这一刻，她感觉得到，自己到底有多么不舍，有多想跟他再有一丝羁绊，哪怕只是简单的一个纪念。

"等一下，"焦棠一跺脚，鼓足勇气伸手拦住了他，"你能不能帮我留个字？"

周野忍不住回头，看到她拿出了一本《宫女秘闻》的周边别册，封面很美，印刻着文华殿外满树的海棠花。

曾经，他和她就在这棵海棠树下说过话。

"留什么？"周野伸手拿别册。

焦棠看着他，忘了松手。

"我说……留什么字？"他扯了扯别册，又问一遍。

"哦，留点特别的。"焦棠赶紧松开。

特别的……

周野托着别册，一笔一画的墨迹在封面的海棠花下结合成型，写了八个字。

焦棠接过别册，目之所及，心为之荡漾。海棠花下，字漂亮至极，可她仔细辨别，一个都不认识，只觉得像小篆。

"你写的什么？"她问。

周野沉默不语，放下别册匆匆离去。他也想不通，为什么要给她留字，一个骗他的，还喜欢无理取闹的人，有什么好理的。可心里觉得，这一走，就是得留下点什么。

他的背影消失在焦棠的视线里。

她收起别册，叹口气说："邵先生，咱们也撤吧。"

焦棠意兴索然，脸上更多了几分担忧。邵辉正等她这样讲，马上说："我去柜台结账，你先去叫车。"

邵辉走向柜台时，扭脸看着焦棠朝饭馆外面走。邵辉立刻绕过柜台，来到走廊拐角，拨通老鹰的电话，低声吩咐道："速去大仁西村，周野正往那边赶，盯住他。"

"是。"

放下手机，邵辉略做沉吟。刚才周野的手机里飘出了对方的声音，虽然很模糊，但能听出是本地方言，并且隐约有"娃儿"的字眼。周野则说到了"可以见面谈"，应该是在大仁西村有了消息。

邵辉的判断没错。周野之前在大仁西村寻访时，给一些餐饮店的老板留下了自己的手机号，希望互相留意，把消息传给当事人。

今天晚上终于有了反馈。那位曾经开过火锅店的老李，约周野在大仁西村的村南见面。

这是"大头超市"，门面不大，入口处挂着牌子"代收快递"。

周野推门而入，已经过了晚上十点钟。超市的一角站着个中年女人，瞥了周野一眼。

周野说："我找李老板。"

女人朝后面努努嘴，神色间多了几分警惕。

超市后面有个狭窄的过道，尽头传来电视的声音，一扇虚掩的小门下透出灯光。周野径直走进去，发现屋里坐了三个男人。电视上正在播放《动物世界》，三只狼追咬一只羚羊。

一个脸形像大茄子的男人扭头看看周野。

"你是姓周的？"

"是我。你是李老板？"

"我是李大头。听说你到处打听我娃儿，到底想干啥？"老李开门见山。

其他两个男人一起盯着周野。

周野笑一笑："李老板，你在贴吧'西安古董吧'发过帖子，对不对？"

周野拿出那张照片递给李大头。老李接过来看了看，正是自己的儿子。他抬脸扫了周野一眼："很早以前的事了。你就是奔着这个来的？"

"你当时发帖，是问孩子捡到的东西值不值钱。"

"对。可是没人理我。"

那个茄子脸男孩手上拿的花花绿绿的东西便是绞胎瓷器的残片，那独树一帜的工艺风格，令周野眼前一亮。既有残片，就极大可能有唐墓的完整陪葬品。

周野为了修复手上那件残损的绞胎瓷瓶，作为故宫建院95周年献礼，一直迫切寻找着。只要发现一件完整的唐绞胎瓷瓶，在其上翻模取样，他就能使那件残损的瓷瓶焕发新生命。

从老李的言谈举止间判断，他不懂绞胎瓷，只觉得那些花纹神秘美丽。至于那张照片上的残片，或许有人认识，但两块残片对他们没有意义，也就无人搭理。

"那你现在啥意思？"李大头把儿子的照片放到口袋里。

"两块瓷片，我收购。"周野说。

老李的眉角一挑，舌尖舔了舔嘴唇，扭脸看看另外两个男人。那两个人不再看《动物世界》，而是盯着老李。

老李忽然起身往前，推了周野一下，朝外走去。

周野跟出来。老李压低嗓音问："你出多少钱？"

周野说："你开价。"

李大头一咬牙，伸出食指晃了晃："一个瓷片，一千元。"

"我一个给两千。但要见见你儿子。"

老李瞪着周野："你当真？"

"当真。"周野说，"你现在拿来瓷片，我现在付款。"

李大头稍做迟疑，转身朝卧室走去。周野连忙跟上。还没到卧室，便听到里面有"嚓啦嚓啦"的声音。透过虚掩的门，周野看到茄子脸男孩坐在床沿，正在起劲地撕着薯片的包装袋。

老李一走进去，男孩呆住了。

老李笑骂一句："真是个小家贼。"

男孩嘎嘎笑了，显然是经常在自家的小超市偷东西吃。

李大头急着问："磊磊，乖，你原来玩的那两个片片呢？"

磊磊一脸茫然地说："吃了。"

"你……唉，真是个夯货。"老李气得不行。

周野示意老李拿出照片，然后他蹲在小孩面前，指着照片上的瓷片问："小朋友，告诉叔叔，你是在哪儿捡的？"

磊磊盯着照片看了看，脑袋摇得像拨浪鼓。

周野摸了摸磊磊的头："不急，慢慢想啊。"

对周野来说，重点并不是那两个瓷片丢没丢，而是男孩捡瓷片的地方。

磊磊忽然说："嘎，窟窿。"

"什么窟窿？"周野忙问。

"两个……两个怪胡子……磕头。"磊磊脸上突然充满恐惧，似乎想起什么可怕的东西，接着便哭号起来。

磊磊扯着嗓子干号。他娘立刻从外面冲进来。

"谁惹我娃儿？走走走！"女人愤怒驱赶周野。

"大嫂……"

"滚滚滚！"

李嫂的喊声中夹杂着男孩的号叫，屋顶都快震翻了。李大头也怕这阵势，急忙一拉周野，双双逃走。

在超市外面，老李恳切地说："兄弟，你别急，我一定找到那两个片片。"

周野笑笑说："行，我候着。"

返回宾馆的路上，周野的脑子里不断回荡着小孩的声音：窟窿……两个怪胡子……磕头……

周野的身后，老鹰和皮猴躲在阴影里盯着。老鹰朝皮猴使个眼色，皮猴独自尾随而去，老鹰则进了老李家的超市。他一边装作挑选商品，一边听到后堂传来男孩的哭声，可惜听不清说了什么。

老鹰只好买了一瓶啤酒，出来到僻静处给邵辉打电话。

"先生，姓周的找到小孩家了，他们说到'两个片片'。"

邵辉一听便知道是什么，在他用手机翻拍的照片上，那小孩拿着两个瓷片。

看来周野已经摸到门了。接下来，就是目标的确切位置。

4

早晨，薄薄的雾气笼罩在老鸦李村上空，雾气在树丛与房屋间飘萦着，使得周围的景物有了水墨画的韵味。

《天宝奇谭》剧组在村口租了几间空房，进行了简单修缮，用于演员候场或者午休，并雇了善于烹调的村妇，每天做早午两顿餐食。

焦棠走进村口第一间瓦房，这里称为"1号院"，里面有化妆间和道具室。

她夜里没休息好，浑身无力、头痛。昨晚周野中途退席，与她没有多说一句话，此刻估计正赶往机场，说不定已经坐上了飞机。焦棠不由得抬头往天上看了看，这雾气会不会拦住飞机啊？随即低头苦笑，骂自己病得不轻。

刚进1号院，眼前人影一晃，有人挡住了路。焦棠抬脸一看，是崔月。

崔月显然也没有睡好，眼圈发青，脸上有一种煎熬的神色。焦棠忽然有些同情崔月。

崔月的声音不大，却很尖利："你到底想怎么样？"

焦棠怔了怔："什么意思啊？"

崔月逼近一步："你这个女人是不是习惯了一切都要抢？你抢男人、抢角色……"

"别说废话了……好吗？"焦棠实在是厌倦了。

"你昨天晚上勾引辉哥……"

"别说得那么难听。昨天晚上我是跟他出去了，去找周野。"焦棠的头更痛了，实在不想撕扯，"你每天这样疑神疑鬼，早晚作死自己。"

"焦棠，奉劝你离辉哥远点。"

"你至于吗？既然受不了，为什么不去问问邵辉？"焦棠推开崔月，踉跄着去了化妆间。

"小月，怎么了？"院子门口传来邵辉的声音。

"哦……没事的，辉哥。"崔月连忙挤出笑脸。

邵辉瞥了一眼焦棠的背影，没有多说什么，侧身与刚进来的林导打招呼，然后一起走进院子。

崔月郁闷至极，有一股发不出来的邪火。

尽管邵辉早就打了预防针，而且她也看得出焦棠和邵辉只是逢场作戏，焦棠真正爱的是那个周野。可问题是，崔月感觉邵辉的内心不知隐藏着什么东西，这让她莫名恐慌。她想不到别的，只有邵辉爱上了焦棠的臆测——做梦都是这些场景，可是又不敢和邵辉对质，怕邵辉讨厌她无理取闹。

就这么忍受着，煎熬着。

那边的邵辉和林导又出了院子，遇到外面的何虎。接着三人分开，林导返回院子，邵辉与何虎去了村口。

近来，邵辉的行踪越来越诡秘，不时和剧组的成员商谈着什么。崔月用心观察，被爱情煎熬的女人是特别敏感的，她发现，剧组的每个人都暗暗顺从于邵辉，这太奇怪了。邵辉只是这部剧的历史顾问，尽管有投资，但不可能所有员工都以他为中心。

邵辉就像黑暗中的隐形蜂皇！

上午九点多钟，雾散后，继续拍戏。焦棠和崔月有一场对手戏，焦棠扮演的"杏花娘子"，带人绑架崔月扮演的青楼女，逼迫她偷取公主墓护军的令牌。

青楼女被塞在一辆运送草料的马车里，杏花娘子戴着斗笠跟在车旁。突然，青楼女挣扎而出，从车上翻滚下来，逃往树林。杏花娘子厉喝："抓住她！"五名歹人冲上去。

这场戏正拍到紧要处，天边忽然隐隐传来雷声，空中迅速堆积起一团乌云，紧跟着雨滴落下。

林导喊停，演员和工作人员急忙收拾东西，搬的搬、扛的扛，往老鸦李村赶去。

焦棠的助理方晴从随身的包里拿出伞，殷勤地撑开，护着焦棠。其他人就没那么幸运了，特别是崔月，她的妆容还没卸，脸上青一块紫一块的。焦棠就让方晴把伞给崔月，自己戴着刚才拍戏用的斗笠。

可是崔月却推开了方晴，自顾自去追邵辉。邵辉正与何虎说着什么。雨丝越来越密了，何虎抬脸看一眼天空，眉头紧锁。

"……这雨可不敢太大了，不然麻烦呀。"

邵辉也有些紧张，所谓人算不如天算，探墓最怕大雨天，不仅耽误时间，而且影响数据的测试，更可能毁掉线索。

何虎的眼角余光往后一瞟，碰了碰邵辉的胳膊。邵辉扭脸一看，见是崔月追了过来。

邵辉本来就烦躁，脸色瞬间阴沉："你怎么鬼鬼祟祟的？"

"没有啊，一起回村嘛。"崔月抹了一把脸上的雨水，面容惨不忍睹。

邵辉掏出手绢递给她，语气恢复了平淡："擦擦吧。"

崔月勉强一笑，接过手绢捂在脸上。她感觉自己的心脏跳动得太剧烈了，

"扑通扑通扑通……",似乎要从胸腔里蹦出来。刚才邵辉突然看向她时,眼神让人不寒而栗。

邵辉到底怎么了?

如同乌云一般的诡异气氛笼罩在崔月心头,"未知"是最恐怖的事,最终,崔月决定一探究竟。

5

雨下了三个多小时,忽大忽小,伴随着天边隐隐的雷声,周野枯坐在福泽宾馆的房间内,望着窗户上的雨滴和远处的楼群。西安城笼罩在厚厚的云层下,街上涌动的车流泛着青灰色的光泽,红绿灯的变换仿佛梦境。

周野觉得自己被困在了一个梦境中。

北京暂时回不去了,因为他有了新的线索,可这个新的线索是出自孩子之口的模糊信息:窟窿……两个怪胡子……磕头。

昨晚他几乎一夜未眠,在脑中反复掂量这些话,但缺少了可以依托的推测路径,这些话再怎么分析,都像是童子的呓语。

钟摆卡住了。时间并没有停滞。

周野的思绪忽然很乱,翻起许多往事……雨中的记忆清晰又朦胧。少年时的夕阳……父亲醉酒后跌坐在地板上,哭喊着离世的老友,仿佛能唤回魂魄,与他对饮……秦梦坐在晚霞的台阶上,静静地翻看着膝头的书……焦棠突然闯进来,闯入修复室,索要毛巾和水……焦棠打瞌睡的样子,与秦梦的笑脸错开了……焦棠威胁周野的样子,与秦梦的笑脸错开了……叮叮咚咚、叮叮咚咚……

仿佛来自遥远天边的响铃。

周野猛然清醒过来,是他的手机在响。

周野甩了甩头,驱散脑中的残影,低头看看手机,眉头一敛。这个新存储的号码是西安市文物保护考古所的宋晓昔教授。

周野急忙接起手机:"宋教授,您好。"

"哦,周先生好。你还在西安吧?"

"在的。"

"周先生啊，上次你来所里，询问近两年大仁西村周边有没有唐墓的信息，咱俩沟通过。"

"是的，当时是有些遗憾，让您费心了。"

"哪里哪里，我一直没有放下这件事，过后又翻了些资料。我发现啊，大仁西村再往南，不到十公里的地方，有个老鸦李村。这个村子，在历史传闻中，曾有过关于唐代皇室的内容，据说那个村子的起源就是李氏一个分支用来守墓的，但考古部门从来没有发现遗迹，村子里也没有相关记录，一般就当作传言了。你也知道，古城这样的传言还是比较多的。"

"您说的是老鸦李村？"周野的脑子里闪了一下。

"距离大仁西村是有些远，不知能不能帮你理一理思路。"

周野极快地思考，捕捉着过往的记忆碎片——邵辉曾经提到，这个村子古时候有很多乌鸦，因此得名……

土地庙！

一体两面的神，在民间绝无仅有！

"谢谢宋教授，太有帮助了。"周野说。

"呵呵，不用客气，能帮到你，我就放心了。"

放下手机，周野走到窗前，望着外面渐渐变小的雨。

磊磊说的"窟窿"还不知道是什么，但"两个怪胡子""磕头"，极有可能是土地庙。磊磊必定是见过大人在庙里磕头，而且他一定在背面看到过灶王爷的像。对于小孩子来说，前后两张脸确实吓人。再结合刚才宋教授说的，老鸦李村守墓的传闻，那里很可能隐藏着某位唐代皇族的墓室。

但这些仍然只是推测，考古部门并没有在当地发现遗迹，目前唯一的办法，就是自己亲自探查一下，找到确定可靠的唐墓证据。

这时雨已经停了。午后一点多钟，周野匆匆下楼吃了点东西，然后坐上出租车，直奔老鸦李村。

后面，老鹰和皮猴继续尾随盯梢。

周野乘坐的出租车，过了大仁西村并没有停下的意思。老鹰和皮猴互视一眼，知道情况有变。前边的出租车继续往南开，司机按照导航的指引，又开了七八公里，停在一个岔路口。由于刚刚下过雨，往南的路上十分泥泞，周野便在这里下了车。

老鹰和皮猴等周野的身影走远了，也下车尾随而去。

路上偶尔有人经过，周野问明了老鸦李村的方位，加快步伐，沿着斜坡往上走了十几米，远远地看到那座土地庙，不禁有些兴奋。

土地庙踞守的地势较高，形成了一座鼓起的山包，下面有一条小河绕行而过。

四十分钟后，周野登上了山包。

阵阵鸟鸣声中，周围没有人，《天宝奇谭》剧组为了避雨早就退场了。土地庙外墙上装饰的彩布被雨水打得七零八落。

老鹰和皮猴躲在树后，紧紧地盯着。

老鹰没敢耽误，赶快拿出手机打给邵辉："先生，周野在土地庙外面转悠……"

这时皮猴说："已经进去了。"

"……对，刚刚进去，不知道在找啥。"

邵辉说了声："稍等。"

手机里没音了。老鹰紧张地等候着。

邵辉本来正与何虎在1号院商量下一步行动，接到电话后，立刻走到后院，沿着水泥阶梯登上屋顶平台，这里是农户用来晒粮食的。邵辉一只手举起望远镜，镜头里出现了土地庙，接着周野的身影晃动着从庙门出来，绕到了后面。

邵辉对着手机说："老鹰，等我指令。"

这句话透出森寒之气，老鹰明白了："是。"

屋顶平台上，邵辉把望远镜递给何虎。何虎看了看，咕哝道："这人在找墓？"

邵辉说："这就是我说的另一条线索。"

何虎皱着眉头说："没道理啊，他要找墓，围着土地庙干啥？"

"是啊，自古'王陵不近土地庙'，那是禁忌。"邵辉说，"不过，我们可能上了当。"

"上谁的当？"

"古人的当。"邵辉接过望远镜，一边寻找周野的身影，一边说，"还是周野的思维更开阔啊，他先醒悟过来，庙里那个一体两面神，本身就不正常。"

镜头中，周野的身影在土地庙后面的斜坡上晃悠着，那里曾是邵辉与谷姐、何虎开会的地方。周野的身影忽然矮下去，似乎弯腰看到了什么。

邵辉对着手机说："动手。"

老鹰说："是。"

邵辉说："你知道我的规矩。"

"明白。"

邵辉放下手机，仍然举着望远镜。

周野在斜坡的下方拨开荆棘丛，看到下面有个狭窄的土洞，像是田鼠洞。周野想，这里也许就是磊磊说的"窟窿"。

他的注意力在田鼠洞上，忽然听到一阵窸窸窣窣的声音，仰脸往斜坡上面看，一块圆石头从泥地里滑脱，飞速滚落下来。周野急忙侧身，石头狠狠撞到他的胸口，"嗵"的一声响——

周野猛然后仰，在草丛中翻滚着，跌到了坡底。

他眼前一黑，失去知觉。

6

入夜，空气中弥漫着寒意。

六个鬼魅样的人影在土地庙附近移动着。何虎带领手下的四个人，就在周野发现的"田鼠洞"旁边，每隔20米设置剖面，放测量仪。围绕着土地庙，纵横方向各有六条线，然后通电，把数据输入电脑，形成一个电阻率图。

邵辉始终在旁边盯着。

当屏幕上显示出图形时，邵辉屏住了呼吸，何虎则是大惊失色。

在山包下面有一个椭圆形巨大的高电阻区，电阻率高是因为底下是空的，是地宫，里面充满了空气，其次，地宫没有塌陷，完好无损，而且没有进水。

何虎曾经无数次经过这一带，脚下踩过无数遍的土地下面，居然就是唐墓？！

唐墓竟然被土地庙压在底下，这太不可思议了。

如果不是亲眼看到电脑屏幕上显示的图形，邵辉也是很难相信的。证据非常充分了，接下来用铲子深入土层分析土质只是确认一下，有经验的盗墓人根据声音就能判断下面的墓葬。

至于这座土地庙与唐墓的渊源，其中的曲折缘由，恐怕很难探知了。面对这件闻所未闻的事情，邵辉也感觉到自己认知上的欠缺。

其中最合理的一种解释，就是墓主为了保护自己的阴间府宅不被侵扰，而用土地庙作为障眼法，瞒过后世盗墓者。但另一种解释，或许墓主根本就认为，土地爷不过是小神而已，用来站岗放哨罢了。

何虎的脸色阴晴不定，忽然压低嗓音问："先生，这个墓，咱们还要不要……"

邵辉说："费了这么久的苦功，宝藏就在眼前，你要丢弃？"

何虎咕哝着："这事儿……邪乎。"

邵辉冷笑一声，拍了拍何虎的肩膀："虎子，你那是心障，就像压在你心头的土地庙，迷惑了你的脑子。"

何虎沉默良久，抬脸说："干。"

"这就对了嘛。明天就可以拍摄土匪挖墓的大戏，让摄影机假装对着拍。"邵辉笑了笑，说，"我让你享受一下，光明正大盗墓的滋味。"

何虎"嘿嘿"地笑了。

他们的笑声传到不远处，传到了树后崔月的耳中。

崔月僵立在那棵松树后面，仿佛撞见了厉鬼一般，脸色青白、眼角痉挛，眸子却凝固不动。她陷入了震惊和恐慌中，过了一会儿，才意识到自己还举着手机，正在拍摄那一幕。

土地庙周围发生的一切，被她收入了手机。

她不知道自己为什么拍下来，是出于某种本能或者是恐惧与好奇夹杂的心情？

她的第一感觉是，应该赶快揭发这伙人。没错，邵辉是真正的盗墓贼。邵辉一直在欺骗她，不仅欺骗她的感情，也欺骗了她的身体。而且，邵辉要把她拉入危险的泥沼!

她已经陷进来了。所以她需要一个保护自己的东西。

崔月觉得拍得差不多了,正想逃离,夜幕中又传来一阵脚步声。她急忙紧贴着松树,把自己藏在影子里。

不远处传来声音。

"先生,周野已经送到了三院,放在门口,我们就撤了。"

"嗯,做得不错。现在我不想弄死谁,只要腾开路就行。"邵辉说,"来,介绍一下,老鹰、皮猴,这位是何虎。"

何虎说:"你就是老鹰,早想跟你比试比试。"

老鹰笑道:"咱俩不是一个路子,你是土行孙,我是鼓上蚤。"

几个人都笑了。

崔月趁此机会悄悄跑了。她连滚带爬到了公路边,拦了辆车回到雅天大酒店,跌跌撞撞穿过走廊,迎面遇到焦棠和几个演员。

焦棠惊讶地说:"天哪,你撞鬼了?我那包里有佛牌,你要不要?"

崔月没理她,跑进自己的房间,关上门,瘫坐在地上,浑身抖成一团,脑子无法思考。

十几分钟后,她缓过神,挣扎着起身,把包扔到床上。手机从包里掉出来,她不敢看,返身去了卫生间。

洗过热水澡,情绪稳定一些。她慢慢坐到床前,拿起手机,又把刚才拍摄的影像看了一遍。现场光线较暗,但对方映在电脑屏幕前的脸,还有说话声很清晰。

崔月把这段视频存在U盘里,然后删掉了手机上的影像。

她蜷坐在床角,把自己缩成一小团,还是冷。她把毯子拉来,紧紧裹着自己。这一刻,她忽然想到了邵辉的怀抱。

她开始哭泣,终于把一切慌张和恐惧融化在泪水里,尽情地释放出来。

邵辉是她爱的男人……

起初她确实是想利用邵辉作为历史顾问的身份,从他那里得到好处。但爱情是不知不觉的,如洪水泛滥,令她沉溺。

她仍然虚荣、仍然习惯算计、仍然想得到更多好处,但她爱邵辉。这就够了。

她相信邵辉也是爱她的。

——辉哥……

——为什么这样折磨我？

她的脑海中闪现着记忆的碎片，每一个碎片都在闪闪发光，每一个光泽都映着邵辉的笑容。温柔、优雅、风趣、豪阔。

可他是盗墓贼。

……不过，他并没有杀人放火……

崔月开始说服自己了……

就这样，伴随着内心的纠结痛苦，她沉沉睡去。

这一晚，邵辉没有回酒店。第二天下午，崔月请了假，悄悄去了第三人民医院，很快打听到周野的病房。周野是天亮时苏醒的，诊断是胸肋断了两根，头部的摔伤不严重，但需要静养。

崔月走进病房。周野大感意外，脑袋从枕头上转过来。

"崔小姐，怎么是你？"

"不是焦棠，你很失望吧。"崔月冷冰冰地说。

周野苦笑。崔月一开口就把天聊死了。

崔月看着周野胸前的绷带，问："怎么受伤的？"

周野反问："你怎么知道我受伤的事？"

崔月有些慌乱，但很快平静，把事先想好的解释说出来："剧组附近的村民看到你了，回去一说，我觉得像你。"崔月顿了顿，补了一句："但焦棠还不知道。"

"你今天过来，有事吗？"周野问。

"也没什么要紧的，就是看看你的情况严重不严重。"崔月试探地问，"究竟怎么出的事？"

"估计是下雨把石头底下泡松了，我走过去的时候碰到，之后滚下来砸到我。幸好我侧身躲了一下，没有砸到心脏位置。"周野说。

病房里忽然安静下来，两人有些尴尬。

崔月欲言又止的样子，让周野看着难受。

"崔小姐，有什么事就讲吧。"停顿片刻，周野忽然有些紧张地问，"是不是……焦棠她……"

"嗯，我就是给你们提个建议，"崔月说，"等你养伤差不多了，就带焦棠回北京吧。"

周野一愣："她不是在拍戏吗？"

"哦……她真的不适合这个剧，没心思演，还是赶快走开比较好。"

周野无奈地说："你和焦棠抢角的事，我帮不上忙的，她也不会听我的。"

崔月忽然变得怒气冲冲："你要是喜欢她，就把她带走！"

周野苦笑："实在不懂你的意思。"

"焦棠喜欢你真是瞎了狗眼！"

周野怔住，这崔月真是莫名其妙、颠三倒四。

崔月意识到自己的混乱，打算离开病房，又想起什么，从包里拿出那个精美的包装盒，取出了邵辉送给她的唐三彩瓷杯。

崔月说："你帮我鉴定一下。"

周野艰难地伸出一只手，接过瓷杯，眯缝着眼睛看了看。

"三彩釉陶，造型生动，色泽艳丽……"

"你就说它是不是真货？"

"这是一件'三彩杯'。是真品唐三彩。"

崔月使劲喘上一口气，问："那它……值多少钱？"

"至少能在北京三环买一套150平的房子。"

崔月蒙了。这个看起来土不拉叽、邵辉风轻云淡地给她的杯子，居然这么值钱。

周野把三彩杯还给崔月。崔月小心翼翼地放进包里。

周野随口问："你从哪里得到的？"

崔月一边外走，一边说："地摊上捡漏。"

"崔小姐，邪财有灾，这句话你听……"

崔月已离开病房，一口气跑出了住院部，脑子里隆隆响着。

她还有什么疑虑的？邵辉对她真是太好了。她决定把邵辉的秘密藏在心底。她认为，正是因为她悄悄地拥有了邵辉的秘密，并且共同坚守这个秘密，他俩的爱情才会更长久、更紧密。真正的二人世界就从这一刻正式开启。

傍晚，崔月回到雅天大酒店，在大堂遇到焦棠。她把焦棠拉到旁边，说道："你家周野受伤了，住在第三人民医院。"

　　焦棠愕然："你别骗我。"

　　崔月哼了一声："我还真不想告诉你，可我看着你很烦，劝你识趣一点，多去关心自己的人，别整天在辉哥面前晃来晃去。"

　　焦棠默不作声，沉浸在心事中。

　　她顾不得吃晚饭，打车去了三院，不过找到周野的病房后，她没有进去，而是在门外窥探了一会儿，便悄悄回到了酒店。

　　夜里，焦棠在床上辗转反侧，十分痛苦。天亮前，她终于下定决心。

　　一大早，焦棠走进了西安南门里的民间艺术团。

第十四章

速来护驾

她忘掉的美好,

周野是见证人。

她完整的生命,

可以在他这里得到修复。

1

土地庙后面传来一阵沉闷的"咚咚"声。正用铲子挖土的人停下动作，抬头往上看。

坑沿边的邵辉依然神色平静，眼里却浮现出笑意。

他们是从测量孔直接往下挖的，此时到达 30 米深，铲子发出"咚咚"声，表明碰到坚硬的东西了。铲尖带出来的碎石是花岗岩，也就是墓室的隔层。

邵辉朝一旁的何虎点点头。何虎接过工具，亲自干了起来。

遵照邵辉的安排，剧组的摄像机对着这个方向，假装拍摄，用来掩人耳目。不过四周没有人围观，老鸦李村留守的十几户人家已经对拍戏失去兴趣，每天只是忙自己的事。

焦棠走进村口的 1 号院时，周围静悄悄的。崔月从她面前经过，心不在焉，径直过去了。焦棠走进空荡荡的化妆间，随手放下包。

手机响了，焦棠从包里拿出手机，是迟飞打来的。

"棠棠，我回到北京了！"迟飞兴奋地说。

"玩野了吧，还知道回来？"焦棠说。

"哈哈，小朱那家伙太烦人，非要把欧洲转遍。"

"那现在好好休息吧。"

"我去西安陪你。"迟飞说。

"不用，我好得很。"

"离开我，你还能顺心？"

"喊，我又不是你女儿！"焦棠一边说一边往外走，"我饿了，去吃农家饭，馋死你。"

焦棠走出 1 号院时，远远地看到邵辉走过来。焦棠一转身，踏上了旁边的小路，走向那座冒着炊烟的屋子。

邵辉心事重重，挖到唐墓隔离层的喜悦并没有消除瞳仁深处的疑虑。

他在考虑崔月的异状。

崔月这两天有些奇怪，她时而笃定悠闲，时而又显得惊慌失措，还流露出想要控制邵辉的意图，偶尔提到秘密什么的，还说要坚守二人世界。

崔月从来没有出现过如此混乱的思绪。以邵辉对崔月的了解，她并不属于那种心机深沉的女人，尽管她也拼命算计、使坏，但在邵辉眼中，那些小伎俩仅仅是很有趣，有一点挑战性，这也是邵辉喜欢崔月的一个原因。

但现在情况不同。尤其是崔月前两天的晚上突然跑回酒店时，神色狼狈恐慌，衣服上沾着泥浆，大堂里不少人都看见了。就从那以后，崔月就变得举止怪异。

而那天晚上，正是邵辉与何虎测量出唐墓的时间。

肯定出问题了。邵辉走进1号院时，迎面有两个工作人员，都是他的手下。

"崔月在不在？"邵辉问。

"哦，先生，她在里面的休息间。"一个手下答道。

邵辉经过化妆间和道具室，来到休息间外面敲门。崔月打开门，头发有些乱，神情涣散。看到邵辉时，她有些夸张地笑了笑。

"辉哥，你来看我了？"

"小月，你不舒服？"邵辉注视着崔月的眼睛。

崔月侧脸躲开了邵辉的目光："挺好的，进来坐吧。"

邵辉抬腕看看手表，上午十点钟，他没有太多时间耽误，土地庙后面的挖掘工程要速战速决，不能等医院的周野回过神。

邵辉坐到椅子上，语气有些低沉："小月，你最近有什么事要告诉我吗？"

"没有啊。"崔月说。

邵辉皱了皱眉头，他熟悉崔月那种表情：自作聪明的假笑。

邵辉在椅子上倾了倾身："小月呀，有些事情不是你想的那么简单，也不是你能控制的。"

"辉哥，你怎么了？"崔月眨着眼睛，做出茫然的表情，随即语气一转，"你放心，我会守住的。这一辈子，你属于我，我会保护咱俩的二人世界。"

邵辉看着崔月，眼神渐渐发冷。

他的手机忽然振动起来，"嗡嗡"声加重了空气中的压力感。邵辉拿出手机看一眼，是何虎。

他接起手机说："我一会儿打给你。"然后挂断手机。

邵辉的目光变得凌厉。崔月肯定是抓住了什么把柄，想要一辈子拿住他，而这是他最不能容忍的。

邵辉突然厉声问："你究竟做了什么？"

崔月骇得一抖，嘴唇哆嗦着。

邵辉的手机又振动起来，"嗡嗡……嗡嗡……嗡嗡……"

邵辉猛地往前挺身，按住崔月的肩膀："你拿了什么东西，是不是？"

崔月吓坏了，拼命摇头说："没有，没有的。"

邵辉摇动着崔月的肩膀："我给你机会坦白……"

手机仍在响。

"我不会害你的，辉哥。"

邵辉的眼神让崔月恐惧异常，她哭了，也更不敢承认自己做过什么。

邵辉抓着肩膀的手越来越有力。崔月猛地挣脱开，逃出休息间。

"站住！"邵辉追上来。

崔月惊慌失措，闯进化妆间，里面空无一人。她关上门，撞到化妆台上。外面，邵辉在砸门。崔月看到化妆台上有个咖啡色的包，立刻把随身携带的U盘藏了进去。她剧烈颤抖着，眼睛看什么都在旋转，灯泡和墙壁倾斜，耳朵里轰响着自己的心跳声。

突然，"咣铛"一声——

门被撞开了。邵辉闯进来，直扑向崔月。

崔月尖叫："救命啊！"

她夺门而出，拼命喊着"救命"。然而，周围的场工和剧务全都是邵辉的人。

崔月跌坐在道具室门口，在地上滚了一圈，身子缩在角落。

邵辉扫视其他人："都出去。"

在场的四个人马上离开，在院门外面守着。

邵辉按住崔月搜身，拿出了手机，打开仔细检查，没有异样。

邵辉怒视着崔月："我是想跟你好好的。"

"……辉哥，我会好好的。"崔月发出鸟鸣般的抽泣。

邵辉的手放在崔月的脖子上："最后问你，究竟做了什么祸害我的事？"

崔月看到风度翩翩的恋人已然是面目狰狞的魔鬼，她绝望了。

"我……没有。"

邵辉的手指也在颤抖:"我不想让你死。我不想杀你。"

"辉哥……"

邵辉掐在崔月脖子上的手,忽紧忽松。他伏在崔月耳边说:"我一直不想把你卷进来,想让你生活在自己的小世界里,可是,你为什么要自作孽?"

"……没有的……"

"是你不知足。"邵辉闭上眼睛,手上的力气猛地变大,但很快又放松。

崔月的脸庞发紫,呼吸困难。

邵辉的手终究还是松开了。崔月长长地吁了口气,然后猛地往后一跳,同时挥动手掌,不小心甩在邵辉脸上。邵辉本能地一挡,推了崔月一下,崔月的身子侧翻,太阳穴撞到了道具室的门锁上。

崔月闷哼一声,陡然摔在地上。

邵辉看着她。崔月抽搐着,血从眼角流下来,与眼泪混合起来。

她气若游丝,吐出一句话:"我一辈子……没有当过女主角……我只想在你的人生里……当一次女主角。"

邵辉慢慢站起身,仍然低头看着崔月。崔月不动了。

外面听到响声的手下走过来,默默地站在一旁。

邵辉掏出手绢,习惯性地擦着手,沉声吩咐道:"处理干净。"

他转身离去了。

手下的两个家伙抬着尸体去了后院掩埋。另一个家伙清理道具室门前一路的痕迹。第四个家伙擦洗所有的血迹。

1号院恢复了平静,仿佛什么都没有发生过。

焦棠吃过了农家饭,从外面回到化妆间,拎起自己的包,出去了。

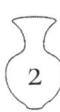

2

屋里很静,甚至墙角蜘蛛爬行的脚步声都听得见。邵辉心里原本密不透风的蛛网破了一块,有风漏出。

邵辉独自坐在道具室，关了门，重新思考。崔月死得有些仓促。他本应该更好地控制住局面，偏偏面对崔月时，让他出现了差错。

也许谷姐说得对：你对崔月的感情会影响判断力。

今天他产生的异样愤怒，正是因为他爱过崔月，而崔月竟然想用某个把柄控制他。他对崔月那么好，可是换来的无异于背叛。

他当时如能再冷静一些，就能逼问出崔月究竟拿到了什么把柄。可惜现在，只能依靠回忆拼接所有细节。

崔月从休息间逃出去后，却闯入了化妆间——她可能是为了藏起什么，否则不会往屋子里面跑，她应该知道剧组里都是邵辉的人。

想到这里，邵辉从道具室出来，下令封闭化妆间，然后亲自搜查。

他仔细检查了每个抽屉，柜子的边边角角也翻查了一遍。当时崔月闯入化妆间不到两分钟就被邵辉砸开了门，这一分多钟她能做什么？

化妆间里没有一件东西可以当作把柄，邵辉的搜查一无所获。

这时，皮猴蹑手蹑脚走进来，伸头对邵辉说："先生，我刚才看见焦棠从外面回来过，拿着包走了。"

邵辉眼皮一跳："她拿着包？"

皮猴点头："进来的时候两手空空，出去的时候拿着包。"

邵辉陷入沉思。崔月会不会在焦棠的包里藏了东西？可是两人向来不合，崔月在紧急时刻会想到焦棠吗？但也许崔月根本没想那么多，她就是情急中胡乱地塞到了一个包里。

这么看来，焦棠已经牵扯到这件事了，邵辉不能心存侥幸。

焦棠知道了什么，知道多少，这些问题都是大麻烦，邵辉没时间去分析，最简单的办法：灭口。

但焦棠可比崔月聪明多了，也比崔月更会保护自己，收拾她有难度。而且焦棠的身份比较特殊，怎么着也是混一线的，稍微闹出动静，后果难料。

邵辉一边思索，一边回到了盗墓现场。

在何虎的带领下，挖墓小组已经弄开了花岗岩隔层，正朝着主墓室做冲刺。

邵辉忽然有了主意：收拾演员最好的办法就是在拍戏的过程中……

邵辉马上叫来林导，与老鹰、皮猴商量起来。然后林导在剧本上改戏，老鹰和皮猴带了两个人去做准备。

下午,《天宝奇谭》剧组拍摄第六集第12场。

黑袍、黑披风、枣红马。女匪首骑马奔跑,后面有几个官兵追捕。拍这种戏,焦棠向来不用替身,她专门训练过马术。

"驾!驾!"

焦棠化身为杏花娘子,享受着纵横驰骋的感觉。扑面的大风,让她欲飞青天,忘掉一切烦恼。

突然——

"哎呀!"

一飞冲天的感觉还没享受够,焦棠就发现自己真的飞了起来,整个人像块石头似的横向抛起,在空中划过弧线,直直撞向一棵树。

胯下的枣红马"吸溜"一声长嘶,卧倒在地。马失前蹄。

被甩出去的焦棠,眼看要撞到树上,情急中双手乱舞,在空中抓住了什么,身子借着巨大的惯性,猛地向前摆荡,闭着眼睛扑入一片纷乱中。

她战战兢兢睁开一只眼睛,发现自己掉到了树冠上,身子被交错的树枝缠住。

谢天谢地……

她刚刚松口气,只听"咔啪"一声,屁股底下的树枝压断了,整个人顿时坠落下去。她疯了似的乱扯乱抓,树枝纷纷折断,却也减弱了向下的力度。最终她掉在地上,摔得眼冒金星。

"飞姐——飞姐,救我啊!"焦棠哭喊。

方晴惊恐万状地跑过来,吓得脸都青了:"棠姐……棠姐你没事吧?"

焦棠这才清醒过来,艰难地从地上爬起。方晴搀着她。

远处,邵辉看到这一幕,问皮猴:"你们怎么准备的?"

皮猴说:"针扎到马掌里,跑着跑着就……"

邵辉冷笑一声:"哼,这女人命真硬,这样都没事。"

第二天上午,女匪首杏花娘子在土坡上埋伏,准备袭击官兵。

突然——

土坡塌方,"轰隆"一声,焦棠一头栽进去,被劈面的土层掩埋。

邵辉早就安排好，假装往外扒土的工作人员其实是压实土层，但焦棠却从另一边爬了出来，挣扎逃生。

下午，匪首杏花娘子在小河边找了一块石头，然后抽出腰刀，在水里涮了涮，准备磨刀。按照修改的剧本，涮刀时，刀柄脱落，掉进了河里。杏花娘子急忙去捞……

突然，她脚下一滑，整个人栽进河里。她拼命扑腾，卷到了河水中间，呛了三口水。幸好，前方有一块烂树桩，挂住了焦棠的袍襟，焦棠顺势划水，抱住了树桩。

邵辉眼睁睁看着，简直没天理。

他走到一旁，给老鹰打电话："怎么样了？"

老鹰的声音很是郁闷："先生，我还在找。"

"翻开她的包就行了，这有多难？"

"她的房间里有十几个包包……"

"这女人是不是有毛病，来西安拍戏也要买那么多包？"邵辉说，"再给你四十分钟，抓紧时间。还有，不要留下翻过的痕迹。"

"是，是。"

河边，焦棠被人拉到了岸上。她坐在地上直打哆嗦。方晴赶忙把一块毯子披在焦棠身上。只见焦棠伸手示意，方晴打开自己的双肩包，从里面拿出焦棠的包。

邵辉远远地看到这一情景，眼睛都直了。

焦棠伸出颤抖的手，从包里抓出一个东西，紧紧攥到手里。

邵辉一皱眉头，急忙绕过小木桥，快步走向焦棠。

走近了，他关切地问："焦小姐，你没事吧？"

焦棠似乎没听到，闭着眼睛喃喃自语。

邵辉连忙凑近，只听焦棠念叨着："……厄运连连，佛祖保佑……拍盗墓剧使我沾染了晦气……佛祖保佑……出行平安，拍戏不受伤……"

邵辉定睛一看，焦棠手里只是抓着一块佛牌。

邵辉气得咬紧牙关，转身时，又看到焦棠捡起从包里掉出的一本别册，对着封面的手写字迹，念叨："周野速来护驾，免尔死罪……"

3

周野慢慢走出病房，刚到门口，就接连打了两个喷嚏。喷嚏的震动力传至胸口，牵引到肋骨，伤处袭来一阵剧痛。周野捂住胸口，疼得脸色发白。

小护士迎面走来，急忙扶住他："周先生，你要当心啊。"

周野的额头渗出细密的汗珠。小护士心疼地帮他擦了擦。

"谢谢……我没事。"周野笑一笑，继续往外走，"我去院子里呼吸一下新鲜空气。"

周野缓缓走出住院部，下了台阶，沿着绿树掩映的甬道走到花坛前。

围着花坛建了一座凉亭，顶部爬满了藤蔓，微风习习，十分凉爽。周野坐在木椅上，望着花坛出神。

不远处有些病人和家属，三三两两，有推着轮椅的，有坐着闲聊的。有个五十多岁的男子看起来有点虚弱，周野昨天见过他，两人打了照面，周野之所以有印象，是男子的额角有一颗绿豆大的痣。

那人正与三个中老年朋友聊天，似乎在炫耀什么，其他人不相信，哄闹着让他证明。

那人从口袋里掏出手机，低头拨弄着，然后仰起脸，把手机举到其他人面前。

"我骗你们了没有？"他的语气有着倔强和得意。

一位妇女盯着手机看了一下，惊讶地问："焦棠真是你的外甥女？"

她的表情和声调有些夸张，周野一愣，怀疑自己听错了。

只见那个有痣男子又在手机上拨弄两下，拿给妇女看。

"嘎嘎，是我有眼不识泰山，你是焦棠的姨父啊！"妇女的脸上漾出了桃花。

"焦棠是干啥的？"一位老同志哼唧着问。

"老张呀，焦棠是大明星，我家闺女迷疯了，前阵子还在网上跟别人骂仗，说要保护焦棠……对，参加了什么糖粉组织，还要拉我进去，让我率领广场舞战斗群，教育教育那帮兔崽子。"

周野做梦也想不到，焦棠的姨父就在眼前！

那边又哄闹了一阵，焦姨父答应给其他人签名，众人这才散去了。

焦姨父背着手，慢吞吞地朝着住院部走去，经过周野身边时，不小心绊了一下。周野忙扶住他。

"大叔，您当心。"

焦姨父苦笑着摇头："废人啦，不中用了。"

周野问："您是在住院吗？"

"是啊，糖尿病，唉。"

"没有家人陪您吗？"周野又问。

焦姨父神色忧郁，默不作声。

周野接着问："焦棠知道您在西安吗？"

焦姨父一愣，抬脸看着周野："你……认识棠棠？"

"我是焦棠的朋友，我叫周野。"

"哦。"焦姨父脸上没什么表情，显然是把周野当作一般的追星族。

周野说："焦棠正在西安拍戏，您知道吗？"

焦姨父又是一愣："棠棠来西安了？"随即叹口气："还是别惊扰她了。我们家……实在是惊扰她太多了。"

周野听焦棠谈过往事，谈到了姨妈和表姐的虐待，也曾在枫叶庄园小区里亲眼撞见那位表姐带着人朝焦棠索要钱财的不堪景象。

焦棠也提到过自己的姨父，是个老好人，实在看不下去了就说几句，姨妈一撒泼，他马上就蔫了。

焦姨父有些不放心地对周野说："你可千万别告诉棠棠，我就在西安。"

"她对您还是很尊敬的。"

焦姨父摆了摆手："我没脸见她的……当初她受欺负，我不敢管。我老婆太凶了，骂我窝囊，后来我们就分开住了，她和女儿在北京，我就待在西安，清静。"

周野明白了。

焦姨父不知想到了什么，眼泪忽然流下来。

周野忙劝道："大叔，您不要难过，伤身体的。"

焦姨父抹着眼泪："唉，让你笑话了。我啊，想起棠棠十岁那年的冬天，我老婆罚她跪在门口，外面还在下雪呀，我看不下去，劝了两句，我老婆把我的脸都抓烂了。棠棠可怜，我也可怜。"

周野问："您的夫人为什么这样对待焦棠？"

"世上有一类人，就是自私到只有自己。棠棠九岁那年，父母不在了，她外婆就让我们家帮着抚养棠棠。"焦姨父嘴唇哆嗦着说，"我老婆跟她亲娘都要讨价还价，先立遗嘱把房产给她，才管孩子。"

周野的眉头微微一敛，忙问："焦棠的父母出了什么事？"

"我听说她父亲是在工作中殉职的，她母亲受不了打击，当天夜里也出了事。棠棠这孩子命多苦啊，一夜间家破人亡……"

焦姨父咕哝着诉说，周野已经听不清了，他的脑子里"嗡嗡"响着。

焦姨父沉浸在自己的思绪中，偶尔抬脸看周野一眼。

周野忽然听到焦姨父说："……我老婆强迫棠棠改了姓，还逼着棠棠喊她妈，棠棠不喊，我老婆就更狠了……"

"焦棠原本不姓焦？"周野讶然。

"是啊，他们秦家是真的不幸呀，这么一来，连后代血脉……"

"焦棠本姓秦？"周野的身子晃了晃，胸肋处一阵剧痛。

"怎么了？"焦姨父惊讶地看着周野，"你……"

"她原来叫什么名字？"周野捂着胸口，哑声问。

焦姨父显然被周野的表情吓住了，颤颤巍巍站起身，有些戒备地看着周野，说："棠棠原来叫秦梦……"

秦梦？！

九岁时父母双亡，被姨妈带走，改姓……

周野的惊愕之情无以复加。

十五年苦心寻找，足迹踏遍全中国。谁知，当年的秦梦竟是如今的焦棠！

近在咫尺，却似远隔天涯。

"可她为什么从来不提九岁前的事？"周野问。

焦姨父长叹一声，走过来拍了拍周野的肩膀："这就是不幸中的万幸呀，一个九岁的孩子，怎么承受得住一夜间的家庭毁灭？我后来请教过医学专家，说是大脑有自动保护功能，如果一个人受到的打击太大，为了避免大脑崩溃，幸运的话，大脑会及时封闭某些记忆，就像从来没发生过。"

人在巨大的灾难面前，会引发身体的自保功能。因为童年的阴影而封闭了之前的一切，这样的例子比比皆是。

焦姨父忧心忡忡地说："你可千万……千万别告诉棠棠，一个字都不要提！"

周野点点头，心绪已经彻底乱了。

也就是说，九岁之后，离开家园的秦梦确实成了另一个女孩。

只不过，她那全新的生命之路又在焦姨妈的虐待下，遭受了更长久的灾厄。

可是秦梦九岁之前，还是有快乐的。

秦梦的童年曾经有过的一切美好，周野帮她保存在自己的记忆里。

秦梦——焦棠，她忘掉的美好，周野是见证人。

秦梦完整的生命，可以在他这里得到修复。

此时，更多的记忆涌入周野的脑海，在飞速闪过的记忆碎片中——

焦棠伏在他背上哭……

焦棠那痛苦的模样……

焦棠昏睡时发出的呓语……

时光继续往前闪回……

再往前……

时光定格在那个黄昏，九岁的秦梦走出大门，纤瘦的身影渐渐模糊……

周野明白自己犯了多大的错误。少年时代因为打架害了秦家，如今他更是错怪了焦棠，而使焦棠陷入悲苦。

他甚至朝她怒吼，让她"滚出去"。他摔碎她拿来的汤碗，摔碎了一个无辜女孩的心。

此时此刻，周野的心也痛了起来，那并不是肋骨断裂的疼痛——来自心底的痛苦远远超过了身体的伤痛。

他必须马上见到焦棠！

4

土地庙后面的挖墓工作持续推进，花岗岩隔层破开后，朝着主墓室加快进度。盗墓分子有过硬的专业水平，但邵辉很清楚，越是靠近核心，越要小心行事。这座墓超过了一千年，根据已知情况判断，土地庙所在的整个山包都是墓区，其内部构造究竟有多复杂，已经没有时间细细考量，只能一边挖一边随时处置。

最怕就是塌方。

邵辉站在墓坑边向下看着，何虎进去了一个多钟头，里面隐约传来敲击声。

这时，老鹰跑过来。

"先生——"

邵辉扭脸瞥了他一眼："什么事？"

"周野来了。"

邵辉的眉头皱起："他一个人？"

"嗯，在村口打听焦棠拍戏的地方，被一个伙计领到树林南边了。"

树林南边是一片开阔的草地，今天拍摄杏花娘子被官兵围捕的戏。

"他的伤好了？"邵辉注视着老鹰。

老鹰急忙说："他的伤势不轻，肯定没好。"

邵辉在墓坑外面徘徊，思考片刻，停下脚步说："一定不能让周野来土地庙，听懂了吗？他在这里看一眼，就全露馅了。"

"那怎么办？"老鹰问。

邵辉低头看着脚下的墓坑，埋藏在里面的奇珍异宝已经到了他的手边，预估明天中午之前就能看到陪葬品。如果加快进度，明天午夜之前，便能席卷宝物成功撤离。在这个节骨眼上，他不允许任何的风吹草动。

邵辉冷冷地说："我给过周野机会，可他不好好待着，偏要来找焦棠，那就一起处理掉吧。"

老鹰凑近些，听着邵辉的吩咐。邵辉不时做个手势，老鹰点头。

老鹰最后说："明白，我这就去把他俩合葬了。"

树林南边的开阔地上长满了及膝的荒草，风吹过，草丛间飞起白色的绒花，纷纷扬扬有着飘雪的意境。焦棠扮演的杏花娘子，被七八名官兵围住，她挥刀向外冲杀，场面颇有些悲壮和惨烈。杏花娘子的袍子染着血迹，摄像机跟拍，林导在一旁监控着。

老鹰压低帽檐走过来，以防焦棠认出自己。

他在林导耳边嘀咕了一会儿。林导点点头，然后抬手说："停！"

拍摄中止。焦棠舒了口气。方晴赶忙走过来，递上毛巾、矿泉水。焦棠拿起矿泉水，仰脸喝起来。她"咕咚咕咚"喝了两口，突然"咯"的一声，呛住了。

她喷出半口水，猛地弯腰咳起来，却咳不出来，憋得脸庞涨红。

方晴吓坏了，慌张地拍抚焦棠的后背，帮她顺气儿。焦棠"咯喽咯喽"地往上喘，喘不上来，脸色从涨红到煞白。

旁边过来一个人，在焦棠的脊背右下来了一拳。

焦棠"呲"的一声，缓过劲了。

方晴惊问："你是谁啊？"

周野笑笑说："我是糖粉。"

方晴连忙伸出双臂，像护小鸡一样挡在焦棠身前："拍戏呢，粉丝不要干扰。"

焦棠扫了周野一眼，心脏"扑通扑通"地跳着，语气却平淡如水："你来干什么？"

"来看你拍戏呀。"

"哼，不欢迎。"焦棠吩咐道，"方晴，把这个扫把星赶走！"

方晴一愣："扫把星？"

"对，刚才我就是看见了他，才呛住的。"焦棠没好气地说。

"原来是这样……"方晴睁着圆溜溜的眼睛看看这个，又看看那个，感觉这件事不像表面看起来那么简单。

"怎么还傻站着，走一边去。"焦棠也不知道在说谁，随便挥了一下手，便走向了林导。

林导把焦棠叫到身边，说道："这场戏稍微改一下——杏花娘子与官兵冲杀时体力不支，逃往树林避难，等待援军。"

"哦，不是在冲杀中，援军来救？"焦棠问。

"嗯，多一番，增加期待感。"

"可以。"

重新开拍。周野远远地跟着。他隐约觉得有点奇怪，虽然以前没有看过现场拍戏，但此刻的情形，似乎哪里不太对劲。

他忽然意识到，是那些工作人员的眼神交流。

按理说，演员在完成拍摄时，周围的主要注意力应该集中在焦棠身上，以确保整场戏不出纰漏。可是场上与场下仿佛是两个世界，焦棠在那里全力演出时，林导身边的一群人，用目光传递着什么。

这时候焦棠已经冲进了树林。

周野忍着胸肋的伤痛，跟了进去。树林里光线昏暗，耳边不时响起怪异的鸟鸣声：咕啾、咕啾……喳喳喳……咕——啾啾……

随即，有一阵翅膀拍动的扑棱声。

周野突然感觉到，树林深处原来就有人，此时那些人忽然移动，惊起了鸟群。

周野不明白为什么，只是本能地为焦棠捏了把汗。

"哎呀！"

树林里猛地传出了焦棠的喊声，显得十分惊恐。

周野跌跌撞撞跑过去："焦棠——"

"周野！周野我在这儿！"焦棠大叫。

周野冲过去，只见焦棠被一团荆棘缠住了，而草丛中，刚刚爬过去一条蛇。

周野忍着身上的疼痛，快步走到焦棠身旁，一边想办法解开，一边问："怎么到了这里？"

"被人追到这里的，是官兵吧，我没看清楚，然后一脚就踩进来。"焦棠惊恐地问，"能不能解开啊？附近有蛇！"

周野的手上被荆棘的尖刺扎出了血，荆棘上还有许多细小的倒钩，紧紧地挂在焦棠的袍子上。

这时，头顶突然传来"喀嚓"一声。

周野仰脸望去，还没来得及说话，就扑到焦棠身上，同时猛然往旁边一拽。

接着是"呼隆"一声，一根断掉的树干横着砸倒在地上，正是刚才周野和焦棠站立之处。两人躲开了不到一米的距离。

那一团被扯开的荆棘上，挂着衣袍的碎片。焦棠爬起来一看，袍子上全是小窟窿，没有伤到身体。但这么强行地一拽，周野的手心手背上，划满了十几条细小的血痕。

焦棠瞬间失控，什么都说不出来，只是动情地在周野的肩膀上捶了一拳。

然后，又捶了一拳。

接着便"呜呜"地哭起来。

周野轻轻揽着焦棠的肩膀："你原来不是爱哭的女孩。"

"我也不知道……"焦棠吸溜着鼻子，"认识你以后，特别爱哭……你把我一辈子的眼泪都带走了，你得还给我。"

"还账的事回头再说，先离开这里。"

"对对，我都忘了，这里面有蛇！"焦棠紧紧抓着周野的胳膊，跑了起来。

周野忍着胸口牵拉的疼痛，一起跑着。

5

周野在路上告诉焦棠，拍戏的现场太邪门了，先回酒店安顿下来，再考虑究竟出了什么问题。

焦棠回想这几天的种种倒霉经历，虽然演员在拍戏中经常遭遇危险，尤其是带有动作场面的时候，可是最近的情况似乎不那么简单。

两人刚跑进雅天大酒店的大堂，就见助理方晴一瘸一拐走进来。焦棠连忙上前询问。

方晴哭丧着脸说："刚才有人抢包，我死攥着没撒手，带子都扯断了。"

方晴的双肩包耷拉在身侧，她的衣服也有拖动的痕迹。

周野问："谁抢包？"

方晴摇摇头："不认识……可能是骑着摩托专门抢包的吧。"

方晴说着，从背包里拿出了焦棠的包，是一款漂亮的咖啡色坤包。

焦棠一阵感动："你是因为这个……"

方晴说："棠姐交付给我的东西，我不敢弄丢。"

周野笑一笑说："是啊，焦棠可比飞贼可怕多了。"

焦棠抬起胳膊肘戳了周野一下："这时候还开玩笑？"

周野的嘴角扭歪，痛得直吸凉气，弯腰捂着胸口。

"呀，你的伤！"焦棠吓坏了。

"没事……"周野摆了摆手，兀自苦笑，"这就是惹你的下场。"

这时，大堂的玻璃转门外面，老鹰和皮猴的身影晃了一下，随即消失了。

焦棠扶着周野走进电梯，方晴紧紧跟着。酒店的六、七、八层被剧组包下来了，演员住在八楼，有助理的就安排了隔壁房间。

从电梯出来，焦棠对方晴说："你回房间关好门，没事别出来。"

"好的。"方晴正是惊魂未定的时候，急忙回了房间。

焦棠进了自己的房间，扶着周野坐在沙发上，顺手把那个包扔到床上，转身给周野倒水。

她一边忙活着，一边问："究竟出了什么事啊？"

周野从自己探查土地庙说起，被石头砸伤、住院……还没说完，焦棠就"噫"了一声："听说这几天剧组一直在土地庙后面建外景，为结局的大戏做准备。"

"什么外景？"周野问。

"具体的我还没见到。"焦棠叹口气，"最近一直在别处赶戏，林导担心雨季要来，把其他戏份完成得差不多了，再转场做最后的墓中决斗。"

周野皱着眉头，各种信息涌入头脑让他恍惚，再加上胸口的疼痛不停地干扰思绪，整个人有些晕眩感。

忽听焦棠又是"噫"的一声，周野抬起脸，看到焦棠正打开柜子。

焦棠本来要取出柜子第二层的一双软底鞋，手却停住，目光投向柜子第三层。

"有人翻过我的东西！"焦棠说。

"嗯？"

周野吃惊地站起身，走过来一看，柜子的第三层和第四层，一共摆放了十几个包包，款式、颜色不同，却看不出翻过的痕迹，排列得整整齐齐。

周野问："你确定？"

焦棠指着第三层的两个包包："位置调换了。"

"啊？"周野一愣，"这个……怎么看出来的？"

"左边是桃红色，右边是橘红色，位置反了。"焦棠气呼呼地说，"我的包包都是按顺序排列的，哼，敢进来偷偷翻我的东西，还以为我没脑子，随手乱放的。"

"不会是保洁员误入了?"

"打扫卫生都有方晴在的。"

"那……"周野忽然想到刚才方晴在外面被人抢包的事。

包?

周野意识到这里面有某种未知的联系。

周野说:"走,去看看监控。"

周野建议先不要惊动剧组,以私人身份去查。这对焦棠不是难事,她亮明身份,暗示自己可能招贼了,保安室马上按要求调出了监控。

周野说:"往前推。"

监控录像先推到一周前,查看白天的情况,因为这个时间段,焦棠都在外面拍戏,贼人可乘虚而入。录像推进到三天前,有个戴着棒球帽的家伙从八楼的电梯出来,身影进了走廊,在靠近焦棠的房间时身影消失了——对方显然知道监控的死角。

接下来,房间里面发生了什么,无从得知。

戴棒球帽的家伙定格在屏幕上,看不到脸,只能通过身形辨认。周野和焦棠努力辨别,都没有印象。

周野对保安说:"麻烦你,再从一周前放一遍,包括大堂内外的录像。"

周野锐利的目光盯着屏幕。文物修复师的眼力,是能捕捉到任何细微之处的。周野忽然抬手示意,录像停住了。

周野指着大堂入口处,有一群人刚刚走进玻璃转门,一个戴棒球帽的家伙,混在七八个客人中间走进来。那家伙扭脸望向前台,角度稍有倾斜,露出了脸。

再比对刚才那个戴棒球帽的身影,是同一人。

此人露出的脸庞,虽然有些模糊,但焦棠突然说道:"我见过他!"

周野示意她不要声张,两人出了监控室,穿过走廊,焦棠低声说:"你还记得那天晚上你感冒发烧,有两个假保安跑到你家偷金公子的那个鸡首壶?"

"记得,"周野说,"难道是……"

"我当时扯掉了他的帽子——"

——那人一回头,脸庞迅速隐没。焦棠恍惚看见此人有三十多岁,额头有一条刀疤。

"年龄差不多的，尤其是那条刀疤。"焦棠说。

周野点头："监控录像上，他的额头确实有一条深色的痕迹。"

"而且，我那天晚上扯掉他的帽子后，就觉得在哪里见过他。"

"对，你当时说过。"

"我现在想起来了，"焦棠的语气有些颤抖，"去年三月份，我参与的另外一部古装剧，有一次白瑞德去探班，一个场工搬的东西差点儿砸到白瑞德，老白就教训了两句，那个场工似乎要动手，是邵辉把他拉开了。"

"那个场工的额头有刀疤？"

"没错。而且邵辉把他拉开后，他的态度马上变得恭顺，虽然没有那么夸张，可是细微的表情变化，我是看得懂的。"

周野和焦棠一边低声交谈，一边走进电梯，准备回房间。

周野皱眉沉思。一名场工，对历史顾问恭顺有加，非要说合理，又似乎不那么合理，而更关键的问题是：为什么每件事都和邵辉有关？

等电梯时，周野说："回到房间后，把事情梳理一遍，先抓住那个刀疤脸。"

焦棠却有些紧张："我不想惊动警方，引来警察就会引来记者，到时候又是一通乱写。"

"会有好办法的。"周野说。

电梯门打开，里面还有三名客人。周野和焦棠走进去，按了八楼键。

电梯升到六楼，那三名客人出去了。电梯升到七楼时，突然晃了一下，"咯噔"一声，然后四周一片漆黑。

6

焦棠惊问："停电了？"

周野说："不对，应该有备用电的。"

焦棠使劲按着按钮，没反应。周野打开手机，用亮光扫视。

焦棠拿出手机，正要寻求救援，外面忽然传来声音："有人吗？我是救援的。"

焦棠连忙朝外面喊:"有人,有人!"

电梯门上传来金属物的碰撞声,一个尖角伸进来,显然在撬门。

焦棠眼巴巴地瞅着。电梯门很快就撬开了。焦棠刚刚松口气,周野猛然抱住她,往旁边躲去。外面的人裹着一团黑影冲进来,一个东西打在电梯的面板上,"当"的一声,是撬棍。

一击未中,来者反向再打。

电梯内空间狭窄,再无躲避余地,周野用身子裹住焦棠,准备用后背接住那一下。焦棠隔着周野的肩膀,猛然大叫一声,手里飞出一个东西,狠狠砸到对方脸上。

嘣!

是她的手机。

手机打在对方的鼻子上,反弹起来。对方闷哼了一声,急忙仰起脸,撬棍歪了,撞在电梯门上。焦棠的手机滚落到地上。

周野抓起焦棠的手,二人往外跑。焦棠在电梯口使出一招女子防身术,一脚踢过去,对方鼻子上的血还没清理干净,小腹又挨了一下,怪叫一声蜷在地上。

周野和焦棠跑进了昏暗的走廊。

"我的手机……"焦棠想起来了。

"别捡了,当心偷袭,先回房间。"周野拉着她往楼梯上跑。

从七楼爬上八楼,两人冲进房间,关上门,正要商量怎么办,忽然看到床上乱七八糟扔着东西。

"谁又翻了我的包?"焦棠跑到床边,满眼狼藉。

这个咖啡色的包,正是之前方晴差点儿被抢走的。焦棠急忙整理床上的物件,化妆品、小首饰、小零食,清点完后,发现什么都没丢。

周野问:"那些人究竟要找什么?为什么总是盯着你的包?"

"不知道啊。"焦棠有些烦躁地抓起空包,目光忽然盯住包里,"哎,见鬼,这里破了个洞!还名牌呢,这么不结实。"

周野凑过来一看。包底的右侧角落,有个破开的痕迹,但没有穿透,平时有东西挡着没发现,包里空了以后,对着窗口的光线可以看到。

焦棠说:"周野,你帮我修复一下吧,你不是有技术吗?"

周野一脑袋黑线:"我只修复文物……"

"这包好贵的,再放三百年也是文物呀,你就当是提前修了。"

"……唉,回头让大兴问问织绣组的小惠吧。"

"谢谢,你都肯为我假公济私了。"焦棠眨着亮晶晶的眼睛。

周野又是一脑袋黑线:"只是问问而已,织绣组根本瞧不上这种包。"

焦棠忽然一指周野:"喂,你脸上又出现了那种表情——"

"什么……什么表情?"周野有些紧张地摸了摸脸。

"你总是无意中流露出'关爱傻子'的神色。"

周野摇头叹息:"咱俩相处好难的,你太敏感了。"

焦棠一愣,随之眼神暗淡,轻声咕哝道:"我对别人从来不这样……还不是因为在你面前没自信嘛。"

周野看着她。

焦棠一边与周野交谈,一边把玩着手上的包包,释放自己的紧张感。

她仰起脸,与周野的目光碰了一下,脸颊泛红:"我以后不那样了,我就天天装傻充愣,你随便关爱,好不好?"

周野定定地看着焦棠。焦棠有些慌:"你怎么了?"

"你的包里有声音,没听到?"周野问。

焦棠揉着包的手停住了:"什么声音?"

周野接过包,举到耳朵旁边晃了晃,隐约传来"扑棱扑棱"的声音,似乎有东西在里面微微撞动着。

焦棠灵机一动:"我知道了。"

她的手指伸进包里那个破损的缺口,指尖探进夹层,摸到一个东西。

焦棠的手从包里抽出来,手指上捏着一个袖珍U盘,只有普通U盘的一半长,更像一个粉红色的钥匙扣。

两人定定地看着U盘,又互视一眼。

焦棠忽然吸了吸鼻子,说:"这味道——圣罗兰'鸦片'香水。"焦棠抬脸看着周野:"这是崔月用的。它把我包里的气场都冲乱了!"

周野更关心的是:"崔月的U盘怎么在你的包里?"

"我不也是刚刚发现吗?"焦棠又茫然又不安,"这里面肯定出了大问题。"

"崔月人呢？"

"对，好几天没见了。听说崔月给林导发了条微信，说家中突发事故，要赶回家乡处理，就走了。可是根据我长期与崔月斗争的经验来看，这不符合崔月的行事风格。但我最近忙着赶戏，没多想。"

"其他人的反应呢？"

"我还问过邵辉一次，问崔月有什么事，邵辉反应很平淡。不过这种事在剧组很正常，有些演员签了约，同时还有别的活动，请假出去赚外快，但不会透露自己的去向。"

"可你刚才说，这不符合崔月的风格。"

"嗯，如果她在别的剧组就没事，可她和我对戏，又是女二，所以一定会盯紧我，就怕自己不在的时候，我这个女主加更多戏。"

"这样的话，她更不可能在离开前，把自己的U盘放到你的包里。"周野思忖着说，"而且有一帮人迫不及待想要这个东西。"

"能打开看看吗？"

周野遗憾地摇摇头："用手机打开U盘，需要数据线，可我的东西都在福泽宾馆。"

"我在剧组借一下吧。"焦棠站起身。

"不行，我们现在辨不清敌我，U盘的事必须保密。"周野起身说，"还是去外面想办法，找网吧，或者……"

焦棠问："现在吗？"

"嗯，你待在房间。"周野把U盘放到自己口袋里。

焦棠急了："为什么扔下我？"

"歹徒再怎么疯狂，也不敢破门而入。你把门反锁，等我回来再开。"

"不行嘛，我一个人待在这里害怕。"焦棠撒娇。

"那……让你的小助理过来陪你。"

"咱俩才是坏蛋的目标，方晴自己待着更安全。"

"也是，那你就……"

焦棠抓住周野的手腕，不松开。

"听话，别往外跑，暗箭难防。"

"就因为这样,我才要跟着你。你身上有伤,该是我给你护驾了。"

"可是……"

"喂,你要是愿意这样磨蹭下去,我没意见,反正我有许多的人生疑问要向你讨教呢。"焦棠开始耍赖。

周野苦笑:"你又威胁我。"

焦棠歪着脑袋凝视周野,那眼神让人无法拒绝。

周野叹口气:"算了,一起走吧。"

焦棠忽然"哧哧"地笑起来。

周野一愣:"你又有什么得逗了?"

"我就是觉得,咱俩在一块儿太厉害了,破案抓坏蛋没问题的,就叫'阴阳大盗'好了。"

周野斜睨焦棠:"那叫'鸳鸯双探'……哦不对,是'雌雄双探'!"

焦棠凝视着周野的侧颜,脑海中忽然飘起一首老歌:

鸳鸯双栖蝶双飞,满园春色惹人醉,悄悄问圣僧,女儿美不美、女儿美不美;说什么王权富贵,怕什么戒律清规,只愿天长地久,与我意中人儿紧相随……

眼前的周野,有的时候不就像一位苦行僧吗?

困在自己的期望中、怀念中、悲情中……

焦棠很想,很想让他解脱出来。

第十五章

上天给我的恩赐

我的霉运已经走完了，

接下来都是好命。

放心吧，我罩着你。

1

周野和焦棠离开房间，小心地沿着走廊前行。一路无碍，电力也恢复正常了。两人先爬楼到九层，来到电梯前，有客人进出，并无异样。只可惜，焦棠的手机肯定不见了。

他俩和四个客人一起进入电梯。那些人显然是来西安旅游的，南方腔讨论得很热烈。现在是下午五点多钟，他们商量去大唐芙蓉园看夜景还是去坊上逛夜市。

电梯下降，经过剧组所在楼层没有停，一直到了一楼，周野和焦棠跟着南方客人穿过大堂，从旋转门出来，下台阶。

两人朝着右侧喷水池走去，那里比较僻静。周野一边走一边扫视周围，没有看到网吧，但酒店旁边有一家数码店。

这时，周野的手机忽然响了，他拿出来看了看，是个陌生号码。

周野与焦棠互视一眼，接起手机。

一个尖利的女声破空传来："焦棠在不在？"

周野问："你是谁啊，怎么有我的号码？"

那声音不耐烦地说："我是焦棠的表姐，让她接电话！"

"表姐？"周野一怔。

焦棠听出事情不对，忙接过手机，问："你在哪里？"

"哼，你以为跑到西安，我和我妈就找不到你了？"表姐冷笑。

焦棠的头皮一阵发麻，阴魂不散的讨债鬼居然降临到西安，可这件事太诡异了。

手机那边换成了姨妈的声音："焦棠，马上过来认罪！"

"认什么罪？"

姨妈蛮横道："上次你在小区打你表姐，还有那个男的，你们一对狗男女，欺负我女儿，必须跪下认罪，不然我就满世界揭露你！"

"你疯了吗？"焦棠气得浑身发抖。

"白眼狼，我不跟你废话，一个小时内，必须跪在我面前！"

焦棠忽然想起，白瑞德之前提醒她，有人到公司打听姨妈……

焦棠一只手捂住手机，轻声对周野说："这事不对呀，你觉得呢？"

"嗯，你姨妈来得太突然，也太巧了。"

"除非她被人牵住了鼻子。"焦棠转而对着手机，问，"你们在哪里？"

手机里静了一下，然后姨妈说："这是……老鸦……老鸦李村。"

焦棠冷笑："对不起，不认识路。"便把手机挂断了。

周野说："你姨妈被坏人利用了，她可能有危险。"

焦棠说："坏人让她当诱饵，可咱们只要不理，坏人能把她怎么样？"

周野思忖着，手机又响了，还是那个陌生号码。

焦棠毕竟还是不放心，接通了手机。

那边换人了，传来一个女人冷漠的声音："焦棠，你可以叫我谷姐。"谷姐的声音平静无波："既然已经摊牌了，那就请你把手上的东西交给我，换回你的姨妈和表姐。"

焦棠说："你搞错了，我们没有东西可换。"

"那个粉红色的U盘……"

"什么？"焦棠大惊。

谷姐淡漠地笑了几声："有什么惊讶的，我们在你房间安装了摄像头，高清、全彩。"

"你们……不要脸！"

"哼，限你们一个小时内到老鸦李村的1号院。"

"别做梦了，我们马上把U盘交给警察。至于我姨妈和表姐，谢谢你帮我教育她们。"

"呵，"谷姐的语气毫无变化，"你姨妈说你是个白眼狼，还真没错。"

"你个无耻之徒，有什么资格评点别人家的事？"焦棠痛快地骂着。

"你以为装出硬气的姿态，我就拿你姨妈没办法了？"谷姐冷冷地说，"焦棠，你可以不管姨妈和表姐，那么迟飞呢？"

最后的问题猛然击中了焦棠，她惊慌地问："飞姐怎么了？"

"她也到了西安，刚才打你的手机，不好意思，我们帮你接了，还告诉她，你正忙着拍戏。我已经派人去接她了，你来老鸦李村，就能见到她。"

焦棠嘴唇哆嗦着，说不出话。

谷姐继续说："你想一想报警的后果。你手上掌握着三条人命，大不了我们鱼死网破。"

手机挂断了。

焦棠又愤怒又不安，一时方寸大乱。周野问她记不记得迟飞的手机号，赶快打过去。焦棠急忙拨打迟飞的号码，可是无人接听。迟飞显然被控制了。

周野说："我们马上去老鸦李村。"

焦棠急着问："真能用 U 盘换回她们吗？"

周野说："你别慌，我先打个电话。你去街边叫一辆出租车。"

焦棠一把抓住周野的胳膊，乌黑的眸子里漾满了恐惧："不能报警……他们会把飞姐灭口的。"

"嗯，放心吧。"周野说，"我顺便买一根数据线。"

他一边打手机，一边转身匆匆走向数码店。

焦棠隐约听到周野说："……老李哥，我有件事要告诉你……"

焦棠惊慌失措地在街边拦了一辆出租车。周野快步回来，两人坐上车，直奔那个命定的小村庄。

2

周野和焦棠坐在后座。周野拿出刚买的 OTG 数据线，把 U 盘和手机连接起来，准备打开里面的内容。

出租车司机好奇地说："哎，这位姑娘长得好像焦棠呀……你……不会就是焦棠吧？"

焦棠笑一笑，没说话。

"你肯定是焦棠！我的神神啊，我奶奶活着的时候最喜欢你。"

焦棠不知说什么好。

"真的真的，我奶奶说女孩儿要像焦棠一样，就是完美。"

焦棠扭脸看看周野。周野正在全神贯注地操作手机。

"……我奶奶还说过，她年轻的时候，就有你现在的风采。"

焦棠终于开口了："老奶奶高寿啊？"

"唉，别提了。"司机摇头叹息，"我说奶奶你使劲活，咱凑个整儿。她说'行、行'，结果呢，没活到100，去年，98岁走了。"

焦棠觉得有些难过，叹口气说："也算是喜丧了。"

"是啊。"司机的声音有些伤感。

焦棠瞥了一眼驾驶室，转移话题："哟，大哥还是西安市优秀的哥呢。"

"嗨，我这人爱管闲事……就说上个礼拜，一男一女坐我的车，女的不知说了啥，男的突然猛扇女的，畜生，你一个大老爷们，欺负个女娃……"

这时，周野打开了U盘，示意焦棠一起看。

手机屏上出现模糊的夜景，黑压压一片，显露出树木和丘陵，以及土地庙那怪异的轮廓。六个鬼魅样的人影在游移。

他们不断在地上放着什么，隔一段距离便重复一次。焦棠不懂，周野推测出，这是在放置测量仪。

随后，鬼魅似的人影聚拢在电脑前，光泽映在几张脸上，其中有邵辉。

看到这里，焦棠一怔，与周野互视一眼，又把目光投向手机。

视频里传来一个陌生的声音："先生，这个墓，咱们还要不要……"

邵辉："费了这么久的苦功，宝藏就在眼前，你要丢弃？"

陌生的声音："这事儿……邪乎。"

画面忽然晃动，拍摄者似乎在调整角度。而且拍摄者越来越紧张，镜头外传来的呼吸声与恐惧的叹息声可以听出是崔月。

随后，传来邵辉他们的笑声。

只听邵辉说："……明天就可以拍摄土匪挖墓的大戏，让摄影机假装对着拍。我让你享受一下，光明正大盗墓的滋味。"

原来这就是所谓的"建最后的外景"。焦棠突然意识到，自己陷入了多么大的圈套——整个剧组就是犯罪团伙！

周野同样感到惊讶和愤怒，回想之前和邵辉结识的过程，此人竟是潜藏在身边的巨盗。周野马上又想到李济宗家的失窃案，还有金公子家里差点被盗的鸡首壶，以及闯入他家的假保安——凡此种种，结合视频中邵辉的状态，可以明显看出，邵辉是这个团伙的幕后老板。

所以邵辉知道周野来西安的行程，也就不足为奇了，之前周野还以为是巧遇。这么看来，自己到西安寻找绞胎瓷瓶的行为，触动了邵辉的敏感神经，使其更加确信唐墓的存在，然后利用焦棠拉近关系，最终在土地庙后面袭击他——这段视频拍摄时间，正是他被石头砸伤住院的那天晚上，邵辉一举锁定了墓葬的准确位置。

此时车子已经出了南门，继续往南行驶。

周野收回思绪，从手机上拔掉U盘，轻声对焦棠说："一会儿到了村子，听我安排。"

焦棠点点头，又问："可我不明白，崔月为什么要把这个视频放到我包里，还有，她究竟去了哪儿？"

"这些疑问，只能逐步破解了。"

距离老鸦李村二百米的地方，周野示意停车。司机执意不收费，但希望焦棠签个名，说要等到奶奶一周年的祭日，烧给她。焦棠爽快地答应了，不仅签了名，还写了一句话：祝奶奶在天堂一切都好。

司机十分感动。

周野问明了司机的微信号，给他转了车费，然后问："老兄几点下班？"

司机说："晚上十点多就收了。"

周野看看手表，现在是傍晚六点半。周野说："今天晚上九点，我们发微信叫车，麻烦你……"

"没问题没问题，我过来接你们！"司机激动地说。

周野说："如果九点钟，没有接到我们的信息，请你报警。"

"嗯？"司机脸上的笑容一顿，"报警？"

"老兄别紧张，"周野语气平静，"就是防个万一。"

"哦……"

周野从口袋里掏出个密封的纸袋，递给司机："报警时把这个交给警察，就没事了。"

司机接过来，掂了掂，里面的东西很轻。

焦棠从车窗外探头说："谢谢啊，大哥。"

司机挺起胸膛:"客气啥,我开车二十年,啥事没见过?"

周野与司机握了握手。司机小心翼翼地把纸袋收好。

出租车掉转方向,准备回城。焦棠在路边挥手道别。

司机一边掉头,一边嘀咕:"是不是真人秀啊?"他东张西望:"嗯,说不定啥地方有摄像机呢……"

出租车远去了。

3

周野与焦棠手挽手走向老鸦李村。

他们右侧的天空,残阳如血,几片橘色云朵飘过,与天地交接处的金光遥相辉映。此情——浪漫,此景——壮美,却又透出莫名的诡谲。

弯曲的小道上,两人的身影拉得很长很长。

远远看去,土地庙仍然踞守在山包上,千年时光对于它或许只是恍惚之间。

土地庙的背阴处,隐约有灯光闪烁,那些盗墓者,想必更是迫不及待了。

周野还注意到,周围树丛里偶尔有窸窸窣窣的声音传来,显然有人在暗中放哨,他俩一路走来,都在对方的眼皮底下。

周野扭脸看了看焦棠,柔声开口:"小棠。"

"你叫我什么?"焦棠满脸喜悦地看着周野,竟忘了自己身处险境。

"我想告诉你,如果……"

"没有'如果'。"焦棠把周野的手挽得更紧了,"我知道你想说什么。我们一定会好好的。"

周野笑一笑:"你这么有信心?"

"我的霉运已经走完了,接下来都是好命。"

周野说:"我可不一定。"

"放心吧,我罩着你。"焦棠忽然发现周野的脸色越来越苍白,惊问,"你怎么了?"

周野按了按胸口，低声说："没事。别让他们看到弱点。"

"可是，你被石头砸过，如果不小心，断掉的肋骨会戳到心脏吧？"

周野苦笑："你这么一安慰，我好多了。"

焦棠说："我来背你吧。"

周野摇头："我还是走路踏实。"

"喊，那你背我吧，我走不动了。"

"你太残忍了。"

两人这么斗着嘴，周野感觉胸口没那么痛了。

前方就是村口，可以看到1号院的院门虚掩着。四周一片寂静，偶尔响起的鸟鸣声加重了村庄的寂寥。

周野和焦棠走进院子，看到迎面站着的女人。她的左侧是那个额头有刀疤的男子，右侧的男子体型瘦长、猴头猴脑的。另有两个家伙跟在他们身后。而周野和焦棠的身后，也有两个家伙盯着。

一共七个人围住了周野和焦棠。

"我是谷姐。"女人苍白的面容中透出凌厉，"东西带来了吗？"

焦棠哼了一声："你也不客气一下？"

"没时间浪费在你们身上，U盘拿来。"谷姐说。

周野问："我们的人呢？"

谷姐扬了一下手，一个家伙走到屋里，推搡着迟飞、焦姨妈、表姐出来。她们的手腕上绑着绳子，连成了一串。

姨妈一见焦棠就叫唤："快点救我！"

表姐生气地嚷："还有我！"

迟飞怒道："吵死了，闭上臭嘴！"

姨妈和表姐瞪着迟飞，却敢怒不敢言。

焦棠又心痛又埋怨："飞姐，你来西安干什么呀？"

迟飞叹口气说："我不放心你。没有我陪着，你不开心怎么办？"

焦棠的眼泪流下来："你怎么那么傻？"

迟飞说："棠棠，你才傻啊，来这里做什么？这是陷阱！恶棍们会把你一起灭口的，这种狗血情节，你不熟悉吗？"

"住口！"谷姐回手给了迟飞一耳光，厉声说，"废话太多了！"

迟飞猛地往前挺身，抬脚想踹谷姐，可是手上的绳子连接着焦姨妈和表姐，三人挤作一团。两名打手上前控制住了她们。

周野说："你们不就是要这个东西吗？"

他从口袋里掏出那个粉红色的U盘。

谷姐的目光投向U盘，点头说："算你们识相，拿来吧。"

"说好的交换呢？"焦棠上前挡在周野身前，怒视着谷姐，"先放人。"

谷姐冷笑："在这里，我说了算。"

周野哼了一声："你说了算吗？你背后不是还有邵辉吗？"

谷姐的眼睛眯缝起来，冷冷地说："你这句话，葬送了自己的性命。"

谷姐一挥手，老鹰和皮猴冲过来，从周野手里抢U盘。周野和焦棠拼命争夺，但还是被抢走了。谷姐刚接过U盘，周野欲往上冲，谷姐立刻把U盘扔到地上，鞋跟使劲一踏，再用鞋尖用力碾磨，弄坏U盘。她又抬脚一踢，U盘不见了。

谷姐松口气，嘴角露出得意的笑容。

这时，后面那间黑暗的屋子里，浮现出一个人影。

他仿佛是从黑暗中剥离出来的，缓缓来到众人面前。正是邵辉。

他姿态优雅、从容，脸上带着惯有的微笑，只是此刻的笑意中蕴藏着杀机，深暗的眸子氤氲着吞噬一切的气息。

他站在周野面前，却仿佛周围的一切与他无关。

周野淡淡一笑："你终于现原形了。"

"周野，我非常欣赏你。"邵辉悠然说道，"当初在王总的私人收藏室，看到那件修复的北宋汝窑玉壶春瓶，我非常惊讶，因为王总告诉我，那是一位神秘的年轻人修复的。能够达到'取其魂，隐其形'的无痕修复，全世界不会超过三个人。你确实是不世出的天才。"

"过奖了。"周野语气平淡。

焦棠忽然嚷道："喂，他在赞美你啊！遇到这么厉害的马屁功夫，你还能保持淡定，周野，我非常欣赏你哟。"

邵辉的脑袋上隐隐出现了"黑线"。

周野对焦棠说:"我们谈的是生死攸关的事情,你别闹。"

"他明明在拍你的马屁,关生死什么事?"

邵辉酝酿一下情绪,接着说:"这污浊的人世,难见天才,能认识周先生,是我的幸运。我给你三分钟时间,考虑一下,愿不愿和我携手,一起创造文物界的传奇。"

"是帮你造假吧?"周野的语气十分轻蔑,"用高等级的仿品替代原物摆放,这种移花接木的偷窃手法,宋元时期就有。"

邵辉笑一笑:"你太拘泥形式了。我不妨告诉你,土地庙下面的那座唐墓,最多一个小时,就能挖到主墓室。凭你是阻挡不了的。"邵辉潇洒地挥了一下手:"但我仍然希望你加入,你只要答应了,唐墓中的奇珍异宝,随便挑选。"

周野冷冷道:"墓里的一块砖,你都拿不走。"

邵辉笑出了声:"你可能忘了,这次找到唐墓,其实就是你的指引。"

"我现在过来,就是修正错误的。"

"何必呢?换个角度想一想,天下的文物那么多,与其将文物流落到李家、金家这些人手上,不如我们更好地珍惜爱护。我们才是真正懂文物的人,至于手段,根本不必计较。"

"你这套说辞,与那些掠夺文物的侵略者有什么分别?"周野怒斥道,"用冠冕堂皇的理由掩盖内心的贪婪和险恶、包藏祸心的手段,却赋予看似合理的意义。文物落到你们手上,无异于珍珠跌落粪池,就算你占尽了天下奇珍,也修复不了自私无耻的心!"

院里陡然一静。一群暮归的鸟儿从院子上空飞过。

焦棠嚷道:"骂得好!"

谷姐忽然皱着眉头走近邵辉,俯在他耳边说:"先生,我感觉周野是在故意拖延时间。"

邵辉冷声反问:"他还能怎么样?"

这时,从土地庙方向,突然传来"轰隆"一声。

爆炸了!

4

邵辉一惊。他极少流露出这种表情，但骤然而起的爆炸声，仿佛狠狠地撞到了他的神经——唐墓出事了？这是邵辉无法容忍的。

"老鹰、皮猴，跟我来。"邵辉一边吩咐，一边扭脸给谷姐做个手势。

谷姐会意，对其他四个打手使眼色。

焦棠紧紧抓着周野的胳膊，身上打着寒战。迟飞那边也感觉到凶险来袭，三人挤撞缠绕，焦姨妈拉着长声哭爹喊娘，她女儿用更加尖厉的声音指责母亲害了她，不该跑到这里来，是母亲太贪，听信了坏人的谗言……

迟飞保持着镇定，拼命想挣脱手腕上的绳子。一个打手朝她靠近，她冷不防一脚踢到那家伙的裤裆，那厮"嗷"的一声怪叫，滚翻在地。

周野拉住焦棠的手，往迟飞那边移动。

这时，邵辉和老鹰、皮猴已经出了院子，视野中突然跃出五六条影子，上来便是一通猛打。

邵辉三人蒙了，不知哪里钻出来这么一伙人，村子两头的岗哨竟然毫无察觉。

邵辉三人被分隔包围后，又有七八人扑进院子，向打手们冲去。打手的气势马上就弱了，人数上不占优，底气更不足。

冲进来的这伙人，带头的正是李大头。

周野说："老李哥，你怎么才来？"

李大头的大茄子脸上全是汗："哎呀，你打完电话，我就赶紧叫人，西安城这么大，关键是要找到老昆，只有他知道树林后头那条小路。"

焦棠问周野："这些人是谁呀？"

周野说："都是从老鸦李村出去的乡亲。"

李大头手上拎着铁锹，对着身后的伙计们喊："妈的，敢搞我们的土地爷，打不打？"

七八个男人吼："打！"

"咱的土地爷，再烂再破，也是咱的土地爷，不能让这伙王八蛋糟蹋，对不对?"

"对!"

"保护土地爷,上!"

这伙人,有满脸油腻的,白天还在城里卖猪肉,晚上赶回来保护土地爷;有腆着肚皮的,白天在城里收破烂,晚上赶回来保护土地爷……

又从外面冲进来五六个村民。十几个人一拥而上。

村里有些留守的中老年妇女,敲盆敲锅造声势,然后奔着土地庙去了。沉寂上千年的村庄,瞬间震翻了天。

院子里的混战很快结束,打手们全部躺下,哀号求饶。

谷姐正要往外逃,迟飞赶上两步,一脚踹过去,把谷姐踹了个大马趴。

迟飞怒道:"敢抽我嘴巴子,活腻了!"

周野和焦棠上前解开了三人的绳子。

姨妈哭叫着:"啊——吓死我了!"

焦棠平静地说:"姨妈,你养育过我,我感激你。今天晚上,恩情还完了,以后各走各的路。"

姨妈眨巴着三角眼,似有不甘,但目光一碰到焦棠的眼睛,脑袋便垂下来。

迟飞走过来说:"棠棠什么都不怕了,你没有什么可以威胁到她!"

院角,周野拉住李大头,急切地问:"土地庙后面有人保护吗?"

李大头刚和土地庙那边通完话,说:"周老师,放心,三豁子和狗牙带了六个人上去了。"

"那爆炸……"

"没事,炸药是三豁子找到的。是那群贼藏在土地庙里,准备最后搞破坏,三豁子把炸药扔到坡底下,引爆了,把那些兔崽子吓得半死,还以为塌方。"

周野点点头,随即给那位司机大哥发微信:请报警,证据交给警察。

司机大哥立刻回复:我就在公安局门外候着。

焦棠走过来问:"哪还有证据啊?U盘都踩成渣了。"

周野笑了笑:"那个是我在数码店买的同款,我担心邵辉派人搜身,提前把崔月的U盘放到纸袋里,交给了司机。"

"原来你也会骗人啊!"

"什么话？这叫兵法，懂不懂？"

焦棠笑道："邵辉肯定没想到你玩这一手。"

"对了，邵辉抓住没有？"周野朝院门张望。

外面的村民押着老鹰和皮猴进来，却没见邵辉。

周野问："贼头呢？"

"往土地庙跑了，"一个健壮的村民说，"他跑不了，那边有咱的伙计。"

老鹰突然笑道："你们别想抓住先生，先生是神人！"

周野说："我去土地庙看看。"

身后，老鹰还在怪叫："……先生真乃神人也……"

焦棠跟着周野一起爬上山包，上面的战斗已经结束，七八个村民围着一伙贼，何虎也在其中，抱着脑袋蹲在地上。

周野说："警察很快就到了。"

他走到土地庙后面，看见那个幽深的盗洞，往下至少有三四十米，漆黑一团，仿佛古老神明张开的嘴巴，却发不出声音。风吹过，墓道边沿的荒草抖动着，犹如颤动的魂魄。

"真是罪孽。"周野低喃。

"是啊，看着都心痛。"焦棠感慨。

"再晚一会儿，他们就得手了，然后就会大搞破坏。"周野俯身在坑边，往下看着，"不幸中的万幸。恰恰是因为这座墓的规模很大，墓主身份高，墓体牢固，邵辉没有轻易攻入。"

这时，李大头带着人过来接应，准备把何虎等人押到村里关起来，等候警察。

周野说："老李哥，你再找些人，重点是盯住土地庙后面这一片。邵辉不见了，他是贼首，要特别当心。"

"行。"李大头叫来三豁子和狗牙，如此这般地叮嘱了几句。

那两人去了。

李大头伸脖子往漆黑的洞里看了看，"啧啧"叹道："发生了这么大的事，我们简直是睁眼瞎。"

"是坏人太狡猾了。"周野说着，拍了拍李大头的肩膀，"村子里发现了唐墓，这里会变成旅游区，以后不用去城里挣命讨生活了，就在家里安安稳稳过日子。还有，这座土地庙要好好修一下，里面的双神一位、一体两面的塑像是个谜，也是个奇迹，我回故宫以后查一查资料，看看能不能找到渊源。这个文化现象，会吸引世界各地的学者。凭着这座唐墓和这个土地庙，老鸦李村很快会名扬天下。老李哥你是大功臣啊。"

李大头抓着后脑勺，"嘿嘿"两声说："不敢不敢，是周老师领导得好。"

焦棠笑起来，对李大头说："你们可以组团去故宫游玩呀，还能见到周老师。"

李大头还没反应过来，周野笑着说："你一定要把磊磊带上，那孩子是重要人物。你们来北京，不管多少人，吃、住、行我包了……"

焦棠抢着说："还是我包吧。"

"哎，我包我包。"

"还是我包……"

李大头轻声说："谁包都可以。"

"那小棠包吃住行，我给你们当讲解员。"

"哎？你光出一张嘴？"焦棠双手叉腰。

"你不是要包吗？"

"我要包，你给我买吗？"

李大头发现这是聊岔了，赶忙拉回正题："明年开春，四月份，我们组团。"

"说定了，可别放我鸽子呀。"周野与李大头握手，"其实你们去故宫，不应该叫游玩，应该算是文化交流。"

"嗯？"李大头愣了愣。

"老鸦李村，有唐代皇族血统。你说不定是李隆基的后人呢。"

"啊？"李大头缩起脖子。

焦棠奇道："你们村里没有族谱吗？"

李大头直摇头："小时候听过一些传说，长大后谁还管那些事啊，都忙着过日子哩。"

周野叹息道："就因为我们不在意，才让坏人钻了空子。"

这时，远处传来了警笛声。红蓝相间的警灯烁，划破了夜幕。六辆警车飞驰着，越来越近、越来越响。

5

第一批到达的十二名警员分作两组,一组收拢疑犯,并在1号院的后院找到了崔月的遗骸。另一组对周边区域展开搜索,又捕获了四名疑犯。天亮前,盘踞在老鸦李村的盗墓团伙覆灭,二号人物谷姐、三号人物何虎,以及骨干分子老鹰等人落网,但团伙头目邵辉脱逃。西安警方联合北京警方,对邵辉及其漏网成员展开追捕行动。

当天中午,武警进驻保护周边区域。随后,考古队的勘察人员赶到了老鸦李村。

由于邵辉和手下的开掘工作很粗糙,为了抢时间甚至在局部出现了破坏性挖掘,考古队必须一边巩固现有墓道,一边小心翼翼向前推进。

所谓"行百里者半九十",越是接近主墓室越要谨慎。

逐渐地,这座惊人的唐墓缓缓显露真容。

到了傍晚七点钟,映着落日的最后一抹余晖,壮美的主墓室开启一半。

周野忍着伤痛全程跟随,除了亲眼见证这座神秘的唐墓以外,他更关注的是墓中的陪葬品是否有绞胎瓷瓶——这是吸引他从北京来西安的原因,也是那个小孩手里的两块瓷片的指引。

墓中首先引起大家惊叹的是精美的壁画,绘于墓道、天井及墓室的壁上,画作十分丰富,既有礼佛的场景,也有女子打马球的景象,还有宴请、乐舞等等风俗时尚的展现。壁画中描绘的侍女均面庞圆润、体态丰腴,戴黑色幞头,穿红色圆阔袖长袍。

周野感到惊喜的是,有一名侍手双手捧着一件绞胎瓷瓶。

当然这并不能确定墓中一定有此类陪葬品,要看发掘的实际情况如何。

第一批出土的陶器、铜器及其他各种杂器,约30件,大部分是罕见的珍品。

周野一边寻找着绞胎瓷瓶的痕迹,一边在现场帮助指导工作。因为有些考古发掘品,出于研究需要,在出土后要立刻进行黏结复原。但因为现场人员及条件所限,这种修复过程往往比较粗糙,接口处错位的情况十分常见,而残缺部分通常是用石膏补缺,使得修复无神韵。周野要求进行拆洗,然后重新拼接。在他的建议下，器物置于容器中，用丙酮浸泡，二十分钟以内即可，器物出土时黏结在裂口处的杂质自动脱落，为本地文物修复师的工作铺平了道路。

焦棠和迟飞就住在老鸦李村。焦棠每天过来陪周野。她感觉周野有点魔怔了，双眼聚焦，仿佛看不到周围的一切，目光直直地望着墓洞，每当墓中有器物出土，他的眼睛便立即燃起亮光，然后沉寂了，之后再度燃起，再沉寂……周而复始。

三天过去了，周野几乎没怎么合眼。在焦棠的督促下，他勉强按时服药，并且尽量不要大幅弯腰或者搬重物，以免造成更大的伤痛。

又过了几天，唐墓的全貌基本上呈现出来了。随着出土的文物不断增多，所有在场的考古人员无不受到震撼。考古队的曹队长用一个成语形容：叹为观止。

这天下午，焦棠来给周野送饭。周野站在墓坑边，已经忘了时间。焦棠很担心他的状况，一是，周野每天这样高度地凝聚注意力，身体崩溃是迟早的事；二是，比第一种情况更糟糕的，如果这座墓中没有出现周野等待的东西，怎么办？换作平常，可能就是一次失落而已，但这座唐墓，周野付出了太多，万一崩溃了，就不仅仅是身体的问题了。

焦棠把食盒打开，有四样农家小菜，刚蒸出来的馒头，一碗小米粥。

"周野，吃一点吧。"焦棠说。

"哦。"周野心不在焉地应着，仍然望着不远处的考古人员。

焦棠拉着周野坐到树下的石头上，把馒头塞到他手里，筷子塞到另一只手里，为转移周野的注意力，她笑了笑："哎你说，邵辉的心里阴影面积会有多大？"

周野怔怔地，开口说："这座墓有多大，他的心里阴影就有多大。"

"不知道他能逃到哪里？"焦棠歪着脑袋想了想，"听说只要发了通缉令，就没人逃得掉。"

周野的思绪被焦棠引过来了，说道："你最近还是要当心，邵辉那个人很难揣测，你看他把自己的另一张脸藏得那么深，平时风度翩翩的。"

焦棠叹口气："唉，崔月就是被他迷惑了。"

周野说："我们都被他迷惑了，只是崔月陷得最深。"

焦棠被这句话触动了，若有所思地看着周野。

周野感觉到她的目光，夹着小菜的筷子停住，抬脸问："怎么了？"

"没事……你快吃吧，这是老鸦李村特有的野菜，别的地方吃不到。"

"嗯，味道很特别，有一股甜甜辣辣的香味。"

"小米粥配这个菜是极品，你尝尝。"焦棠说着，口水不自觉地流下来。

周野笑了笑，笑容有些憔悴。焦棠十分心疼。吃完饭，焦棠让周野靠着树休息。周野确实太累了，坐在石头上，身子后仰，脊背靠着大树。

焦棠从袋子里拿出电动剃须刀，说："你闭上眼睛。"

周野听话地闭起双眼，焦棠给他刮胡子。在轻微的"嗡嗡"声中，周野睡着了。

焦棠深深地叹口气，可她有什么办法呢？她只能陪着他。然后，就是祈祷上天让周野完成心愿。

但不知是焦棠的祈祷不灵，还是上天另有安排，主墓室清理完成后，没有发现绞胎瓷瓶。

尽管整座墓区还有三分之一没有挖开，但古代墓葬是有规制的，尤其对于墓主身份极高者，陪葬的器物如何放置、怎样排列，有着极其严格的法度。类似绞胎瓷瓶这样的重器，一定会在主墓室，和同等的器物按层级排列在一起，不可能在墓里随便乱放，或者一股脑堆在某处。

因此，主墓室全部清理完毕，周野的希望落空了。

6

周野在墓边坐了许久，脑子里是一团茫然，也许是失望的感觉过于强烈，他的意识仿佛陷入了深渊，透不进亮光。

作为文物修复师，面对一件珍爱的器物却无法修复，这份痛苦，旁人是无法体会的。对于这座唐墓，周野寄予了全部希望，可是，没有找到完整的绞胎瓷瓶，没有样本可以翻模取样，就无法使故宫那件残缺的瓷瓶予以复原。

它的生命将永远缺损。

同时，它把周野生命中的一块也挖掉了。

"也许有什么地方没有关注到。"周野喃喃自语。

考古队的前期工作已经完成，第一批队员正在撤离，明天将展开新的工作。

周野注视着墓坑，一动不动。

曹队长知道周野的心思。为故宫博物院献礼事关重大，他便做了申请，让周野最后再入墓区一次。

在周进驻身后，夕阳缓缓沉落，远处低矮的山丘笼罩着残留的霞光，树影在风中忽隐忽现。空中有云层堆积，从遥远的天边涌来，天空正从暗橘色渐变为青灰色。风越来越大，墓边堆积的封土上腾起碎屑，草茎和树叶在风中旋转而起。

焦棠从村里走来时，看到周野静止的身影，如一座塑像。

周野忽然站起身，朝墓区走去。

"周野——"焦棠呼唤。

周野仿佛没有听到，逆风向前，身影逐渐沉落——他走进了墓坑。

焦棠拼命跑过来，地上的碎石磕磕绊绊，她摔倒了，爬起来，追到墓前。

"周野！"

焦棠一边朝坑里张望，一边往下走。

穿过墓门，墓道里光线昏暗。前边的周野停下脚步，扭脸问："小棠，你来干什么？"

"你呢？"焦棠急切地问。

"我找一找绞胎瓷瓶。"周野说。

焦棠没有劝解，更没有埋怨，只是说："我帮你一起找。"

"别闹了，回去吧，底下不安全。"

焦棠径直来到周野身旁："我是被马踩过的人，你跟我说不安全？"

周野苦笑摇头，由着她吧。

两人走进主墓室，周野专心致志地寻找。焦棠已经知道了周野要找的瓷瓶是什么样子，这段日子她通过网络认识了精美绚丽的绞胎瓷器。

这座唐墓的规模很大，主墓室可以称作"地宫"，考古队清理得很干净，每隔一段距离，就有一块太阳能板用来照明。放眼望去，宽阔的地宫内没有想象中的阴森，焦棠心里安定不少。她很快就被四周的壁画吸引了。

周野叮嘱了一句"别随便拍照啊"，然后就低着头沿地宫的边缘寻找，目光不放过任何角落。

　　焦棠欣赏着壁画，这样的体验可是此生仅有的。然后她猛地想起来，自己下来不是为了看新奇的，急忙低头寻找起来。墓室的地面夯得非常坚实，但能看出来，在一千余年的时间长河中，有被大自然的力量破坏的痕迹，地面和墙壁的破损、隆起之处，有沉落的土层。

　　周野已经转了一圈，脚步越来越艰难。希望又破灭了。

　　这时，地宫外面隐约传来雷声，隆隆的响声传到墓室，灯光闪烁不定。

　　周野忽然紧张起来。

　　外面的雷声越来越响，"隆隆"声变成了"咔啦咔啦"的震动。

　　周野急忙说："小棠，快出去。"

　　"怎么了？"焦棠距离周野两米以外。

　　"要下雨了，危险！"周野催促道，"你快走！"

　　"你呢？"

　　"我再找最后一遍。"周野说。

　　"我陪着你。"焦棠坚定地说。

　　周野语气紧迫："这不是开玩笑的。"

　　"我没开玩笑。"焦棠说，"咱俩别吵了，抓紧时间再找一遍就出去。"

　　焦棠知道，周野如果不能彻底确认，他是不会甘心的。焦棠已经听说了，明天，墓室会做保护性的封闭，然后加固外围，并将剩下的三分之一墓区探明后，再重新处理主墓室。而这个时间不知道需要多久。

　　墓门外面飘进一团水汽，夹杂着潮湿的土腥味，下雨了。

　　雨声铺天盖地。周野脸色苍白，想起了十五年前，他因为打架，父亲把他从学校接回家，就是这样的大雨天。而那场大雨降临时，秦梦的爸爸就在一座古墓里，伴随着"隆隆"雷声，古墓西边的小河涨水，大面积渗透地宫，最终，秦爸爸被轰然坍塌的土层掩埋。

　　此情此景，似乎是命运的照应。

　　外面，风雨交加，雷声滚滚。

　　"里面还有人吗？"墓门外有人呼喊。

　　"小棠，别愣着了，快走！"周野抓住焦棠的手。

"等一等……"焦棠突然挣脱周野,返身跑到墓壁前。

地宫内突然一暗,一块太阳能板熄灭了。

周野冲到焦棠身边:"你疯了……"

焦棠蹲下来,双手使劲扒着,然而角落的沉积土层像铁锈一样坚硬。

周野大声问:"你怎么了?"

"这里……有东西。"焦棠把指头都扒烂了,流着血。

周野单膝跪地,仔细一看,眼睛陡然睁大了。

沉积的土层里露出一块瓷器残片。他的手指有些颤抖,从口袋里掏出螺丝刀,顺着残片的边缘,小心地找好角度,然后稍用力,一撬,土层掀起来。周野的手指颤抖得更厉害,几乎握不住螺丝刀了。

焦棠用染血的手,握了握周野的手。

周野深吸一口气,换个角度,再一撬,犹如锅盖般的土层,掀了起来。焦棠急忙端起土层,移到旁边。那块瓷器残片显露出来。

盛唐独创的绞胎工艺,巧夺天工、亦真亦幻。

这块残片,可以清晰地看到内外的形貌,绚丽多姿,真正的表里如一,有着深入骨髓的美丽。一千余年前,它在泥与火的缠绕中迸发出生命力。

此刻,它破损的生命呈现在周野面前。

周野忽然热泪盈眶。

一滴泪,坠落在瓷片上,滑落到土里,消失了。

历尽艰辛,得到的,仍是一块残片,而不是完整的绞胎瓷瓶。可他哭了。

他为这人世间的奇迹感动落泪。

因为,这块残片与故宫那件残器,完美对应。

故宫的绞胎瓷瓶,仅存上部两层,下层腹部已遗失。

而这块残片,正是瓷瓶的下层腹部。

无须翻模取样,只要沿着碎裂的痕迹,将两部分瓷片粘接、修复,这稀世珍品便有了新的生命!

眼前这绚丽的光彩,映入周野的泪目——这是冥冥中的安排,还是他的心念得到了回应?

这一刻,作为文物修复师的生命,完整了。

他转身，拥抱焦棠。焦棠怔了怔，也抱住了周野。

他们无声地拥抱着，泪水默默流淌。

良久，周野说："谢谢你，小棠。"

焦棠低喃："恭喜你……把这作为我们临别的拥抱吧。"

周野没有听清焦棠的话，正要问，墓道里闯进两个人。

"喂，谁让你们在这里搂搂抱抱的？"

周野松开手臂，转脸望着来者。

那两人打着手电筒，身上的雨衣淌着水。

"太不像话了……呃，周老师？"

"哦，陈师傅啊。"周野打招呼。

"你们……这是……"

周野表情严肃："陈师傅，马上通知曹队长——"

"嗯？"

"主墓室下面还有一层墓室。"周野指着那块掀开的土层。

两名考古队员俯身仔细一看，惊呆了。

周野牵着焦棠的手，说："我们走吧。"

他们身后，陈师傅打开对讲机，语气激动地说："曹队长曹队长，重大发现……曹队长曹队长……"

周野和焦棠走出墓门，扑面一团风夹杂着雨水袭来。

外面，迟飞的呼唤声盖过了雨声："棠棠——棠棠你在哪儿？"

7

周野在李大头家里大睡三天。李大头的老婆把各种野菜切碎，与小米熬成软糯的菜粥，说是老鸦李村祖上传下来的药食同源之法，对身体虚弱的人有奇效。

周野迷迷糊糊的，看到焦棠在喂他吃粥，嘴巴机械地吞咽着。然后焦棠静静坐在窗前，剪影越来越遥远，之后便不见了……

曹队长也来看望他，恍惚间，听到曹队长激动的声音，大概是说，双层结构的墓葬非常少，以前在长治、成都分别发现过金代、宋代、明代的双层墓。而这种双层阁楼式的唐代墓葬极为罕见……

焦棠的身影又出现了，似乎与记忆中的秦梦重叠起来，十分模糊……

还有磊磊时不时跑到房子里转一圈，"呱唧呱唧"地吃着薯片……

周野从来没有睡得这么沉，如同度过了一个世纪，清醒过来后，时光仍然平静地流淌着。

周野伸了个懒腰，长长地舒口气。

他很想见到焦棠。本以为焦棠会一直陪在身边的，屋子里却安静得让人有些发慌。

他记得，昨天焦棠喂他吃粥时，他握住了焦棠的手。焦棠的手柔弱无骨，那么温暖，通过他的指尖传到心里，仿佛连接一簇火热的生命。

他当时对焦棠表白了：我想和你在这个世界上，共度一生。

他就是这样说的。

——我想和你在这个世界上，共度一生。

周野想到这里，忽然皱了皱眉头。当时，焦棠似乎抽出了手。

她抽回了自己的手？

周野从床上起来，站到地上，脚步有些踉跄。

"小棠？"他呼唤，"小棠——"

门外传来脚步声。李大头的老婆牵着磊磊的手走进来。

"周老师，你醒了。"

"哦，谢谢你，焦棠呢？"周野有一股莫名的不安。

磊磊蹦蹦跳跳上前，把手上的一个信封给了周野，扮了个鬼脸。

周野把信封接到手上，怔怔地看着。

李大头的老婆说："她们昨天晚上回北京了，给你留了一封信。"

周野目送那母子俩出去，自己慢慢退到床边，坐下，两眼无神。

然后他急切地撕开封口，手指颤抖着，拿出里面的信，是焦棠的字迹。

周野仿佛听到焦棠的声音在耳畔回荡：

这次你来找我，只因为我是"秦梦"。

但我不是。我想了很久、想了很多，终究还是无法面对你。

你在医院遇到的"姨父",是我在民间艺术团找的演员,还雇了其他几个人,一起演了一场戏。我知道你又要骂我了,骂我虚伪、骂我是骗子。

在我决定雇人演戏之前,我拼命问自己,究竟是害怕被你骂,还是害怕失去你?

我,还是更害怕失去你。

如果这次你没有来西安,我们没有重逢,或许我会假装不痛苦,就这么慢慢过去了。可是,你偏偏就在身旁,看到你的那一刻,我就知道自己无处可逃。

我不是想把自己的欺骗行为,说得多么高尚。我是自私的,雇人演了戏以后,我本来就想这样一直骗下去的。骗一辈子。

你以为我是秦梦,来剧组找我,却遭遇许多危险。我们一起,也够得上出生入死了吧。我甚至有个可笑的想法:就算这样也不错,忙着逃命就没时间想别的事,我们疲于奔命,彼此信任,生死相连。

当爱,只剩下生死的时候,多么单纯啊。

我看到你为了我,愿意把命交出来。可是,你面对的那个人其实还是"秦梦",并不是"焦棠"。

我愿意为周野交出自己的命,可周野却是为"秦梦"。

如果我一辈子都陷在这样的迷惑中,又怎么天天面对你?

这次姨妈也到了西安,再次出现在我面前时,我更加明白了,自己原本的人生是什么样子,已经无法改变。我不是个好命的人。就说这将近一年,从小三丑闻的闹剧一直到今天,我身边的所有人都被我搅得一塌糊涂。

也许我得到的名利越多,伤害就越大,靠近我,你的人生也会不幸。

更何况我骗了你,这本身就是在伤害你。

对不起,我只是一个和秦梦有着相似命运的女孩。我的父母也是很早就去世了,但我觉得,秦梦肯定不会像我这么糟糕,至少,她还有一个人,十五年来一直在想她、等她、寻找她。

但我一点也不埋怨。与你相识,才是上天给我的恩赐。谢谢上天在我最倒霉的时候,遇到你、认识你、爱上你。原来我一直受到上天的眷顾,只是自己没有察觉罢了。

是你让我懂得了:不再取悦他人,接纳不完美的自己,学会认识自己、做自己，才是真正圆满的人生。

周野，找到那个真正的秦梦，你的人生也会圆满。

我相信你一定可以。

……

看完了焦棠写的信，周野长久地望着窗户。他的意识，时而清晰、时而模糊。然后，他觉得自己的存在都不真实了。

怅然若失。

失去的，究竟是自己，还是其他的什么？

最后一个清晰的问题浮现在脑海：我这一生要找的究竟是秦梦还是焦棠？

这个问题似乎没有答案。

8

四个月后，焦棠接了一部剧，名为《时间里的公主》。

编剧是一个叫"千里予"的新人。

这个剧本和另外三个精挑细选的剧本一起给了焦棠。白瑞德把这个剧本放在最底下，因为编剧实在没名气，但因为故事太好了，白瑞德还是交给焦棠去选择。

焦棠先被这个剧名触动，便马上拿起剧本读起来。

看到第三页时，她便推开了其他剧本，全身心地沉浸在这个故事里。她仿佛被一个充满吸力的黑洞吸进了故事深处，并在里面触摸到自己的脉搏。

阅读者的心跳声，创作者的心跳声，产生了共振。

连夜看完剧本，焦棠的心情久久不能平复。她给白瑞德打电话，无论如何要出演这部剧。

然后她平复了心绪，躺在床上让自己入睡。

她的脑海中不断闪动着《时间里的公主》，自己仿佛融入其中，与故事里的人一起呼吸着。梦中，她听着自己的心跳声，化作一缕音韵，飘浮在幽静的时光里……

故宫。

斜阳照在巍峨的宫墙上，琉璃屋顶映出一片彩虹般的亮光。树木、铜狮子、石雕像的影子，与群鸟飞过的碎影交织。不知不觉间，夜幕徐徐降临，四处亮起灯光。

那个男子忽然醒来，发现已经是夜里0点，不禁苦笑一下。

他叫文叙臣，在故宫修复钟表，年轻、尽职、努力，虽然有一点点小不羁，但活儿是很好的。

今年夏天有新的展览要举办，每个人都忙到很晚，有时候甚至不回家，就歇在工作间，工作量可想而知。

这一晚天气很热，知了吵得人睡不着觉，叙臣醒来发现已是午夜，周围一个人也没有，就想出门活动一下，然后继续修复手中乾隆年间的钟表。

他出了工作间，穿过月洞门走到长街上，月光把他的影子拉得好长，他正准备跑步，突然发现长街尽头，有个身穿清装的女孩跑过去，顿时吓了一跳。

这不是剧组。故宫不接待剧组，难道是玩Cosplay的直播主播故意留下来博取眼球？上次貌似在报纸上看过这样的新闻。这些小姑娘怎么这么不懂事，要是碰坏了什么，可是要出事的。念及于此，他飞快地追上去，到了乾隆花园，那个女孩突然不见了。

叙臣环顾了一圈训斥：你是谁？快出来，这里不准逗留的。

女孩出来了，衣着精致，瞪着一对无辜的大眼睛望着他：这里是什么地方，不对，这里是宫里，可是为什么不一样了，人呢？你是谁？

叙臣哑然失笑，现在的孩子真疯狂，还敢扮穿越，《宫》看多了吗？

他正要开口责备，意外地发现她的服饰、头饰、鞋全都是真家伙，若是折价，绝非一个主播可以买得起，可是这些现代机器做不到的丝织品理应是古董才是，为什么透得那么新。他突然感到背脊有点凉，不知道该说什么好。

女孩说自己是乾隆的九女儿，名叫和硕和恪公主，不知为何每晚这个点就会来这个地方，还不知道自己是梦是醒。

叙臣觉得自己疯了，他找各种方法试探她、考她。种种方法试过后，女孩的话毫无破绽。倘若是疯子，逻辑过于缜密；倘若是骗子，知识又太渊博。这究竟是怎么一回事？

就在叙臣大感头疼之际，钟声响起，女孩在他面前消失了，过程整整一小时。

这一切究竟是梦是真？叙臣无法解释。

第二天他依旧一个人留下来，到了 0 点公主依旧出现，一个小时后消失。一来二往，二人就逐渐熟悉起来。

叙臣告诉公主几百年后今天的种种，公主告诉他宫里发生的一切。

渐渐地，每天这一小时，成为他生活里最快乐的事。

炎热的夏天在这快乐里逐渐消退。

昨天晚上公主告诉他，自己即将过十九岁的生日，今天一大早叙臣特地去买了个生日蛋糕准备给她一个惊喜，从白天到晚上时间特别难熬，叙臣生平第一次无法静下心来修理钟表，无奈之下，只好以查找资料为名去档案库翻看公主的生平。没想到资料里的公主居然是在十九岁生日当天被塌了的亭子压死的。

叙臣难受得要死，他不知道该如何改变公主的命运。他翻遍资料，问遍所有的人，大家都把他当成笑话，领导甚至说，假如累得慌，可以休假几天。

当晚，公主如约而至。

叙臣把她带进钟表修复室，公主认出很多旧物，雀跃不已。叙臣却闷闷不乐。

公主问原因，叙臣怕说出来会吓坏她，只好提醒她明天最好不要在亭子里待着，公主不理解为什么。叙臣有点急了，公主被凶了，泪眼婆娑地说，宫里那么多凉亭，我哪儿知道哪里不能待？

叙臣愣住了，他也不知道具体是哪个亭子。正琢磨间，公主又消失了。

就在叙臣手足无措之际，他意外地发现钟表飞速转动了一下，停留在此时此刻。他灵机一动，飞速把钟表往回拨。他手一转，钟表自动回倒，叙臣突然发现自己来到了清朝。

在这个陌生又熟悉的皇宫，要找寻一个公主谈何容易？第一次一小时后他无功而返。

第二天同一时间再试，刚刚接触到公主，又返回来了。

第三天，终于在回来的前一刻，把公主拉出了倒塌的凉亭。公主没有死，而他改变了历史。回来的那一刻，他迫不及待地来到档案室门口等待，工作人员一来，他便急速奔向资料库，结果发现公主这次遇难没死，可是，却在几日后丧命于宫廷斗争！

叙臣一次次地利用钟表回到过去，一次次地改变公主的命运。

公主从宫廷斗争中全身而退，又被指婚给了不爱的人，郁郁而终。

逃过不爱的人，又卷入新的纷争……

叙臣疲于奔命，却无法改变公主悲剧的结局，而且一次比一次悲惨。

直到有一天，叙臣发现了一个关联：匹夫无罪，怀璧其罪，这只神秘的钟表是所有宫廷人物争夺的对象，假如乾隆在公主十九岁生日当天，没有赐给她这只钟表，那么之后的一切不幸就不会发生了，但是那样，他也就不可能遇见她了。

那一晚叙臣和公主见面，被生活折磨得脆弱无比的公主已不复当初的水灵，她只是在找一个倾诉对象，喋喋不休地诉说着她的痛苦，叙臣在安全的区域放了漫天的烟花，向她许诺，很快一切的不幸都会结束，她的未来会非常幸福。

公主不懂他话里的含义，却又忽然有种莫名的伤感。她抱着他流着泪，直到消失。

而叙臣在原处默立良久。

天亮了，自行车铃声响了，叙臣抬头，烟花早已消失，唯有残留的痕迹还在作祟。

他最后一次回到清朝，没有去见公主，而是把那口钟砸了。宫里一片混乱，一群侍卫追杀他。命悬一线之际，他回到了现代。

再翻档案的时候，公主的结局已经是好的了，她嫁给了英俊善良、武艺高强的札兰泰，平安幸福地过完了这一生。

叙臣再也没有见到公主，而他办公桌上也没有那台钟表，他修到一半的是一个破旧的绣屏。公主来过，或者只是一个梦，他自己也分不清，但生活还要继续，他微微一笑，拿起工具继续奋战。

叙臣不知道，和硕和恪公主出嫁的那天，声势浩大，公主却有些紧张。她跟陪嫁的奶娘说：我好像很久以前喜欢过一个人，但我记不起他是谁了。

奶娘笑了：瞧我们公主都紧张坏了，我从小看你长大，除了你皇阿玛和各位兄弟,你哪见过别的男人?

公主一怔,眼神迷离。

是啊,她没见过。

9

《时间里的公主》发布会非常隆重,除了上百位记者,还有许多嘉宾前来捧场,更有焦棠的粉丝们举着大牌子又唱又跳,气氛十分热烈。

焦棠现在是超一线女星,更加温婉谦和,那并不是伪装的假亲切,那份气质源自透彻的心灵。

不过,心底的寂寞是不与外界的繁华相融的,那是只属于自己的忧伤。

"棠棠,你看什么呢?"迟飞在旁边问。

"嗯?我看什么了?"焦棠怔怔地反问。

"东张西望的,找人吗?"迟飞笑一笑。

"没有吧,我东张西望了?"

"老白晚一点才会来,你别等他。"迟飞故意说。

"喊,谁等他?他最好别来烦我。"焦棠提着裙角,缓步登上台阶。

那边的导演和主创人员悉数亮相。焦棠走到主席台前,还没站定,抬眼一瞥,心里仿佛突然被撞了一下,掀起无尽的烟火。

她看到周野站在导演旁边,导演正跟别人介绍他。

周野怎么在这里?

焦棠的腿有些发软,往后趔趄一下,迟飞扶住她。

迟飞也看到了周野,她俯在焦棠耳边轻声说:"你是想看到他吧?"

"别乱讲,我已经把他忘了。"

"唉,问世间情为何物,直教人两手抓瞎。"

周野竟然走了过来:"小棠,好久不见了。"

"哦……是周老师啊,你也开始参与娱乐圈的事务了?"

周野注视着焦棠,眼中溢出了深情:"我是这部剧的编剧千里予,很高兴你愿意参演。"

"什么?"焦棠愣了一下,随即拍了拍自己的额头,"噢,千里予……后面两个字是'野'字拆分了。我真傻。"

"写这个剧本,是为了完成一个心愿。"周野说。

"完成了吗?"焦棠注视着周野。

"剧中的那位公主就是秦梦,我已经明白了,不应该用现在的心情去改变过往的人生。"周野舒了口气,"我不会再去打扰秦梦的生活了。"

——叙臣一次次地利用钟表回到过去,一次次地改变公主的命运。

——叙臣疲于奔命,却无法改变公主悲剧的结局,而且一次比一次悲惨。

——叙臣把那口钟砸了。公主拥有了自己的命运,平安幸福地过完了一生。

周野向焦棠伸出手。

放下了过去。他从束缚自己的少年时光中走了出来。

焦棠的心中涌满了温暖的泉水。她情不自禁地拥抱了周野。

四周响起一片欢呼声,后面的人不断往前挤,场面有些混乱。

主席台上,周野与焦棠紧紧地拥抱着,不愿再分开。

这时,人群中一个戴着黑色鸭舌帽的记者,缓缓仰起脸。

在人头攒动的群体中,那张脸有些苍白、有些冰冷,更显得双眼愈加深暗,就连眼白也被怨恨的气息覆盖了。犹如黑色玻璃珠的双眼,忽然泛出一丝笑意。

与此同时,周野的眉头倏地一敛,感觉自己看到了什么。

他拥抱着焦棠的双臂有些僵硬,目光迅速在人群中扫视。

黑色鸭舌帽往主席台这边移动过来……周野猛地把焦棠拉到身后,自己挡在前面。

焦棠愕然:"怎么了?"

"邵辉来了。"

"什么?"焦棠望着人群,眼睛正对上邵辉那张脸。

邵辉一跃而出,引起周围人的惊慌。邵辉手上举着一个遥控器,另一只手怒指周野和焦棠:"我要让你们知道,毁了我的一切,是有代价的!"

周野猛地意识到什么,目光扫过身后的主席台。主席台的桌子上铺着红布,一直垂下来拖到地面，看不见桌子底下的空间……周野来不及多想，马上抱住焦棠，再次转动身体，让自己站在焦棠后面，然后往外一推。

说时迟那时快，就在周野刚刚推出手的刹那间，邵辉按下了按钮。

轰隆——

桌子底下发出惊天动地的爆炸声，炸碎的红布飞卷起来，与断裂的木头在空中缠绕。周野的背后受到猛烈撞击，身子向前倒去。

一切仿佛凝固了。

焦棠摔倒的身体被迟飞接住了。周野挡住了爆炸的冲击，整个人以极快的速度跌落下主席台。

现场冲撞的人群和喊叫声似乎被隔绝了，只有可怕的宁静。

然后，焦棠的耳朵里才响起尖利的风鸣声。

她的耳鸣持续了很久，根本听不见自己的哭喊——

"周野！周野！"

她听不见自己的呼唤。周野也听不见了。周野翻滚在地上，后背的衣服炸成了条状，有血流出。

焦棠无声地嘶喊着、哭叫着，扑向周野。

迟飞返身冲向邵辉，大叫："抓住他！"

炸蒙了的保安回过神，两面夹击。迟飞竟一跃而起，飞出一脚，正中邵辉的脸上，把邵辉踢得翻了几个跟头，撞倒了护栏。

保安们一拥而上，摁住了邵辉。迟飞冲过去，又是一通猛踹。

白瑞德从远处跑来，着急地喊："迟飞，照顾好棠棠！"

迟飞跑向焦棠……

整个现场混乱不堪……

焦棠伏在周野身上嘶喊。她听不见远处飞驰而来的救护车和警车，听不见人们惊恐的尖叫。

只有耳鸣，伴随着自己的心跳声"扑通扑通扑通……"。

然后，从遥远的时光尽头，依稀飘来周野的声音：我想和你在这个世界上，共度一生。

……接下来，一切都沉没了，什么都看不见了。

尾声

海南三亚西岛，最有名的是西北角那一片广阔柔和的沙滩。海水清澈见底，环岛海域生长着美丽的珊瑚，色彩斑斓的热带鱼穿梭其中，让人瞬间感受到北纬18度区域的浪漫。

每个人都愿意迷失在这人间仙境中。

焦棠转过街角，看到路旁摆着一排排鲜花摊，便停下脚步。阳光洒在她身上，一袭红裙在微风中飘曳，眸子里闪动着欢喜。她挑选了黄蝉花、紫荆、鸳鸯茉莉，一大捧鲜花拿在手里，整个人都要在阳光里融化了。

她加快脚步，走向前方的露天冷饮店。

天蓝色遮阳伞下，一个青年背对着焦棠，正在翻看旅游手册。焦棠一只手抱着花束，另一只手拍在青年的肩膀上。

"哟，疼。"青年缩了缩肩膀。

"看你娇贵的，胸口不让碰、后背不让摸，那我嫁给你是图啥呢？"焦棠转到青年的对面，坐到椅子里。

周野抬起脸，嘴角一勾："我说缓两年吧，等我身子骨养好了再结婚，你死乞白赖非要……"

"不许说。是你向我求婚的。"

"好吧，是我求婚。"

焦棠把鲜花插到桌上的瓶子里，笑道："嘻嘻，你知足吧，上哪儿找我这么好的老婆。你不知道我的命有多硬，我克你两回，你就身体健康、万事如意了。"

"噢，原来结婚就是以毒攻毒啊。"

"明白了吧，我是给你治伤呢，哈哈哈。"焦棠拿起冰激凌吃了起来，"你看！我都保你身体健康、万事如意了，你呢，拿什么报答我？"

她只有在他面前，才笑得如此轻松和肆无忌惮。

周野特别喜欢看着这样的她。

他抬手，敲了敲焦棠的头："人不是都给你了吗，还想要什么？"

焦棠急忙看看四周，转回来戳他肩膀："什么时候给我了！哪儿给我了？在外面少口无遮拦。"

"我说结婚了，我是你的，你在乱想给你什么？"

"我……"

"还是，拿我报答你，你不满意？"

"你有完没完！有完没完！"焦棠快把他肩膀戳出个窟窿。

周野静静看她闹，等她不动了，轻轻将这只手握在了自己掌心里，淡淡笑着："其实，我早就祝福过你，并且写了下来。"

"有吗？在哪儿？"焦棠四面看。

除非……

只有一样，在无数个想他的日夜，她一遍一遍抚摸。

"焦棠。"周野轻声叫着她的名字。

"嗯。"她从包里抽出那本别册，封面上八个小篆倚靠在海棠花下，她看着周野，嗔道，"你好讨厌，净写些我不认识的字。"

周野用手指蘸了茶水，一笔一画，在桌上写下正楷字：身体健康、万事如意。

"原来也是这句！"焦棠惊喜，坐在他身边笑着笑着，就觉得有些恍惚。过了会儿，焦棠撞撞他的肩："一会儿去哪儿玩？"

"一会儿去哪儿玩？"周野同时把旅游手册放到桌上。

他们惊讶地扭头看向对方，随即翘起嘴角。

"随便，听你的。"焦棠说。

"那就骑摩托艇吧，你不是喊着要刺激吗？"

"嗯……不行，风太大，不利于你的伤。"

"那——空中拖伞，你想一览海岛美景。"

"太高了，不利于你的伤。"

"咱们去潜水吧，你想看热带鱼。"

"嗯……不行，海底的水压太大，不利于你的伤。"

周野靠着椅背："你说吧。"

"我有个好主意，"焦棠郑重其事地说，"咱俩沿着沙滩散步，看谁先喊累。"

周野的脑袋耷拉下来。

吃完了冷饮，周野和焦棠手牵手走向海边。

阳光正好，焦棠手上的鲜花散发着阵阵香味，令人陶醉。

他们走到了沙滩上，远远地看到一群游客在嬉戏玩闹。他俩踩着柔软的沙地，继续往前走。

天空飘起了雨丝，阳光里亮色的丝线，细密地缠绕着，洒在面颊上，温暖、柔软。

忽然，周野听到一个声音：

"秦梦——"

他愣了下，停住脚步。

焦棠也听见了，神情有些怔怔的。

"秦梦——"

声音来自远处的沙滩。

周野转头望去，只见一个阳光大男孩一边跑一边翻跟头，惹得沙滩上的白裙女孩"咯咯"笑。男孩跑到女孩身边，一把抱起了她，原地转了两圈。笑声更大了。

周野看了看焦棠。焦棠朝他点点头。焦棠陪着周野走过去。

白色的浪花涌到沙滩上，缓缓退去，再度涌来……

远远地——天空下、海浪边，四个人站在一起。

不知周野说了什么。

秦梦向后退了一步。然后，她向前半步，伸开双臂，拥抱了周野。

接下来，周野牵着焦棠的手，秦梦牵着爱人的手，各自朝相反的方向走去，一边走，一边挥手道别。

黄昏灿烂的云霞映照下，两对年轻人越走越远。

（全文完）

图书在版编目（CIP）数据

修文物的男人 / 于正著 . — 北京：北京联合出版公司，2020.9
ISBN 978-7-5596-4381-0

Ⅰ . ①修… Ⅱ . ①于… Ⅲ . ①长篇小说—中国—当代 Ⅳ . ① I247.5

中国版本图书馆 CIP 数据核字（2020）第 119032 号

修文物的男人

作　　者：于　正
出 品 人：赵红仕
策划出品：一未文化
版权统筹：吴凤未
监　　制：魏　童
责任编辑：管　文
执行编辑：柚　智
封面设计：尚燕平
内文排版：麦莫瑞

北京联合出版公司出版
（北京市西城区德外大街 83 号楼 9 层　100088）
北京联合天畅文化传播公司发行
天津中印联印务有限公司印刷　新华书店经销
字数 352 千字　710 毫米 ×1000 毫米　1/16　22 印张
2020 年 9 月第 1 版　2020 年 9 月第 1 次印刷
ISBN 978-7-5596-4381-0
定价：49.80 元

版权所有，侵权必究
未经许可，不得以任何方式复制或抄袭本书部分或全部内容
本书若有质量问题，请与本公司图书销售中心联系调换。
电话：(010) 64258472-800